山西省图书馆
全民阅读系列丛书

水浒解「毒」

郭相宏 著

水浒是中国人苦难的百科全书；是中国人的精神自画像；是一幅女性的百丑图；是一部黑暗的狱政史。

山西出版传媒集团　北岳文艺出版社
BEIYUE LITERATURE & ART PUBLISHING HOUSE

· 太原 ·

图书在版编目（CIP）数据

水浒解"毒" / 郭相宏著. — 太原：北岳文艺出版社，2019.4
ISBN 978-7-5378-5897-7

Ⅰ. ①水… Ⅱ. ①郭… Ⅲ. ①《水浒》研究 Ⅳ. ①I207.412

中国版本图书馆CIP数据核字（2019）第067873号

水浒解"毒"

郭相宏 ◎ 著

选题策划
韩玉峰

责任编辑
金国安

书籍设计
张永文

封面插图
［明］杜堇

印装监制
巩璠

出版发行：山西出版传媒集团·北岳文艺出版社
地址：山西省太原市并州南路57号 邮编：030012
电话：0351-5628696（发行部） 0351-5628688（总编室）
传真：0351-5628680
网址：http://www.bywy.com E-mail：bywycbs@163.com
经销商：新华书店
印刷装订：山西人民印刷有限责任公司

开本：787mm×1092mm 1/16
字数：280千字
印张：18.5
版次：2019年4月第1版
印次：2019年6月山西第1次印刷
书号：ISBN 978-7-5378-5897-7
定价：42.00元

目 录

第一讲　漠视生命，践踏人权
——水浒中的主流价值观

《水浒传》(以下简称《水浒》)作为四大名著之一,可以说是家喻户晓,妇孺皆知。俗话说:少不看《水浒》,老不看《三国》,从一个侧面可以看出《水浒》的广泛影响力。《水浒》这部经典文学名著在中国有着特殊的地位,它能够有如此广泛的影响,其实很大程度上契合了读者的心理,满足了一般读者的阅读需要,暗合了很多读者的精神人格。怎样的一本书才叫好书呢? 好书一定要满足读者的某种心理需求,越能满足读者心理需求的书,就越能传播广泛,流传久远。好书一定要能够引起读者的共鸣,启发了读者的某种思考和认识。我本人也是《水浒》的忠实读者,多少年来特别喜欢,小时候尤其喜欢:听评书,看小人书,看连环画,看《水浒》年画,听《水浒》故事,百读不厌。耳濡目染,可以说《水浒》的故事,《水浒》人物的形象,乃至于《水浒》当中的某些精神,都逐渐融入了自己的思想和血脉。人过中年,再读《水浒》的时候发生了一些变化。我本人从本科到博士(后),专业都是法学,作为一个喜欢中国传统文化的法律人,经过逐步的学习积累和思考,这几年对《水浒》有了一些与以往不同的看法。我曾在一定的范围内,对本人读《水浒》的心得做过交流,做过讲座,也引起了一些朋友的共鸣,也有一些朋友不以为然。当然这是好事情,一个观点拿出来不一定要求大家认识一致、观点一致,世界上没有绝对正确的观点,我们把不同的观点拿出来与大家共享,欢迎大家批评指正。

　　今天,感谢山西省图书馆提供了这样一个平台,使我能够充分地将自己对《水浒》的理解和看法讲出来,请大家批评。我准备分成十讲,一月一讲,大体上一年讲完。先有一个大前提:平等交流,善意切磋。今天在场的很多朋友应该是《水浒》的痴迷粉丝、忠实拥趸,如果我的观点大家不赞同,希望我们展开平等、坦诚、善意的交流,这样能够促使我从更宽的视野和角度重新审视《水浒》。

今天的讲座主要分四个部分,分别是:

一、引言:毛泽东如何评《水浒》?

二、《水浒》与现代法治文明的冲突

三、替天行道:江湖中的自然法

四、结语:文化反省与精神升华

今后的十讲"法眼看《水浒》",也都遵循这样的结构,分成四部分来讲。

一、引言:毛泽东如何评《水浒》?

(一)《水浒》是中国人的精神自画像

第一部分是引言,从毛泽东对《水浒》的评价来说起。第二部分是今天所讲的主要内容,即《水浒》与法治文明的冲突。《水浒》中的一些基本观念基本精神确实与我们现在的法治观念有一定的冲突,我们必须对此保持清醒的认识。当然,也有人说《水浒》写于元末明初,现在过去五六百年了,你用现在的观点来要求《水浒》,这是不公平的。您说得对,我们并非厚今薄古。值得我们思考的是:为什么五六百年以后《水浒》还如此深入人心? 我认为,抛开对具体故事情节和人物形象的分析,《水浒》其实就是一幅中国人的精神自画像。虽然过了五六百年,时至今日,在我们的生活中,我们的精神世界中,乃至于我们的人格之中,都有着深刻的"水浒印迹",这是《水浒》仍然有这么大的市场和这么多的读者的文化心理原因。因此,我们读《水浒》,重点不是讲故事看热闹,而是在对自我的精神、民族的精神进行一个反思,这才是我们"法眼看《水浒》"系列讲座的本意。

现在要建设法治国家,推进依法治国,要树立法治理念和法治思维,在这种新的形势下,我们把《水浒》作为镜子来观照自己,反思民族,反省我们自己有没有这种"水浒人格"或者"水浒心理",然后思考我们如何对待法治,如何认识自己的精神面貌,这才是我讲《水浒》的本意所在。用现在的标准来要求《水浒》和《水浒》人物，那显然是不合理的；但是我们以《水浒》为鉴，通过读《水浒》来认识我们的国民性，然后再用法治的观点来审视一下我们的精神和人格，我觉得是有必要的。

第三部分是对于《水浒》的认识，比如"替天行道"。我们大家都知道，《水浒》有"替天行道"这个大旗，《水浒》的别称也叫《忠义水浒传》，主要是标榜梁山的基本价值追求是"替天行道"，好汉们是忠义的化身。第四部分就是本篇的结语：文化反省与精神升华。我们对《水浒》的认识，小而言之是个人对自我的精神镜鉴，反照一下我们自己的精神。大而言之，《水浒》是一面镜子，可以反思一下民族的精神，通过这种文化的反省达到个人的精神升华，进而达到国民精神的升华和改造，当然这是非常庞大的、系统的文化工程。我希望通过自己和各位读者的努力，为中华民族的文化反思和精神再造做出点滴有益的努力。

(二)怎样读《水浒》?

读书的态度：博览群书，不为功利。我们读《水浒》、读书应该抱着一个什么样的态度? 我本人的认识是：博览群书，不为功利。在这个社会我们读书为了什么? 很多人读书为了升学，为了考试，为了就业，这个观点固然没错，但是偏离了读书的本意。读书作为人的精神层次的需求，它应该摆脱功利的需求。为考试而读书，这种观点是很有害的。一个人一辈子只是为了考试而读书，那么这个人大概离开考试就不再读书，也不会从读书中得到进步，更不会得到乐趣。我一贯主张读书的态度就是反对功利需求，要博览群书，杂采众家之长。

读书的方法：客观分析，理性反思。读书还要进行客观分析，理性反思。读书不是为了看热闹，不是为了解闷或消磨时间。不同层次的人，不同年龄段的人对于读书可能有不同的需求，也有不同的态度。读书可以先由外到内，再由内到外。所谓由外到内，就是在读书的时候，你是一个主体，书是一个客体。你进入这本书，把它读完了，读懂了，读透了。所谓由内到外，就是从书中走出来，跳出这本书，对它进行理性的分析和深化的认识。这时候，你就是用自己的观点、方法和认识来重新审视这本书，已经不再拘泥于情节设计、人物塑造、遣词造句等具体内容，已经是

"目无全牛"，用自己的观点来评阅这本书。我们读《水浒》也是这样，刚开始接触《水浒》，读者都被《水浒》的各种故事所吸引。但是人到中年再读《水浒》，就不再沉溺于对具体故事情节的品读，可能看到更多的是故事背后的人世百态、社会风情。比如，有人说《西游记》应该倒着读，这才是真正的人生。不管你是否赞成这种观点，这种状态就是一种客观分析和理性反思，我们认为读《水浒》也是如此。

读书的目的：察古知今，由物知我。在博览群书和客观分析的基础上，读书要达到什么目的呢？所谓"通古今之变"，通过对于古今中外这些事实的考察认识之后，由物知我，从一个人来说，通过读书，以书为鉴，作为镜子来反照自己。从读书的角度而言，如果是由物知我，那么这种精神食粮就能真正成为读者的营养，能够充实大脑，强健骨骼，能够开阔眼界，提高认知。所以，读书最终要达到由物知我的境界，要善于反思，我们读《水浒》也要通过这样的方法来进行。

对于《水浒》的评价，最著名的应该说是明朝的大文学批评家金圣叹，他对《水浒》做了评述和删改，所以市面上还流行着他评改的《水浒》，一共70回本（也有说71回），他在序言里面谈到了他对《水浒》的评价：

> 若夫耐庵所云"水浒"也者……若使忠义而在《水浒》，忠义为天下之凶物、恶物乎哉！且《水浒》有忠义，国家无忠义耶？夫君则犹是君也，臣则犹是臣也，夫何至于国而无忠义？此虽恶其臣之辞，而已难乎为吾之君解也。父则犹是父也，子则犹是子也，夫何至于家而无忠义？

金圣叹的意思是说，如果说《水浒》这些人有忠义的话，那么忠义就是天下的不祥之物，是"凶物""恶物"。如果说《水浒》有忠义，那就是国家无忠义了。显然他认为《水浒》不能称为忠义，金圣叹本身认为《水浒》这些人是不忠不义的。大家知道，忠义是中国古人最高的道德教条和行为规范，对国要忠，对人要义，对父母要孝，这是中国人最基本的道德伦理。

金圣叹早在三百多年以前就评论《水浒》不忠不义，那么毛泽东怎么认识《水浒》？他说：

> 《水浒》这部书，好就好在投降，做反面教材，使人民都知道投降派。
>
> 《水浒》只反贪官，不反皇帝，屏晁盖于一百零八人之外。宋江投降，搞修正主义，把晁的聚义厅改为忠义堂，让人招安了。宋江同高俅的斗争，是地主阶级内部这一派反对那一派的斗争。宋江投降了，就去打方腊。

在座的五六十岁以上的读者应该都还记得，1975 年的时候，人民文学出版社出了一套《水浒全传》，扉页上写着毛主席语录，就是这两段话。说宋江是投降派，搞修正主义。当时的毛泽东出于政治的考虑，对《水浒》是持否定态度的。毛泽东作为大政治家，他对《水浒》的认识肯定和我们不一样，他谈到了投降派，主要是出于对当时政治形势所做的判断。我第一次看到《水浒》原著的时候，就是看的这个版本，当时正在读小学四五年级，看了毛泽东的评语也特别纳闷，不知道这样的评语背后，究竟有什么深刻含义。记忆中的那种感觉怪怪的，总觉得和自己对《水浒》的模糊认识很不一样。

其实，毛泽东本人非常喜欢读《水浒》，《水浒》和《三国》他都读了很多遍。他曾说过他打仗看了一部半军事书，一部《孙子兵法》，一部《三国演义》，还有一部就是《水浒》。《三国演义》和《水浒》，就是毛泽东的半部兵书。

鲁迅也对《水浒》做过评价，他在《三闲集·流氓的变迁》一文中说：

> "侠"字渐消，强盗起了，但也是侠之流，他们的旗帜是"替天行道"。他们所反对的是奸臣，不是天子，他们所打劫的是平民，不是将相。李逵劫法场时，抡起板斧来排头砍去，而所砍的

是看客。一部《水浒》，说得很分明：因为不反对天子，所以大军一到，便受招安，替国家打别的强盗——不"替天行道"的强盗去了。终于是奴才。

"'侠'字渐消"，是说《水浒》中的"侠义精神"逐渐不复存在，并无多少侠义可言。"强盗起了，但也是侠之流，他们的旗帜是'替天行道'，他们所反对的是奸臣，不是天子"。这一点和毛泽东的观点一致，即《水浒》反贪官不反皇帝。我们看《水浒》这个印象也非常深刻。"打劫的是平民，不是将相"。鲁迅先生确实深刻，眼光独到，入木三分。《水浒》中的英雄好汉，在上梁山排座次之前，大都是自立山头、各自为战。在此之前，他们到底打了几个州府，杀了几个贪官？《水浒》中很少提及。好汉们杀的大都是平民百姓。"李逵劫法场时，抢起板斧来排头砍去，而所砍的是看客。"鲁迅先生的看法非常深刻，《水浒》本身所谓的"替天行道"并不是替天行道；所谓的反贪官，其实杀的是平民。站在平民观点上来审视梁山好汉，也是我们解读《水浒》的一把钥匙。

（三）暴力美学，屠杀快感

当代有一个作家，也是一个文学评论家叫刘再复，他写了一本《双典批判》（生活·读书·新知三联书店，2010），"双典"就是《水浒》和《三国演义》，简称为"双典"。此书的一个基本观点是，《水浒》本身最重要的一个问题就是强调"造反有理"。同时，《水浒》还批判人正常的欲望，认为欲望有罪。刘再复认为，造反有理，欲望有罪是《水浒》的一个基本立场。我很赞成这种说法。

另一方面，《水浒》中充斥着各种暴力场面，充满了暴力崇拜和权力崇拜。我将其总结为八个字："暴力美学，屠杀快感"。这种暴力美学体现的其实是一种暴力崇拜，它崇拜的是用一种更大的暴力来剪除比较小的暴力；用一种自认为公平的暴力，来剪除不公平的暴力。《水浒》中有很多正义行为的描写，同时也有大量的血腥暴力场面。所谓"路见不平一声吼"，其本质并不都是正义的，甚至本身就是一种邪恶。实际上，暴力美学是中国国民性的一个部分，是隐藏在我们内心深处的心理认同，只是我们平时浑然不知，或者不愿意公开承认。

赞美暴力的言行本身就是一种邪恶。虽然暴力美学在历史和现实中的很多政权中都是普遍存在的，比如强调政权的合法性来源于暴力斗争，强调武装暴力革命，对人民用暴力镇压等等，或者说过度歌颂某些暴力革命，这些都是暴力美学的组成部分。我们可以看到，《水浒》充斥着对暴力的讴歌和对屠杀的赞美，这种暴力美学和屠杀快感，确实是反人性的。对暴力美学的反思和批判，是本书的基本立场之一。

二、《水浒》与现代法治文明的冲突

简单说一下现代法治中的基本观念。我们为什么要建设法治国家、法治政府、法治社会？就是因为建设法治国家、实行法治，顺应了时代的发展。说得更具体一点，法治能够保障我们每一个人的合法权利。大家今天能够坐在这里，看似很平常，但是如果没有一个法治的环境和制度作为保障，我觉得这个是不容易的。

法治的第一个要求就是保障人权。简单来说，人权就是把人当作人而应该享有的权利，这是一个通俗的话。为什么说把人要当作人呢？如果把人不当作人，那么人和人之间就是有等级差别的，有一部分人是人，更多的人不是人。有一部分人享有特权，更多的人没有人权或者人权被大量剥夺。人之所以为人，就是我们应该享有或者说已经享有一些权利。比如生命权，人首先要活着，因此活着的权利，生命的权利，应该被法律所保障，俗话说"杀人偿命，借债还钱"，这就是对人的生命权和财产权的保障。人活着不仅仅是要有生物意义上的生命，不仅仅要生物意义上的活着，还要有尊严，有财产，正如法谚所说"无财产则无人格"。人格尊严是人的基本尊严的保障，保障人权的重点就是保障生命权、财产权、人格尊严。2017 年 3 月我国通过了《民法总则》，第一百一十条就规定："自然人享有生命权、身体权、健康权、姓名权、肖像权、名誉权、荣誉权、隐私权、婚姻自主权等权利。"人活着就应该享有这些权利，这就是人权。如果生命权没有了，人权被剥夺了，当然不能称其为人。

第二是尊重自由。这个自由不是说随随便便想干什么干什么，而是一个人在法律所允许的范围内，在保障他的基本人权之后，所享有的身体和心灵等方面的，不受非法的控制和约束的状态。比如思想自由，你不能要求人们只信仰一种宗教，不能要求人们只学习一个人的思想；还有言论自由，要让人们能够说话，广开言路，不要受到太多的约束。中国有一句话叫"祸从口出"，说明什么道理呢？说明传统中国人的言论自由度是非常小的，形成了这种谨言慎行、"沉默是金"的文化传统。还有人身自由、婚姻自由等等。保障基本人权，就是要让人们享有不受非法强制、在精神和心理上不受非法约束的自由。

第三是程序正义。从法律上来讲，从一般观念上来讲，任何一个事情的做出都应该经过法定的程序。比如要宣判一个人有罪，假设这个人真的犯罪了（比如盗窃或者杀人），也应该按照法定的程序对他进行拘捕，取得相应的证据，再经法定的程序依据这些证据对他进行审判。审判以后做出有罪的判决，再由相关机关按照程序执行相应的刑罚。这就是一个程序，不能因为他是一个有罪之人，就马上对他进行惩罚，这是不符合程序的。我们看到《水浒》当中大量的事情根本不存在程序，就是自我做法官，自我裁判的情形非常普遍。好汉认为某个人是个坏人，直接一板斧就把他干掉了，李逵错杀韩伯龙就是一例。这种例子在《水浒》中非常多。当然从暴力美学的角度来审美的话，这样确实很痛快，很直接，很干脆，很解恨，但它完全不符合现代的法治精神。

第四是平等保护。法律要给予公民一致的、一律的平等保护，我们都知道一句话叫作"法律面前人人平等"，这就排除了人为制造的差异。当然人有自然的差异，比如有男女之别，有少年、中年、老年之别，这是自然差异，这不是人为的因素，所以法律上应该同等保护。法律上对于同等的情形、同等的事由，都要给予同等保护。《水浒》中其实是没有同等保护的，其中存在着严重的"圈子文化"，以"圈子"来区分亲疏远近，是不是自家兄弟，对于同样事情的处理结果完全不一样。

现代法治文明还有很多基本观念，以上我们简单列举了四个。保障人权、尊重自由、程序正义、平等保护等思想和行为，在《水浒》当中几乎都看不到。

接下来我们从六个方面简单地看一看《水浒》中的这些观点和行为反映出了什么观念,和现在的法治要求是否一致。如果要实行法治,我们就应当摈弃很多"水浒心态"和"水浒人格",祛除我们心中的"水浒情结"和"水浒印记"。当然,《水浒》是小说不是事实,但是作为一个小说,它的影响甚至要大于很多历史事件。这也说明,《水浒》迎合了我们很多国民的心理认同,说明我们告别"水浒观念"、实现法治还有很长的路。

(一)漠视生命,滥杀无辜

比起黄巢起义、李自成起义等农民起义,宋江起义可以说是在规模、影响、历史地位等方面都是非常小的。李自成推翻了大明王朝,但是,你知道李自成手下有几员大将吗?你能说上几员大将的名字?你可能说不出几个。但是《水浒》当中一百单八将的名字,都说出来有困难,可能一口气说出几十个没有问题,这就说明《水浒》作为小说更有影响力,更能反映人们的心态。人们阅读过程中自觉或不自觉地找到了自己的影子,自觉或不自觉地让自己的"心灵底片"和《水浒》的"心灵底片"暗合了。这就是《水浒》长盛不衰的秘诀。姚雪垠的长篇小说《李自成》虽然当年也获得了茅盾文学奖,但是才过去不过二三十年,现在还有谁在看这部小说?几乎没有了,说明这部小说至少在与读者的心理契合上远远不如《水浒》。

《水浒》漠视生命、滥杀无辜的事例非常普遍,可以说,翻开《水浒》,几乎每一回都有这样的事例,我在这里举两个典型的事例,一个是武松,一个是李逵。

从英雄形象上来说,武松大概是排在第一的英雄好汉,虽然梁山英雄排座次他不在第一,但是如果让读者投票,"票决"他们心目中的梁山好汉,武松的票数可能是最高的。在《水浒》中,武松在很大程度上代表了英雄的完美形象,梁山好汉应该具有的特点他都具备:一身正气,一腔热血,武艺高强,爱憎分明,疾恶如仇,仗义疏财,重情重义,敢作敢为……这些优点勾勒出一位好汉的理想形象,是任何好汉都应该具有但却未必具有的。

与很多脾气火暴粗鲁、动辄挥拳相向的好汉相比,武松还具备思维缜密周到、做事细致冷静的一面。这在梁山群雄中并不多见。做过都头的武松，更加懂法、知法、守法，依法办事。景阳冈打虎之后武松做了都头，这是个什么职位呢？现在好多人在考证《水浒》中的官员相当于现在的哪个职位、哪个级别，这为读者更好地理解《水浒》提供了有益的帮助。但是，很多职务是无法对号入座的，因为《水浒》中的很多职位都是作者虚构的，并且两宋上下三百多年，职位也一直在发生变化，所以我们也不必把书中的每个职位与现在一一对应，只能是大体对应、做个参考。都头大概相当于现在一个县级公安局的刑警大队副队长，他作为都头，是具有比较高的法律意识的。

武松从东京出差，前后共两个月。"去时新春天气，回来三月初头。"回来以后，家里出大事了——哥哥武大郎死了！面对这个如同晴空霹雳的噩耗，武松的反应非常冷静，非常理性。他问潘金莲，我哥哥为什么死了？死了多长时间？潘金莲说，差两日断七。断七是什么意思呢？在宋朝的时候，人死后祭拜七七四十九天，丧事才算结束。第一个七天是头七，最后一个七天就是断七。潘金莲的话意味着什么？意味着丧事马上就要完毕，武大郎的尸体已经烧化掩埋，武大郎之死到此为止，不再提起。潘金莲说武大郎是害心疼病死的，按现在的说法就是心脏病突发。武松觉得不像，家族没有心脏病史，哥哥也没有心脏病征兆。此时的武松，突来的悲痛、不明的死因和顿生的疑团呼啸而来，但他表现异常冷静。"武松沉吟了半晌，便出门去，径投县里来。"好一个"沉吟了半晌"！手足亲情和职业习惯使得他疑窦丛生，他很快就理清了思路，找到了解决问题的办法。由此可见，武松对于他哥哥的死是冷静的，和很多好汉的行事风格不一样，这使得他在众多好汉中独树一帜、远胜一筹。

1. 武松如何依法取证的？

起初，武松完全按照法律规定去办理武大郎遇害一案。此时的武松，还是个不折不扣的守法青年。他相信法律是公道的，想依靠法律查清事实，期待法律能给自己哥哥申冤报仇。他感觉哥哥之死有疑点，就要破案，要弄明白哥哥怎么死的。破案关键在取证，他就去找团头何九叔。团头是一个行业的负责人或管理者，何九叔就是一个常年从事殡葬业的行业小头目,相当于现在的专业殡葬机构的领导,具备比较丰富的专业经验。基于职业需要,他目睹了刚刚死后的武大郎的惨相,并且在武大郎尸骨被烧化之后,悄悄取了两块骨殖作为证据。他提供了武大郎不是死于心疼病的证据,初步证明了武松对武大郎之死的猜测。何九叔向武松提供了两样物证:一是武大郎的两块骨殖,二是西门庆贿赂他的一锭十两的白银。酥黑的骨殖直接证明武大郎是中毒而死,花白的银锭间接证明此案与西门庆有关。一黑一白,道破了案件事实真相;一黑一白,折射出人间多少秘密!这是武松取证的第一步。

　　武松取证的第二步,寻找目击证人。郓哥曾经与武大郎一起捉奸,是西门庆和潘金莲私通的直接见证人。郓哥见了武松之后,就把他所见到的事情说了,取到了潘金莲和西门庆奸情的证据。但这并不能证明潘金莲和西门庆合谋毒害了武大郎,还需要取证的第三步:这就是潘金莲的口供。

　　第三步取证是最关键的,是证据链中最重要的一环。但是,在这个节骨眼上,武松依法维权的合法之路走不通了。

　　武松的取证过程非常细致,非常缜密,合法合理。武松也是想通过合法的渠道给他哥哥平冤昭雪,抓住真凶。他带着何九叔和郓哥去官府告发,请求官方出面查办此案时,知县说证据不足,就把他驳回了。为什么?因为西门庆给知县送了银子。武松最初还是想寻找公力救济,还是想用法律的手段来解决他哥哥死亡的问题,想把这些证据提交给县衙以后来依法处理。可见,武松先是寄希望于法律、寄希望于政府,想走公力救济的渠道。但是,贪赃枉法的知县没有给他这样的合法渠道,以证据不足为由把这个渠道堵死了。政府解决不了怎么办?武松没有办法了,就从公力救济转为了私力救济。武松这样一个遵纪守法的好青年,就这样走上了一条违法犯罪的道路。

　　既然官方包庇西门庆,武松就走上了复仇之路。此时,他仍然遵循法律,继续被官方阻滞的取证之路。他开始了自我的暴力取证。武松回去跟潘金莲说:"明日是亡兄断七。你前日恼了众邻舍街坊,我今日特地来把杯酒,替嫂嫂相谢众邻。"这个说辞,没有高超情商的人是说不出来的。武松强压着自己的愤怒不让潘金莲看出半点破绽,同时绝不透露自己半点真实口风,掩盖了自己的真实意图,稳住了潘金莲。这充分体现了武松的精细稳重,潘金莲无法拒绝这个说法,也无法看穿武松的意图。然后武松请了四家邻居,把邻居叫进来之后,又叫了几个土兵,将前后门关了"都有土兵前后把着门,都似监禁的一般。"武松并不是直接杀了潘金莲报仇雪恨,而是请四位邻居到场,一是取得潘金莲和王婆的口供,二是让四位邻居做证人。书中这样描写:

> 武松道:"高邻休怪,不必吃惊!武松虽是粗卤汉子,便死也不怕,还省得有冤报冤,有仇报仇,并不伤犯众位,只烦高邻做个证见。"

武松取证的过程中,让一位邻居胡正卿把潘金莲和王婆的口供全部都记下来,让四位邻居都签了字画了押。这样,既取得了潘金莲和王婆的口供,同时又有四家邻居作为证人。这个过程,今天看来存在着暴力取证、刑讯逼供的情形,而在《水浒》乃至一般读者的观念中,确实都忽略了这种取证方式的合法性问题。

取证工作结束以后,武松就把潘金莲杀了。之后,武松又到狮子楼杀了西门庆。然后,武松又拎着西门庆的人头回到武大郎家里,用潘金莲和西门庆的头祭拜了哥哥。此时,已经身负两命的武松,还没有忘记继续取证,让四位邻居为自己作证:

> 当下武松对四家邻舍道:"小人因与哥哥报仇雪恨,犯罪正当其理,虽死而不怨。却才甚是惊吓了高邻。小人此一去,存亡未保,死活不知。……今去县里首告,休要管小人罪重,只替小人从实证一证。"

2. 武松为什么不杀王婆?

武松的聪明之处,就在于他既充分取得了潘金莲、西门庆和王婆三人共谋杀害哥哥的证据，形成了一条完整的证据链，使得此案证据完整，成为铁案。同时，又取得了四邻的同情，让他们给自己作证。然后，他押着王婆就到衙门自首去了。

武松为什么没有杀王婆呢？武松不杀王婆，至少有三方面的好处：一是从法律的角度来说，留王婆做个活口，到县衙里做个证人。王婆是杀害武大郎的主谋，可以进一步坐实此案；二是武松明白，王婆罪当必死，自己饶她一命，最后她还是难逃一死。武松留王婆活口是因为王婆还有用，而且最终难免一死，自己可以饶了她，但法律饶不了她。如果此时杀了王婆，不仅在他自首的时候缺少了一个最有力的证人，而且自己还多杀了一人，罪行更大，从而自己生还的希望就会更小。三是彰显出武松不滥杀的高风亮节，为武松赢得官府的同情进而减轻罪行，埋下了伏笔。自首既鲜明地刻画出武松一人做事一人当的英雄气概，又是定罪量刑的法定从轻情节。武松不杀王婆，绝非闲笔。武松的血性和理性、既胆大又心细、既合法又合理，在这个细节中得到了淋漓尽致的表现。

武松自首后，王婆把事实从头到尾招供以后，经过官方记录，就成为具有法律效力的证据。按现在刑法观念来看，王婆应该是主谋，她出谋划策，贪图钱财，撮合潘金莲和西门庆，出计并协助潘金莲杀死武大郎，武松没有杀她就是要留她作证。果不其然，县官一看西门庆死了，潘金莲也死了，"县官念武松是个义气烈汉，又想他上京去了这一遭，一心要周全他，又寻思他的好处"，就做了顺水人情，刻意减轻武松罪过。最后，经逐级上报，判武松发配孟州，把王婆凌迟处死。《水浒》中有个细节——"武松带上行枷，看剐了王婆，"王婆被处死，武松完成了自己的完美复仇。特别是看着王婆被剐被处极刑，武松（也包括读者）复仇之后的快意达到了顶点。至此，武松这个完美的英雄的形象便跃然纸上。

现代法治对私力救济持否定态度。当事人即便受到了冤屈，甚至于当事人的家属被别人残忍杀害，能不能自己去报仇呢？我们都知道是不可以的。因为复仇属于私力救济，现代法治理念禁止私力救济，要通过公力救济的途径，由国家机关来处理刑事案件。受害人及其家属只能把相关证据提交给公安机关或者其他机关，然后进一步走司法程序，这是现代意义上的公力救济。

3. 武松从慎杀到滥杀的转变

武松破案的过程是先找证据，然后告官被拒绝，最后不得已才杀人，投案自首。武松是个守法的好青年，他最初就是希望通过官方渠道给自己的哥哥沉冤昭雪，让凶手伏法。但是这条路没走通，所以武松走上了私力救济、杀人报仇的路。武松在复仇的过程中是极度理性而克制的，思维缜密、合理布局、依法取证、步步为营。景阳冈打虎之后，可谓高潮迭起，故事描写越来越精彩。斗杀西门庆是另一个高潮，武松的血性和理性得到了充分的展示。此时的武松并没有滥杀，再之后就变了。

经历大闹飞云浦、杀死四个公人之后，武松已经与体制彻底对立，再无回到体制内的可能。武松本来还打算安心去服刑，接受改造，出狱之后开始新的生活。但以张都监、张团练为代表的体制内官员，彻底击碎了武松的依靠体制谋求个人发展的幻想。到血溅鸳鸯楼的时候，武松这个守法青年已经对体制彻底失去信心，开始放任兽性，开始滥杀无辜。血溅鸳鸯楼一案，武松共杀了十五口人。即便蒋门神、张团练、张都监三个人都该死，其他十二口人是无辜的；即便女仆玉兰有错，也罪不该死。这个时候，武松开始已经走上了一条滥杀之路。

武松从慎杀到滥杀，《水浒》给读者精细地揭示了一个守法青年法律理想的破灭。一个有勇有谋的有志青年，本来可以成为国家栋梁为国效力，但却因为官员的贪腐和谋害而被迫走向政府的对立面，这是值得我们深思的。报国无门的武松走上了滥杀之路，这是武松个人前途发展史上的重大转折，也是武松的损失，也是大宋王朝的损失。个人与王朝的损失，虽有偶然因素，但从根本上来看，都是腐朽的体制造成的。

4. 嗜血狂魔黑旋风

李逵是一个嗜血嗜杀的冷血动物。李逵是《水浒》当中的人物形象最鲜活、最具个性、人物塑造最成功的文学形象。《水浒》之有李逵，如同红楼之有黛玉，人人皆知。谁见过李逵？没人见过。但一说李逵，我们心目中都有一个李逵的影子。这说明李逵这个人物形象塑造得很成功，这是高度艺术性的一种表现。《水浒》中的李逵，性格极其鲜明：直爽，粗鲁,孝顺,忠诚,义气;爱喝酒,爱赌博,好打人,好杀人。《水浒》中就说到:李逵是个杀人不眨眼的魔君。李逵嗜血、嗜杀,以杀人为乐。《水浒》中杀人最多的就是李逵,这些杀人都被描写成是正义的,因而淡化或抹去了其血腥的色彩。有些战争场面也描写出李逵的嗜杀,在这里简单举几个例子。

江州劫法场的时候,有两拨儿人营救宋江,一拨儿是梁山上的晁天王这批人,共十七个头领带着一百多个喽啰。另一拨儿就是李俊等"揭阳三霸"兄弟六个带领几十个庄客。在营救的过程中突然出现一个黑大汉,这个黑大汉就是李逵,他在事先并不知道有两拨儿人会去救宋江,就敢独自去劫法场,可以看到这个人真是天不怕地不怕,生不怕死不怕。尽管有两拨儿好汉从不同的路上赶来,但是李逵一个人抢占了两拨儿好汉的风头。我们可以看,李逵是怎么进行劫法场的呢?

"只见那人丛里那个黑大汉,轮两把板斧,一昧地砍将来。晁盖等却不认得,只见他第一个出力,杀人最多。"再之后,晁盖说我们不要再杀人了,救哥哥要紧,但是"那汉那里肯应,火杂杂地轮着大斧,只顾砍人。"这里杀的更多的是平民百姓。"当下去十字街口,不问军官百姓,杀得尸横遍野,血流成渠,推倒攧翻的,不计其数。"到江边上他们要走的时候:

> 这黑大汉直杀到江边来, 身上血溅满身, 兀自在江边杀人,百姓撞着的,都被他翻筋斗都砍下江里去。晁盖便挺朴刀叫道:"不干百姓事,休只管伤人!"那汉那里来听叫唤,一斧一个,排头儿砍将去。

在暴力美学的视角之下,这些杀人场面可以说是酣畅淋漓。但是如果用人的眼光来审视的话,这是非常恐怖的。且不论劫法场这件事正义与否,如果只是杀了官兵,还算是有义可取,但是李逵更多的杀的是平民百姓。而晁盖在文中至少有两次呼叫他,赶紧走,不要再杀人了,不要滥杀无辜,不要伤及百姓,可他不听。而且后来的描述中李逵出去打仗,宋江多次提醒他,不要伤了老百姓。李逵应都不应,该杀还是杀,他是杀人成瘾,以杀人为乐。

再有是三打祝家庄。打下祝家庄以后,李逵杀了个痛快。在描写李逵打祝家庄时至少用了这么几个词"正杀得手顺",这是什么样的感觉?这是什么样的暴力审美?这是极其恐怖的;"砍得手顺",直接杀进扈三娘家里,把扈三娘的父亲杀掉了,把扈家一家大大小小"杀得一个也没了"。后来宋江批评他,扈家是我们的朋友,而且扈三娘也归顺我们了,为什么还要杀他全家?宋江说将功折罪,李逵不以为意,哈哈大笑:"虽然没了功劳,也吃我杀得快活!"大家想,一个战将在战场上注重的是什么?是战功,就像农民种地为了粮食,学生考试为了成绩,这是正常情况。但是李逵作战不图战功,图什么?图杀人痛快。如果这种观念深入骨髓的话,这是非常恐怖的。《水浒》中,李逵的世界里,没有"人"这个字,他完全不把人当人。在他看来,每个人都是可以砍杀的对象,除了他哥哥宋公明,包括皇帝都是可以砍杀的,这是李逵冷血残暴的一面。

如果说江州劫法场、三打祝家庄是战争,对战争中杀人还可以理解的话,李逵对四岁孩子的残杀,这是不能原谅、不能接受的。吴用设计让朱仝归顺梁山时,由于当时知府信任朱仝,知府四岁的儿子小衙内也十分喜欢朱仝的美髯,常跟朱仝玩耍。后来吴用定了一计,利用小衙内逼朱仝上梁山。先让插翅虎雷横将朱仝骗出来,再让李逵把孩子抱走。朱仝找不到孩子,心急火燎,一问才知道是李逵抱走了,"朱仝失惊道:'莫不是江州杀人的李逵么?'"他已经预感到孩子性命堪忧。找到李逵后,果然发现小衙内已被李逵杀死,"头劈作两半个,已死在那里"。朱仝因此走投无路上了梁山。《水浒》中有很多计谋,比如梁山想让某个英雄入伙上山,采取的计谋大都十分不人道,以滥杀无辜为前提。比如刚刚提到的这一计,残杀四岁的无辜孩子,是无论如何都不能宽恕的暴行。从这个故事也可以看到,李逵杀人确实已经到了毫无底线、毫无原则、毫无人性,只图自己快活的程度。如果我们身边有这么一个人,这是何等的可怕?

不光杀人,李逵还吃人肉。李鬼冒充李逵的名义打劫,却遇到了真李逵。李鬼诳骗说他还有九十岁老母无人赡养,请求饶命。李逵信以为真,以为李鬼是个孝子,就给了李鬼十两银子将他放走。后来李逵知道真相后大怒,就把李鬼杀了。这时候李逵饿了,他怎么解决午餐呢? 书中写道:

> (李逵)拔出腰刀,便去李鬼腿上割下两块肉来,把些水洗净了,灶里扒些炭火来便烧。一面烧,一面吃。吃得饱了,把李鬼的尸首拖放屋下,放了把火,提了朴刀,自投山路里去了。

《水浒》中,吃人肉的不止李逵一人,描写吃人肉场面的也不止一处。例如,孙二娘在十字坡开黑店,卖的是人肉包子;还有宋江被燕顺抓起来以后,也差点被燕顺等人剖出心肝做了醒酒汤。小喽啰说人血是热的,要浇上凉水,血一遇凉水,剖开肚子以后,这时候是最新鲜的。在《水浒》的这些场面里,杀人者没有人性,不是人;被杀者没有人格,不是人。不把人当人看,没有对人的尊重,这是《水浒》中普遍存在的观点。所以《水浒》中漠视生命、滥杀无辜的场景非常多。如果把《水浒》比作一个相册的话,漠视生命、滥杀无辜,就是《水浒》中无数照片的底色。

(二)残暴凶狠,逞强好勇

通俗地说,残暴凶狠、逞强好勇,就是比谁的拳头大,谁的武力强。这是崇拜暴力、丛林法则的直接体现。丛林法则是什么? 靠最原始的本能来决定秩序,谁劲儿大谁就是王,暴力是王道。大鱼吃小鱼,小鱼吃虾米;丛林中老虎吃狐狸,狐狸吃兔子,一层层吃下去,以大欺小、倚强凌弱,这就是丛林法则。人类社会如果也奉行丛林法则的话,那就是谁厉害、谁武力更强、谁拳头更硬,谁就是大王。强权政治,暴力统治,都是如此。《水浒》中到处充斥着这样的丛林法则。暴力优先,拳头说话,好汉们个个都是逞凶斗狠。很多好汉在小说中的"义举",其实并无正当性可言。比如武松醉打蒋门神,尽管小说把他当作正面形象来写,但实际上,这种行为本身也没有正义可言。

1. 武松充当了黑吃黑的打手

武松打蒋门神的起因是什么? 是施恩和蒋门神的恩怨。施恩在快活林这一带就是一个黑社会头子。施恩跟武松说，他在快活林经营的事业主要有：

　　往常时，小弟一者倚仗随身本事，二者捉着营里有八九十个弃命囚徒，去那里开着一个酒肉店，都分与众店家和赌坊、兑坊里。但有过路妓女之人，到那里来时，先要来参见小弟，然后许他去趁食。那许多去处每朝每日都有闲钱，月终也有三二百两银子寻觅，如此赚钱。

　　可见，施恩在快活林的赚钱门路主要有三：一是开客店饭店，提供住宿吃饭；二是经营赌博，从赌博中抽利；三是妓女，往来妓女也需要给他钱，然后才能营业。可见，餐饮、赌博、卖淫嫖娼，自古以来就是一个共生共赢的经营生态，从施恩那时就已经是一条龙服务了。所以说，施恩正儿八经经营的是吃喝嫖赌，在这片区域收保护费，自己也经营几家店面，获得了很多利益。武松为什么要帮施恩打蒋门神呢？武松并没有认为施恩这样做不对，施恩的父亲是一个牢狱中的老管营，大致相当于现在某一个监区的负责人，或者监狱长。武松到了这个地方以后，按规定要先打一百杀威棒，施恩给他免了，并且每天给武松好酒好肉好招待，还给他换衣服、洗澡，武松非常纳闷。时机成熟的时候，施恩找到武松说起了自己和蒋门神之间的恩怨，让武松帮他收复失地，这样就有了武松醉打蒋门神的故事，施恩重新夺回了快活林。
　　武松和蒋门神之间的斗争，或者说施恩和蒋门神之间的斗争，根本没有是非正义之分。施恩在这个地方设赌坊，放高利贷，搞色情产业，用现在的法律来看，都是禁止的。施恩本身做的是违法的勾当，他和蒋门神之间，其实就是黑吃黑，只有谁比谁更黑，没有谁比谁正义。鲁提辖拳打镇关西还有一定的正义，为了解救金家父女，而施恩和蒋门神之间的斗争只是黑吃黑，不存在正义与否。施恩重新夺回快活林之后，却没有快活多久。后来武松被陷害，蒋门神又夺回了快活林，他和张都监、张团练合谋杀害武松，这是后来的事情。

武松在醉打蒋门神这件事情里,失去了景阳冈打虎的勇,也失去了斗杀西门庆的义,而是一种黑吃黑的恶,是一种以硬碰硬的狠。所以说,武松的形象在我的心目中,如同一条抛物线,经历了从低到高、再从顶点向下坠落的一个下降的过程。刚开始横空出世,景阳冈打虎,勇猛当先,如日中天,这是勇。《水浒》中打死老虎的好汉有好几个,但是都没有武松打虎更能凸现英勇无畏的英雄气概。斗杀西门庆凸显他的忠义,此时的英雄形象仍然呈上升趋势。但是从醉打蒋门神开始,英雄形象就往下掉,再到血溅鸳鸯楼,已经成为嗜血滥杀的杀人机器,既失去了给哥哥复仇的忠义,也失去了给自己复仇的正义,进退失据,这个时候的英雄形象已经逐步跌落尘埃了。

我们再看鲁智深。鲁智深在《水浒》中也是一个重要人物,鲁智深早期因为仗义救出金氏父女,打死了镇关西。后来流落到五台山,出家为僧。但他两次喝醉酒大闹山门,已经难以在五台山安身。师父智真长老推荐他到东京相国寺投奔其师弟清长老。鲁智深两次大闹五台山,视佛门清规戒律如无物,冒犯佛祖,欺凌众僧。比如他喝得酩酊大醉,在寺庙里面随处大小便,打烂金刚像,还拿着狗肉逼和尚吃。这些都是佛门大忌,是对佛门秩序的挑战,佛可忍僧不可忍,叔可忍婶不可忍!鲁智深走的时候,"寺内众僧得鲁智深去了,无一个不欢喜。"大家都非常高兴,欢天喜地,瘟神终于走了。诸位想想,我们的生活中如果出现了鲁智深这样的人,乱打乱骂,挑战秩序,大家会怎么样?尽管出于人物塑造的需要,但是我们冷静分析,花和尚鲁智深在五台山上的两次醉酒打人是没有道理的。用现在的观点来说,至少可以给他判一个故意毁坏公私财物罪,或者扰乱公共秩序罪。《水浒》后面还有一个和尚裴如海,和杨雄的老婆潘巧云通奸。《水浒》对佛教是有偏见的,这是另外一个问题,以后在《〈水浒〉中的宗教与信仰》一讲中再细说。

《水浒》对于女性的偏见更深,以后在《〈水浒〉中的女性及其命运》以及《〈水浒〉中的婚姻家庭法》中再作专题讨论。

(三)打家劫舍,以罪为功

在《水浒》中,好汉们上梁山之前的生活来源主要是靠打家劫舍。上梁山后,打家劫舍仍然是梁山的主要营收之一。打的是谁,劫的是谁呢?打的是普通百姓,劫的是寻常人家,都是老百姓的民脂民膏。没有州府衙门,没有将相高官,没有不义之财,没有替天行道。

对于梁山好汉来说,杀人放火是常态,是他们的必修课。梁山上的打家劫舍有三种类型,第一种是占山为王,聚众抢劫。一百单八将很多都是打家劫舍的出身,《水浒》出现的第一个小山头就是少华山,神机军师朱武、跳涧虎陈达和白花蛇杨春三个人在那儿打家劫舍。再有二龙山、桃花山、对影山、揭阳岭……都是这样。打家劫舍是干什么?就是抢劫,一方面是到附近村里抢劫普通庄户人家;另一方面就是抢劫过往客商行人,路过的人要留下买路财甚至小命不保。在这样的社会里,出行安全、营商环境怎么能得到保障?

第二种是孤身单干,暗中打劫。这种在《水浒》中被称为剪径,也就是俗话说的劫路贼。最著名的劫路贼是李鬼,这个冒牌货遇到了真李逵。还有九纹龙史进,打劫的时候碰到了鲁智深。还有张顺张横兄弟,他们是在水路上打劫,弟兄两个在船上相互配合,载客至江心就平地起价,翻倍加码,五百钱涨成三贯,不给钱便杀人。

第三种是开店为名,投毒暗杀,这个例子就更多了,此处不再一一列举。我们在阅读的时候,有没有觉得这是犯罪行为?法治社会允许不允许这样的情况出现?最近一段时间舆论报道,光是雪乡的黑导游就让全国人民非常愤慨,但是《水浒》中比这更严重更恶劣的情况屡见不鲜,很多英雄好汉都是打劫出身。

1. 林冲:体制内外的忍者和仁者

我们看到有一个打劫者是难能可贵的,就是林冲。我对他的评价是:体制内外的两难者。林冲在《水浒》中应该是最受委屈、最能忍耐的一个人。林冲是八十万禁军教头,有人猜测相当于国防大学教授,这个有点儿过高了。林冲大概相当于一个排级的教官,是一个低层的官职。他在体制内委曲求全,但是屡屡被高太尉陷害。好不容易上了梁山落草为寇,王伦也容不下他,想方设法排挤他,林冲内外两难。我认为林冲是《水浒》中的忍者神龟,他极能忍耐,有时候忍耐得有些软弱,忍耐得不像个男人。他的武功、修养都高于李逵，却并不被宋江视为心腹，不受重用。这是非常普遍的现象，生活中也有很多有能力、人品好、有干劲的人，可就是郁郁不得志。林冲想上梁山入伙，王伦给他出了个难题，要他纳投名状，让他下山杀个人。林冲无奈，只得屈从，结果遇到杨志。至此王伦才罢手，勉强接纳了林冲。所以在《水浒》中，林冲是少有的仁者，也是一个忍者。直到后来梁山大败高俅，把高俅抓到梁山上以后，林冲要复仇，但是宋江为了招安大计，放走了高俅。林冲眼看着仇人从眼皮子底下溜走却无可奈何，复仇未果，非常郁闷，非常无奈。

尽管如此，林冲忍受着体制内外双重煎熬，始终没有滥杀无辜的记录。在生活中，李逵、鲁智深、武松这种理想化的人很少，但是林冲这种现实化的人很多。他们有本事没平台，有抱负没后台；有心报国，无力养家，青春耗尽，壮志难酬。林冲就是现实中很多男人的真实写照，是大多数中年男人的无奈！

林冲的夫人也是《水浒》中为数不多的正面女性形象，我们以后再讲。

（四）滥用酷刑，出入人罪

《水浒》就是一部大宋王朝黑暗狱政的实录。书中滥用酷刑、刑讯逼供、屈打成招的描述非常多。《水浒》中有一个大家都熟悉的名词叫"杀威棒"，书中至少三个人和杀威棒有关系：林冲、武松、宋江。他们三个都做过囚徒，到了监狱里面都面临一百杀威棒，但是这三个人面对杀威棒的情形都不一样。林冲到了沧州监狱以后，因为有柴大官人的举荐，就记下没打。真实原因一是有柴大官人的面子，二是林冲使了银子。武松到了孟州，第一没有托关系，第二没有使银子，第三又很硬气，不怕打杀威棒。到了打一百杀威棒的时候，施恩一看武松如此耿直生硬，准备利用武松，所以就使了个眼色，为他开脱，武松便也没挨打。宋江也是如此，到了江州牢狱以后也是要面临一百杀威棒，但是吴用写信找了戴宗，戴宗关照了宋江。要打杀威棒的时候，戴宗说宋江在路上犯了病，不能挨打，于是就免掉了。

如果说杀威棒是大宋的先帝祖制，是国家法律规定的，那就应该公平适用，不能有所偏差。但是这三个好汉面临杀威棒的局面完全不一样。打不打，罚不罚，这个刑罚执行不执行，全是人情，全是贿赂，全是利益交换。《水浒》中，只要审讯，必用酷刑，宋江挨过几次审讯，每次都是酷刑；戴宗在刚开始作为牢狱中的节级，大致属于比狱卒级别稍高一点的小组长，戴宗对宋江不给他送钱十分愤怒，公然向宋江索贿。宋江及时掏出了吴用的信，戴宗一看，纳头便拜。但如果换作另外一个犯人，这顿暴打是免不了的。

审讯必用酷刑，是《水浒》中的常态。酷刑是严重违反现代人道主义的，也违反现代法治精神。联合国《禁止酷刑公约》就代表了当代法治文明的基本要求。现代法治要求减轻刑罚，反对肉刑，反对对人的肉体施加伤害。中国古代的肉刑很多，就是以伤害人的肉体作为惩罚，比如说五刑：墨、劓、剕、宫、大辟，脸上刺字、割掉鼻子、砍掉膝盖等，都是以残害人的肉体作为刑罚。从人道主义的角度来说，要废除肉刑，现在很多学者也呼吁废除死刑。面对人道主义的法治浪潮，我们反省《水浒》中的这些做法，这些重刑主义、肉刑主义是否在我们现在的生活中还有痕迹？

现在法治的基本要求，比如罪刑法定，反对酷刑，反对刑讯逼供。即便施加刑罚，也要用人道主义的刑罚措施；即便是死刑，现在也是枪决和注射的方式，注射的方式相比较其他的死亡方式更加人道，让死者的痛苦更少，这是一种人道主义。相对于《水浒》中的王婆被凌迟，哪一种更人道？不言而喻。

可以这样来总结：一部《水浒》，就是一部黑暗狱政史；一部《水浒》，就是一幅国人精神图。这才是我们现在用法治的眼光，重新审视《水浒》的意义所在。

（五）圈子文化，内外差别

《水浒》本身充斥着浓郁的圈子文化。《水浒》中，圈子之内有圈子，山头之外有山头。大圈子中又有很多小圈子，圈子内外，亲疏有别。你是我圈子里的人，那么就能够予以关照，就能够高抬贵手，就能够法外开恩。如果你不是圈子里的人，能做到公事公办就已经烧高香了。不是圈子里的人,那就不把你当人看,排挤打击是家常便饭,重者会对你施加毒手,甚至于让你命丧黄泉。

梁山有很多圈子,比如血缘关系:宋江宋清、阮氏三雄、解珍解宝等。另外还有夫妻关系,有三对夫妻:孙新顾大嫂夫妇、张青孙二娘夫妇、王英扈三娘夫妇。还有故旧关系:林冲和鲁智深、武松和施恩、卢俊义和燕青、杨雄和石秀等。当然,这些圈子中,势力最大的圈子是宋江的圈子,其核心成员有李逵、吴用、花荣、戴宗、李俊等人。

圈子文化在《水浒》中描述得并不多,但是如果你看《水浒》的时候,就会发现圈子内外,彼此有别。比如,花荣和吴用都是宋江的心腹,但宋江其实最喜欢的是李逵,但最不放心的也是李逵,总怕李逵闯祸。这是一个矛盾,也恰恰是《水浒》在撰写人物形象时候的高明之处。为什么宋江喜欢李逵?因为李逵是真正忠于宋江的,宋江在梁山这么多比李逵优秀的好汉中总是对李逵青眼有加,在李逵犯了错误的时候,总是会对李逵网开一面。比如让戴宗去请公孙胜,让李逵跟着去,这意味着如果能请回来,李逵就立功了,结果李逵反而惹了祸。后来到了东京城,向皇帝表达招安的意思,明明知道李逵爱喝酒,爱惹是生非,还把李逵带着,为什么?因为重大的工作场合,一定要让李逵有功。比如我们现在单位工作也是这样,一些重要的、能够出彩立功的工作,领导一定会让自己的心腹去做,即使派一个能力强的人去干,也要再派一个心腹。李逵多次杀人,有了罪行的时候,宋江也会原谅他,但他又最不放心李逵。宋江从来不怕李逵惹出杀人放火之类的事情,这些事宋江都能摆平。即便出现了李逵扯诏谤徽宗这样的政治事件,搅黄了宋江的招安大计,宋江仍然能够原谅他。宋江最怕的是,李逵坏了自己的名声。宋江喝了奸臣们的药酒后,知道自己不久于人世,他说:

> 我死不争,只有李逵见在润州都统制,他若闻知朝廷行此
> 奸弊,必然再去哨聚山林,把我等一世清名忠义之事坏了。

宋江不怕死,怕的是死后李逵造反,会坏了他一世好名声。所以他

在酒中下了慢性毒药,吃完以后把真相告诉了李逵。李逵不愧是宋江最爱之人,毫无怨言,宁愿跟着宋江一起去死。书中写道:

> 李逵见说,亦垂泪道:"罢,罢,罢!生时伏侍哥哥,死了也只是哥哥部下一个小鬼!"

李逵愿意为宋江去死而毫无怨言,这种情义真是惊天地,泣鬼神。诚如李逵死前所言,"生时伏侍哥哥,死了也只是哥哥部下一个小鬼",宋江喜欢李逵,不是因为其勇其才,而是其忠。对头领的忠诚是小圈子的基础和保障。李逵只忠于宋江,完全能够为宋江所用,是宋江手中一把不可多得的利刃。李逵之于宋江,免不了"兔死狗烹"的结局;宋江之于朝廷,也逃脱不了同样的结局。

《水浒》中的圈子有很多。花和尚鲁智深曾经两次因为女人而和别人打架,第一次是打死郑屠,他对于霸占民女、强行买卖的行为非常痛恨,解救了金家父女。第二次是小霸王周通要强娶桃花庄刘太公的女儿,鲁智深就把来抢亲的周通痛打一顿。后来李忠出面,发现是自家兄弟,"相逢一笑泯恩仇",这事就不了了之,再不追究了。同样是鲁智深,同样是强抢民女,郑屠和周通的结局完全不一样,一个命丧黄泉,一个成了兄弟,主要是因为郑屠不是鲁智深圈子里的人。

(六)反对秩序,自命权威

打乱了秩序,自己就是秩序;打倒了权威,自己就是权威。这是《水浒》中众多好汉的一种共识,也是《水浒》一书的基本观念。《水浒》对好汉主要是正面描写,有些他们吟唱的诗歌也恰恰能反映他们的真实心态。以前看《水浒》只看故事,忽略了每章开头和结尾的诗句。现在返回头再看的时候,就能从中得到一些人生的启迪。比如张横出场的时候,唱了四句歌:

> 老爷生长在江边,
> 不怕官司不怕天。

昨夜华光来趁我，
临行夺下一金砖。

这四句话里，表现出张横对现实世界秩序和规则的无畏和蔑视。"不怕官司"主要是说对官方秩序的无视；"不怕天"是对民间秩序、自然世界的无视。

再比如"黑旋风扯诏谤徽宗"一回中，钦差拿着皇帝的诏书，来办理招安大事。宋江叫点众头领时，念完一百零七个名字，唯独不见李逵。萧让念完诏书以后，李逵从房梁上跳下来，把诏书扯碎撕烂，把钦差大骂一顿，其中有一句话叫"你的皇帝姓宋，我的哥哥也姓宋，你做得皇帝，偏我哥哥做不得皇帝！"这固然是李逵率真和没有文化的表现，但是也反映出来他对王权秩序的蔑视。李逵认为你的皇帝还不如我哥哥，我哥哥宋江就是最大的天。

说到这，可能有的人会说，梁山好汉的做法都是被逼无奈，成语"逼上梁山"就是此意。另一方面，《水浒》中所张扬的替天行道的理念，从法律上来说，是不是合法的？或者说，在我们当代，我们认为需要替天行道的时候，这个"天"是谁？这个"道"又如何认定？这是我们应该思考的。

在《水浒》中其实也存在着仇官仇富、逢官必反的观念；当今世界也有"三仇"：仇官、仇富、仇警。《水浒》中弥漫着非常浓郁的仇官仇富的情绪，和现在何其相似？当然我不赞成逢官必反，我们还是要有规则意识，因为规则是法治社会的基础，而且暴力不会实现公平正义。有人说过"即便是最黑暗的专制统治，也要比最开明的黑社会统治好得多"，这样一比较，宋朝虽然是专制统治，民不聊生，官员腐败，但是这样的秩序和《水浒》好汉下的滥杀无辜、打家劫舍、我即皇帝、占山为王，哪个更好？我们如果冷静地想一想，答案是不言自明的。

三、替天行道：江湖中的自然法

有人会说，《水浒》中的好汉杀人是正义的，他们要替天行道。如果要用一个法学上的术语对应"替天行道"，那么，"自然法"或许是比较适当的。替天行道是不是《水浒》中的自然法？简单说，自然法本身是个西方的观念，我们生活中所说的法律就是国家机关制定的法律，可以叫做"制定法"。制定法是每个人应该遵循的规则，有法可依的"法"，就是制定法。但是我们又会发现情与法的冲突，主要是道德与法律的冲突。对于某个案例，比如"同命不同价""同案不同判"，人们就会说法律不公平，为什么？因为我们觉得制定法的一些内容和我们心目中的道德观念不符合。简单地说，自然法是指人们心目中这些道德、公平正义观念，因此就有自然法和制定法的二元观点。当然，自然法实际上并不是真正存在的成文法，它存在于人们的观念和学说之中。

为什么梁山好汉是替天行道呢？就是他们认为大宋的制度太不公平了，遍地贪官，民不聊生，你不让我活，那我就要造反，这是官逼民反的逻辑。如果说这种逻辑只是基于一种出于生存而出现的暴力对抗，而这种暴力应当有正义的价值目标。没有道义的暴力是对正义的戕害，无序的暴力冲突，不会形成理性的秩序，也不会带来保障民权的结果。历史上的很多农民起义，推翻了一个旧王朝，只是用一种新的暴力形式取代了旧的暴力形式，换了一波新的统治者而已，老百姓的生活没有改善。元朝诗人张养浩的《山坡羊·潼关怀古》中写道："伤心秦汉经行处，宫阙万间都做了土。兴，百姓苦，亡，百姓苦！"一个国家的兴替，只是帝王将相的游戏，和老百姓没有多大的关系。

《水浒》也是如此，尽管这些好汉们标榜替天行道，但是他们本身的行为是否给普通民众带来了福祉？我们没有看到，我们更多看到的是被李逵等人所滥杀的无辜。

《水浒》中所说的这种反抗，不是孟子意义上的反抗权，孟子说：

> 贼仁者，谓之贼；贼义者，谓之残。残贼之人，谓之一夫。闻诛一夫纣矣，未闻弑君也。（《孟子·梁惠王下》）

贼人者谓之"贼"，贼义者谓之"残"，残贼之人谓之"一夫"。意思是损害别人的人叫作贼，损害道义的人叫作残，这两种人统称为一夫。纣王是暴君,也就是一夫,消灭纣王是消灭了独夫民贼,不能说是犯上作乱的"弑君"。这是孟子的反抗权思想。《水浒》中只反贪官,不反皇帝,皇帝永远是好的。这种思想,比起孟子来,显然还是比较落后的。

四、结语:文化反省与精神升华

《水浒》作为一部经典名著,很多人都喜欢。但是,我们反思一下,它输在哪儿了? 评价一部小说,我认为有三个标准:故事性、艺术性和思想性。就故事性而言,毫无疑问,《水浒》的故事性非常强,这是它的成功之处。《水浒》中的很多故事,历史上是没有发生的,林冲逼上梁山、武松打虎、鲁智深大闹五台山、李逵劫法场等一系列故事,都是虚构的,但是这些故事脍炙人口,家喻户晓,说明作者把故事讲得非常好。从艺术性来说,比如说语言、修辞、写作手法等方面,包括《水浒》塑造的人物形象,栩栩如生,活灵活现,也达到了一个高峰,金圣叹评《水浒》的时候,说《水浒》一百零八人有一百零八个形象,每一个人各自不同,所以《水浒》在艺术上,应该说也是很成功的。此外,《水浒》中的诗词虽然不是读者关注的重点,其中也有很多名言警句,是人生哲理的总结。

但是,就思想性而言,《水浒》就输了一截。《水浒》输就输在思想性相对弱,随着时间的推移,其思想方面的弱点就越来越明显。虽然没有一个放之四海而皆准的标准来衡量文学作品的思想性,但是,以人为本、人本主义、歌颂人性,尊重生命,应该是人类生活的主题,也应该是评价文学作品的一个重要标准。比如《离骚》《诗经》,就体现了以人为本的基本价值,它的生命力是永久的,两千多年了,到现在还朗朗传诵,并不显得落后,就是这些作品都秉承了人本观念。孔子说的"《诗》三百,一言以蔽之,曰:'思无邪'。"就是说的这个道理。所以说倡导人权、人本的人文主义精神是不朽的,是最真实的,最有力量的,也是最能够流传下去的。《水浒》在当时来说,体现忠君的思想,并不落后,五百年以后的今天来看,很多人也许还认同它的忠君和侠义思想。如果以人道主义标准来评判,在尊重人权、尊重生命这方面,很显然《水浒》就落后了。所以水浒不及《红楼梦》的地方就是人本主义思想比较缺乏,直接拉低了它的精神境界和精神层次。随着时间推移,这个缺点会暴露得更加明显。

《红楼梦》为什么到今天还是经典呢?虽然故事性上《红楼梦》可能不像《水浒》有那么多的情节冲突,但就艺术性来说,《红楼梦》是《水浒》没法比的。而就思想性来说,《红楼梦》中的人物是平等的,在那个时代以女性为主写这个小说,本身就是对当时男尊女卑的一种反抗,所以《红楼梦》是倡导平等,倡导人道的,至少再过三五百年,《红楼梦》会依然为人们所喜爱。

很多文学作品突出了一个"爱"字,所以能够流传千古。比如《诗经》,里面有多少爱情的诗篇?"关关雎鸠,在河之洲";"蒹葭苍苍,白露为霜"……《诗经》思想纯正,孔子说是"思无邪",以爱为核心,那就会长远流传。如果一个文学作品强调的是"恨",我们经历的"文革"那个特殊年代的很多文学作品强调的都是仇恨和斗争。阶级仇、民族恨,一派打倒一派,这种宣扬仇恨的文学作品绝对不会长远。《水浒》在描写好汉们杀无辜、杀平民、打官兵、斗贪官的过程中,泾渭分明、黑白立判,其实在很大程度上宣扬了仇恨观念,这是《水浒》不能与很多世界文学名著比肩的一个重要原因。

一部《水浒》,就是一幅国人的精神自画像。一个人对待《水浒》的态度,就是他自己的精神世界的直观反映。如何认识《水浒》中的传统观念?反思《水浒》,不是用现在的标准衡量古人;以今非古,如同用未来的标准要求现在。读《水浒》,重点在于反省其中的很多传统观念。这些传统观念,恰恰是隐藏在《水浒》中的,也是潜伏在我们每个人心底的国民意识。正因为如此,现在很多人仍然很喜欢《水浒》。

对《水浒》要进行解读,但是更要进行解"毒"。可以说,我们每一个人都是《水浒》中人,都不同程度存在着"水浒情结""水浒印记"和"水浒人格"。《水浒》中的这些观念,扪心自问,我们有没有?我觉得是有的,只是程度不同而已。学习现代文明,就是要以古代文明为鉴。学习现代法治思想,以《水浒》为鉴,扬弃传统法制文化。在这一点上,我们对待《水浒》的态度就是我们对待传统文化的态度,甚至是对我们自己的态度。我们在对于传统文化学习、继承、发扬的基础上,要不断扬弃,不断取其精华，去其糟粕，才能够进步。如果说我们看到《水浒》中这些场面不反思，反而大呼快哉：杀得好，杀得痛快！那么我们在精神上，可能还没有摆脱"水浒人格"。以《水浒》为鉴，反思传统，观照自己，提升境界。对于普通民众来说，在《水浒》式的世界里，都当不了李逵，反而会成为李逵板斧下的冤魂。

最后做一个总结，《水浒》故事性、艺术性和思想性，可以从各个方面得到一些思考，但更重要的是，我们在当下，把《水浒》当作国民精神的一面镜子，照一照自己，照一照国民，发现不足。用开放、平和的心态面对现代文明，面对法治文明，小而言之，一个人的境界可以提升；大而言之，我们的民族也能够浴火重生。

2018 年 1 月 21 日

第二讲 继承道统，草根逆袭

——从宋江看水浒中的江湖规则

《水浒》本身是个传奇，其中有很多传奇人物、传奇故事和传奇形象，不过所有的传奇人物当中，最传奇的人物就是宋江。可能有人认为是武松，有人认为是鲁智深，有人认为是李逵，应该说，这些看法都有道理，他们都是《水浒》中的英雄群像。宋江和这些人比起来，总有一方面不够突出。和武松相比，宋江显然没有那么高强的武艺；和李逵相比，他不如李逵作战勇猛；和吴用相比，他也没有吴用那样的足智多谋；和柴进相比，他没有柴进那样的显赫家世；和公孙胜相比，他没有公孙胜那样呼风唤雨的法术……一一比较，宋江和任何一个好汉突出的方面相比，他都明显不足。那么，为什么一百单八将，最终是宋江坐了头把交椅？我们循着这个问题来分析。

一、宋江凭什么当老大？

　　我们先看一下宋江的个人简况。在《水浒》当中，宋江出场比较晚，第十八回才亮相。出场的时候是这样介绍他的：

　　　　为他面黑身矮，人都唤他做黑宋江；又且于家大孝，为人
　　仗义疏财，人皆称他做孝义黑三郎。上有父亲在堂，母亲丧早，
　　下有一个兄弟，唤做铁扇子宋清，自和他父亲宋太公在村中务
　　农，守些田园过活。这宋江自在郓城县做押司，他刀笔精通，吏
　　道纯熟，更兼爱习枪棒，学得武艺多般。平生只好结识江湖上
　　好汉：但有人来投奔他的，若高若低，无有不纳，便留在庄士馆
　　谷，终日追陪，并无厌倦；若要起身，尽力资助，端的是挥霍，视
　　金似土。人问他求钱物，亦不推托。且好做方便，每每排难解

纷,只是周全人性命。时常散施棺材药饵,济人贫苦,周人之急,扶人之困。以此山东、河北闻名,都称他做及时雨,却把他比做天上下的及时雨一般,能救万物。

第一,从外貌长相看。宋江是"其貌不扬",算不上美男子,"面黑身矮",所以叫"黑宋江",这可能是通俗的说法,宋江在《水浒》中有四个外号,大号叫"呼保义宋江",江湖人称"及时雨宋江",街坊邻居叫"黑宋江",有的人尊称他为"孝义黑三郎"。宋江长得面黑身矮,在梁山好汉里长相不占优势,我们现在也说"人不可貌相",但所有的人都是"外貌协会"的会员,都有"以貌取人"的心态。比如找对象,男的要找"白富美",女的要找"高富帅"。长相非常重要,很多公司找美女,美女更容易取得交际上的成功。在《水浒》当中,美男子的标志是四个字:白面长须,黑白相配的长相从视觉效果上感觉也不错。宋江个子低、长得黑,这是个生理上的不足。其实《水浒》里面,长相不好的人有好几个,要么命运很悲惨,要么人品有缺陷,要么就是这个人没什么本事。比如说武大郎,一说武大郎,每个人都知道个子很低,长得黑,外号是"三寸丁谷树皮"。他在个人长相上是吃亏的,这也是导致潘金莲喜欢西门庆的原因,显然西门庆长得比武大郎帅多了。

从外貌心理学来分析,人们在评价一个人时,有一种将品行和身高联系起来的心理倾向。比如,说一个人"身高八尺",字义是说身高,其实暗含着这个人品行端正大气的意味;说一个人"五短身材",字义是说个子矮,其实这句话暗含着对人品的评价,暗喻此人品行不好。《水浒》对矮脚虎王英的描述就是这种情形。王英是一百单八将之一,在《水浒》中也是一个相对重要的角色,他最大的缺点是什么?是好色。王英是梁山一百单八将里面最好色的一个,在书中多次被别人嘲笑,或者被宋江批评,也受到了读者的谴责。因此,《水浒》作者笔下的王英个子低,品行差。林冲绰号叫"豹子头",长得像豹子一样,威风凛凛,一身英武之气,一看就招人喜欢。梁山上好多好汉的绰号都是和长相相关的,比如玉麒麟卢俊义、美髯公朱仝、九纹龙史进等。所以从外貌长相方面来说,宋江绝对不是美男子,在美男如林的梁山上,颜值得分最多就是个及格。

第二,从家庭出身看。中国是一个特别看重家庭出身的国度,一个人的家庭出身,可以说决定了一个人一生的发展。在《水浒》中,大多数人家庭出身都不高,由此可以推测,作者应该也是身处社会底层的知识分子。和《红楼梦》相比较,通过对一些生活情景、吃穿用度、行为方式等的描写,可以看出《红楼梦》的作者出身贵族家庭,而《水浒》的作者应该是个底层的知识分子。宋江出身于传统的农业的家庭,祖上没有做官经商的,家境一般。书中描写他父亲宋太公"在村中务农,守些田园过活",他父亲宋太公也说过:"老汉祖代务农,守此田园过活。"他父亲有些农田,能保障基本生活。家里还有几名庄客,说明比一般农民家庭要殷实富裕一些。如果按阶级成分划分,他出身算是一个"地主"或"富农",他的家庭出身并非富贵之家。《水浒》中有一些人家庭出身还是比较富裕的,比如说卢俊义,号称"河北三绝",就是说河北最著名的三个人物之一,又被称为"第一等长者",不光是他家庭殷实,社会地位高,并且"长者"这个绰号更能说明他的社会声望高,品行敦厚,宅心仁厚;再比如小旋风柴进,他是周世宗的嫡系后代,享有"誓书铁券"的特权,一般官民都不敢惹他。宋江显然没有这么高的家庭背景。

第三,从武功上看。梁山好汉最不缺的就是武功,宋江本人也习过武艺,在介绍他的时候,说"宋江爱习枪棒,学得武艺多般",各种武艺都有所了解,但他是不是高手呢? 谈不上。《水浒》中谈他武艺的地方有三处:第一处是他刚出场的时候,概括性地介绍他"爱习枪棒,学得武艺多般"。第二处是他教孔明孔亮兄弟武功。可以教徒弟,说明他的武艺还不是很差。第三处是他在揭阳镇因打赏病大虫薛永而惹恼了小遮拦穆春,穆春要打宋江,宋江拉开架势准备打的时候,薛永把穆春撂倒了。穆春在《水浒》中排名第八十位,也未见他立过什么功业,应该是武功平平。即便宋江能打过穆春,在梁山也不算是高手。《水浒》中以武功著称的比比皆是,实在轮不上宋江亮肌肉、比拳头。可以说,宋江的武功在梁山上不是最差的,也是末流之一,比吴用、萧让、金大坚、安道全这些纯粹的文人要强一些。和五虎八骠将等专业选手相比,他也就是业余选手的水平,或者比业余选手稍高一点,绝对不算武林高手。

第四,从用兵智谋上看。宋江曾多次指挥兵马打仗,有时候直接排兵布阵,有一定的军事才能。吴用是梁山的军师,主要战事都由吴用负责,具体的用兵打仗宋江不如吴用。公孙胜是副军师,他会法术,能腾云驾雾、飞沙走石,是《水浒》中半神半人的人物,他的排兵布阵比宋江要强。还有,呼延灼也懂兵法,排下连环马之阵,曾经击败过宋江。高廉会作妖法,也几次把宋江打败。宋江也曾两次失手于祝家庄,吃了败仗。因此,他用兵布阵并不是最强的,比不上吴用、公孙胜,也比不上有些对手。

第五,从行政级别来看。大多数好汉都属于中低等的官员,一般是低等居多。那么宋江是怎样的一个出身呢?大家知道人们尊称他叫"宋押司","押司"首先在性质上属于"吏","官"和"吏"是有区别的。"官"是体制内正式的公务员,所谓"朝廷命官"就是此意。而"吏"属于什么?属于"官"的辅助人员,做一些专业性、技术性的工作,比如文书写作、赋税征收、诉讼治狱等,类似于现在体制内的临时工,或者编外人员。"官"属于高级公职人员,有品级划分,可以升迁,可以跨地区选拔。比如知县可以升为知府,可以在本地做官,也可以跨区域异地做官。"吏"则属于低级的公职人员,有职事无品级,由"官"招募使用,做一些具体事务。所以"吏"没有上升的空间,也没有成为"官"的可能。宋朝一个县有八名押司,这个职位主要是协助知县处理各类专门事务,类似于政府办公室的工作人员。如果一定要用现在的行政级别来套的话,"押司"顶多算是县政府办公室副主任,副科级。所以,宋江在体制内的行政级别并不高。

第六,从财产状况来看。宋江出身农家,家境一般。身为押司,收入不高。西门大官人有很多钱;柴大官人更是富甲一方;卢俊义本身就是河北的大地主,"河北三绝,第一等长者";施恩在快活林一带做垄断生意;穆弘穆春兄弟是揭阳镇富户,还经营一些非法生意……他们都比宋江有钱得多。他父亲宋太公"守些田园过活",并没有其他产业,也没有做生意,更没有经营垄断性的产业或者非法的生意。宋江无祖业、不经商、不违法经营,也没有参与打家劫舍等活动,没有巨额收入来源,他并不是腰缠万贯的富豪。

总而言之,从长相、家庭出身、武功、用兵智谋、行政级别、财产状况等单项指标来看,宋江在每一个方面都不占有优势。为什么这样一个人能成为梁山上的老大呢?这是我们思考的起点。

当然,不妨稍微联想一下,四大名著另外一部《西游记》,都知道师徒四人去西天取经,领导是谁呢?唐僧。我小时候看《西游记》时就很生气,怎么唐僧总是压制孙悟空?如果西天取经没有唐僧的话,早就取回来了。年龄渐长,才知道历史和现实都不是这么简单。所以宋江和唐僧这两个领导有异曲同工之处:为什么《西游记》里面唐僧是领导?为什么梁山一百单八将里面宋江是头领?这和我们的社会现实有一些密切的关系。

二、通往头把交椅的征程

若论个人单项,宋江每一项都不是最优。若论综合素质,梁山上无人能敌宋江。我们试着从以下几方面分析一下宋江能够成功的主要原因。

(一)义字当先,广结善缘

宋江一出面,除了"面黑身矮"之外,书中介绍了他的很多长处。例如,人人都说他"仗义疏财,扶危助困"。

1. 仗义疏财,扶危助困

宋江乐善好施,仗义疏财,经常帮助有困难的人。《水浒》这样的细节有很多,和好汉见了面,他二话不说,先给一锭银子。这里顺便举几个例子。

第一件事,宋江接济阎婆惜母女。王婆在路上叫住宋江,把阎婆拉过来,说阎婆母女可怜,无依无靠,没有着落,正好押司你也没有夫人,干脆让阎婆惜跟着你,给你"做外室"怎样?什么是"做外室",通俗而言,就类似于"援交少女""包二奶"之类。宋江答应之后,就逐步引出了宋江杀惜的故事。所以宋朝在这方面观念很开放,很多人都有"外室",都养着小老婆,是一种合法的存在,社会普遍接受。之后宋江把阎婆惜接过来,租了一套房子,让阎婆惜住在那儿。宋江和阎婆惜的故事,是从宋江仗义疏财的性格开始的。宋江虽然是把阎婆惜养做外室,但从书中的语境来分析,主要还是以接济她母女生活为主。

第二件事,宋江看见那个卖汤药的王公,那个老头的家庭情况比较困难,就答应给王老头十两银子,让他置办棺材。王老头感激不尽,千恩万谢。

第三件事,宋江还经常接济一些生活穷困的人,唐牛儿就是一例。书中写道:

> 却有郓城县一个卖糟腌的唐二哥,叫做唐牛儿,如常在街上只是帮闲,常常得宋江赍助他。但有些公事去告诉宋江,也落得几贯钱使。宋江要用他时,死命向前。

可见,宋江的钱不是白花的,他对唐牛儿仗义疏财,唐牛儿对他"死命向前",成了宋江在郓城县的死党。

第四件事,宋江见了好汉,更是舍得送钱。第一次遇见李逵,二话不说给了十两银子。在柴进庄上遇见武松,给武松送了十两银子和新衣服。武松走时,更是相送十里,武松感激宋江胜过柴大官人。宋江本人仗义疏财,扶危助困,所以人称"及时雨"。宋江家里没有钱,作为一个小吏,他从哪儿来的这么多钱?当然我们不可细究,如果细究的话,那可能就是平时他深通潜规则,拿人钱财替人消灾,免不了做一些权钱交易的事情。

2. 刀笔精通,吏道纯熟

宋江不仅仗义疏财出了名,而且他还"刀笔精通,吏道纯熟"。宋江不但有比较高的文化修养,精通各种文书处理;同时他对于官场上的人情世故、公务往来,办事程序、官场运作等各种潜规则了然于心。通俗而言,宋江是一个"官场老油子",对官场人情世态洞若观火。为什么叫"刀笔吏"呢?古代掌握文字的小吏,他写的这个文字就像刀一样,可以让人死,可以让人生。宋江精通官场规则,人情练达,而且上下左右都照顾得非常周到。

3. 低调谦虚,声望日隆

宋江本人十分低调谦虚,从不自以为是。《水浒》中描写了很多高调到不知天高地厚的人,比如说杨志卖刀的时候,那个泼皮牛二很高调,被称为"大虫";高俅和他的蛉螟之子高衙内,都非常高调;还有高廉,包括高廉的内弟殷天锡,都高调得过于霸道。但是宋江本人非常低调,非常谦卑,不管见了谁,首先行礼,非常尊重。宋江自我介绍的时候,总说自己没有能耐,"小可宋江",大家看李雪健演的宋江,我觉得演得非常到位,谦虚低调,总是弓身弯腰、低眉顺眼地说着"小可宋江"。这是他待人接物的重要特征,非常谦虚。只要见到江湖好汉,宋江一定要热情邀请,请吃请喝还送钱;请到家里坐一坐,聊聊天,拉一拉家常,说一说江湖中的事情,甚至要结为兄弟。

4. 身居江湖,心系庙堂

和梁山上其他好汉相比,宋江是个有志向的人,是一个有政治头脑的人。他的心中,有一个理想的政治图景。他的一生,都是为实现这个理想的政治图景而努力。这也是他坚定地要接受招安的思想基础。宋江在政治上有抱负,他不甘心只做一介小吏,也不甘心做一个普通的官员。他要做大官,要做能够经世致用、为国效力、为民伸张正义的大官。他在处江湖之远的时候,确实有一番做大事的抱负。宋江不仅仅是只想当官,他是想通过当官,来实现忠君、爱民、报国这样的政治抱负。而梁山上其他人没有这种抱负,梁山前后三个头领,王伦、晁盖都没有宋江这样的政治理想。我们仔细分析一下宋江在上梁山之前的行为方式,就可以理解,他是真的不想上梁山,他瞧不上梁山,他不想落草为寇,因为他知道梁山造反不能长久,实现不了他经世致用、忠君报国的远大理想。他谋求的是自己在体制内发展,希望能够在体制内逐步上升,获得一官半职,逐步实现政治抱负。所以他在体制内发展和上梁山这两件事是矛盾的,一上梁山就是贼,就脱离了实现自己理想的体制。所以宋江多次拒绝上梁山,是发自内心的,不是虚辞和推脱。

由于宋江义字当先,广结善缘,因而声名远播。在通讯交通都很落后的时代,他在江湖上大名鼎鼎,很多人都想结交他。宋江曾经多次遇险,每次快要被杀时,他长叹一声说"可惜宋江死在这里!"之类的话,好汉们一听是"及时雨宋江",赶紧松绑,纳头便拜,低头认罪。口碑好、名气大,这是宋江最大的无形资产,胜过卢俊义、柴进等人的万千金银。

(二)笼络人心,巩固班底

宋江不但有政治理想,还有政治谋略。他善于笼络人心,巩固班底。

1. 个人魅力,广结人脉

宋江上梁山之前,就已经名满天下,江湖上无人不知及时雨宋江。上了梁山以后怎么样?宋江是一个非常有政治谋略的人,上了梁山不是每天大碗喝酒、大块吃肉、大秤分金银。他不满足于口腹之欲,而是精心布局,开始发展自己的势力。上梁山之前的宋江,江湖上有声望,有地位,但是并没有他的团队,并没有积聚起自己的山头和人脉。上了梁山就不一样了,宋江首先就是巩固自己的班底,发展自己团队的骨干成员。上梁山之前,因为超人的人格魅力,宋江已经在江湖上大名鼎鼎,人人仰慕。但这种人格魅力是一种虚的声望,并没有转化成实的势力。从声望到势力的转化,需要一个过程,也需要很多手段。生活中很多人名望很高,但是他们却没有自己的团队力量,有清名而无实力。而宋江则把个人魅力发挥到了极致,广结人脉,形成了自己的核心团队。

宋江上了梁山以后,就开始大量笼络人才。上梁山之前,就结识了李逵、武松、戴宗等人,这些人后来都成为他在梁山上的骨干力量。可以看到,从宋江上梁山到一百单八将英雄排座次之间,只要宋江出马,就一定要招几个英雄回来,收罗为自己的势力。同时宋江还注意"量才适用",善于用人,这点就比晁盖高明多了。比较晁盖和宋江,宋江上了梁山以后,他的班底在迅速壮大,而晁盖不仅没有再发展出自己的新生力量,原来的班底反而有所削弱。最初智劫生辰纲的七个人,吴用、三阮、公孙胜、刘唐,再加一个可有可无的白胜,这七个人都是晁盖起家的班底。然而上了梁山以后,吴用、公孙胜、刘唐迅速向宋江靠拢,三阮态度虽不明朗,但也对宋江服服帖帖,从无违逆。仅从人员对比来看,宋江就已经占了绝对优势。晁盖名义上还是位居第一把交椅,实际上已经大权旁落,成为宋江的陪衬。

2. 量才是用,善于用人

作为头领,宋江特别善于用人。举几个小例子:吴用在晁盖时期就是军师,宋江继续让吴用做军师;公孙胜是云游四方的道人,宋江让他做副军师,在梁山上是第四把交椅。打探消息、送信找人这样的长途出差的事情,让神行太保戴宗去。最能显示宋江用人高明的一例,是派燕青去联络李师师。宋江想通过李师师给宋徽宗传信,表达愿意接受招安的意愿。派谁去?派燕青。燕青长得英俊潇洒,文武兼备,精通多般才艺,做事机智果断。说得直白点儿,让燕青去做李师师的功课,相当于是用了美男计,李师师果然上钩了。

3. 以退为进,屡让头领

不光如此,宋江本人还有一个优点:以退为进,屡让头领。在卢俊义、呼延灼、关胜等人上山时,宋江都让他们坐头把交椅。仅仅对卢俊义,他就让过三次。宋江虽然想当头领,但是梁山每次遇到一个高人的时候,宋江就第一个站出来,说你来做头领,我不做。晁盖让宋江坐头把交椅,宋江说那我不如死了去。晁盖说那我坐第一把,你坐第二把。晁盖去世以后,毫无疑问,应该让宋江坐头把交椅了。但是宋江不坐,前后让过三次,让卢俊义坐头把交椅。当然也有人分析得很清楚,宋江每次让位,都是虚伪的。卢俊义在梁山上毫无根底,他怎么敢坐?再比如收复呼延灼,就让呼延灼来坐;收复大刀关胜,也让关胜来坐。从客观效果上来说,宋江每让一次,都使他自己的地位更加巩固,这种以退为进的领导艺术,是梁山上任何人都不具备的。他给卢俊义让了三次,卢俊义不仅不敢坐,而且还彻底服了宋江,从此以后跟着他干,成为宋江的铁杆。这是一个以退为进的手段,确实非常高明。他知道这样让一下反而会使对方更服膺自己,让一下反而会使自己的势力更加巩固。

4. 收服强者,善待弱者

梁山上群雄璀璨,豪杰并起。在长相、武功、军事、家庭出身、行政级别、社会地位都不占优势的宋江,怎样把这些英雄豪杰一个个收服?这是一个很难的问题,宋江采取不同的手段,一一化解。

宋江不仅把强者收服的同时还善待梁山上的"弱者",比如三打祝家庄引起的原因就是时迁、杨雄、石秀住店的时候偷吃了祝家庄打更的鸡,和祝家庄的人发生争斗。结果是时迁被扣,杨雄、石秀投奔梁山,请求攻打祝家庄,解救时迁。晁盖听后大怒,认为他们偷鸡摸狗、坏了梁山的名声,要杀杨雄和石秀。宋江站出来,劝阻晁盖不要杀他们。

　　　　宋江劝住道:"不然。哥哥不听这两位贤弟却才所说,那个鼓上蚤时迁,他原是此等人,以致惹起祝家那厮来,岂是这二位贤弟要玷辱山寨!我也每每听得有人说,祝家庄那厮要和俺山寨敌对。即目山寨人马数多,钱粮缺少,非是我等要去寻他,那厮倒来吹毛求疵,因而正好乘势去拿那厮。若打得此庄,倒有三五年粮食。非是我们生事害他,其实那厮无礼。"

　　宋江这段话说得非常巧妙:一是把玷辱山寨的责任推到不在场的时迁身上,洗清了杨雄和石秀;二是说祝家庄早就和我们为敌,与杨雄石秀没有关系;三是打下祝家庄可以得到大量粮食补给。这样就说服了晁盖,决定发兵攻打祝家庄。

　　晁盖和宋江在对待杨雄和石秀的态度上,一个要杀,一个要救,截然不同。毫无疑问,杨雄、石秀获救之后,肯定铁了心要跟着宋江。宋江既收服强者,又善待弱者,就能够深得人心。

　　因此,宋江的班底迅速壮大。宋江上梁山的时候带了二十七人。晁盖上梁山时共七个人,加上林冲和白胜,共是九人。此时梁山上共计四十名好汉,怎么排座次?晁盖第一,宋江第二,吴用第三,公孙胜第四。其他座次怎么安排?

　　　　宋江道:"休分功劳高下,梁山泊一行旧头领,去左边主位上坐。新到头领,去右边客位上坐。待日后出力多寡,那时另行定夺。"众人齐道:"哥哥言之极当。"

这四十个人排座次，是后来一百单八将排座次的预演。宋江一句话就解决了排座次的问题，而且大家都认可。这个排座次的方法很巧妙：一是肯定了晁盖等人的历史地位，让他们坐在主位以示尊重，没有动摇他们的地位；二是新来的统一坐在客位，按年龄大小排序，这样大家都无话可说；三是明确告知大家，将来要按照功劳大小来重新排座次，在座的各位还需努力。

这是宋江正式加盟梁山之后做的第一件事。一句话就能够排定座次，可谓以柔克刚，不露痕迹。左边主位九个人，右边客位二十七个人，主位与客位形成了九比二十七的关系，宋江已经先声夺人，胜券在握。

（三）稳抓军权，屡立战功

宋江上梁山后屡立战功，迅速掌握了对军队的实际控制权。在此过程中，吴用只负责具体的排兵布阵，对于军队的调动、军权的行使、将领的安排等方面，吴用在这方面确实是"无用"。宋江上山以后，他深深懂得，要想在梁山发展自己的势力，进一步壮大自己的声望，最后实现他的政治理想，那就一定要有所作为。在梁山上，就是要有兵权，要有战功，所以，几次打仗都是宋江主动请战。出兵之初宋江就对晁盖说，"哥哥是山寨之主，如何使得轻动"，我去给你冲锋陷阵。所以几次打仗，都是宋江去的。几仗下来，至少收到三个效果：一是宋江的军事实力增强了，打一个地方收复一批人；二是他屡建战功，威望大增。在梁山兄弟们的心目中，宋江不光是及时雨，他还是战神。三是每一次打完胜仗以后，宋江都要把当地的钱财拉到梁山上。又立了功，又招了人，还聚揽了钱财，人财物都有了，不服他服谁？这样几次下来以后，晁盖坐不住了，他发现自己名义上是老大，实际上已经大权旁落。

再简单说一下宋江和晁盖的关系。从《水浒》的文本来看，一直写得两人非常融洽，好几个地方写着宋江拉着晁盖的手，两个人一起入座，亲如兄弟。但是金圣叹一直认为宋江是一个长于阴谋诡计、品行很差、奸诈无信的人，认为宋江处心积虑，逐步架空晁盖。甚至说最后晁盖之死，都是宋江派人暗杀的。当然这是一家之言，但金圣叹的评论对后世产生了很大的影响，至今很多人解读和研究《水浒》，都离不开金圣叹的批评本,跳不出金圣叹的思路。金圣叹的评点影响了很多人,对于理解《水浒》有很高的价值,但我们也不能脱离文本去做太多无谓的猜测。

(四)忠孝节义,阳儒阴法

宋江在梁山的经营,可谓稳扎稳打、步步为营、层层递进。一是借助昔日积累的个人威望和个人魅力,二是组建忠于自己的骨干力量并扩大团队,三是建立了显赫的战功。一步比一步稳固,一层比一层高级,如日中天,不可遏制。然而,宋江的脚步并不止于此。他还有更进一步的打算,建立个人班底、建立军功,这是取得了极大的"势"。按照韩非子"法、势、术"相统一的理论,他在获得"势"之后,还需要用"术"进一步巩固势力,向更高层次迈进——取得意识形态的主导权。以前是抓人,现在是要抓人的思想,这一招很厉害。

为了取得梁山意识形态的主导权,宋江主要走了两条道路。一条是世俗化的道路;一条是神圣化的路子。

关于世俗化的道路,我总结了四点:义、孝、忠、术。

第一点是"义"。宋江做到了以下几点:一是诚信,宋江说话算数,为朋友两肋插刀;二是舍财,宋江就是一个"散财童子",宁肯自己没有钱,也要借钱给别人,这是一个大优点;三是助人,宋江助人不光是给你办事,有时候是冒着违法或被杀头的风险去助人,最成功的一次就是给晁盖通风报信,他救晁盖是舍命,是他一生中最冒险的一次助人。他明明知道这种行为是犯法的,有杀头的风险,但是他敢这么做。正是因为他的舍命救人,所以才在晁盖那里换取了很大的政治资本。如果不是这次风险投资,晁盖不会后来几次去救宋江,不会邀他上山,不会带着众弟兄到江州劫法场把他救出来,也不会他刚上梁上就让他当首领。宋江帮助了好多人,救晁盖是政治上最大的一笔投资;还有做事公道,总体办事上比较公平,这是他的第一点,"义",这是对朋友的。

第二点是"孝"。宋江是一个孝子,外号叫"孝义黑三郎",对父亲宋太公非常孝顺。一般来说,孝有几个层次:一是赡养,就是供养父母的衣食住行。赡养的意思是给父母吃饭,给他衣食,给他住房,供养父母的生活,这个称之为"赡养"。但是有"养"就够了吗?不够。孔子的弟子子游

问孔子,什么是孝?《论语》有云:

> 子游问孝,子曰:"今之孝者,是谓能养。至于犬马,皆能有
> 养;不敬,何以别乎?"
> 子夏问孝,子曰:"色难。有事,弟子服其劳;有酒食,先生
> 馔,曾是以为孝乎?"

　　孔子认为孝敬父母,首先是要做到脸色上对父母恭顺,如果说仅仅是供养父母的话,狗和马这些畜生都能够给它父母有供养。宋江显然不仅做到了赡养,而且做到了恭敬。宋江对父亲还做到了"从命",甚至于"舍身",宋江的孝行也让梁山上的众多好汉非常佩服。《水浒》里面写了很多孝子,王进、李逵、公孙胜、雷横等等都是孝子,但是哪个孝子的孝行都比不上宋江。刚出场的王进是个孝子,王进为了躲避高俅的迫害,带着老母亲跑到延安去,而不是抛开老母、独自远走高飞。李逵是个孝子,他在梁山上独自快活,想到老娘还在受苦,号啕大哭,要接老母亲上山享福,安度晚年。公孙胜是个孝子,他立了战功但是想到老母亲八十多岁没人照顾,所以回去赡养母亲。而这些孝子的孝行,都没有超过宋江。

　　宋江为了尽孝,为了老父,宁愿舍弃生命。他曾说过"若为父亲,死而无怨。"而且他确实是这样做的。有两次因为尽孝,宋江差点儿丢了性命。第一次,宋江带领花荣、秦明等人上梁山时,路上遇见送信的石勇,信中说他父亲死了。宋江一听哭天抢地,不顾负罪之身,马上就回去了。到家一看,原来他父亲没有死,怕他在外入伙做了强人,就写了这样一封信骗他回来。结果宋江一回去就被官府抓获,但他并不后悔,也不抱怨父亲。第二次是宋江想回家接老父亲上梁山。这次已经经历了江州劫法场、智取无为军等惊天大案,已经完全成为朝廷通缉的要犯,是死罪之身,他坚持要孤身一人回家接老父亲,真是舍命不顾。晁盖再三劝说,宋江固执得超出想象——这也是宋江在全书中最固执的一次,听不得任何好意相劝。晁盖见劝说不动,就说派几个兄弟保护你回家。宋江又

拒绝了,坚持自己孤身回去。晁盖拗不过他,宋江一个人回到宋家庄去接父亲。果不其然,县里面早就派两个捕头埋伏在他家周围抓他,宋江仓皇逃跑,差点儿被人抓住。所以宋江这次下山,就是冒着生命危险也要尽孝,这和其他人也不一样。当然,他虽然冒了巨大的风险,但是巨大的风险往往带回来的是巨大的收益,因为宋江的孝心让大家更服他了。

第三点是"忠"。曾子曰:"吾日三省吾身。为人谋而不忠乎?与朋友交而不信乎?传不习乎?"对朋友事之以忠,宋江没问题能做到,刚才我们说过;还有对职业的忠,我们现在所说的"敬业精神"。但是对朋友和对职业的忠,实际上是比较低层次的忠,在古代更多强调的是"忠于君主"。宋江有绝对的忠君思想,已经近乎愚忠。他本人深受儒家学说的影响,"忠君报国"是他矢志不渝的政治理想,所以他一直要接受朝廷招安。他就是要通过招安表达忠君思想,借此获得体制内的地位,实现自己的理想。

第四点是"术"。梁山这么多人,有文的有武的,有官宦子弟,有草根平民,贩夫走卒,士农工商,不一而足。梁山上一百单八将,这些人的身份非常复杂,要想把这个团队管理好,必须要有很高明的管理手段,这就需要"术"。从正统思想上来说,宋江信奉儒家思想,他也是一个典型的儒者。而宋江在做事的时候,又会使用法家的一些手段,可以说是阳儒阴法。比如说赏罚得当,宋江对于立功的进行奖赏,对于犯错误的要处罚。基于高超的管理手段和用人技巧,他把这些人团结在一起。梁山好汉有的信奉儒家,有的信奉道家,也有的儒道结合,有的推崇法家。从几个头领来看,宋江是儒家的代表,公孙胜是道家的代表,吴用则属于披着儒家外衣的法家的代表,但是最后吴用被招安的时候穿的什么?纶巾羽扇,是道家的身份。所以,吴用是个杂家。各位看官,宋江对君主忠,对父亲孝,对朋友义,对兄弟仁;用儒家的道德团结人,用法家的权术管理人;他的做法完全符合当时人们的主流价值观。如果说宋江对君不忠,对父不孝,对友不义,对人不仁,他有没有这个地位?显然不可能。所以,宋江通过世俗的方式,使自己成为一个正统意识形态的继承者和捍卫者,获取了意识形态的正当性,也就获得了大多数人的支持。

(五)假借神力,自我神化

当宋江成为世俗意义上的意识形态的继承人之后,还需要走出关键性的一步:从人到神。这实际上揭示了中国历史上很多帝王将相的秘密,很多人在夺取政权的道路上,都经历了一个由人到神的过程。为什么呢?皇帝为什么叫"天子"?"天"代表了皇帝的权力来源于神的赋予,君权神授,皇权就具有了合法性。所以宋江一定要完成从人到神这个过程,把他获得的权力进行神化,进而成为精神领袖。

刘邦在早期尚未发迹的时候,一次兵败后躲了起来。吕后找到他之后,刘邦说你怎么找到我的?吕后说有一朵祥云,我就过来了,果然你在祥云之下。这就是吕后的手腕,借机神化刘邦,鼓舞士气。宋江也经历了这样一个过程。好汉们江州劫法场以后,宋江在梁山上每天和好汉们大鱼大肉、大吹大擂,好不快活。但他是一个不仅仅满足于身体欲望的人,他还要尽孝,所以要自己冒着生命风险把父亲接上来,其他好汉的家属都是派人接的,但是只有宋江和李逵是个例外,要亲自回家去接。宋江回去以后果然家里已经有了埋伏了,他拔腿就跑。实际上他刚走,晁盖让戴宗等人去保护他。这里有一个细节,就是在官兵追赶宋江的时候,宋江无路可逃,藏在庙里的一个神厨后面,众追兵在翻找的过程中,都头赵得用枪捅了神厨几下,忽然一阵风吹过,刮来的灰尘迷了赵得的眼睛。"殿后又卷起一阵怪风,吹得飞砂走石,滚将下来,"众人心里发毛,怕冒犯神灵,赶紧离开。脱险后的宋江忽然进入梦境:两个童子向他走来,叫他"宋星主",之后还见到了九天玄女,送了他三卷天书。醒来之后,他就被赶来的好汉们救了下来,之后宋江就把天女授三卷天书的梦境告诉大家,众人无不称奇。这时候,宋江就完成了由人到神的过程,我们看到了一个走向神坛的宋公明。

除了玄女救驾自通神以外,还有手持天书有神威和巧借神力排座次。在排座次的前夜三更时分,突然天上一声霹雳巨响,有个火团在天上滚动,落到正南地下。"那地下掘不到三尺深浅,只见一个石碣,正面两侧各有天书文字。""上面乃是龙章凤篆蝌蚪之书,人皆不识。"石碣上的天书文字,无人认识。这个时候,做法事的四十八个道士中有一个何道士学过天书,主动请缨来翻译。经何道士翻译之后,这个"天文"其实就是梁山好汉的座次图。这个细节描写极具神秘色彩,它明白无误地告诉人们:座次是上天排好的,大家都要接受。而石碣上面名列第一的是"呼保义宋江",所以宋江头把交椅的位置是上天赋予的,人意必须服从天意。宋江成为首领,就获得了权力神授的合法性,无人可以质疑。其实,按威望、人品、功绩等方面,宋江也是当之无愧的梁山头领。如果梁山好汉进行投票或者推举,毫无疑问,宋江也是头把交椅。但是,《水浒》中对于好汉座次的排定,偏偏不靠人力,而靠"天意",目的在于将宋江神化,宋江从此走向神坛,威望无人可比,地位无可撼动。从此,宋江一统江湖,成为梁山上独一无二的领袖——既是权力领袖,又是精神领袖。

宋江一旦成了神,梁山上再没有什么人可以阻止他实现自己的政治理想。此后的梁山,已经不再是一百单八将的梁山,不再是晁盖、宋江"双子星座"的梁山,不再是众兄弟大碗喝酒、大块吃肉的梁山,而成为宋江一个人的梁山;整个江湖,也将成为宋江一个人的江湖。宋江从郓城县小吏到梁山泊大哥,一路走来,他都是一个追梦者,他都在为自己的理想而奋斗。那么,顶着神性的光环的宋江,为了实现自己的崇高理想,将带领梁山走向何方?是走向辉煌,还是走向覆灭?是走向天堂,还是走向地狱?

三、宋江和他的兄弟们

刚才分析了宋江走向头把交椅的征程。当他的实力和势力完全超出晁盖之后,他不坐头把交椅也难;晁盖这个时候不死也难了。所以这个时候,晁盖再不死,故事就没法再进行了,所以作者安排了一个"晁盖之死",宋江成了梁山的老大。

（一）宋江和晁盖

我们知道,梁山经历了三个头领四个时期,第一个头领是王伦,他是一个过渡性人物,后来被林冲火并。王伦时期是梁山初创时期;第二个时期是晁盖时期,晁盖时期梁山事业不断发展;第三个时期是宋江时期,应该说,从宋江上梁山到招安之前,是梁山事业走向顶峰,走向辉煌的时期;第四个是没落时期,招安以后,梁山逐步走向败落。

这四个时期当中,第一个时期和宋江没有什么关系,第二个时期和宋江就有很深的关系了。宋江和晁盖本来就是生死之交,宋江给晁盖通风报信,这个行为是通敌的大罪,冒着杀头的风险。晁盖是个忠义之人,但他基本是个没有韬略、没有大志的人,武功也一般。他把宋江招上梁山,是出于一种强烈的报恩心态。晁盖是一个忠厚、朴实的人,但他不具有宋江那样的领袖气质和领导才华。按照梁山上逐步发展的趋势来看,其实后来梁山出现了两条路线,一条是晁盖路线,就在梁山上安居一隅,每天打家劫舍,自给自足;另一条是宋江路线,宋江的路线是什么?在壮大自己的同时,谋求封官加爵,谋求体制内的生存,实现他忠君报国的政治抱负。这两条路子是不相融的,代表了梁山发展的不同方向。所以,到后来已经不是晁盖和宋江的个人问题,而是两条路线、两种前途的问题了。

招安和不招安哪条路好?这是后人讨论《水浒》时,争议最大的焦点问题。这方面已经有很多观点,我不打算多谈。总的来说,招安这条路是正道,有前途。别的不说,梁山上这些好汉们,大多数都是没有妻子、没有儿女、没有家属的"三无"人员,这些人都是光棍,他们上梁山的时候大多数是二三十岁、三四十岁,属于青春壮年,可以打打杀杀,再过三四十年呢?他们打得动吗?年老体衰之后怎么求生活?很显然这条路不会长久。晁盖的路线代表了青壮年时期的"及时行乐"的观念,但是不能长久。我们每个人平静地想想,实际上招安以后能够封官加爵,再谋求体制内的发展,这是长远之计。这个不再争论了。

(二)排座次的奥秘

梁山好汉排座次,第一名是宋江,第二名是卢俊义,第三名是吴用,第四名是公孙胜,第五名是关胜,第六名是林冲。宋江坐第一把交椅,刚才我们分析了,实至名归,非他莫属,没有人比得过他。卢俊义为什么坐第二把交椅?卢俊义本身是"河北三绝""第一等长者",家里有钱,长得很帅,绰号是"玉麒麟",既说明他像麒麟一样英俊潇洒,又说明了他的高贵优雅。卢俊义是大地主,家里有钱,有很多财宝;更重要的是,卢俊义本人武艺超群,在梁山里面排前三。在征辽国的时候,一人独战四将。从个人的这些硬指标来看,卢俊义绝对超过宋江。所以宋江在卢俊义上山以后就让卢俊义做头领:

> 宋江道:"非宋某多谦,有三件不如员外处:第一件,宋江身材黑矮,貌拙才疏;员外堂堂一表,凛凛一躯,有贵人之相。第二件,宋江出身小吏,犯罪在逃,感蒙众兄弟不弃,暂居尊位;员外出身豪杰之子,又无至恶之名,虽然有些凶险,累蒙天佑,以免凶祸。第三件,宋江文不能安邦,武又不能附众,手无缚鸡之力,身无寸箭之功;员外力敌万人,通今博古,天下谁不望风而降。尊兄有如此才德,正当为山寨之主。"

宋江说的这些话,虽然有些谦虚,而他所说的三件不如卢俊义之处,都是事实。但是,卢俊义绝对不能、也不敢坐头把交椅。果然,吴用一使眼色,李逵、武松、刘唐、鲁智深等人便闹了起来:哥哥你再让位给他,我们都要下山散伙! 这几个如狼似虎的猛将都不服,卢俊义如何做得了山寨之主?

有人说,晁盖临死的时候设了一个局,从这个局来看,晁盖不想让宋江接班当头领。按常理,晁盖还没死的时候,宋江就已经是梁山事实上的领袖了。其实晁盖死的时候,与宋江相比,他在各方面都已经比不上宋江了。晁盖临死时,是怎么交代遗言的呢?

> 晁盖身体沉重,转头看着宋江,嘱付道:"贤弟保重。若那个捉得射死我的,便叫他做梁山泊主。"言罢,便瞑目而死。

晁盖的意思很明确:谁为我报仇,谁就做山寨之主。晁盖为什么这样做? 为什么这个时候不直接传位给宋江? 按常理来推断,一定是其中发生了什么故事,但是《水浒》书上没有写。所以有人分析,晁盖这个时候和宋江已经有矛盾了。晁盖知道，从武功上来说，宋江根本不是史文恭的对手，不可能打败或捉住史文恭，这样就排除了宋江当头领的可能性。在讨伐曾头市之时，梁山上有几员大将和史文恭都有一拼，比如林冲、关胜、呼延灼等大将，如果和史文恭一比一对决，林冲获胜的可能性最大。但是，出兵曾头市的时候，宋江就安排卢俊义自己带一支人马下山，却没有给林冲安排任务，此处颇为费解，也为后人的各种猜测留下了空间。这也是宋江晁盖矛盾论、宋江阴谋论等各种说法产生的原因。

最后，果然是卢俊义生擒史文恭。于是宋江又表演让位，让卢俊义做头领。卢俊义敢不敢？他不敢。宋江刚说完让位的话，李逵就跳出来说，哥哥不要说山寨之主，就是皇帝你也做得，非你莫属。吴用、武松、刘唐、鲁智深等人就闹开了，不满宋江让位给卢俊义。这个时候，卢俊义即便想当头领，他敢吗？宋江让卢俊义坐第二把交椅，一是把卢俊义收买了；二是把晁盖的旧部安抚了；三是宋江就是要用卢俊义压住林冲等悍将。吴用是晁盖的旧班底，宋江的高明之处是把晁盖班底的人，通过几次打仗，逐步转化为自己的人。所以晁盖死后关于接班人的问题，吴用旗帜鲜明地支持宋江。吴用是军师，坐了第三把交椅。

为什么公孙胜坐第四把交椅？公孙胜是道士，信奉道家思想。宋徽宗笃信道教，道教在宋徽宗时期发展很快，是民间影响最大的本土宗教。宋徽宗又叫"道君皇帝"，是当时最大的道教教主。每逢梁山有重大事件的时候，都有道家人物出场，或者公孙胜直接出场。比如打高唐州，宋江和高廉斗法，吃了败仗，就把公孙胜从蓟州接回来。公孙胜回来后破了高廉的法术，梁山才打下高唐州。公孙胜法术很高，是个半人半神的人物，而且确实在很多大战中都屡立战功，众人也都服气他。道家本身就在民间有着极高的地位，而且公孙胜又是一个超级的高人，也会排兵布阵，他占第四位，也是合乎情理的。

排座次本身也非常有讲究，宋江本身代表了儒家，但很多手段是法家的手段；吴用是个杂家，他是阳儒阴法的代表，有时候还要披上道家的外衣。公孙胜代表着道家，卢俊义代表着民间的世俗力量。因此，梁山前四位的排名并非偶然，大体上是当时社会上意识形态的映射，从官方认可和社会影响来说,也是儒家第一(宋江),道家第二(吴用、公孙胜),世俗第三(卢俊义)。

(三)宋江为什么爱李逵

李逵给人的印象就是鲁莽、直爽、勇敢、大胆、残暴。金圣叹评《水浒》,认为描写得最漂亮的人物就有李逵,对李逵赞赏有加。绝大多数情况下,李逵是真性情,本色出演。而这种本色出演,实际上经常闯祸,招惹是非,经常给大哥宋江带来麻烦,宋江也因此多次怒斥或责罚他。可以说,宋江斥责和批评最多的人就是李逵。然而,李逵这个"麻烦制造者",却是宋江的最爱,梁山上人人皆知。

其实,李逵还有不为人知的另一面:大智若愚、大巧若拙,粗中有细。李逵平时做事,大大咧咧,风风火火,不拘小节,率性而为。而这样的人在梁山上一抓一大把,不是李逵独有。李逵忠于宋江,愿意为大哥去死,这是一个重要原因,但还不是根本原因。梁山上效忠宋江的大有人在,也不是李逵独有。宋江将李逵视为最爱,最重要的是,李逵总是能在宋江最需要的时候主动出现,总能在关键时候说出宋江想说但不能说出的话。这都不是宋江有意安排的,而是李逵自己主动出现。这或许是李逵的率性自然,或许是李逵的大智若愚、大巧若拙。

我举三个例子。第一例,李逵多次舍命救宋江。江州劫法场时,有三支人马不约而同地去救宋江:一支是晁盖带领众兄弟共百余人;第二支是李俊带领众兄弟共几十人;第三支是李逵,他只有孤身一个人。行刑时,李逵从楼上跳下来,拿着两把板斧,单身一人闯法场。江州劫法场是晁盖等众兄弟的功劳,但是最后读者都会认为李逵居功第一。假如没有晁盖等人,李逵劫法场就是找死,等于去给宋江殉葬。但是,他孤身一人劫法场,不顾后果,不顾生死,忠心可鉴,义薄云天。所以,李逵居功第一,主要是因为他的忠义与勇猛。第二次是宋江回去接老爹,官兵追杀之际,李逵出现了。第三次是呼延灼征讨梁山的时候,布下连环马,宋江被打败了,丢盔弃甲跑到江边。危急时刻,李逵杀退追兵救下了宋江。宋江几次面临绝境的时候,李逵都是挺身而出,宋江自然心中有数。所以说,从"武"的方面,李逵对宋江的忠诚勇敢和誓死护卫,赢得了宋江的高度信任。

在"文"的方面，李逵也能在宋江最需要的时候说出他的心里话，并且把宋江的心理需求拔高一个层次。这个"绝活"，只有李逵能做到，其他好汉别说做到了，恐怕想都想不到。这里举例说明：第一例，宋江三让座次。宋江让座次多数情况下都是套路，并不是出于本心，只是他降低姿态、笼络人心的一种手段。在卢俊义生擒史文恭以后，宋江再让座次时，因为有晁盖的"谁捉住史文恭谁做山寨之主"的政治遗言，宋江不得不考虑这一层因素。当他提出要卢俊义做头领时，李逵第一个跳出来，哥哥当皇帝都没有问题，山寨之主非哥哥莫属。接着武松、刘唐等人也叫起来，反对宋江让位。卢俊义一是没有此心，二是很识时务，坚决拒绝。这次是宋江假意让位当中最冒险的一次。还有朝廷派人第一次来招安的时候，由于钦差的傲慢无礼，众梁山好汉非常愤怒，却敢怒不敢言。此时李逵挺身而出，扯了诏书，大骂钦差。虽然出了众好汉心中的恶气，却使得这次招安宣告流产。黑旋风扯诏骂钦差，这在梁山上是个大事，等于直接改变了梁山发展的前途命运。

李逵道："你那皇帝正不知我这里众好汉，来招安老爷们，倒要做大！你的皇帝姓宋，我的哥哥也姓宋，你做得皇帝，偏我哥哥做不得皇帝！你莫要来恼犯着黑爹爹，好歹把你那写诏的官员尽都杀了！"

李逵扯诏书的时候一是厉声痛骂钦差，二是高度赞美宋江。你家皇帝姓宋，我哥哥也姓宋，你家哥哥做得皇帝，我哥哥为啥不能做？第一次招安失败，表面上看是由于李逵的"扯诏事件"，实际上从故事发展的情境和逻辑来看，当时招安的条件并不成熟。即便没有李逵的节外生枝，这次招安也不会顺利实现。尽管破坏了招安大计，为什么宋江没有处罚李逵？形式上是坏了宋江的招安大计，实质上却为宋江赢得了更大的政治资本。

"扯诏事件"在政治上的效果有二：一是加大了招安的政治筹码。此后的一个时期,使得梁山上的观望派和中间派慢慢认可和接受了招安,减小了后来招安的阻力;同时让朝廷更加重视梁山,为后来接受招安,从朝廷那里赢得了更大的政治筹码。随后,梁山两赢童贯、三败高俅,朝廷眼看武力镇压不行,唯有招安。这样,就加重了梁山的分量,抬高了朝廷付出的价码,为梁山招安"卖"了一个好价钱。二是推动了对宋江的个人崇拜。李逵扯诏骂钦差,不但是旗帜鲜明地拥护宋江在梁山上独一无二的地位,更是旗帜鲜明地提出宋江可以做皇帝。梁山好汉都服膺宋江、拥戴宋江做梁山泊头领,唯独李逵,两次公开喊出宋江可以做皇帝,这是其他好汉都做不到的。李逵这样做,可能是发自本心;也可能是投其所好,故意制造对宋江的个人崇拜,刻意拔高宋江的地位。按照宋江的思想,他绝对没有做皇帝的想法。但是李逵两次喊出宋江可以做皇帝的话,虽非"劝进"之词,却将效忠宋江的思想认识提升到一个新的高度,为宋江的个人崇拜营造了舆论氛围。对此,宋江心中暗喜,大为受用。李逵用粗鲁之举,为制造对宋江的个人崇拜做了政治上的宣传和鼓动。如果李逵不是本色出演,而是深思熟虑、谋定而动,那他一定是梁山上最高明的政治投机者。也正是因为这样,李逵深得宋江喜爱,成为宋江的心腹和至爱。

四、告别丛林法则

通过从草根到枭雄的发迹史,可以看出《水浒》中所描写的江湖规则。正是深谙并熟练运用了这些江湖规则,宋江才能一步步走向梁山泊之主的宝座。

(一)怎样的江湖规则

1. 个人魅力,认人不认法

宋江的个人魅力是无与伦比的,他是一个韦伯所说的"卡里斯马"式的人物。这种个人魅力有一个特点,就是认人不认法,规则会因为某个人而改变。张横在船上打劫,准备把宋江杀掉。他说,只有两个人我不杀,一个是宋江,一个是晁盖。宋江说,我就是宋江。张横大惊,倒头便拜。本来是刀斧相向,就要杀头了,或者是双方正拼得你死我活,忽然知道了对方的身份,赶紧停手,一边赔礼道歉,一边握手言和,甚至结为兄弟。这样的桥段在《水浒》中有很多,宋江遇到过好几次,武松、鲁智深、杨志等人都遇到过。认人不认法,人比规则、制度更重要,是规则适应人,不是人适应规则。很多情况下,只要宋江出现,规则就改变了,这就是认人不认法。

如果全社会的规则都因人而异,法律对不同的人可以区别对待,还能建立起一个以规则和法律为主导的社会吗?显然不可能。当然,我们今天讲这个的前提,包括法眼看《水浒》系列讲座的前提,就是不要苛求《水浒》中的人物,我们只是说这种《水浒》现象,在当代也有很深的影子。我们每个人都希望遵守规则,但是每个人都希望在适用规则的时候,绕开规则、规避法律,为自己大开方便之门。

2. 权力崇拜,认权不认人

在传统社会里,官本位思想非常严重。一个人成功的标志是当官,大成功的标志就是当大官,最成功的标志就是当皇帝。人们的目的是要获得或者攫取更大的权力。然而,获得这个权力之后怎么样,可能更多的人不去考虑。刘邦、朱元璋就是最典型的草根逆袭、当上皇帝的例子。有了权力以后干什么?更多的是自己可以不受人制,而不是用权力这种"公器"为公众谋取福利。"当官不与民做主,不如回家种红薯",很形象地说明了做官的目的是为人民服务。而更多的官员奉为信条的,却是个人的富贵、一己之私利。当官是为了自己做主,可以在其权力范围内为所欲为,什么规则,什么法律,通通不管,梁山好汉中这种思想是非常浓重的。张横唱的这首诗,"老子生长在江边,不畏王法不畏天",我们想想,是不是这样?小时候看电视剧《海灯法师》,海灯法师小时候叫范无病,他经常受人欺负。有人问他长大以后有什么理想,他说"我长大了要当县官!"为什么?因为当县官不受欺负,而且可以收拾别人。

3. 暴力斗争,认力不认理

梁山好汉个个都是身怀绝技,武艺高强,力大无比,所以梁山上看谁厉害,看谁拳头更硬,看谁肌肉更强。这就是认力不认理,我们看到很多这样的情况,比如说小霸王周通要把刘太公的女儿强行霸占为自己的老婆,而刘太公却没有任何办法。这种"拳头说了算"的暴力思维在《水浒》中非常普遍,以后还会谈及。

4. 帮会团伙,认内不认外

圈子文化在梁山上非常盛行,每个人都有团伙思想。梁山一百单八将形成了一个圈子,圈子是一种看不见摸不着、却又很有效很管用的潜规则。用梁山之外的眼光来看,梁山好汉实际上就是一个黑帮团伙,宋江就是黑老大,是教父式的人物。这种说法是有一定道理的,我们将在"梁山好汉与黑社会组织"一讲中集中讲述。其实,梁山好汉并非铁板一块,他们内部又有不同的小团伙、小圈子,彼此之间亲疏远近又有不同,做事又会有不同的差别。对他们来说,首先承认的是自己小团伙的利益和情义,一般适用的规则是不存在的,人人平等的法律也是不存在的。

5. 忠君思想,认君不认民

宋江是儒家思想的代表人物,是《水浒》中忠君思想最严重的人,比皇帝身边那些宠臣还要忠于皇帝。在宋江的头脑中,皇帝只是一个符号,只是抽象的忠于皇帝,把皇帝等同于国家,把皇帝等同于民族,把皇帝等同于人民,以为忠君就是忠于国家、忠于人民。其实,皇帝、国家、民族、人民这几个概念是有很大区别的,根本不能等同,更不能以皇帝取代其他几个概念。皇帝不等于国家,不等于民族,更不等于人民的具体利益。按照孟子的说法,"闻诛一夫纣矣,未闻弑君也。"老百姓造反诛杀暴君不能叫"弑君",而叫"诛一夫"。孟子至少将君主分为明君和暴君,而宋江则完全没有这种概念,他是愚忠,将自己的全部政治抱负都寄托在宋徽宗这样一个昏君身上,他的君子人格、政治理想又怎能实现呢?

(二)法治社会需要尊重和遵守规则

如果用现代的法治眼光来看,前面所说的一些江湖规则,今天在不同程度上也存在着。更多的时候,我们对这些规则处于一种适应、认可或无意识状态,身处其中而不自知。比如,我们习惯了希望一个单位出一个好领导、希望一个城市出一个好市长,其实就是将一个单位、一个地方的希望寄托在一个有魅力、有能力的人身上。进而言之,这种思想与认人不认法的思想异曲同工,与现在的法治理念却是背道而驰的。要树立法治思维,简单来说,规则思维是第一位的,没有规则就谈不上法治。而充斥于《水浒》中的个人魅力、权力崇拜、暴力斗争、帮会团伙、忠君思想,无一不是对规则的破坏。有这些思想和规则在,法律就立不起来,法治国家就是一个幻想。

我们需要有法治思维,需要建立一个新的秩序,以规则为基础、以保障人权为核心的法律体系。当代法治说到底是保障人权的法治,正如宪法所规定的"国家尊重和保障人权",这是我们建设法治国家的基本要求。保障人权,就需要建立法律面前人人平等的规则体系,树立程序正义、权利与义务相统一的法治观念,改变权大于法的现状,实现从人治到法治的转型。所以说,最终还是要建设法治国家,实现法治兴国。依法治国、依法执政、依法行政要有效统一,这才是我们未来真正所需要的方向和规则。

解读《水浒》,不是苛求古人,而是要反思现实。我们一定要看到,尽管《水浒》本身是文学作品,不是历史事实,但《水浒》中反法治的思维在我们的生活当中仍然有很大的市场。人们喜欢《水浒》,其中很重要的原因是《水浒》中的很多观念与我们的意识暗合。所以我们希望把《水浒》作为一面观照自己、社会和国家的镜子,在这个意义上,我们从法律的角度来对《水浒》进行解读,也是解"毒",如此才有意义。

我们对宋江的"草根逆袭"折射出的江湖规则做了一个反思,希望大家对此有所认识。要建设法治国家、法治政府、法治社会,就必须建立其对规则的尊重和遵守。尤其对于我们已经习惯的传统思维保持警惕,比如个人魅力、权力崇拜等等。不摆脱这些,实现法治就还缺少必要的思想基础,就还有很长的路要走。

这次的"法眼看《水浒》"就到这里,感谢大家的支持!

2018 年 4 月 23 日

第三讲　法自上乱，明君奸臣

——从高俅看水浒中的官场规则

上一讲是"从宋江看《水浒》中的江湖规则",这一讲与之相对应,是"从高俅看《水浒》中的官场规则"。宋江和高俅,一个是江湖老大,一个是官场老手,他们在各自的体系内都是风云人物,深谙各自体系内的规则,对规则的理解和运用,都是得心应手、游刃有余。通过他们来分析《水浒》中的规则,自然具有很高的代表性。本系列讲座的大前提是:如非必要,就不再讲述具体故事,只拿某个人物和事件作为分析对象;同时,我们解读《水浒》,目的是以《水浒》为鉴,观照我们自身,看《水浒》的世界也离不开对现实的分析。

一、引言:高俅是谁?

任何一个读过《水浒》的人,都知道高俅是奸邪的代表,宋江是忠义的代表。高俅和宋江两个人有很多共同点,用现在的观点来看,两人都是"草根逆袭"的代表,都是各自领域位高权重的人物。只不过一个在庙堂,一个在江湖;一个是朝廷眼中的国家栋梁,一个是朝廷眼中的造反贼寇。

高俅是《水浒》中反派人物的代表。《水浒》中出现的第一个好汉是王进,写王进是为了引出高俅,写高俅就引出了林冲。首先写高俅这样一个不学无术的破落户,从流氓无赖上升到高官重臣,揭示了一个主题,就是"乱自上作"。这个国家的统治秩序和社会秩序,首先是从政治高层开始作乱的。所以,我们今天的题目也叫"法自上乱,明君奸臣"。

我们世间总认为皇帝是好的,臣子是坏的。毛泽东说过,《水浒》只反贪官,不反皇帝。这也是我们的共识。

我们来看高俅的出身,引用原著上的话:

且说东京开封府汴梁宣武军，一个浮浪破落户子弟，姓高，排行第二，自小不成家业，只好刺枪使棒，最是踢得好脚气毬，京师人口顺，不叫高二，却都叫他做高毬。后来发迹，便将气毬那字去了毛傍，添作立人，便改作姓高名俅。这人吹弹歌舞，刺枪使棒，相扑顽耍，颇能诗书词赋；若论仁义礼智，信行忠良，却是不会，只在东京城里城外帮闲。

名家手笔，寥寥几句话，高俅泼皮无赖又具些小技能小聪明的形象跃然纸上。高俅此人虽有点儿文化修养，有些才艺傍身，但品行不端，整天无所事事，惹是生非，这样的人肯定是不招人喜欢的。后来他犯了事，类似于现在的违反治安管理，"四十脊杖，迭配出界发放。东京城里人民，不许容他在家宿食"。四十脊杖在《水浒》中属于轻刑，对高俅的处罚并不重。他受罚以后被赶出京城，发配到临淮州住了三年。东京城里的人都讨厌他，为无赖被发配而拍手叫好。过了三年之后，哲宗皇帝大赦天下，高俅由于罪行较轻而被赦免返京。回京前有一个人叫柳世权，此人开赌坊为生，和高俅意气相投，高俅在发配期间就住在柳世权家里混吃混喝。《水浒》中侧面透露出一种古风，官员或者富贵人家会养一帮闲人，如柴进、卢俊义等。高俅要回京城发展，柳世权就写了一封信，把他介绍给亲戚董将士。此人并不喜欢高俅，但是又碍于柳世权的面子，于是劝高俅另谋高就，又把他介绍给小苏学士，有传就是苏东坡。《水浒》中有很多真实人物，如苏东坡、范仲淹、蔡京等，这些人都是历史上的真实人物，但他们在《水浒》中的角色各不相同，《水浒》也没有按照他们的历史原貌来描写。苏东坡一看，也不想要这个人，但同样碍于董将士的面子，就写了一封信把他推荐到小王都太尉那里。这样，善于踢球的高俅，就真的成了一个"球"，成了众人眼里的一个皮球，被人踢来踢去，没人愿意收留。

到了小王都太尉这儿以后，高俅的人生轨迹发生了变化。小王都太尉属于皇亲国戚系列的人物，与大宋高层联系密切。有一天，小王都太尉派高俅去给他的小舅端王（就是后来的宋徽宗赵佶）送礼物，高俅由此时来运转。到了端王府上的时候，端王正在跟一群人踢球，高俅在旁观看。这时候一个球踢过来，高俅一脚回过去了，端王一看好身手，就让他来踢两脚。高俅没有辜负这个天赐的历史性机遇，把浑身招式尽数使出来，端王非常喜欢，就把高俅留在身边做了亲随。"高俅自此遭际端王，每日跟着，寸步不离。"

没两个月，哲宗驾崩，端王即位，就是道君皇帝宋徽宗。宋徽宗便破格提拔高俅，"没半年之间，直抬举高俅做到殿帅府太尉职事。"殿帅府太尉是什么官职？和今天相比，大概相当于军委副主席兼海陆空某一方面军的总司令，确实是位高权重。高俅可谓是"五易其主，一毬升天"，因为踢得一脚好毬，由此踏上了青云之路。

《水浒》开头对高俅只是轻点一笔，一带而过之后，就开始讲林冲的故事。此笔意在说明高俅是个坏人，是个奸臣，说明"乱自上作"。我们思考一个问题，为什么是高俅？《水浒》中比高俅有能耐、有水平、有德行的人比比皆是，为什么泼皮无赖能够节节高升？这是一个问题。其实这个问题时至今日也没有真正解决。比如说高俅无德行，对仁义礼智信全然不会；喜欢舞文弄墨，其实并没有真正的才华，因为他曾经被推荐到苏东坡家里，如果真正有才华，苏东坡会器重他；好刺枪使棒，但属于耍赖唬人的水平，最多只是个票友性质，武功并不高强，不能和好汉相比；家庭背景也不显赫，是个破落户子弟，没有财产，寄养在别人家里，相当于一个寄生虫。

但是，上帝为你关闭了一扇门，就一定会为你打开一扇窗。高俅有一个绝活，那就是会踢毬。实际上，高俅最初是宋徽宗的"弄臣"。弄臣古已有之，属于为君王提供娱乐、消烦解闷的人物。古代皇帝或者一些王侯将相家里养着一些人，其中就有弄臣。弄臣用讲笑话逗乐子、舞文弄墨、插科打诨等方式给君王逗乐玩耍。这些人主要是供帝王游玩消遣的，因此称之为"弄臣"。比如，汉武帝时期的东方朔，其实就是个弄臣。东方朔以诙谐著称，一生并无恶行，且确实有才华，偶有忠言进谏，所以东方朔在历史上名声还不差。弄臣接近皇帝，再加上会使用权术的话，可能就会成为"佞臣"，给皇帝说一些别人的坏话，或者有时打听消息，打小报告。很多弄臣名声很差，大都源于这方面。如果佞臣权力进一步扩大，就成了"奸臣"。所以，弄臣、佞臣、奸臣没有明确的界限，高俅集弄臣、佞臣和奸臣于一身，好话说尽，坏事做绝，是"乱自上作"的代表性人物。

二、高俅的官场生涯

高俅为官有几个特点，我们简单分析一下。

（一）仗势欺人，陷害忠良

在文学作品中，"忠奸二元对立"的思维十分明显，陷害忠良是所有奸臣的共同特点。评书《岳飞传》，就有忠臣岳飞、奸臣秦桧。《杨家将》里，有忠臣杨业、杨延昭等杨家将，有奸臣潘仁美。高俅是《水浒》中奸臣的代表，是一个仗势欺人、陷害忠良的奸臣。

1. 寻衅王进，报复私仇

高太尉上任第一天，便要打压下属来立威。第一个倒霉蛋是王进，第二个受害者是林冲，再往后还有杨志、宋江和卢俊义等梁山众好汉。他打击王进纯属找茬，挟嫌报复，而陷害林冲则是处心积虑欲置于死地。高太尉升任以后，第一天点名，王进没来。他问王进是谁，为什么没来？旁边人说王进请了病假。高俅大怒：什么请病假，分明是怠慢本官，把他拖也给我拖过来。王进不得已来了，高俅问你不是生病了吗？你怎么又来了？王进说确实是重病请假在家还没有病好。高俅说你这是抵赖，把王进一顿斥责，说要不是看在众将之面，还要杖责打棍。王进一看，高太尉就是原来的泼皮高二，当年挨过他父亲的打；不想现在落在他手下，公报私仇，今后日子难熬啊！王进回去告知老母，母子二人抱头而哭，最后他们偷偷逃跑了。高俅一出场就是无赖，一当官就害人，这就是《水浒》中的描写。

2. 霸占人妻，迫害林冲

高俅原本和林冲并无恩怨，他们的冤仇起于高衙内要霸占林冲的妻子。不过，高衙内并不是高俅的亲生儿子，只是螟蛉之子，俗称干儿子。

原来高俅新发迹，不曾有亲儿，无人帮助，因此过房这高阿叔高三郎儿子在房内为子。本是叔伯弟兄，却与他做干儿子，因此高太尉爱惜他。那厮在东京倚势豪强，专一爱淫垢人家妻女。

《水浒》中有些写法刻薄得近乎阴毒，这里就是一处。作者用了春秋笔法，一是骂高俅违反伦常，二是骂高俅断子绝孙。高衙内本来是高俅的叔伯兄弟，但是甘愿给高俅做干儿子，由兄弟变成父子，这等明显违反人伦之事，高俅居然能做得出来，足见其目无伦常，无耻之极。高俅没有儿子，意味着"无后"。在古人观念中，无后不仅仅是没有儿子这么简单，而是意味着这家人香火断绝，其在道德上的评价就是这个人做尽了坏事，是一种报应。所谓"不孝有三、无后为大"，就是这个意思。直到今天，这种价值观仍然普遍存在，现在骂人"断子绝孙"，也是非常刻毒的话。高俅身居高位却没有后人，这是作者对高俅的一种冷峻的嘲讽和无声的咒骂。高衙内看上了林冲的妻子，就要霸占奸淫，于是伙同富安设下卖刀之计。林冲不知是计，先是受骗买了宝刀，后是误闯白虎节堂，吃了官司。林冲刺配到沧州的路上，受了贿赂的董超、薛霸两个公人对他百般折磨，若不是鲁智深及时相救，野猪林便是豹子头的葬身地。到了沧州以后，林冲负责照看草料场，却不曾想到富安奉命而来，一定要置他于死地。这就是林教头风雪山神庙，陆虞候火烧草料场的故事。卖刀设毒计、构陷配沧州、索命野猪林、火烧草料场，这是陷害林冲的四个环节。一招比一招狠毒，就是要取林冲性命。大难不死的林冲被迫逼上梁山，林娘子自尽，老岳父病故，家破人亡。

3. 倚势豪强，无恶不作

林冲被骗，带刀进入白虎节堂以后，被诬陷为行刺高太尉，让开封府定罪。开封府文职官员孙定很正直，他反对做高俅的帮凶。

孙定道："这南衙开封府不是朝廷的，是高太尉家的？"府尹道："胡说！"孙定道："谁不知高太尉当权，倚势豪强，更兼他府里无般不做,但有人小小触犯,便发来开封府,要杀便杀,要剐便剐,却不是他家官府?"

从孙定和府尹的对话可以看出,高俅确实是倚势豪强,无恶不作,是典型的"有权便任性"的官员。高俅打击王进、陷害林冲、驱逐杨志,其实是为高俅无恶不作的本性做一个铺垫,为他往后设更大的局、作更大的恶来做铺垫。

4. 蛊惑皇帝,谋害忠良

在读者的眼中,高俅、蔡京等人,是贪官的代表,是奸臣的代表,是陷害梁山好汉的元凶。

宋江和卢俊义作为梁山的首领,第一把手和第二把手,他们最终也是死于高俅等奸臣的陷害。原话是"适来四个贼臣设计,教枢密童贯启奏,将宋江等众要行陷害。"宋江接受招安以后,《水浒》中的四大奸臣高俅、蔡京、童贯、杨戬就想着如何陷害宋江等人。《水浒》中,正面形象的官员不多,宿太尉就是朝中忠臣的代表。他一直同情梁山,在对待梁山的态度上,他认为应该用安抚的手段。他主张招安,高太尉等人主张武力镇压,他们两者立场不一样。继李师师之后,宿太尉是梁山和宋徽宗之间的使者。面对高俅等奸巨设计陷害宋江的局面,宿太尉想出了一个对梁山好汉比较有利的办法,他向宋徽宗建言:

> 以臣愚见,正好差宋江等全伙良将,部领所属军将人马,直抵本境,收伏辽国之贼。令此辈好汉建功进用,于国实有便益。

此建议可谓用心良苦。宿太尉深知,虽然梁山兵强马壮,但毕竟刚刚招安没有功劳,在朝廷中立足不稳,地位不高。宋江等人北征辽国,一可以避开奸臣陷害,二可以建功立业,三可以报国安民。宋江听了宿太尉的建议,北破辽国、南征方腊。剿平方腊以后,一百单八将只剩下二十七个人回到京师,皇帝对他们进行了封赏。

但是,立功后的宋江等人,并未摆脱奸臣的陷害。最后宋江怎么死的?破方腊后,四个贼臣蛊惑皇帝,他们说宋江破了方腊,立了大功,皇帝应该对他进行奖赏,赐御酒,皇帝准奏,就把御酒送给宋江,然后高俅等奸臣在御酒里下了慢性毒药,宋江吃了御酒以后,慢慢感觉身体日渐沉重,后来因中毒而死。卢俊义也是这样,奸臣给卢俊义的酒里下了水银,卢俊义返程时在船上失足落水而死。

　　(二)鸡犬升天,无视国法

　　1.拉帮结派,以公谋私

　　对上,高俅把皇帝糊弄住了;对下,高俅积极发展他的势力。他的叔伯弟弟高廉就仗着高俅的势力,在高唐州任知府。高廉在和梁山交战的过程中失败了,说"东昌、寇州:'二处离此不远,这两个知府都是我哥哥抬举的人,教星夜起兵来接应'。"高廉被打败后,说东昌、寇州这两个地方的知府都是我哥哥提拔的人,那就和我们是一路人,是我们自己人,所以请他们来援救。一处闲笔,两个余党。虽然是一个细节,但是能看出高俅在地方上的势力也很大。高唐州的高廉,东昌、寇州两个地方的知府也是高俅帮派中的人。《水浒》中这种现象非常多见,就是官员到底是效忠于皇帝,还是效忠于提拔他的人?从表面上来说,都是忠于朝廷、忠于皇帝,但是事实上,《水浒》中所描写的官场中的人,都是首先对提拔他的人负责。因为绝大多数人无缘接触皇帝,那只能为提拔他的人效劳。很多好汉上山入伙之前在体制内生存,比如说杨志,身为制使,只是一个普通中层武官,大概相当于现在一个县的武装部长。杨志对于提拔他的梁中书称的是"恩相";武松对于要抬举他的张都监也谢恩称"恩相";呼延灼上山之前对高俅也是口称"恩相"。这种现象很普遍,所谓"恩相",其实是对某个恩人的敬称。

　　在《水浒》中,所谓的"忠"和"义",往往是个人之间的,当然,从传统的意识形态来说,"忠"是忠于皇帝,忠于朝廷,忠于国家。但《水浒》中更多的是忠于直接提拔他的人,这就容易形成小团伙、小山头。这就是人治社会下的常态,官员不是忠于国家的法律,不是忠于抽象意义上的国家,也不是忠于名义上的皇帝,其实就是忠于某个人,这样,小团伙、小山头、小圈子就层出不穷。

2. 一人得道,鸡犬升天

高俅家族也因为他的发迹而得势,个个都是耀武扬威、作威作福。他的两个亲属,一个是义子高衙内,一个是叔伯兄弟高廉。高衙内好色如命,为了霸占林冲的老婆,害得林冲家破人亡,逼上梁山。高廉任高唐州知府,知府这个官职大概相当于今天一个地级市的市委书记兼市长,权势也很大。不仅高廉倚仗高俅的权势胡作非为,高廉的小舅子殷天锡又倚仗姐夫高廉的权势,无恶不作。

> 此间新任知府高廉,兼管本州兵马,是东京高太尉的叔伯
> 兄弟,倚仗他哥哥势要,在这里无所不为。带将一个妻舅殷天
> 锡来,人尽称他做殷直阁。那厮年纪却小,又倚仗他姐夫高廉
> 的权势,在此间横行害人。

按说殷天锡距离高俅已经很远了,只是借他姐夫高廉的荫庇;而高廉得势是高俅的荫庇。即便如此,殷天锡还是可以借助高俅的势力而做坏事,如此官官相护、恶恶相习,哪里还有王法?

(二)从"殷天锡案"看不同阶层的法律观

"殷天锡案"在《水浒》中是一个不重要的小插曲,很多读者可能都忘记了。这个故事涉及三个人物:殷天锡、柴进和李逵。通过这个故事,反映了官员、贵族和平民三个阶层不同的法律观。

殷天锡是高廉的内弟,高廉是高俅的叔伯弟弟。有一天,殷天锡带一帮人闯进了柴进叔叔柴皇城的家里,要强行霸占柴皇城的住宅。柴皇城当然不干,殷天锡就把柴皇城暴打一顿,限他三天搬出。柴皇城被打,年纪又大,又受恶气,含恨而死。柴进在料理丧事的时候,殷天锡逼他们腾开房屋。李逵大怒,三拳两脚把殷天锡打死了。高廉一看,非常生气,就把柴进抓起来,一顿暴打,押进监狱。李逵回梁山报告后,宋江要救柴进,就引出了打高唐州的故事。这就是殷天锡案的基本案情。

殷天锡案是个值得分析的案例。此案涉及的三个人,殷天锡、柴进

和李逵，其实代表了三个不同等级。这个案子反映了不同阶层的人，有着不同的法律观。

1. 柴进：特权就是法律

柴进是梁山好汉中身份最高贵的人，他的祖宗是周世宗柴荣。赵匡胤原是柴荣手下大将，柴荣死后，众将拥戴赵匡胤做了皇帝，赵匡胤黄袍加身，建立了宋朝，这是基本史实。《水浒》中写到柴家有宋太祖赵匡胤颁发的"誓书铁券"，也叫"丹书铁券"，柴家因此世代享受政治优惠待遇。宋江杀惜后逃到柴进庄上，柴进说："兄长放心，便杀了朝廷的命官，劫了府库的财物，柴进也敢藏在庄里。"这句话足以说明柴进家族享有很高的特权。只要柴家后人没有谋反等大罪，其他的罪行都可以赦免，有些类似于民间传说的"免死证"。

有人考证过，历史上确实有丹书铁券，但是柴进家族没有。《水浒》中的柴进家族有丹书铁券护身，这是极高的政治待遇。柴进家族作为前朝的皇族，在当地社会地位非常高，也非常有钱。于是柴进门下也养了很多闲人，他对此直言不讳："为是家间祖上有陈桥让位之功，先朝曾敕赐丹书铁券，但有做下不是的人，停藏在家，无人敢搜。"因此，很多江湖上犯了罪的好汉都躲到柴进家里，官府不敢到柴进家里搜查，就是因为他有丹书铁券。所以说，柴进因为有这个丹书铁券护身，他家几乎成了法外之地，藏匿过很多犯罪之人。他对国家法律是一种轻慢的态度，不把法律放在眼里。藏匿逃犯已经构成犯罪，但是他却习以为常，甚至引以为荣，在江湖上此举还是仁义壮举，成了柴进的功德。比如，武松怎么到的柴进庄上？武松因为打死了人，在柴进家里躲了一年。后来得知那人没死，他才敢回去。武松在柴进庄上认识了宋江。武松在柴进庄上被庇护下来，用现在的法律来看，这是窝藏、包庇罪，即使在宋朝，也是犯罪行为。但是，只要到了柴进庄上就安全了，宋江、李逵、武松都接受过柴进的庇护。从好汉的眼光来看，柴进是一个敢于担当，仗义救人，敢担风险的好大哥，为朋友两肋插刀。好汉们都知道，这种担当其实就是柴进敢于违反法律保护朋友。

柴进作为一个前朝皇族，有本朝誓书铁券，属于贵族阶层，有着很多超越法律的特权。在三十六天罡星中，他是"天贵星"，这个"贵"字，主要就体现在他的特权上。所以遇到殷天锡要霸占他叔叔柴皇城的住宅，把他叔叔打个半死，最后还导致柴皇城死亡，这是典型的故意伤害致人死亡罪。柴进非常愤怒，认为这是侵犯了柴氏家族的尊严。他解决问题的办法，就是要跟殷天锡打官司，想通过法律途径，寻求公力救济。柴进多次说过丹书铁券给他家族带来的特权；柴皇城也说"我家是金枝玉叶，有先朝丹书铁券在门，诸人不许欺侮"。柴进见了殷天锡后，殷天锡要霸占柴皇城的房子，柴进说："直阁休恁相欺！我家也是龙子龙孙，放着先朝丹书铁券，谁敢不敬？"我家有丹书铁券，你敢怎么着？没想到殷天锡根本不把柴进的护身法宝看在眼里，殷天锡说"这厮正是胡说！便有誓书铁券，我也不怕！左右，与我打这厮！"要不是李逵挺身而出打死殷天锡，说不定被打死的就是柴进了。

柴进作为一个贵族，特权是他们家族的权势、威望、财富的来源。在他们看来，特权就是法律，法律不能限制他们的特权。他凭什么敢于窝藏、包庇那么多犯罪的人？因为他也是体制的既得利益者，与其说是他在庇护他的江湖兄弟，不如说是体制在庇护他的世袭特权。从时间上看，从赵匡胤陈桥驿黄袍加身，建立宋朝开始，到北宋末年一百多年，柴进家族一直享受着这个体制的好处，受到体制的荫护。对他来说，大宋王朝存在，他的特权就存在；他的特权在法律之上，他的特权之外，才是法律。

因此，对柴进来说，特权可恃，国制可期。这也是柴进之所以财大气粗，人们之所以叫他"柴大官人"的原因。《水浒》中叫"大官人"的，一般都不是当官的，比如西门庆，人称西门大官人，这是一个对他的尊称。中国人脑子里根深蒂固的观念就是当官，当官的目的其实并不都是要造福于百姓，主要是为了实现自己的某种抱负，实现对别人的支配。我们从称谓上可以看出中国人的传统观念，普通老百姓一辈子当不了官，那就让他结婚那天当一天官，叫"新郎官"。柴大官人是权力的既得利益者，尽管这种特权利益已经逐渐衰落。他平时可以不遵守法律，当他的利益受到侵犯的时候，他就想到法律了。这种心态现在也是普遍存在的,很多人都想让别人遵守规矩,而自己办事的时候就想跨越规矩去搞特权。特别是一些当官的平时可能不需要法律,甚至是践踏法律,但是当他成为阶下囚的时候,又寄希望于法律来保护他们。我们看到很多人手握重权之时,视法律如无物,一朝权在手,便把令来行,制造了很多冤假错案。而当他身陷囹圄之时,就说我们要遵守法律,希望法律能保护我的合法权益。所以说,没有法律,或者说仅仅靠权力、靠拳头大小来确定规则,这个国家的每一个公民,就没有谁是安全的。

贵族平时不靠法律,只是在自己遇到麻烦,身陷困境时才想到法律。柴进就是一个生动的例子。

另一方面,贵族至少本身还希望借助于法律来维护公道,对法律还有起码的认可和尊重。柴进和他的叔叔柴皇城,面对殷天锡的恶行,都想通过打官司来寻求公正。应该说,总体上,他们是一个体制的维护者和稳定者。托克维尔《旧制度与大革命》一书中,分析了法国大革命之前的各个阶层,认为贵族在稳定社会秩序和引领时代的主流价值方面,功不可没。虽然他说的贵族与柴进不同,但是贵族的特点是守成大于创新,他们本身有一种精神的传承,对社会的主流价值具有引导的作用。

2. 殷天锡:权力就是法律

殷天锡其实自身并无实权,他倚仗的是姐夫高廉,高廉倚仗的是高俅。不知天高地厚的殷天锡,把高俅仗势欺人的恶行发挥到了极致。柴进最大的护身符就是丹书铁券,有了丹书铁券,官府都不能进入柴进府中,这是祖制。然而这样的丹书铁券和百年祖制,在殷天锡眼里一文不值。面对有虚名无实权的柴皇城、柴进叔侄,殷天锡根本不把前朝遗族放在眼里,因为他深信:权力就是法律,有权就有一切。

当然,殷天锡在《水浒》中是反面角色,虽然气焰嚣张,但却很不经打,被怒不可遏的李逵打死。实际上,殷天锡和柴进本身都是体制内的既得利益者,只不过殷天锡权势更大。这也印证了《水浒》的主题:"乱自上作",虽然殷天锡不算什么高官,但是他朝中有人,所以他们眼中只有权力而无法律。滥用权力乃是法律的天敌,官僚集团是法律最大的破坏者。柴进属于贵族阶层,虽然说没有实权,但是政治地位很高。从本质上来讲,他本身也是官僚集团的一员,对法律的基本态度和殷天锡是一样的。从小说世界看看历史事实,中国历史几千年证明了这么一个道理,这是一个事实。时至今日,我们还在争论权大还是法大。为什么我们要建设法治国家呢?就是要对权力进行约束。近几年有一句人人都耳熟能详的话,"把权力关进制度的笼子里",说明建设法治国家的关键是限制权力、保障民权。

一般情况下,官僚集团认为他们可以不遵守法律,只要权在手,要法有何用?柴进以前敢把犯罪的人在自己家里隐匿私藏,就是视法律为无物。柴进平时不一定遵守法律,虽然他并没有像殷天锡一样主动作恶,违法乱纪,祸害他人。官僚的法律观是"权力就是法律",殷天锡就是如此观念。他和柴进的不同,是他倚仗姐夫的势要,在品行上比柴进差很多,所以他敢主动违法犯罪,强行霸占别人的房子,不把前朝皇族看在眼里。他们两个人的法律观,其实并没有实质的差别。差别在什么地方呢? 只不过是两个人谁更有权势,比拳头硬,谁的拳头大,谁的拳头硬,谁的肌肉强,如此而已。

从本质上说,柴进和殷天锡的法律观并无根本性的差别。他们的相同之处,都是信权不信法,有权就有一切;不同之处,一个朝中有人,一个权势衰微;一个是当朝权贵,一个是前朝皇族。元好问有一句诗:"问世间,情为何物? 直教生死相许!"借用此诗句的修辞手法,问世间法为何物? 直教权势相许! 所以说,一旦这个世间的主要规则是权力,那么就不会有公平,就不会有安全,也就不会有我们每一个人切身利益的保护。

3. 李逵:暴力就是法律

在李逵打死殷天锡之前,柴进和李逵有一段对话。

柴进道:"李大哥,你且息怒,没来由和他粗卤做甚么? 他虽是倚势欺人,我家放着有护持圣旨。这里和他理论不得,须是京师也有大似他的,放着明明的条例,和他打官司。"李逵道:"条例,条例! 若还依得,天下不乱了! 我只是前打后商量。

那厮若还去告,和那鸟官一发都砍了。"

这段对话十分精彩,寥寥数语勾勒出李逵鲜明的性格,也透视出贵族和平民不同的法律观。

李逵的法律观就是"暴力即法律",凡事都依法,反而会天下大乱。这种法律观,与他的出身和阅历是紧密相连的。李逵是平民,是最底层的老百姓,目不识丁,没有文化。

李逵在《水浒》中,应该说是个性最为鲜明的形象,很多人都特别喜欢这个文学形象。李逵"只是前打后商量",在直接的暴力对抗中,殷天锡显然不是对手。李逵相信拳头,相信自己。作为一个平民,他没有什么可依靠的,没有官方背景,没有特权,没有财产,没有文化修养。这样的"四无"平民,很大程度上是一个社会的破坏力量。李逵这样的一个平民,天不怕地不怕,对世事无所畏惧,对体制充满仇恨,对暴力充满迷信;他不相信法律能维护老百姓的利益,只靠拳头说话。李逵直接出手杀人,尤其他说的几句话"条例,条例!若还依得,天下不乱了!"在他看来,法律没有好作用,守法良民不得活。这说明什么?说明李逵对大宋王朝已经绝望,乃至于非常仇视,是这个体制逼出来的反对派。他不相信法律,他只相信以暴制暴,谁来欺负我,我拿板斧砍他,直接暴力对抗。后面他说如果要打官司,我把这个鸟官也砍了,就是这种观点。所以说,李逵本身代表的是平民,平民是权力的受害者,他们在某一个事情上遇到不公和伤害以后,对某一个官员的仇恨就会转变为对体制的仇恨,再转变为皇权的造反者,平民变成了暴民。在他眼中没有法律,法律是不存在的。李逵会守法吗?他眼中没有法律,他眼中有的只是自己任性的暴力。李逵在《水浒》中是一个很正派的人,很直爽,很正直,路见不平、拔刀相助,是一个正面形象。然而,是不是正义的实现,都要靠个体的暴力呢?显然不是。如果每一个人都不相信法律,每一个人都破坏法律,每个人都靠自己的私力救济,每个人都想靠自己来摆平一切,那么这个世界仍然是一个丛林法则的野蛮状态。

李逵、柴进、殷天锡三个人实际上都是法律的破坏者,虽然他们处于不同的阶层,有着不同的地位,扮演了不同的角色,但他们三个人的共性是:不信法律,崇拜权力,迷信暴力。权力是暴力的总和,李逵依靠的是个体的暴力,柴进和殷天锡依靠的是体制的暴力。

李逵打死殷天锡后逃跑了,柴进被高廉抓进监狱。梁山好汉为了救柴进,攻打高唐州,引起了战争。我们可以看到,假如说没有高俅这样的仗势欺人,就没有高廉的仗势欺人,也就没有殷天锡的仗势欺人,也就不会发生强占柴皇城房屋的事件,也就不会有李逵打死殷天锡,也就不会有后来的战争。所以说这个故事是个引子,但也揭示了"乱自上作,乱自下起"的深刻寓意。

(三)朝中鹰派,主战代表

高俅多次力主武力剿灭梁山,可以说是朝廷中的鹰派,主张使用武力的强硬派。高俅多次派人打梁山,比如说派呼延灼、高廉等人。包括童贯两次打梁山,也是高俅的举荐;后来高俅也亲自打梁山,三次被打败,还被活捉上了山。

朝廷中出现了主战派和主和派的不同声音,也属正常。《水浒》中对主和派是高度赞美的,主和派的代表就是宿太尉,宿太尉主张怀柔政策,把梁山招安,为朝廷效力。在梁山英雄排座次之前,朝廷中是主战派占上风,主和派处于下风,朝廷对梁山是以镇压为主。

历史上,历代王朝对内和对外的政策是不一样的。对内往往是主战派、强硬派占上风,国内有了造反的,或者有了所谓不稳定的势力,朝廷的态度主要是强硬镇压,强力维持一种刚性的稳定,历代皇朝都是如此。但是对外就是另一副面孔,对待外敌就没有了对待国内百姓的血性,皇朝的屠刀都是砍向自己子民的。一旦遇到外敌入侵的时候,就软了、怂了、栽了。比较典型的,是八国联军进北京,所谓的八国联军多少人?参战的不过一万六千余人,就把几十万清军和义和团打得落花流水,最后慈禧太后带着光绪帝从北京逃到了西安。值得深思的是,当时很多老百姓帮助八国联军打清军,因为他们受够了清朝的欺压,把八国联军当成了救世主,替他们出气报仇。所以说,一个王朝的暴力主要是对内的。

我们看历史上一些著名的爱国将领,他们的悲剧结局是必然的。典型代表就是岳飞,岳飞力主抗金,是主战派的代表,但是最终岳飞被杀,好多人痛心万分,这样一个抗金将领,这样一个民族英雄,他怎么就被皇帝杀掉了? 实际上是赵构,是皇帝要杀他,秦桧只是一个具体执行者,他成了替罪羊,被扣上了奸臣的帽子,没有人过多地去谴责赵构。

20世纪40年代的时候,北京大学有个历史学教授邓广铭,他写了一本《岳飞传》。看完这本书后,我写了一个读后感,题目是"为什么岳飞必死?"文中总结了岳飞必死的七个原因,其中一个原因是,王朝的暴力是对内的,而不是对外的。岳飞坚定抗金、收复失地的做法和南宋王朝的思路是抵触的(后人关于迎回二圣则威胁赵构帝位的这种说法不是主因),即便是面对外敌入侵的南宋王朝,它的第一位的任务不是北伐收复失地,而是维护统治者的苟安。帝国的暴力对内不对外,王朝对外的武力会适可而止、以和为贵;对内的镇压则是斩草除根、除之务尽。

(四)勾结同僚,欺君罔上

四大奸臣高俅、童贯、蔡京、杨戬,如果只是高俅一个人做坏事也就罢了,我们看到的是群体的作恶,说明大宋王朝已经是体制性的溃败。高俅的势力从纵向说,上面有皇帝的信任和支持,下面有他提拔的知府等亲信;从横向说,还有官僚集团与他沆瀣一气、互相支援,比如童贯、蔡京、杨戬等。这种横向、纵向的势力,构成了牢不可破的关系网,形成了高俅的朋友圈。例如,童贯攻打梁山两次失败,回去以后,童贯就去找高俅商议,怎么跟皇帝交代? 高太尉说了一句话,"枢相不要烦恼,这件事只瞒了今上天子便了,谁敢胡奏。"只要皇帝不知道就行了,说明他在朝中势力之大,几乎是一人之下万人之上,把持朝政。其他人知道事实也不敢说,谁敢说谁就是"胡奏",就会遭到打击报复。童贯见了蔡京以后,蔡京说:"你折了许多军马,费了许多钱粮,又折了八路军官,这事怎敢教圣上得知!"这个细节可以看出高俅、童贯、蔡京关系非常好,已经形成一个利益集团。童贯出征打梁山之前几个人送行,送行的人当中就有高俅、杨戬,这虽然是轻轻带过的闲笔,但是可以看出他们是互通声气、彼此联合的一个集团。他们围在皇帝身边,像一道防火墙一样,把皇帝和群臣隔离起来,把皇帝和真实情况隔离起来,几乎垄断了皇帝获取信息的渠道。他们对皇帝"报喜不报忧",给皇帝选择性地提供信息,因此,皇帝被蒙蔽是常态。对于童贯兵败,高俅和蔡京说的话都是"不能让皇帝知道",只要瞒着皇帝,这事就没有问题。后来他们欺骗宋徽宗,说因为天气太热,不便出征,等到天气凉快以后再去攻打梁山,这样就隐瞒了童贯两次兵败的事实。

这在《水浒》中不是个例。《水浒》第一回洪太尉误走妖魔,回京以后对皇帝隐瞒不报。这种官僚体制下,官员习惯性撒谎,习惯性欺骗,习惯了报喜不报忧,习惯了把坏事宣传成好事……大宋之天下,瞒报、欺骗、造假之风盛行,百姓已经苦不堪言,官逼民反,皇帝却还以为天下太平,海晏河清。

三、大宋官员多姓贪

(一)蔡京家族,富贵渊源

《水浒》中除了高俅家族,也谈到了蔡京家族。蔡京家族出场的有两个人,其中一个是蔡京的女婿梁中书,担任北京大名府留守,大概相当于现在的副部级高官;第二个是蔡得章,是蔡京的第九个儿子,担任江州知府,书中称为蔡九知府,大概相当于现在的地级市市委书记兼市长。大名府和江州都是当时的富庶之地,政治地位和经济地位比较高,蔡京的女婿和儿子都是一方大员,任职膏腴之地,聚敛了大量的钱财。

梁中书是个爱才之人,曾经对杨志有恩,破格录用;手下有杨志、索超、闻达、李成等猛将。后来他派杨志去东京押送生辰纲,给蔡京祝寿。

> 北京大名府留守司,上马管军,下马管民,最有权势。那留守唤做梁中书,讳世杰,他是东京当朝太师蔡京的女婿。

梁中书名为世杰,中书是官名,说明他在东京担任中书侍郎之类的职务,大概相当于现在的副部级。如果只是在京城当一个中书侍郎,往往是品阶高而实权小。下放到地方担任实职,原有官阶不变,虽有"高职低配"之嫌,但大名府留守是个肥缺,比京官要实惠得多。所以,蔡京安排他的女婿到大名府任职。梁中书在《水浒》中主要在两个事件中出现,一是委派杨志押送生辰纲,二是梁山攻打北京大名府。生辰纲被晁盖等人劫走;梁山攻破大名府之后,梁中书仓皇出逃。这两个事件都与梁山相关,也是蔡京与梁山对立的直接原因之一。

只见蔡夫人道:"相公自从出身,今日为一统帅,掌握国家重任,这功名富贵从何而来?"梁中书道:"世杰自幼读书,颇知经史。人非草木,岂不知泰山之恩,提携之力,感激不尽。"蔡夫人道:"丈夫既知我父亲之恩德,如何忘了他生辰?"梁中书道:"下官如何不记得! 泰山是六月十五日生辰,已使人将十万贯收买金珠宝贝,送上京师庆寿。……上年收买了许多玩器并金珠宝贝,使人送去,不到半路,尽被贼人劫了,枉费了这一遭财物,至今严捕贼人不获。今年教谁人去好?"

梁中书和他夫人的这一段对话,充分说明了两点:一是蔡京势力极大,梁中书全是仰仗蔡京关照,才能有如今的富贵。二是梁中书在家里地位不高,有"惧内"之嫌。有一个闲笔,说到梁中书老婆的时候叫"蔡夫人",按说应该是"梁夫人",但是书中用的是蔡夫人。这个话是有隐喻的,暗喻蔡家权势极大,梁中书地位不高,依靠蔡京的提拔才入仕当官。梁中书两年两献生辰纲,一年就是价值十万贯的生辰纲,足见此人贪腐至极。

《水浒》中在说到钱的时候有点儿随意,随口就是"十两""二十两""五十两"银子,如果进行换算的话,五十两银子的数额是很大的。实际上,北宋时期流通的主要是铜钱,白银价值较大,兑换起来不方便,所以在市场交易中流通得很少。大体上说,一两黄金兑换白银八至十一两左右。按照黄仁宇的算法,一两黄金兑换十两白银,一两白银兑换一贯钱。一贯钱一般是1000个铜钱,宋代把一贯钱定为770个铜钱。清代先是把一贯定为1000个,后来是300个,一个铜钱称为一文钱。现在还有成语"不名一文""腰缠万贯"就是从这里来的。铜钱容易计算,便于流通,但是重量较大,携带不方便。一文铜钱的重量大约是 4 克,宋朝一贯钱按 770 文铜钱算,约重三千克,这十万贯财产相当于三十万千克,即三百吨铜钱。这些财产如果换成铜钱来运输,显然很不现实,只能折成金银珠宝等,然后才好押运到东京。

十万贯约等于现在多少钱?历代物价变化很大,很难有一个统一的兑换标准。有人统计过,宋徽宗时期大约是一两银子兑换两贯钱,一贯钱大约等于现在的五百元人民币。十万贯大约相当于现在的五千万元人民币,确实是一笔巨额财产。智劫生辰纲的故事我们都知道,既然晁盖他们敢冒着坐大狱的风险去抢这笔财物,说明这笔财物确实是数额很大。刘唐找晁盖的时候说"有一套富贵";入云龙公孙胜是一个道士,连他都要放弃修行,冒险参与打劫生辰纲,可见这是一笔巨额财产,对他诱惑很大。其他几人,晁盖、吴用、阮氏三兄弟,一听说要劫取十万贯的财产,都毫不犹豫地加入了这个抢劫团队。

梁中书连续两年都给岳父蔡京准备了巨额的财产作为生辰纲,可见梁中书非常有钱,显然是一个贪官。小说描写十万贯生辰纲也许有所夸大,当时的官员实际上搜刮不了这么多钱。除了贪财这一方面,梁中书本身在《水浒》中,还算是不错的官员。比如他爱惜人才,提拔杨志,做事还比较公道,对于武艺超群的索超也是奖励重用。杨志犯了两次事,第一次是给皇帝押送花石纲的时候船翻了,杨志因此获罪不能回京任职,只好逃到别处避难。后因生活困顿,要卖祖上留下的宝刀,遇到泼皮牛二耍赖抢刀,杨志怒杀牛二。后来被发配到大名府,遇见梁中书。他俩在东京时就认识,得知杨志的不幸遭遇后,梁中书就把杨志留在身边。梁中书看他武艺高强,且是将门之后,就有意提拔他。于是让他和其他将领比武,好让大家认可他。

在比武过程中,他先是和李成的徒弟周谨比武,后来索超又和杨志比,两个人不相上下。梁中书一看,索超武功也不错,就把索超也一起奖赏提拔了。所以,梁中书本身是爱才的,同时他又不偏心,看到索超有才干,同样提拔了索超。应该说,这样的官员还真是不太多。

蔡九知府也给父亲生日送礼。他打点了金珠宝贝玩好之物,上面都贴了封皮。次日早晨,唤过戴宗到后堂,嘱咐道:"我有这般礼物,一封家书,要送上东京太师府里去,庆贺我父亲六月十五日生辰。"蔡九知府在《水浒》中是一个反面形象,和梁中书一样是个贪官,不然不可能有这么多宝贝给父亲做寿礼。其实,对于专制王朝而言,只要忠于皇帝、忠于朝廷,王朝对于他们官员的贪污腐败行为基本是睁一只眼闭一只眼。蔡九知府深得官场真传,他效忠于大宋王朝,严厉镇压各种危害统治秩序的行为。宋江喝醉以后在浔阳楼题反诗,蔡九知府就要以谋反之名,把宋江问斩。其实宋江并没有实际谋反的行为,被定谋反、面临杀头确实冤枉。而蔡九知府为了向朝廷献忠心、表忠诚,不惜牺牲宋江的性命。

历代王朝对官员的要求是忠而不是廉。官员可以贪污腐化,也可不作为不做事,但是不能不忠诚。只要忠于皇帝,贪点儿钱财,做点儿坏事不算什么。由此可见,所谓的大宋江山,其实就是人家姓赵的江山,不是你老百姓的江山。老百姓只不过是王朝源源不断的财富来源和生生不息的压榨对象而已。

还有一个贺太守,"原是蔡太师门人,那厮为官贪滥,非理害民"。为了强夺画匠王义之女玉娇枝,把王义刺配远恶军州。这就引起了宋江打华山的故事。从梁中书、蔡九知府和贺太守来看,蔡京任用的人和高俅一样,任人唯亲、贪污腐化、搜刮民财是共性,蔡九知府和贺太守还陷害忠良,无恶不作,非但不能造福于民,还成为地方一害。

(二)裙带关系,攀龙附凤

慕容知府与两个好汉都有交集,一个是秦明,一个是呼延灼。慕容知府"是今上徽宗天子慕容贵妃之兄,倚托妹子的势要,在青州横行,残害良民,欺罔僚友,无所不为",靠的是妹妹的势力。呼延灼战败以后,他没有脸面回京复命,就想找慕容知府,搬一些救兵。慕容知府是靠他妹妹才发迹的,完全是依靠裙带关系。这种事情很多。无论是高俅还是他的同僚,基本上都是公器私用,任性用权,无所不为。不会治国安邦,却会贪污滥权。在政绩上无所作为,但是在滥用职权、贪污贿赂、作威作福、欺负百姓方面,都是无所不为。

我们不要从个人品行上责备某一个官员，应该看到的是，《水浒》为读者描绘了一幅有权力无责任的图景。公权力成为私有物，权力可以滥用，权力不负责任。为了达到自己的目的，可以陷害别人，给人编造罪名，栽赃陷害。比如，高太尉陷害林冲，蔡京等人陷害宋江。贺太守要霸占王义的女儿，还给王义捏造了一个罪名发配远方。这样的事情在《水浒》中俯拾皆是。

那么，好汉们有了权力会怎样呢？

很多好汉在上山入伙之前，都是大宋王朝的各级官员，他们也有着滥用权力的记录。戴宗在不认识宋江时，担任江州监狱的节级，是一个监狱的底层管理人员。戴宗公然向宋江索贿，要宋江给他送常例钱。

> 那节级便骂道："你这矮黑杀才！倚仗谁的势要，不送常例钱来与我？"……那人大怒，喝骂："贼配军，安敢如此无礼，颠倒说我小弟！那兜驮的，与我背起来，且打这厮一百讯棍！"……宋江说道："节级，你要打我，我得何罪？"那人大喝道："你这贼配军是我手里行货，轻咳嗽便是罪过！"宋江道："你便寻我过失，也不计利害，也不到的该死。"那人怒道："你说不该死，我要结果你也不难，只似打杀一个苍蝇。"

这段描写十分精彩，活画出一个底层狱卒滥用权力、蛮横无理的丑态。如果说这个人是某个无赖恶霸、反面角色，读者也绝对不会怀疑。读者可能想不到的是，这里描写的居然是戴宗——而这确实是戴宗上山之前的真实面目。戴宗的行为和其他官员毫无二致，都是滥用权力，嚣张跋扈，利用职务之便给自己谋取私利。蔡福蔡庆兄弟在狱中做事，和戴宗有异曲同工之处。双枪将董平为了得到程太守的女儿，竟然杀了程太守全家，强娶了程小姐。可见，很多梁山好汉在体制内的时候，和其他贪官没有什么差别。他们也是视公器为私物，用公权谋私利，有权力无责任，有权力无监督。他们也是滥用权力，欺凌弱者，为所欲为。因此，不必对反派官员做太多的道德谴责，好汉们掌权也和他们是一路货色。这是大宋王朝的体制之癌,与个人品行无关,与是官员还是好汉无关。

(二)世无贪官,国有宠臣

小时候读《水浒》《杨家将》《岳飞传》等书,总是痛惜长叹:为什么皇帝总是宠信奸臣?为什么总是奸臣得宠,忠臣遇害?为什么好人总是斗不过坏人?人到中年后再读《水浒》,便有了不复少年的体会。

1. 奸臣为什么能得宠?

在皇帝的眼中,群臣无论文武,都是家奴;没有贪官,只有宠臣;没有贪污贿赂,只有是否忠诚。所以说,高俅、蔡京等奸臣为什么能得宠?这些奸臣都有以下本事。

一是唯命是从,忠字当头。奸臣都熟悉皇帝的喜好,摸透皇帝的心思,极力逢迎,投其所好;唯命是从,绝对执行,不会有丝毫的折扣。对皇帝的话,奉为金科玉律,绝对服从,绝对忠诚。不论内心是否真正的忠诚,一定要做出绝对忠诚的样子。而且越是奸臣,越是要表现得忠诚。所谓大奸若忠,就是这种官场生态。做好皇帝的奴才,乃是臣子的本分;做好皇帝的奴才,才有臣子的富贵。在权力的金字塔上,每一个下级对他的上级其实都是这样。由此形成的压力型体制,下级对上级的逢迎和巴结,成为常态。

二是欺瞒有术,信息失真。皇帝并没有太多的信息渠道,在一定程度上处于信息失真的状态。所以,听信谗言就不可避免,奸臣跟他说什么就是什么。这也是"只反贪官,不反皇帝"的说辞之一。

三是结党营私,奸奸相互。这些奸臣之间特别抱团,童贯败给梁山以后,首先采取的措施就是隐瞒,不说打败了。然后四个人商量一下,编造谎话,把皇帝给骗了。对皇帝谎称天气太热,等天气凉了再去镇压。然后保荐高太尉亲征,这个事就遮掩过去了。高太尉说我可以去,但你们要和皇帝争取足够的钱粮,蔡、童二人也答应下来。他们就像足球场上的分工合作,十分协调。后来蔡京、高俅等设计陷害宋江、卢俊义,对皇帝也是极尽隐瞒欺骗之能事。

奸臣们从君不从道,对上不对下。他们所效忠的,就是皇帝本人。中国古代一直有"君"和"道"的分界,有一句话叫"无道昏君",就是对皇帝的评价。"道"是皇帝应当遵循的准则和一套价值体系,例如仁慈爱民、使民以时、简省捐税等,违反了就是"无道"。皇帝尚且要遵守"道",何况群臣?但是从奸臣来说,在"道"与"君"之间,就是"从君不从道"。即便皇帝失道,他们也不会劝谏;更多时候,皇帝的"无道"会给他们玩弄权术、贪赃枉法留下更大的空间。他们对上不对下,只对上负责,不对下负责,投其所好,皇帝喜欢什么,他们就怎样满足皇帝的喜好。《水浒》中提到的花石纲,历史上确有其事。宋徽宗喜欢奇花异石,蔡京等便投其所好,从江浙采集花石运往东京。花石纲耗费民力极大,全国上下,有百万役夫参与运送。花石纲背后,宋徽宗看到的不是对民脂民膏的掠夺,而是蔡京等督办臣子的"忠诚"。长此以往,耳目闭塞,忠奸不分,势所必然。

2. 忠臣为什么被排挤?

像宿太尉这样的忠臣为什么被排挤?当然这个问题很复杂,不可一语道尽,这里简单说几句。

一是从道不从君。历史上很多忠臣都是如此,如果是从道不从君的话,这个忠臣就会死得很难看,有几个皇帝能有唐太宗一样的雅量?历史上其实是明君少而昏君多,明君屈指可数,昏君不乏其人。不要说无道昏君了,就算是一个明君,如果所谓的忠臣只是忠于道义,而不忠于君主的话,君主对他会怎么样?

二是谋事不谋人。忠臣大部分不擅长或者不屑于结党营私。用现在的话说,我就靠我的业务做得好,靠我有政绩,我不去拉帮结派,不去阿谀奉承,但通常得不到提拔。

三是恃才不恃权。历史上有很多这样的人,才华横溢,但是不会当官,或者当不了官、当不好官。苏东坡、李白、杜甫都是如此,《三国演义》里的杨修为什么会被杀掉?他显得比曹操还聪明,曹操这颗聪明的大脑是不允许别人比他更聪明的,所以最后找了个借口把杨修杀了。

四是为民不为官。有的忠臣廉吏更多是为老百姓办事,而不去过多经营官场上的关系。我们看到很多这样的人,业务能力非常突出,但是通俗地说,不会搞关系,因此不能得到重用和提拔,甚至被排挤,被杀头,比如岳飞、于谦、袁崇焕等。当然,忠臣奸臣的划分很多时候也不科学,因为很多人都具有两面性、多面性。简单地用忠臣奸臣的二分法,有很大的局限性。我们借助《水浒》的语境,做出了忠臣奸臣的区分,是为了便于理解和分析。对于真正的历史和现实,不能这样简单地套用。

比如说岳飞,有一件事让宋高宗赵构对他非常不满意,这件事是造成岳飞死亡的原因之一。岳飞上疏宋高宗,请求立皇子建国公赵昚为皇太子。岳飞自以为忠心耿耿,为了江山社稷,为了赵家江山,殊不知犯了大忌。岳飞这种带有"从道不从君"色彩的举动让赵构非常生气,警告岳飞"卿言虽忠,然握重兵于外,此事非卿所当预也。"也就是说,你虽然出于一片忠心,但是作为武将,不应干预朝政,你这是越权行为,属于妄议。虽然立太子是国家大事,但首先它是赵家的家事,岳飞不能主动表态。宋朝强文弱武,岳飞逾越了武将不干政的朝廷"祖宗家法",对朝政发表意见,属于超越臣子本分。史家认为,这是后来岳飞被杀的原因之一。

3. 大宋皇帝是明君

宋徽宗在《水浒》中完全是一个正面形象,作者刻意把他打扮成一个好皇帝。他信奉道教,所以自称"道君皇帝"。他也尊崇儒家,在意识形态来说,都是中规中矩。更重要的是,宋徽宗本人才华横溢,历史上的宋徽宗书法、绘画、诗词歌赋无一不通。中国历史上有两个最有艺术才华的皇帝,一个是宋徽宗,一个是南唐后主李煜,这两人都是艺术上的天才,都是治国的"脑残",都是亡国之君。宋徽宗的弱点在什么地方?就是用人失察,贪图享乐。作者认为,皇帝圣明,奸臣祸乱。小人把皇帝蒙蔽了。

(1)皇帝是靠不住的

宋江征讨辽国的时候,和吴用有一段对话,吴用说:

> "目今宋朝天子,至圣至明,果被蔡京、童贯、高俅、杨戬四个奸臣专权,主上听信。设使日后纵有功成,必无升赏。"

吴用是个明白人,他已经清楚地看到,即便皇帝是明君,但因为蔡京等奸臣被皇帝宠信,梁山即便立了大功,还是得不到皇帝信任,也得不到封赏。梁山招安一心想得到皇帝的信任和重用,但皇帝是靠不住的。这正反映了中国人的明君情结,皇帝是明君,皇帝一定是好的。我们寄希望于皇帝是一个明君,官吏都是清官,寄希望于有一个做事公道有能力有魄力的领导。这是《水浒》中呈现的一种思维,也是现实生活的真实写照。国事兴衰系于皇帝一人。如果皇帝是明君,皇帝重用、相信宿太尉,宋江这批人就能够得论功行赏、加官晋爵;皇帝相信了奸臣的话,宋江这些人就遭受排挤,就被陷害。

"陈桥驿滴泪斩小卒"一事,已经明白无误地说明了宋江等人在朝中的弱势地位。这种弱势地位最突出的表现,就是他们虽然已经招安,但并未得到皇帝的信任。出征辽国之前,皇帝要将酒肉赏赐给梁山士兵,但酒肉被官员克扣了许多,以至于一个士兵(军校)和厢官起了冲突,厢官辱骂了军校,军校一怒之下杀了厢官。宋江知道闯了大祸,怕得罪中书省院,就把军校杀了。急忙连夜联系宿太尉,希望他连夜向皇帝陈明情况,怕奸臣借此生事。果不其然,次日早朝童贯便向皇帝告状。这说明宋江、高俅虽然势不两立,但是他们最终都是依靠皇帝,当皇帝对他们有好感的时候,他们就得势,就被原谅,就不会被诬陷。当皇帝偏向于高俅、蔡京一方的时候,他们就倒霉,就遭殃。所以说,皇帝是靠不住的。

四、结语:要法治不要人治

(一)怎样的官场规则?

我们通过对梁山上官场规则的简要分析可以看到,这些官场规则其实有这么几个特点:

1. 忠君思想,知君不知国

只对皇帝三叩九拜,山呼万岁,而不知国为何物、民为何物。皇帝就是国家,忠于君就是忠于国,君国不分,明君清官思想严重,"好人政府"观念不衰。皇帝是靠不住的,仅仅是对皇帝忠诚,或者说寄希望于皇权体制,只知其君,不知其国仍然是人治思维,与现代的法治观念是不相容的。

2. 权力崇拜,知权不知民

《水浒》中到处充斥的就是暴力,充斥的是个体的暴力,全部暴力的总和就是权力。在权力崇拜之下,知权不知民,只给权力叩首,不向民众低头,更不会想到以民为本,保障民权。官员只知道如何掌权,如何当官,没有人想着为民造福,为民谋利。包括宿太尉这样的好官,首先能做的也是忠君报国,其次才是为民谋利。

3. 暴力为先,知力不知理

官场规则是以等级秩序为基础的,而这种等级秩序背后实际上是对暴力拥有的不对等。权力是暴力的集合,等级越高,可以支配的以国家为名义的暴力就越大。农民起义造反,最高统治者就动用国家暴力予以镇压,比的是谁的暴力更大。就个体而言,李逵比殷天锡厉害,他把殷天锡打死了;就团体而言,殷天锡代表的权力拥有的暴力远远胜过李逵,所以李逵打死人后赶紧逃跑了。拥有了以国家暴力为后盾的权力,殷天锡就可以霸占柴皇城的房子,无视本朝先皇的丹书铁券,就可以无视法律。暴力为先,就是丛林法则的直观体现,暴力大于道理,权力大于法律。

4. 山头团伙,知忠不知才

我们看到《水浒》中大量官员有山头,有团伙,包括皇帝也是这样。这就导致知忠不知才,你只要对我忠诚就可以,有没有才干倒是其次。高俅就是典型的例子,皇帝代表的是国家,朝中又有不同的政治势力,这些政治势力最终拥戴的是皇帝,这个死结是解不开的。

5. 奴才哲学,知上不知下

大宋王朝的官场奴才哲学盛行:只知道有其上,不知道有其下;只知道有其主,不知道有其民;只需要对上级负责,不需要对民间负责;只需要对上级效忠,不需要对百姓尽职。出了问题,也无须负责,无须问责追责。作为下级,知上不知下成为常态;作为上级,知愚不知贤也习以为常。在这个官场里,每个人都具有上级和下级两个身份,也就具有了主子和奴才两张面孔,既是主子又是奴才。然而,正如鲁迅所说:终于是奴才。

(二)江湖规则和官场规则的关系

比较一下,江湖规则和官场规则的核心其实是一样的。有人说,如果宋江推翻了皇帝,建立了一个新的王朝,会好吗? 我们从以下几方面简单说说。

1. 对待皇帝

宋江比蔡京、高俅等官员更忠于皇帝。宋江忠君是出于思想,蔡京等忠君是出于利益。

2. 对待权力

很多好汉在上山之前,曾经是大宋王朝体制内的下级工作人员。他们对待权力的态度是一样的:既崇拜权力,又滥用权力。他们和大宋官员并无分别,和他们的做法也没有差别。

3. 对待钱财

宋江仗义疏财是美德,美德的前提是有钱。宋江父亲务农,家底不厚。也没有经商等收入,他仗义疏财的钱从哪里来的?可以推断,他也不是一个廉洁的人,少不了做权钱交易的事情。这和其他官员并没有什么差别。

4. 对待百姓

一个明显的事实就是,梁山好汉并没有做多少惠及民生的举措。相反,梁山好汉滥杀无辜、打家劫舍是常态。他们杀富不济贫,只是自肥自富,并无实质上的惠民行为。这方面以后还会谈到。

5. 对待正义

宋江很注重在梁山上建立维护自己的意识形态,他以“替天行道”为名,为自己占领了道德高地,掌握了意识形态上的主动权。他成功地塑造了梁山的正义形象,把好汉描绘成正义的化身,好汉自己可以行侠仗义。好汉们路见不平拔刀相助是正义的,好汉们意气行事滥杀无辜也是正义的。这种“我就是正义”的思维,与官员“我就是权力”的思维是一致的。没有权力时便以正义自居,掌握权力后便会任性而为。在这一点上，宋江与高俅、童贯这些奸臣并无实质的不同。所不同的，主要是身份的差异：一个在朝一个在野，一个有权一个无权。他们的思想观念、行为方式和思维模式，却是惊人的一致。

（三）要法治不要人治

看看《水浒》的世界，我们的结论就是要法治不要人治。《水浒》是一个典型的人治世界，面对贪官，人人痛恨；面对权力，人人羡慕。大家都痛恨这些贪官，于是寄希望于梁山好汉。通过对照就会发现，江湖规则和官场规则在意识形态、行为方式、思维模式等方面是一致的，二者只是适用领域不同，根子上都是属于人治而非法治。所以，我们大可不必痛恨贪官而讴歌好汉，他们都是人治思维。反思《水浒》，也是要发现、反省并祛除其中的人治思维。从提高法治观念来说，我总结了几点。

1. 要分权不要集权

从《水浒》可以看到，如果有集权的倾向，这一定不是法治，一定是人治。

2. 要限权不要滥权

《水浒》中滥用权力的场面处处都是，从狱卒到皇帝，莫不如此。现代法治的基本观念就是要限制权力的滥用，"把权力关进制度的笼子里"就是这个意思。只有权力受到限制、杜绝权力私有，才是建立公平社会、建立法治社会的基础。

3. 要民权不要皇权

在《水浒》中，没有民权的概念。中国人长久以来，也是民权观念不发达，民权观念淡薄。至今仍然充斥着大量的大词，比如"国家""民族""人民"，倡导这些观念没有错，但是一定要警惕，往往是这些看上去很崇高很抽象的大词，却蕴含着更多对民权的侵犯。

4. 要人权不要强权

在《水浒》的世界，草菅人命的事情太多了。法治呼唤保障人权，但《水浒》中到处是强权横行，侵犯人权。无论好汉还是恶霸，都是如此。殷天锡霸占柴皇城的房子，用现在法治观念来看，一是侵犯了公民的住宅权；二是侵犯了公民的私有财产权；三是侵犯了公民的人身权，涉嫌故意伤害致人死亡罪。这种强权的横行，恰恰是皇权、集权和滥权所造成的。我们要民权，要限权，要分权，归根结底是要人权。

法治与人治是对立的。《水浒》是一个人治的世界，我们要走向法治的新世界，就要和《水浒》的旧世界告别。通过读《水浒》，能够反思我们自己，反思自己有没有人治的观念和权力崇拜的思想，让《水浒》成为我们思想的一面镜子，通过"解读"，实现解"毒"，摈弃人治思维，培养法治思维。

2018 年 5 月 6 日

第四讲 我即法律，替天行道

——水浒中的法律与正义

今天讲《水浒》中的法律与正义，主题是"我即法律，替天行道"。

《水浒》中有非常多行侠仗义的故事，也有很多替天行道的勇士，这是《水浒》的魅力之一。我们如果从法律的眼光审读一下《水浒》当中这些替天行道的义举，我们会发现《水浒》中所倡导的精神，或者说我们所认可的"水浒精神"，比如说拔刀相助，比如说除暴安良，比如说杀富济贫等等，这些在我们心目中似乎已经定型化的观念，如果用法律的眼光重新做一个审视，我们就会发现有一些新的不同。

一、引言：从鲁提辖拳打镇关西说起

鲁提辖拳打镇关西的故事可以说是家喻户晓，人人皆知。我读初一时，语文课本就收录了《鲁提辖拳打镇关西》，当时对这篇课文百读不厌，津津有味，畅快淋漓，幻想着自己也能像鲁提辖一样行侠仗义，抱打不平。人到中年，回头再看这个故事，就又有了不一样的感受。

鲁智深拳打镇关西的故事大家都清楚，这里就不赘述了。我们直接从问题入手。有一个问题是，镇关西被鲁提辖打死了，那么镇关西是不是真的该死？他究竟犯了什么罪？即便他犯了罪，该不该由鲁达来处罚？事情很简单，当时鲁提辖和史进、李忠三人在酒馆吃饭，听见外面有人在哭，鲁提辖便询问，就看见一个老头带着一个姑娘，这就是金氏父女。鲁提辖一问怎么回事儿，金氏父女说：镇上的恶霸镇关西把我女儿霸占了，让我们卖唱还钱。这几天生意不好，我们担心还不了钱，非常害怕，因此啼哭。鲁提辖听过前因后果，第二天把金氏父女安顿好以后，亲自找到镇关西经营的店铺，把他打死了。这个故事的梗概就是这样。金翠莲原话是这么说的：

此间有个财主，叫做镇关西郑大官人，因见奴家，便使强媒硬保，要奴作妾。谁想写了三千贯文书，虚钱实契，要了奴家身体。未及三个月，他家大娘子好生利害，将奴赶打出来，不容完聚。着落店主人家，追要原典身钱三千贯。父亲懦弱，和他争执不的，他又有钱有势。当初不曾得他一文，如今那讨钱来还他。

然后鲁达又问谁是镇关西？老金答道："郑大官人便是此间状元桥下卖肉的郑屠，绰号镇关西。"鲁达不听则已，听了以后火冒三丈：

> 鲁达听了道："呸！俺只道那个郑大官人，却原来是杀猪的郑屠。这个腌臜泼才，投托着俺小种经略相公门下，做个肉铺户，却原来这等欺负人。"

鲁提辖首先一个"呸"字出口，这个"呸"并非表达愤怒，而是表达了不屑、看不起，这是强烈的鄙视。仔细品味原文就会发现，这些具体的描写非常有味道，人物形象跃然纸上。

鲁达不知镇关西是何方神圣时，还以为郑大官人是个高不可攀、威不可犯的大人物，心里还是有一些谨慎和观望，不敢贸然轻视。一听是卖肉的郑屠，鲁达心里完全放松了。他认识郑屠，了解郑屠的底细，"投托着俺小种经略相公的门下，做个肉铺户"。这个"俺小种经略相公"的"俺"字用得好，充分反映出鲁提辖的自信。鲁达是小种经略相公的手下，"俺"反映出鲁达的心理：他把自己和小种经略相公视为一体，甚至有些身份混同，把自己当作小种经略相公了——你郑屠是借了小种经略相公的光才开了这个肉铺，俺鲁提辖是小种经略相公门前的红人，今天就要收拾你！

有了这种"实力自信"，鲁达瞬间就把郑大官人看扁了，心理优势一览无余。郑屠根本不是什么了不起的人物，无论从社会地位上来说，还是从武功力量来说，他认为郑屠根本不是对手，打败他十拿九稳。所以鲁提辖心中已经是胜券在握，在他眼里，暴揍郑屠是没有悬念的。所以他才敢跟李忠、史进说，你们在这等着，我去把那家伙打死了再来吃饭。后经他们劝说才作罢，第一天就这么过去了。

剧情的高潮是拳打镇关西。鲁提辖为了保护金氏父女，还真是粗中有细。他虽然很急躁，很耿直，也有些鲁莽，但他也粗中有细，安排周到。他给金氏父女拿了十五两银子，第二天到金氏父女住的店里，然后自己就坐在店门口，防止店小二通风报信。因为店小二本身也知道金氏父女的身世，而且郑屠也交代过他盯住金氏父女。鲁提辖在这儿坐了两个时辰，约莫着金氏父女走远了，然后走到状元桥下，找郑屠算账。他没有首先找郑屠讲理，也没有动手打他，而是先要羞辱郑屠一番，让他尝一尝被人欺侮的滋味。

> 鲁达坐下道："奉着经略相公钧旨，要十斤精肉，切做臊子，不要见半点肥的在上头。"郑屠道："使头，你们快选好的切十斤去。"鲁提辖道："不要那等腌臜厮们动手，你自与我切。"郑屠道："说得是，小人自切便了。"自去肉案上拣了十斤精肉，细细切做臊子。

郑屠手下有几个帮工，他已经脱离一线工作很久了，很少自己动手切肉。他对鲁达要求自己亲自操刀有点儿不爽，但他还是压住不满，自己切了十斤精肉，交给了鲁提辖。郑屠切了半个时辰，相当于一个小时，这个过程中，心中的不满在积聚。鲁提辖说，再来十斤肥肉，也细细切做臊子，不要有一点精肉在里面。郑屠更加不愉快，但再次强压怒火，切好后用荷叶包起。本以为完事了，不想鲁提辖说再来十斤寸金软骨，也细细地剁做臊子，不要有一点肉在里面。

> 郑屠笑道："却不是特地来消遣我。"鲁达听罢，跳起身来，拿着那两包臊子在手里，睁眼看着郑屠道："洒家特的要消遣你！"把两包臊子劈面打将去，却似下了一阵的肉雨。

郑屠常年生活在底层江湖,很善于管理自己的情绪。他此时的"笑道",已经是最后的平静。从他个人来说,与鲁提辖无冤无仇,鲁提辖如此这般三番五次地找茬滋事,他一忍再忍,鲁提辖却变本加厉,他的无明业火终于爆发了。"郑屠大怒,两条忿气从脚底下直冲到顶门,心头那一把无明业火,焰腾腾的按纳不住,从肉案上抢了一把剔骨尖刀,托地跳将下来。"

然而,他确实不是鲁达的对手。他拿了一把剔骨尖刀,而鲁达却赤手空拳。明眼人从这架势上,已经看出了胜负。

镇关西被鲁提辖踹倒在地上,鲁提辖只打了他三拳:第一拳打在鼻子上,便似开了个油酱铺,咸的、酸的、辣的,一发都滚出来。第二拳打在眼眶上,恰似开了个彩帛铺,红的、黑的、绛的,都滚将出来。第三拳打在太阳穴上,却似做了一个全堂水陆的道场,磬儿、钹儿、铙儿一齐响。

我记得初中时语文课本要求对这一段进行背诵,老师说这一段描写非常好,每一拳下去都有着丰富的联想和比喻,让我们好好学习借鉴。现在看来,这些描写过于血腥暴力;这种畸形的审美观,将审美建立在对人的殴打和虐待上,实在无法唤起人们对美的想象。

三拳过后,鲁提辖发现郑屠不对劲,只有出的气没有进的气,感觉大事不妙:我只是想教训教训他,没想到他真的死了!就一边故意说"你诈死,洒家和你慢慢理会",一边很镇定地离开了现场,赶紧回家收拾东西跑了。鲁提辖三拳打死镇关西,在《水浒》中,这是个人英雄主义的第一个高潮。从鲁提辖的本意来说,他并不是要打死郑屠,只是要替金氏父女出气,羞辱郑屠一番,没想到用力过猛,要了郑屠的小命。

我们再稍微想想,假如霸占金氏父女的是一个比鲁提辖武艺更高、地位更高、更有权有势的人,鲁提辖会不会这样?我想大概不会。通过鲁提辖拳打镇关西,我们简单分析一下鲁提辖的法律观念。

(一)正义在我,良善自断

鲁提辖把自己当作了正义的化身,什么是对,什么是错,什么是善,什么是恶,由我说了算。当然,《水浒》有个道德预设,就是这些好汉们每一个都是胸怀正义,都是抱打不平的人,这是整个《水浒》一以贯之的观念。是好汉就都是要伸张正义,都是要扬善惩恶的,这是《水浒》中非常重要的道德假设,也是一个道德前提。所以才有了鲁提辖打郑屠,我们作为读者,拍手叫好,打得好! 我们也不由自主地进入了《水浒》的世界,自觉不自觉地接受了《水浒》的观念:好汉都是好人,他们都是正义的化身。他们打的都是坏人,坏人就该打,打死活该;坏人就该杀,杀了白杀!

(二)听信一词,不做调查

鲁提辖在拳打镇关西之前,有没有找过郑屠问事情的经过? 没有。他有没有找过其他证人去问? 也没有。所以他先假定了金氏父女所说的都是真的。在金氏父女和郑屠之间,鲁提辖只是听信了金氏父女的自我陈述,而没有给郑屠任何说明事实的机会,属于不折不扣的偏听偏信。如果一个法官,光凭金氏父女的陈述,是不会作出判断的,更不会判决镇关西有罪。自古以来,任何诉讼都应当"两造俱全",就是要在原告被告都在场的情况下,双方陈述事实,举出证据,还要质证,调查和辨别证据的真伪等,才能查明事情的真相。这是司法裁判最基本的程序和思路。一个法官绝不可能听信一面之词就作出判决,古今中外都是如此。但是,鲁提辖没有做法律上的法官,却做了道德上的法官。他仅凭金氏父女的陈述,就可以作出判断:你们所说都是真的,郑屠确实霸占了金翠莲,他是个坏人,坏人就该打! 该谁来打? 我鲁提辖! 他只是听信一面之词,不做调查,就下了结论。不用现代法治观念,不用法官职业素养,仅以平常人解决纠纷、裁判争端的做法来看,这种偏听偏信,是完全不可取的。

(三)私力救济,不诉公门

如果鲁提辖真想帮助金氏父女,应该通过公家的渠道,也就是公力救济。现代的法治观念有一个重要的要求,就是对公民权利的保护,要进行公力救济而不是私力救济。通俗地说,就是遇到冤屈的话,哪怕是杀人这样的重罪,也要交给国家有关部门来处理,而不是让私人来解决。比如杀人,死者家属是直接去复仇,还是去公家报案? 结果很显然。所以说交给国家有关部门来处理,叫公力救济,如果自己解决这个问题,叫私力救济。从现代法治观念来说,我们倡导的是公力救济,除非有些特定的情况。现代法治把私力救济限定在了很小的范围内,比如说紧急避险,还有正当防卫等特殊情况下不得已的情形。在《水浒》当中,私力救济非常普遍,路见不平拔刀相助,这种事情太多了,如果私力救济泛滥的话,必然是对国家司法权威的破坏。鲁提辖与武松不同,武松遇到了问题还是先去找官府,在官府收了西门庆的金钱、求官无门的情况下,才走上了同态复仇的私力救济之路。鲁提辖的法制观念和武松还是有一些差距的,作为"刑警队长",武都头的法制观念还是要好一些,不像鲁提辖那样简单粗暴,只听信一方之词就挥拳相向,诉诸武力。

(四)不要程序,只要结果

中国人传统的思维是重结果轻过程,这种思维很容易演化成"为达目的不择手段",不管用什么手段,只要达到目的就行。马基雅维利有句名言:"为了达到一个最高尚的目的,可以使用最卑鄙的手段。"这种厚黑学的教义,在梁山好汉中可谓深入人心。在鲁提辖看来,只要能够达到弘扬正气的高尚目的,采取什么措施来教训镇关西都可以,是不是通过司法程序或其他方法都不重要了。既然金氏父女确实是被郑屠欺负了,那我就去给你讨个公道。不需要任何官方措施,不需要司法程序,干脆直接去找郑屠,把他痛打一顿。当然,他本意是打一顿,不是要郑屠的命,所以才有了前面的羞辱和后面的三拳。

不用说现在的法治观念了,即便是宋徽宗时代,司法也有一定的程序。程序是必需的、不可或缺的,没有程序保障,就没有实体正义。比如说诉讼,法院有一套完整的程序,起诉、答辩、调查取证、质证、一审程序、二审程序、执行程序等等,有着严格的要求,违反程序同样也构成违法。当然,不能用现代的司法观念去要求历史人物,但是,在《水浒》的世界里面,它也是有司法程序的。鲁提辖却根本不考虑这些司法程序,直接付诸武力,他把自己当成了戴着正义光环的道德法官,代表正义去审判和处罚镇关西。如果从艺术欣赏的角度来看,鲁提辖拳打镇关西这一段无疑是荡气回肠,大快人心;可如果用法律眼光来看,鲁提辖那就成为今年"扫黑除恶"的重点对象了。后来鲁提辖选择了逃跑,官府也下达了通缉令，鲁提辖一路向北逃到了山西代州，又偶遇金老头。后来在金老头的帮助下，上五台山出家，做了和尚，法号智深。此后，世间再无鲁提辖，江湖有了鲁智深。

鲁提辖本身是个文学形象，也是一个道德形象，《水浒》的思想观念中非常鲜明的一点，就是道德正确压倒了法律理性。《水浒》中有很多事件的处理，往往都是道德审判。只要道德正确，几乎就注定了结果和行为的正确，这种观念在现在我们的民众中还有很大的基础。一个人道德正确，那么他所做的事情无论是什么结果，都可能是正确的。否定一个人，先从道德上搞臭他，把他进行道德上的丑化、矮化、污名化，那么这个人的其他行为，就都是坏的。我们常见的新闻报道，抓住了一个犯罪嫌疑人，会突出报道该人"无正当职业""有犯罪前科"等。什么是"正当职业"？"正当职业"这个词包含的道德假设是：无正当职业的人品行有问题！再进一步的推论就是：无正当职业的人不是好人。在道德上对一个人进行丑化，将道德瑕疵扩大，进而彻底否定一个人，这是打倒一个人最容易的方式，也是最常见的方式。

今天，为什么说《水浒》还活着？"水浒式思维""水浒式观念""水浒式社会生态"等，直到现在还活着。比如网络上讨论的案件，很多首先就是道德先行，而没有法律的理性分析。所以有时候是缺少理性的，我们要告别道德正确的愚昧时代。道德正确没错，但是如果过度强调道德正确而否定法律理性，这就成了一种愚昧。所以解读《水浒》、解毒《水浒》，其实也是一个祛魅的过程。

1. "坏人"该死吗？

只要好汉行侠仗义、扬善惩恶，这个人的行为就应该得到肯定，坏人就该死。那么，镇关西该死吗？在道德上，郑屠早就被否定了，他就是一个恶棍，强占良家妇女，虚钱实契，显然是一个坏人。如果郑屠对金氏父女的迫害是真实的，他的行为是不是就该治死罪？显然不是。大宋的法律对此类行为应该有规定，只可惜法律失灵，金家父女告诉无门。鲁提辖失手打死镇关西，用现在的话来说应该是故意伤害致人死亡。读者看后大呼过瘾，快意恩仇，郑屠该死！那么是不是说坏人就都该死，是不是坏人的利益就不该受法律保护？1979年的时候，有位法学家叫李步云，他写了一篇文章《论我国罪犯的法律地位》，刊登在《人民日报》上。他在这篇文章中说，罪犯也是公民，也有很多权利。尽管他的很多自由被剥夺了，但他的财产、他的人格尊严、人身安全等都要受到保护。这篇文章引起了很大的争论，有人认为，罪犯不是公民，他们哪里有什么权利呢？有些高层人士也反对保护罪犯的权利，对此文提出批评。罪犯的权利是否受法律保护？当然受法律保护。这已经成为现代人的常识。但是，坏人的利益受不受法律保护？坏人是不是就该死？我们很多人对于这个道德与法律交织的问题，反而不很清晰，可见，坏人该死的观念，还在很大程度上存在着。

现在某些媒体上报道的一些落马贪官，重点是在道德上否定他，生活腐化，生活糜烂等等。先从道德上把他摧毁，污损他的道德形象，对于他们的违法犯罪事实却很少谈及。一方面是有些事实因司法原因不便于报道；另一方面的原因，也是这些媒体和公众对道德评价更有兴趣。

2. 世间已无鲁提辖

道德依旧在，鲁达几度闻？那么鲁达这样的人物还有没有？从《水浒》的世界回到现实世界时，会感到一种悲凉，好汉的热血存在于书卷当中，现实中难以寻觅；但是书中所揭示的道德世界，却真实地存在于我们的生活中，而生活中却很少有鲁提辖这样的人挺身而出、伸张正义。即便这种道德正确压倒法律理性的做法不足取，而鲁提辖这样行侠仗义的人物却是几乎不存在的，这是一种现实，也是一种无奈。读者只能关起门来，打开《水浒》，快意于字里行间的想象之中。

二、替天行道：《水浒》中的自然法

（一）道德正确是中国的自然法

道德正确压倒法律理性，就是中国式的自然法和实在法的二元命题。自然法本身是一个来自于西方的法学概念，它的核心思想就是：法律应当符合道德，法律应当是良法，良法的标准就是公平正义。国家机关制定的法律是制定法，制定法应当符合自然法的观念，否则就是恶法,恶法不是法。

法须良法,恶法非法。中国古人虽然没有系统的自然法理论,但是也有自然法的观念,自然法理论的一些源命题,中国儒家、道家、法家等学派也有过类似的思想。通俗来说,就是道高于法,正义高于法律,道德高于法律,道德正确比法律的理性更重要,法律不能违背人情。这是中国人的一种法律和道德的二元观。西方自然法观念认为,自然法高于制定法,我们生活中所接触到的法律,比如民法、刑法等,都是由国家机关制定出来的,这些制定法要在生活中适用,要让普通民众遵守。但是在一些特殊情况下,就会发现法与情的冲突,国法与人情的冲突。因此,我们在衡量现实中法律的时候,还有一个标准,在中国就是道德标准,在西方就是自然法标准。我们不能简单地把道德标准与自然法标准等同,但是总体上来说,中国式的自然法观念,那就是天道大于国法,西方的自然法观念,就是自然法高于制定法,自然法是一种观念,是一种理性,是一种道德追求,是人们对于美好生活的一种向往。《水浒》中的替天行道,就是梁山好汉在江湖丛林和在世俗权力之间选择的道德平衡点,替天行道既能够得到江湖人士的认可,也能够得到官方人士的认可,这是一个平衡点。"替天行道"就是梁山的意识形态,就是好汉们行为的合法性来源,因此,"替天行道"也就是梁山的自然法,是好汉们最高的道德准则。

"替天行道"解决了梁山好汉杀人放火、背叛朝廷的合法性问题。在任何一个时代,打家劫舍都是政府严厉打击的重罪,聚众造反更是列入十恶不赦之罪,一人犯罪,整个家族都会受到株连。梁山好汉的造反行为已经构成重罪乃至株连九族,他们对此十分清楚。如何解释杀人放火、聚众谋反的合法性问题?怎样有一个正当性的说法?"替天行道"就应运而生。这样,虽然是对抗政府、背叛朝廷,虽然是杀人放火、打家劫舍,但是有了替天行道的大旗,其行为就具有了正当性。替天行道追求的是比朝廷王法更高的道义,是对昏庸无道、纲纪毁坏的谴责。这个腐败王朝的法律都是歪曲的,世界黑暗,公义沦丧,官员贪腐,奸臣弄权,老百姓走投无路,只能反抗。好汉们的反抗是基于道德追求,是替天行道。所以说，梁山上忠义堂前，竖起了"替天行道"的大旗。

(二)李逵为何要杀宋江？

替天行道的大旗之下，谁代表天？谁代表道？道的标准是什么，由谁来替天行道？还是以"李逵杀宋江（未遂）案"为例，做一简要分析。

在"黑旋风乔捉鬼，梁山泊双献头"一回中，李逵和燕青两个人在返回梁山的途中，有一天晚上借宿到刘太公庄上。在此过程中，听说刘太公的女儿被自称"宋江"的人劫持到梁山上去了。一听说宋江强抢人家女儿，李逵怒火中烧，"怒从心中起，恶向胆边生"，马上就要回到梁山杀宋江。

> 宋江见了李逵、燕青回来，便问道："兄弟，你两个那里来？错了许多路，如今方到。"李逵那里应答，睁圆怪眼，拔出大斧，先砍倒了杏黄旗，把"替天行道"四个字扯做粉碎。众人都吃一惊。宋江喝道："黑厮又做甚么？"李逵拿了双斧，抢上堂来，径奔宋江。当有关胜、林冲、秦明、呼延灼、董平五虎将，慌忙拦住，夺了大斧，揪下堂来。宋江大怒，喝道："这厮又来作怪！你且说我的过失！"李逵做作一团，那里说得出。

宋江第一次是"问道"，接着是"喝道"，然后是"大怒"。李逵在《水浒》中有多次这样的事情，只善于行动，不善于表达，即便想杀他最爱的哥哥也是如此，不问原委，挥斧就砍，先把人杀了再说。然后燕青就把事情原原本本讲了一遍，宋江听罢便道，"这般屈事，怎地得知！如何不说？"李逵道："我闲常把你做好汉，你原来却是畜生！你做得这等好事！"宋江喝到："你且听我说：我和三二千军马回来，两匹马落路时，须瞒不得众人。若还得一个妇人，必然只在寨里，你却去我房里搜看！"

宋江这时候很委屈，你不行到我家里找找？说我抢了刘太公女儿，总得找到人吧？宋江的意思是说话要有证据，不要主观臆断。可以看出，宋江也有一定的法律观念。

李逵道:"哥哥,你说甚么鸟闲话!山寨里都是你手下的人,护你的多,那里不藏过了。我当初敬你是个不贪色欲的好汉,你原正是酒色之徒,杀了阎婆惜便是小样,去东京养李师师便是大样。你不要赖,早早把女儿送还老刘,倒有个商量。你若不把女儿还他时,我早做早杀了你,晚做晚杀了你。"

李逵这番话可以说是斩钉截铁,掷地有声。这隐含着一个道德的命题,就是欲望有罪,或者说色欲有罪。李逵敬你为大哥,首先是因为你不贪女色,原来你却是个好色之徒,所以我要以正义之名杀了你!

为了证明自己的清白,宋江让了三步:第一步,让李逵去房里看一看,李逵说我不去,你可能把她藏起来了;第二步,我们到刘太公家里当面对证,看是不是我抢了他女儿;第三步,我们立个军令状,如果你冤枉了我,把你杀掉;如果我确实霸占了刘太公的女儿,把我杀掉。李逵表示同意。这就是宋江的驭人之术,这个事情冤屈洗清以后,李逵在道义上完全输了。在《水浒》的世界里,军令状是个有法律意义的契约,以生命为赌注,谁输了就要杀头,以命相搏。李逵很爽快,"我若还拿你不着,便输这颗头与你",宋江说"好",在座的兄弟们都是证人。双方立了军令状,然后下山对证。刘太公一看,抢他女儿的不是宋江。后来李逵和燕青抓到了真凶,解救了刘太公的女儿,至此真相大白。

(三)李逵杀宋江(未遂)案的启示

通过这个故事,我们分析一下,李逵杀宋江案给了我们哪些启示?

应该说,宋江最喜欢的人是李逵,李逵也最敬重宋江;最后,李逵也为宋江而死。李逵要杀宋江的事件,揭示了另外一种深层次的秩序观,或者说好汉们心中的另外一种法律观。

1. 偏听偏信,证据不足

李逵杀宋江和鲁提辖拳打镇关西有很多相似的地方,都是偏听偏信,证据不足。李逵只是在刘太公庄上借宿,听到了刘太公一面之词,李逵就信了。他有证据吗? 没有。刘太公有证据吗? 没有。说的都是"口供",有没有其他的证据能够证明是宋江抢了刘太公的女儿? 没有,就是刘太公的一面之词。后来,李逵和燕青去抓真凶也是如此,半路上抓住一个剪径的汉子,那汉子告诉他们,这事可能是附近牛头山上的两个强人干的。他们上了牛头山之后,李逵上去见人就杀,一顿砍杀后,才找见一个女儿。燕青上前一问,果然是刘太公女儿。李逵这次杀牛头山的强人,也是没有证据,只是道听途说。上山后也没有核实,没有任何的取证程序,直接开始杀人。如果不是这几个人干的,那岂不是都白死了吗?况且退一步说,即便他们强抢了刘太公的女儿,就都应该被杀死吗?李逵随意杀人是小说的虚构,然而,广大读者对这样的故事情节很少提出质疑,而是视作正常,甚至还会赞赏李逵的正直爽快和"为民除害"。这在很大程度上也反映出,作为读者的我们,潜意识里也是道德归罪的观念。只要这些人是坏人,做了坏事就该死;杀坏人是为民除害,杀之而后快。

2. 我即法律,出入人罪

李逵根本不去核实事实真相,马上就给宋江定罪,你是好色之徒,好色是罪,抢人女儿就该杀。李逵在这一瞬间,就已经认定宋江有罪,罪该万死,怒冲冲地返回去要杀他了。要知道,宋江不但是梁山上的老大,更是李逵最尊重的大哥,其他人的话李逵都不听,就只听宋江的,所以李逵要杀宋江,这个举动的意味非同寻常。如果说李逵听说其他的人强抢民女,可能反应还不会这么强烈。所以李逵在这个案件中,他的推理过程很简单:(1)大前提:强抢民女是死罪,该杀;(2)小前提:宋江抢了民女;(3)结论:宋江该杀。

其实,李逵这个简单的演绎法有很多漏洞。一是大前提就不正确,强抢民女该死是道德定罪,不是法律定罪。李逵只有道德判断,没有法律意识,以道德判断代替法律规定。二是小前提不正确。他没有任何调查取证,没有查明事实,就认定是宋江抢了民女,事实认定完全错误。幸亏李逵没有做法官,否则他一定会比他痛恨的那些大宋官员,制造出更多的冤假错案。

李逵更深层次的观念是:

(1)我就是法律,我的意愿就是法律。这种观念,与"朕即法律""朕即天下"的观念如出一辙。

（2）我代表法官，可以对宋江等人进行审判，进而定罪量刑。

（3）我是法律的执行者，我要杀了宋江。

在这个案子中，李逵一身三任，充当了立法者、司法者和执法者三个角色；一人将立法权、执法权（行政权）和司法权三权合一，这是一种典型的集权思想。李逵本人根本没有意识到自己的行为已经将三权集于一身，作者和读者也没有意识到这一点。而恰恰是这种无意识，才说明自命法律、出入人罪的观念是何等普遍；说明集权思想在润物细无声之中，还萦绕在我们的脑际。

如果李逵这样的人当了皇帝，会比宋徽宗更加昏庸无道。法律会更加任性随意，不近人情，朝令夕改；司法会更加黑暗，冤假错案会急剧增加；老百姓会更加遭殃，这世上，到处都游荡着屈死的冤魂……

3. 不要程序，只要结果

这一点和鲁提辖拳打镇关西也是一样的，不需要任何法律程序，要的是杀了坏人，讨回公道。这种观念前面已经说过，此不赘述。

4. 罚不当罪，轻罪重刑

罪与罚，一直都是法律适用的基本命题，也是治世与乱世的基本策略。秦国严刑峻法、迷信暴力，在秦始皇时期达到顶峰；秦朝也走到了尽头，二世而亡，大秦帝国也因此成为暴政的代名词。所谓严刑峻法，轻罪重罚，以刑去刑、以杀去杀，乱世用重典等行为，都不可持久。在《水浒》中，存在一个普遍的现象就是轻罪重罚、无罪重罚、不教而诛。看看《水浒》中的罪与罚，俨然回到了大秦帝国。

还拿李逵杀宋江（未遂）案来说，即使宋江真的把刘太公的女儿霸占了，是不是就应该判死刑呢？是不是就应该由李逵去执行死刑呢？如果按照宋朝的法律，霸占他人的女儿，也不应该判死刑。李逵认为宋江该死，也是出于道德定罪，道德审判。李逵要杀宋江，虽然属于未遂，但是属于典型的"轻罪重刑"。在《水浒》中，这样的轻罪重刑，或者说无罪而诛的情景非常多。比如，"黑旋风乔捉鬼"的故事，又是一个滥杀无罪之人的案例。李逵和燕青半路上到狄太公家去投宿，狄太公说家里闹鬼,女儿中了邪祟。李逵说不怕,我来给你捉鬼。事实真相是狄太公女儿和邻村的王小二约会,为了幽会成功,这家女儿谎称闹鬼,让别人晚上不敢来打扰他们。李逵不由分说,先杀了王小二,问清情况后把狄太公的女儿也杀了。这就是黑旋风乔捉鬼的残忍故事。

> 太公哭道:"师父,留得我女儿也罢。"李逵骂道:"打脊老牛! 女儿偷了汉子,兀自要留他! 你怎地哭时,倒要赖我不谢将。我明日却和你说话。"……李逵睡到天明,跳将起来,对太公道:"昨夜与你捉了鬼,你如何不谢将?"太公只得收拾酒食相待。李逵、燕青吃了便行,狄太公自理家事。

这个故事,读来令人不寒而栗,浑身起鸡皮疙瘩。李逵冷血残暴、生性凶恶、滥杀无辜、草菅人命的一面,血淋淋地展现出来了。狄太公女儿与男友幽会,即便严重违反了当时的纲常礼教,毁坏了名节家风;即便违反了"饿死事小,失节事大"的道德戒律,也不至于就是死罪,更轮不到李逵来大开杀戒。李逵杀人之后,不仅毫无歉意,还理直气壮地要狄太公感谢他,这个杀人魔君的冷血残暴,由此可见一斑。

有个问题是:李逵杀死狄太公女儿一事,和镇关西霸占金翠莲相比,哪个恶性更大、罪行更重? 毫无疑问,是前者。为什么读者不恨李逵而恨郑屠? 这种滥杀无辜的暴行,一说是李逵、是梁山好汉干的,读者便一笑了之,欣然释怀;如果说是某个泼皮恶棍干的,读者便义愤填膺,血脉偾张,恨不得除之而后快。根本的原因是,我们的潜意识里还有着深深的"坏人该死"的道德烙印。李逵是"好人",滥杀无辜亦是豪侠之举;郑屠是"坏人",强占民女就是死罪。这种观念的存在,才为李逵式人物的存在,提供了丰厚的土壤。

5. 冤枉好人,制造错案

前面杀两个约会的年轻人,毫无疑问是错案;现在听信一面之词,又要杀宋江,也是典型的错案,宋江没有抢刘太公的女儿。这一案也可以与鲁提辖拳打镇关西相比。在书中,镇关西欺负金家父女在书中是属实的,可宋江抢占民女却是李逵自己想当然的。很多冤假错案如果还原的话,不是说当时的执法者有意制造,而是案件的制造者本人认为自己公正无私,认为自己就是正确的,认为自己是为了千千万万劳苦大众谋幸福……这种致命的自负,导致了无数的冤假错案。大到一种制度来说,假如我制定了一种制度,我固执地认为我的制度是为全世界人民谋福利的,在这种致命的自负之下,大面积的人道主义灾难就会发生,这是有历史教训的。

6. 以命相赌,舍生取义

有人认为,李逵敢立军令状,说明他本性率真,敢作敢为,甚至有一点儿为了真理敢于舍生取义的意味,这恰恰是李逵的亮点,为他点赞!李逵为了伸张正义,敢把自己脑袋赌进去;鲁达为了惩恶扬善,把自己的前程都丢了;李逵认为宋江做了坏事,敢跟宋江以命相拼。大家想想,因听信一面之词而如此固执,已经十分罕见;更要立下军令状,值不值得搭一条人命进去?显然不值得。进一步分析,李逵这么做,显然他不把自己的生命当一回事。说得高尚一点,他是舍生取义。可他所取的"义"是什么? 就是"欲望有罪""好色该杀",显然这种"义",不用说现在的法制观念,就按一般的纲常伦理,它本身也是站不住脚的,也不具有多少正当性。一个人不把自己的命当回事,他会把别人的命当回事吗? 所以《水浒》中,李逵杀人最多,这也不是偶然的,作者塑造这样一个人物形象也不是凭空虚构的,符合这个人物的人生态度、人格特征和心理状态。李逵立军令状,不是一种看淡生死的超然境界,而是一种蔑视生命的变态心理:既然我的脑袋都是挂在腰带上的,随时都会死;我死了谁也别好活,不如大家一起死! 杀一个够本,杀两个赚一个,只要我杀得痛快,哪管别人的生命和家庭! 曹操的"宁可我负天下人,不可天下人负我"的人生哲学饱受谴责,而李逵随意杀人的心态,和曹操的这种思想如出一辙,却很少受到读者的批评。

7. 认赌服输,以德废约

真相大白以后,李逵不知该怎么办。燕青让他负荆请罪。这个结果宋江并不意外,和李逵签订军令状的时候,他已经是胜券在握了。在不禁止生死契约的梁山上,军令状对两个人来说是有效力的,决定着两个人的生死,就是法。要是宋江坚持按军令状办事,李逵也认赌服输,"哥哥既是不肯饶我,把刀来割这颗头去,也是了当。"宋江当然不会杀掉自己的爱将,对于他来说,只不过政治博弈中又多了一次制服李逵的记录,让黑旋风更加心悦诚服。既能让李逵进一步死心塌地效忠他,对其他人也有警示意义。自此之后,李逵能不舍命相报? 能不对宋江誓死捍卫? 这一收一放之间,显示出宋江高超的政治手腕。军令状的存废,全在宋江一句话。饶了李逵性命,彰显了宋江作为大哥的高尚品德和宽广胸怀,表面上是以德废约,实际上是以德服人。

8. 疾恶如仇,除恶务尽

宋江撤销了生死军令状之后,命李逵捉拿真凶。李逵经过侦查找到了真凶,将其主从一伙多人都杀掉了。不论是否参与,不分主犯从犯,全部杀死,无一幸免——这其实是除恶务尽观念的一种反映。除恶务尽的观念在《水浒》当中非常普遍,如果现在做一个测验,问你赞成不赞成除恶务尽? 我想很多人会不假思索地赞成。实际上,除恶务尽这种观念本身就是一种极端的一元化思维的产物,就像世界上只能有一种观念、只能有一种味道、只能有一种颜色一样。所以说,遇到恶就坚定不移地把它干掉,不能有一丝恶的存在,听起来又是一种十分正确的道德高尚。然而,世上善恶的标准本来就不清晰,对于所谓的善的极致追求,就会走向恶。在《水浒》中,疾恶如仇是李逵性格的一大特征。李逵的很多滥杀无辜被读者淡忘和原谅,是因为很多人在潜意识里都这么认为:李逵的动机是好的,他是为了追求善、追求正义而杀人。因此,他杀了坏人,是替天行道,人人拍手称快;如果他杀了好人,那也因其动机是好的而可以原谅。于是,我们看到了站在道德高地的李逵,杀了抢走刘太公女儿的强人;杀了狄太公的女儿及其男友;杀了四岁的小衙内;杀了投奔梁山的韩伯龙;杀了无数围观法场的吃瓜群众……李逵还要杀宋江,还要杀不让公孙胜出山的罗真人……

秉持着打抱不平、除恶务尽的思想,李逵要杀掉一切坏人,杀光一切不平之事,杀出一个充满正气、没有邪恶的光明世界。为了实现这个目标,他自命道德正确,相信暴力就是法律,一人集立法、司法、执法三权于一身,可以以德自居、以德代法、以德废法、以德杀人,把他认为的一切恶人、恶行全部除掉!

从《水浒》世界回到现实世界,我们会发现,假如有李逵这样的人,或者这样社会现象的出现,我们在座的每一个人都不会安宁,随时都有丧命之忧。在替天行道的路上,李逵走到这一步,已经走向了善的反面,成为一种恶;如果有无数个这样的李逵,那无疑会成为这个世界最大的恶。

最大的恶,往往是假借最大的善的名义而进行的。

(四)李逵的骨头是最硬的

接下来,我们比较一下李逵杀宋江(未遂)案和鲁达打死郑屠案的异同。

1. 主观故意不同。李逵主观上是故意杀人,就是想要杀死宋江;鲁达是要教训一下郑屠。在动机上,教训郑屠既有为金氏父女出气解恨的原因,也有认为郑屠侵犯了他尊严的原因。鲁提辖看来,你的高调,伤害了我的自尊。你一个卖肉的竟然敢自称是镇关西,我鲁提辖叫镇关西还差不多,你凭什么这么狂妄自大?所以我要教训你!可见,李逵主观上是要杀人;鲁达只是想故意伤害,并没有想杀死郑屠的主观故意。

2. 客观行为不同。鲁达拳打镇关西的起因是郑屠霸占金翠莲,尽管鲁提辖未经核实,但这个事实是真实存在的。而宋江霸占刘太公女儿的事实是不存在的,这是一个虚构事实,是李逵的错误判断。李逵也未去调查事实真相,工作作风和鲁达一样不踏实。

3. 行为结果不同。郑屠被鲁提辖失手打死;而宋江则比较幸运,看到了真相大白、洗清冤名的时候。

4. 行为对象不同。李逵要杀的是他的最高领导宋江;鲁提辖打的是草民郑屠。鲁提辖拳打镇关西一节,至少有三处辱骂郑屠的描写。这些辱骂都是人格上的贬损,充分说明鲁达根本就看不起郑屠,没把他放眼里。

第一处是在酒楼里吃饭的时候。听了金家父女的诉说,鲁达第一个字是"呸",什么镇关西,原来是卖肉的个体户!首先藐视这个人,你算什么东西。

第二处是鲁达打第一拳之前。鲁达打了三拳骂了两句,这两句都包含着对郑屠出身低贱的蔑视和对其人格的侮辱。"你是个卖肉的操刀屠户,狗一般的人,也叫做镇关西!"卖肉屠户,卑贱如狗,竟然敢号称镇关西?拳打郑屠,很大程度上是镇关西这个外号让鲁提辖极度不爽,心生怨愤。

第三处是鲁达打第二拳之前。郑屠挨了第一拳之后,不知郑屠出于什么心理,说了一句:"打得好!"没想到,他这一声,激起了鲁达更大的愤怒。

> 鲁达喝道:"咄!你是个破落户,若是和俺硬到底,洒家倒
> 饶你了。你如何叫俺讨饶,洒家却不饶你!"

鲁达说:你竟然敢还口?然后第三拳打下去。在鲁达眼里,你郑屠只有挨打的份儿,挨打都不能出声!你求饶了,俺偏不饶你,叫你这样一个卑贱的人敢自称镇关西!

鲁达骂了三次,都是对郑屠人格的侮辱,鄙视他出身低贱,鄙视他没有本事。从这一系列辱骂不难看出,鲁达鄙视郑屠的原因主要是:郑屠是社会底层的草根。如果换成高衙内,他定然不敢鄙视。对于高衙内霸占林冲妻子的事情,他从始至终都很清楚。他找高衙内拼命了吗?没有。作为好友,鲁智深一直暗中保护,并在野猪林救了林冲的性命,这无疑是值得高度称赞的。但是,他始终没有表示出对高衙内的痛恨,也没有去找高衙内算账。其实,郑屠霸占金翠莲和高衙内霸占林娘子,两者的性质并无太大的差别,但鲁达对这两件事的态度却有很大的差别。

面对郑屠,鲁提辖充满自信,找上门来;面对高衙内,鲁智深未置一词,不敢挥拳。鲁智深的"选择性鄙视",透出他明显的欺软怕硬的一面。这就反衬出李逵的硬骨头,李逵杀的是谁?是宋江。在梁山这个丛林世界里面,宋江是老大,李逵敢杀宋江。换作鲁智深敢不敢?很显然他不敢。李逵敢杀宋江,他的所作所为明显是在挑战梁山的秩序,不是欺软怕

硬,而真是出于内心所谓的一腔正气。当然,也可以看出鲁智深确实是"智深",面对不同的对手,他有不同的策略,不像李逵那样莽撞和简单。

(五)反抗权:好汉们的正义伸张

李逵本身在《水浒》里面有两处对最高权威的反抗,一处在是"杀宋案"中,那是对梁山秩序的挑战。他首先把"替天行道"的大旗砍掉了,这就是说他那时并不认可梁山所标榜的秩序。砍大旗在中国的文化当中具有特殊的含义,李逵砍掉这个旗,就是表达我不认可你的理论,不认可你的意识形态和江湖秩序,这是对江湖秩序的挑战。

李逵还有扯诏谤徽宗,这是对于官方秩序,对于统治秩序的挑战。这两次挑战,都代表了好汉们的反抗精神。

李逵和鲁达也有很多相同之处,一是我即法律,我即正义;二是道德审判,道德归罪;三是造反有理,杀人无罪。这几点已有分析,此不赘述。

接下来我们看看好汉们对于正义的伸张方式。李逵两次"犯上",一次挑战宋江,一次挑战皇帝。李逵是梁山上骨头最硬的人,他不畏强暴,正直敢言,是梁山上唯一既敢于挑战江湖秩序,又敢于挑战皇权秩序的人。他谤宋徽宗,其实就是对皇权秩序的蔑视。梁山好汉当中替天行道的精神,在李逵身上体现得最集中,最典型,也最危险,危害最大。

我们来看看李逵扯诏谤徽宗,宋徽宗同意去梁山招安,派陈太尉去之前,高俅和蔡京分别安排一个人跟着,暗中破坏招安,这是此次招安失败的另一个原因。我们看当时李逵的做法:

> 只见黑旋风李逵从梁上跳将下来,就萧让手里夺过诏书,扯的粉碎,便来揪住陈太尉,拽拳便打。此时宋江、卢俊义大横身抱住,那里肯放他下手。恰才解拆得开,李虞候喝道:"这厮是甚么人?敢如此大胆!"李逵正没寻人打处,劈头揪住李虞候便打,喝道:"写来的诏书是谁说的话?"张干办道:"这是皇帝圣旨"。

这个时候李逵说了一番话，曾经被认为是无产阶级对于封建秩序的宣战书："你那皇帝正不知我这里众好汉，来招安老爷们，倒要做大！你的皇帝姓宋，我的哥哥也姓宋，你做得皇帝，偏我哥哥做不得皇帝！"这些话非常有趣，显示出了李逵是个大老粗，他以为宋朝的皇帝就是姓宋，却不知道当时的皇帝姓赵，也因此有了你们的皇帝姓宋，我哥哥也姓宋的说法，十分可爱。这些细节描写揭示出李逵本身性格直爽，文化程度很低，快人快语的形象。

这次招安没有成功，有两方面的意义。从文学描写方面来说，层层铺垫，推出高潮。它是一次推进，作为一个铺垫，如果第一次招安就成功了，那么后面很多精彩的内容就不存在了；另一方面，它进一步巩固了宋江梁山秩序代表的地位。在世俗之间，皇帝就是宋徽宗，在梁山上，皇帝就是宋公明。这次没有被招安，宋江很生气。但生气的同时，他并没有处罚李逵，因为李逵这次的所作所为明白无误地告诉皇帝，梁山上我哥哥宋江就是老大，这进一步巩固了宋江在梁山上的地位。掩卷遐思，李逵是大智若愚的人，表面看他是砸场子去了；实际上，每一次都天衣无缝地把宋江推向了一个新的高度。

（六）好汉们为何要反抗？

通过李逵两次"犯上"可以看出，一是他既敢反抗江湖规则，又敢反抗官场规则。无论是从个人反抗的彻底性还是革命性来说，都远远超过了鲁达。二是他维护了替天行道的道义法则。李逵之所以敢于骂宋江，敢于骂皇帝，不是说他有多少颗脑袋，也不是说他可以做皇帝。恰恰是李逵这么一个鲁莽的人，他敢于以正义自居，认为自己就是正义的化身，他可以替天行道。道义在身，无所畏惧，"虽千万人，吾往矣！"这种憨直的形象，暴露出一种矛盾，表面上看他以为自己是在伸张正义，然而这种正义，已经异化为一种邪恶。

三是反抗权的合法性和违法性。这种反抗有合理合情的一面，老百姓没活路了，就揭竿而起，奋起反抗。最通俗的一句话：官逼民反，逼上梁山，这是《水浒》中反抗权最大的合法性基础。之所以这些好汉们敢于杀人越货，打家劫舍，敢于反抗皇权，敢于聚众造反，就是因为他们活不下去了。皇帝昏聩，官场腐败，朝中奸臣横行，好人不得重用，所以我们要反抗，这是反抗权的基础。如果我们从法学的角度来看反抗权，就是既有的秩序无法保护公民基本权利、反而是剥夺公民基本权利的情况下，民众就可以反抗。有人说过一句话，如果国家的法律是对民众的奴役，那这个国家就是监狱，老百姓的反抗，就是古老的自然正义的体现。

如果官方秩序严重侵犯了公民的基本权利，公民为了捍卫自己的基本权利，就可以反抗这种不公正的秩序，这是反抗权合法性的基础。那么其违法性在什么地方？这种反抗权，无论是对政权的反抗还是对民众的反抗，它是不是侵犯了更大程度上多数人的利益？说得直接一点，《水浒》当中，好汉们说的是替天行道，实际上他们杀了几个贪官？他们杀得更多的是普通老百姓，抢劫的是普通老百姓。所以在这种情况下，我们不光要看他张扬的是什么意识形态，更要看他的行为。如果行为本身并没有推翻黑暗的宋朝秩序，并没有杀掉几个贪官，反而刀落之处都是老百姓的头颅，那么这种反抗权的合法性就丧失了。这就引发出一个深刻的命题：谁才是自然法的裁判者？

如果征求读者们的意见，大家会倾向于认为，在《水浒》的世界里，好汉们就是自然法的裁判者。但是我们通过对他们行为的分析，我们会发现好汉是靠不住的，甚至于会引向更黑暗的深渊。有一句话说"最黑暗的政治秩序，也比最开明的黑社会好得多"，当然我们不是说《水浒》的秩序一定是黑社会的秩序，但是我们看《水浒》中，更多的是平民百姓遭殃。

从整体上来说，好汉们的反抗行为是具有正当性的。但是好汉们的个体行为上，我们往往看不到这种正当性，更多的反而是针对普通老百姓的违法犯罪行为。普通老百姓一方面要饱受皇权秩序下的黑暗统治，另一方面又要忍受梁山反政府组织，大宋百姓确实不好活。

好汉们反抗朝廷的正当性基础，一个是替天行道，还有一个是劫富济贫。其实劫富济贫在《水浒》的世界当中并没有实现。比如智劫生辰纲之后，没有把钱财分给老百姓。他们作案的目的是什么？就是要自己发财致富。刘唐找到晁盖时，说的就是有一笔好买卖。公孙胜是《水浒》中的大智者，他出场时也是为了这笔财宝。吴用找阮氏三兄弟，所说的话都是"这是一笔好买卖",然后拿着钱到了梁山。还有很多类似情形,每次打下一个地方,把金银财宝等都运到梁山。只见劫富,未见济贫,这是《水浒》中一个不争的事实。

三、《水浒》中的法律环境

(一)株连无辜

《水浒》中的株连现象非常普遍,株连就是一人犯罪,家族成员与其共同承担刑事责任的刑罚制度。株连无辜,违反人道,违背罪刑法定的法治精神。但是,株连却为历代统治者所钟爱,这样可以使民众出于恐慌之中,人人自保而不敢犯罪。株连自古有之,法家主张连坐,尤其是秦国的连坐制度达到了顶峰。可以说,株连是中国古代政治是否清明的一个标志。如果某个朝代或某个时期株连盛行,那一定是暴虐的统治。前几天看到一个消息,有的地方要抓人,就把他们的亲属先扣起来,引起了网民一边倒的谴责,这就反映出株连会殃及无辜,违反罪刑法定精神,不得人心。到现在人类已经进入了法治时代,这种株连无辜的现象,明显是违法的。在《水浒》里面,株连是一个非常普遍的现象,只要某个人被抓,他的家属就一定会受到牵连。比如,宋江杀了阎婆惜以后躲在家中的地窖里,朱仝、雷横奉命去抓宋江,宋太公出来说了一段话,说他和宋江在法律上已经没有关系了。宋太公说:

> 不孝之子宋江,自小忤逆,不肯本分生理,要去做吏,百般说他不从。因此老汉数年前本县官长处告了他忤逆,出了他籍,不在老汉户内人数。他自在县里住居,老汉自和孩儿宋清在此荒村,守些田亩过活。他与老汉水米无交,并无干涉。

宋太公很聪明,他早就料到会有这一天,事先就把宋江"出籍",类似于清理门户,注销了宋江的户籍登记,父子间不再有法律上的任何关系。宋太公故意骂宋江忤逆不孝,父子间不再往来,已经断绝了父子关系。后来这些人走了以后,回去报县官,说"宋太公三年前出了宋江的籍,告了执凭文贴。现有抄白在此,难以勾捉。"知县也要给宋江开脱,说"既有执凭公文,他又别无亲族,可以出一千贯赏钱,行移诸处海捕捉拿便了。""他又别无亲族",就是说如果他有其他亲戚,就可以抓来问罪,这还是株连。阎婆不服,又找知县,知县就说"他父亲已自三年前告了他忤逆在官,出了他籍,见有执凭公文存照,如何拿得他父亲兄弟来比捕?"人家已经断绝父子关系了,而且在政府办了出籍手续,在法律上已经没有权利义务关系,宋江的父亲、兄弟也不再因此受株连。所以,按大宋法律,已经不能捉拿他父亲、兄弟来问罪,他们在法律上已经不是一家人了。由此可见,株连在当时是合法的。

《水浒》中有很多更残忍的株连——灭门。梁山好汉制造了很多灭门案,如果发生在今天,肯定是全国轰动、千夫所指。《水浒》里面灭门案非常多,读来触目惊心,细思极恐。在这里仅举几例:

(1)扈家庄:李逵正杀得手顺,直抢入扈家庄里,把扈太公一门老幼尽数杀了,不留一个。

(2)曾头市:先把曾升就本处斩首,曾家一门老少,尽数不留。

(3)高唐州:却把高廉一家老小良贱三四十口,处斩于市。

(4)大名府:杜迁、宋万去杀梁中书老小一门良贱。刘唐、杨雄去杀王太守一家老小。

(5)清风寨:宋江早传下号令:休要害一个百姓,休伤一个寨兵。叫先打入南寨,把刘高一家老小尽都杀了。

(6)黄文炳:石勇、杜迁大喝道:"我们是梁山泊好汉数千在此,来杀黄文炳一门良贱,与宋江、戴宗报仇,不干你百姓事。"

(7)青州:把慕容知府一家老幼尽皆斩首,抄扎家私,分俵众军。

(8)东平府(两起):董平径奔私衙,杀了程太守一家人口,夺了这女儿;史进自引人去西瓦子里李瑞兰家,把虔婆老幼,一门大小,碎尸万段。

攻破祝家庄以后,宋江做了一件仁义之事,那就是念及钟离老人之功,没有血洗祝家庄。

> 宋江取一包金帛赏与老人，永为乡民："不是你这个老人
> 面上有恩，把你这个村坊尽数洗荡了，不留一家。因为你一家
> 为善，以此饶了你这一境村坊人民。"那锺离老人只是下拜。

宋江说得很明白，如果不是钟离老人对梁山有功，就会把祝家庄全村人都杀光，不留一家。如今因锺离老人"一家为善"，就饶了全村人的性命，不再杀他们。锺离老人因一家为善而让全村人免遭屠戮，真是无上功德。从另一面来看，宋江没有杀戮祝家庄全村人口，也是无上功德。只是，这种功德与仁慈的背后，不知道有多少起株连和滥杀的血腥？

这些惨无人道的灭门事件，都打着一面大旗，那就是——替天行道！

（二）窝藏包庇

《水浒》中有一个常见的现象，好汉们往往私下里结交罪犯，给罪犯通风报信。比如宋江救晁盖的故事，宋江通风报信，朱仝做人情，不止私放晁盖，还为他指明出路；后来才有了朱仝在执行公务时，私自放过了晁盖、宋江和雷横。这三次都属于故意放走，并非工作失误，因此这也是朱仝人生中浓墨重彩的三次义举。朱仝上山之后几乎没什么建树，但后来能够名列天罡星第十二位，号为"天满星"，足见其功德圆满，德行甚高。主要原因就是他在投身梁山之前，对梁山两任领导晁盖和宋江都有救命之恩，是山寨的大恩人，因此得以排名靠前。

此外，还有小旋风柴进收留各类好汉在家，官府不敢捉拿。即便按照宋朝的法律，宋江、朱仝、柴进都犯了窝藏和包庇之罪。

（三）思想犯罪：杀人不死写诗死

《水浒》的世界里有一个很恐怖的现象：思想犯罪文字狱，杀人不死写诗死。以宋江为例，他杀了阎婆惜以后被刺配江州，由于他在江湖上名气很大，很多好汉都关照他。即便到了江州服刑，其实也并没有被关押在牢里，还可以经常出来吃饭喝酒，也就是在这个时候认识了戴宗、李逵、张顺等人。有一天，宋江到浔阳楼吃饭，饮酒过多，写了两首词，一首是《西江月》：

自幼曾攻经史,长成亦有权谋。恰如猛虎卧荒丘,潜伏爪牙忍受。

不幸刺文双颊,那堪配在江州。他年若得报冤仇,血染浔阳江口。

宋江写罢,自看了,大喜大笑。一面又饮了数杯酒,不觉欢喜,自狂荡起来,手舞足蹈,又拿起笔来,去那《西江月》后,再写下四句诗:

> 心在山东身在吴,
> 飘蓬江海谩嗟吁。
> 他时若遂凌云志,
> 敢笑黄巢不丈夫。

这首诗被黄文炳发现后,向蔡九知府告发,经过黄文炳的解释,认定是一首反诗,然后宋江才被抓起来判处死刑。宋江杀了阎婆惜,命案在身都没有执行死刑,而是刺配江州。服刑期间他还有人身自由,还可以出来结交好汉,还可以整天吃酒。所以名义上是刺配,实际上相当于度假。但是,这两首诗被官府定性为反诗之后,一切都变了。他马上作为重犯被羁押起来,后来定为死罪。

由此形成了鲜明的对比:同样是宋江,因杀人可以不判死刑,因写诗却要被判死刑!因为宋江杀的只是一个一文不值的平头百姓,并不会危及大宋的官方秩序;而写诗——被定性为"反诗",则是对皇权秩序的侵犯,这种谋反的思想就是比杀人还要严重的大罪!"王者之政,莫急于盗贼";所以历朝历代都将谋反等定为首恶重罪,刑罚最为严厉。同样,王者之政,莫极于愚民;所以官府的重要任务是控制草民的脑袋,掌握百姓的思想,不能容忍任何不利于官府的思想出现。写反诗,不仅仅是思想的谋反,也是行动的谋反!杀尔草民,无足轻重;犯我皇权,虽微必诛!

可见在当时的环境下,文字狱非常严酷,可以文定罪,以言定罪,以思想定罪。商鞅变法的时候曾经提了一个观点，叫"刑用于将过"，意思是官府认为，某人有犯罪的思想、某个人可能会犯罪或是将来会犯罪，就要把他抓起来处以刑罚。蔡九知府对于宋江"反诗"的做法，其实也是这样的态度。

（四）崇尚复仇：从个人伦理到集体正义

很多人为梁山好汉拍手叫好，就是因为好汉们的快意恩仇。有恩必报，有仇必杀；"一点浩然气，快哉万里风！"复仇，为梁山好汉平添了几分豪侠之气，英勇的复仇者成就了血染的风采。如果没有复仇的故事，梁山好汉的英雄本色就会大打折扣。如果不复仇，没有怒杀潘金莲、斗杀西门庆、血溅鸳鸯楼，武松也许只是一个打死老虎的壮汉；如果不复仇，晁天王的血就会白流，宋江的头把座椅就坐不稳；如果不复仇，卢俊义、杨雄的"绿帽子"就摘不掉，他们在梁山上怎么做人……

复仇本身是个很古老的话题，符合朴素的自然正义。基于儒家的忠孝观，宋朝对复仇保留着适度的宽容，并非绝对禁绝。这种宽容在《水浒》中也有所体现，武松为哥哥复仇，就赢得了几百年的喝彩声。

梁山上的复仇有一个特点，就是经历了从个人伦理到集体正义的转化。在个人伦理阶段，复仇是好汉们的优秀品质，是好汉们的价值追求和人格魅力。可以说，没有复仇就没有武松。武松这个形象，是伴随着复仇的成功而塑造起来的。景阳冈打虎只是突出了他勇猛的一面，是"勇"；给他哥哥武大郎报仇，体现了他的"忠"；再往后又给施恩帮忙打蒋门神，这是"义"。武松英雄形象建立起来的过程，就是一个不断复仇的过程。先给哥哥复仇，又给施恩复仇，最后给自己复仇，武松完成了"复仇三部曲"之后，他英雄的个人形象达到了顶峰。从此就从《水浒》中隐退了，此后就淹没在了英雄群像当中。武松有他的价值追求，他在飞云浦杀死四个公人，他本来可以远走高飞，但是他又返回去到鸳鸯楼杀死十五口人。在杀死四个公人之时，无非是说明他的勇，但这并不足以支撑这个人物形象，只是血溅鸳鸯楼的铺垫。在杀了张都监等人之后，他的优秀品质、价值追求和人格魅力才得到了完美体现。当然还有很多英雄复仇的故事，这里不再一一赘述。

好汉们群居到梁山以后,复仇就越来越多地表现成为集体复仇,涂上了正义的色彩,就成了"替天行道"。比如三打祝家庄、四打曾头市,起因都是很小的事情,后来发展为与梁山势不两立,引发战争,都是不折不扣的复仇。再后面打高唐州,这是要解救柴进,为柴大官人复仇;攻打大名府,是为了解救卢俊义,为卢俊义复仇。当这种个体复仇逐渐成为集体复仇的时候,可以看到,复仇的影响力、破坏性和对社会秩序的冲击,都达到了个体复仇无法相比的剧烈和惨烈程度。

四、结语:良法的标准

通过以上分析,特别是通过鲁提辖拳打镇关西和李逵杀宋江两个案例,可以引出一个思考——正义的标准是什么? 谁可以代表正义? 中国有很多伦理价值、道德观念都是悬在空中的,说起来大家都认可,问题是难以落实。替天行道这个话永远是正确的,问题是谁是天、谁是道? 天是谁的天、道是谁的道? 如何替天行道? 谁来行使这个道、通过什么程序来实现道? 通过什么方式来认可道?

(一)谁是天,谁之道

在好汉们看来,我就是法律,我就是正义,我就是替天行道。李逵如此,鲁达如此,宋江如此,武松也是如此,好汉们个个都是如此。我们就代表了法律,我们就代表了正义,我们的行为就是替天行道。在皇帝来看,皇帝就是法律,皇帝就是正义,皇帝代表天下,这在中国具有不可改变的正当性,所以《水浒》只反贪官,不反皇帝,皇帝是好的,但是"总有奸臣欺瞒朕"。对一些中下层官吏来说,权在我手,我说了算,有权不用,过期作废。《水浒》中的好汉们,也一大部分都是出身于中低层官吏。这些人基本上就是为所欲为,比较典型的就是戴宗和宋江的第一次会面,戴宗公然索贿。

好汉、皇帝、官吏,这三者其实有共性,都是以自我为中心,他们都认为自己代表了正义、代表了法律、代表了替天行道。对于好汉、平民来说,强调的是道德正确;对于皇帝和官吏来说,强调的是政治正确。道德正确和政治正确有冲突的一面,比如官方要维护秩序,不能造反,但好汉们要揭竿而起，反抗不公。但其实二者背后的思维模式是完全一致的，那就是：我就是法律，我就是正义。

当不同的个体、不同的群体和不同的集团发生冲突的时候，靠什么来解决？靠的是武力，靠的是暴力。而这种武力和暴力的冲突，都是在自命正义、替天行道之类的旗帜下进行的。最终受害的是万万千千当炮灰的老百姓，一将功成万骨枯。我们习惯了仰望追思那些征战厮杀的功业，但是很少想起"可怜无定河边骨，犹是春闺梦里人"。

(二)限制权力，保障人权

通过对《水浒》中法律正义的简单分析，我们认为正义的标准不一定在于统治者，也不一定在于民间造反者，所以要建立一种共识和秩序。王朝的兴替缺少制度的变革和对民众权利的保护，无论谁当皇帝，最终都是"兴，百姓苦；亡，百姓苦！"

我们要正视历史的教训，历史应该向前发展，而不是像毛驴拉磨一样在原地打转。梁山好汉有其反对皇权、反抗压迫、反抗黑暗统治的一面，因此读来大快人心。但是我们也要看到，好汉行为更多的是在侵犯人权。他们只是维护一个人，或者是维护一个小群体的一己之利，而非普度众生，更不是保障民权。我们要建立一个法治的秩序，必须要制定良法。良法的标准，就是保障人权。一个国家、一个社会的进步，就看是否把老百姓权利的保护放在第一位，是否把保障人权作为国家制度建设的中心。如果是这样，那就是限制权力、保障人权的良法，就会使我们逐渐摆脱奴役状态，逐渐走向法治的秩序。

通过对《水浒》中正义和法律的解读，我们要认清三个观念：人权、皇权和公权，这三者是不一样的。皇权是一家一姓私利的集合，不能代表国家，更不能代表普天之下的苍生。人权是老百姓衣食住行、生老病死的各种权利；没有人权，公民就不能称为是法律意义上的人，而只是工具或奴隶。公权是政府为公众、为社会服务的，一定要以保障人权为核心，才能称为是"善治"，保障人权的法律才能称之为"良法"。《水浒》中的皇帝只是维护赵家皇族利益集团的代表，他心中只有皇权，没有公权和人权。梁山好汉们反抗的是腐朽的皇权和滥用的公权，所谓的杀富济贫不过是打家劫舍,也只是梁山小集团的自利自肥;他们并不关心普通民众的利益和生死,他们的替天行道并不是保障人权。

最后一句话:我们所需要的法治秩序,最终一定是保障人权为目标。

今天就讲到这里,谢谢大家!

2018 年 6 月 18 日

第五讲　红颜祸水？欲望有罪！

——男权世界中的女性及其命运

一提起《水浒》中的女性，刚才有朋友就说到了潘金莲。世人都知潘金莲，世人都骂潘金莲，但是私底下，世人都爱潘金莲。

说到《水浒》，毫无疑问，这是一个男人的世界。《水浒》是一个男人的世界，也是一个男权的世界。有人做过一个统计，在《水浒》中，总共出现的人物，有名有姓的是787个，女性是78个，约为十分之一。这不到十分之一的女性里面，她们都是配角，没有一个是主角。梁山一百单八将有三个女性，分别是母大虫顾大嫂、母夜叉孙二娘和一丈青扈三娘。但是这三个女性在梁山好汉里面笔墨非常少，出场也非常少，也都属于配角，扈三娘在全书里都没有说过一句话。无论她们是主角还是配角，《水浒》中对女性的刻画和其他名著都不相同。比如《红楼梦》《西厢记》，包括《西游记》等等，都有很多女性文学形象，她们有的温柔如水，有的贞烈如火，有的热情奔放，有的含蓄细腻，有的才华横溢，有的气质高洁。总之，这些女性形象都很美丽，给人美感，让人赏心悦目，印象深刻。

《水浒》有没有一个公认的美丽的女性形象？没有。《水浒》中的有些女性，漂亮而不美丽，甚至是外表与灵魂形成反差，外表漂亮但灵魂丑陋。比如潘金莲、李师师、潘巧云，这些女性外貌都非常漂亮。但是《水浒》把这些女性的内心和品行，把这些女性的思想和灵魂都塑造得非常丑陋，这是我们在阅读《水浒》的时候，感觉到的一个非常明显的反差。好汉个个都是光辉形象，但是女性基本都是负面形象。为什么《水浒》这样安排？如果说一部名著中几百个人物出现，男女各有几个正面、负面形象，这个很正常。但是我惊讶地发现，《水浒》中女性的正面形象，我数了一下，只有两个人，一个是金翠莲，一个是林娘子。其余的女性，要么面目模糊不清，要么就是反面角色，这个让我看了之后非常吃惊。

因而，我想专门探讨一下《水浒》中的女性观。希望通过对《水浒》中女性的分析，特别是对女性体现的价值观，从法学的角度，用一些法学的基本观念，来做一个分析，让我们能够认识到这部作品存在的一些问题。当然不是单纯为了反思这部作品，而是为了反思我们这个时代，是不是还存留着《水浒》中这样的女性观？

一、引言：男权世界中的女人

在任何一个国家、任何一个时代，男女秩序都是社会规范的重要表现形式，我们通常说的"五伦"，就是人与人之间的秩序。作为"五伦"之一的夫妇关系，就是男性和女性的行为规范。我们现在所说的男权社会，实际上就是以男性为主导，而对于女性的基本权利予以忽视，或者说没有赋予女性平等的法律地位和权利。

孔子说过，"饮食男女，人之大欲存焉"。现在有些人对孔子的认识，存在很多偏见，偏离了他的原本形象。其实孔子是一个人格非常健全、心胸非常开阔、目光非常深邃、境界非常高远的人，这是一个事实，要不然他不会影响中国两千多年。孔子对于女性，在《论语》中其实没有太多的歧视，比如他认为男女之间的交往和生存，这是人间的正常状态。告子谈到"食色，性也"，吃饭和男女之欲，这是人的本性。任何一类生物，当然包括人，其存在主要是两个：一方面是自身的存在，就是食物的获取，这就是饮食；另一方面，除了个体的存在之外，还有种的繁衍。孔子并没有把人的正常情欲妖魔化，有人说孔子歧视女性，我认为这是由于没有对《论语》作深入了解。

很多人说，孔子说过一句话，"唯女子与小人为难养也，近之则不孙，远之则怨"。说这句话体现出孔子把女人等同于小人，是歧视女性的表现。当然，从近代以来，特别是"五四"以来，更多的人将这句话说成是孔子对女性的歧视。实事求是地讲，这确实反映了孔子的历史局限性，但我们不可归咎于孔子个人。这个我们今天不去争论。

我们知道，宋明理学使中华文明的心理性格，由外向变为内敛，由政治儒学转向心性儒学，强调个人的修身养性，特别是对于人的欲望，七情六欲,总体上采取禁欲的态度,因此有了"存天理,灭人欲"的说法。再加上"三纲五常"等,强化了男尊女卑的社会秩序。"夫为妻纲"强调夫唱妇随,妇女依附于男子,没有独立的地位。这种现象一直延续到现在,很多地方还有很明显的重男轻女现象。我们常说的大男子主义,实际上就是男权社会的一种遗风。

(一)不近女色是道德高尚?

男权社会对男性保持极大的宽容态度,但是对女性则是要求比较苛刻,比如说"饿死事小,失节事大",只要求女人,不要求男人。女性的节操比她的命还要重要,我们看到很多故事,很多女性所谓的"失节"以后自杀了,为什么? 她在这个世界上最重要的东西没有了,她的肉体已经失去了存在下去的意义。男权盛行对女性过于苛刻,甚至于过于残酷。如果有"失节"的事情,那肯定还有男性,但是没有听过哪个男性因此会丢掉名誉,或者寻死觅活。这种强烈的男权观念,在《水浒》中,得到了淋漓尽致的发挥。阅读《水浒》原著反复思考,我发现有四个"为什么",与大家一起思考。

第一,为什么好汉不好色? 从宋江、卢俊义、吴用、公孙胜、林冲等等,武松、李逵、杨雄、石秀等等,都是不近女色,而且很多人没有成家。为什么《水浒》塑造英雄好汉的时候,要在道德层面上让他们不近女色? 要刻意强调不近女色是好汉的必要条件,接近女色就不算好汉。这是一种《水浒》中的政治正确和道德正确,男性不能好色,否则就是道德有缺、政治错误。小霸王周通、矮脚虎王英是好色之徒,但是他们在《水浒》中不是主流,而且他们往往都因女色而给自己招致灾祸。矮脚虎王英在战场上被扈三娘活捉,男人被女人活捉,这是多大的耻辱啊!周通因为强抢民女被鲁智深一顿暴揍,差点没被打死。史进被相好的李瑞兰告发而入狱。在《水浒》中,很多好汉遭遇灾难都是因为好色。好汉不好色,这是为什么?

第二,为什么好汉少婚配?《水浒》中的好汉绝大多数都没有结婚,没有妻子,没有孩子,没有家眷。比如说林冲,他出场的时候是三十四五岁,结婚三年;也就是三十二三岁结婚,没有孩子。宋江也没有娶妻,李

127

逵、武松、鲁智深就更不用说了。梁山好汉大多数都没有结婚，没有家眷，没有子女，典型的"三无人员"，没有正常人的家庭生活。而且《水浒》中的男性大多数都晚婚，林冲三十二三岁才结婚，这个很不正常。以前的男性，不用说北宋时期，就是民国时期，大多数人是十四五岁就结婚，二十岁前做父母也很正常。直到今天的农村，很多男的大概二十一二岁就要结婚。梁山好汉少婚配，这是为什么？

第三，为什么女性少名字？张氏、王氏、李氏，这是《水浒》中对女性的中性描述。对很多女性直接就用贬义词，比如"宋江怒死阎婆惜"，"王婆贪贿说风情"，阎婆、王婆，都没有名字。梁山上的三大女杰，顾大嫂、孙二娘、扈三娘，这三个人也没有名字，只有排行。林冲的娘子在《水浒》中是一个正面形象，她叫什么？没有名字。她父亲姓张，她是张氏，没有名字，没有身份。婚前是张氏，婚后是林娘子，她的身份是借着男人而获得的。女性少名字，这是为什么？

第四，为什么罪女不罪男？一旦发生风月之事，为什么总是把责任推到女性身上？潘金莲跟西门庆两个人如果仅仅是私情，用现在法律的观念来说，属于道德范畴，并不能进行定罪量刑。当然，他们合谋杀死了武大郎，这是犯罪行为，应当依法制裁。杨雄的妻子潘巧云和裴如海私通，她就该死吗？宋江之于阎婆惜，相当于是包养了一个情妇，交了个女朋友，并不是结婚。后来阎婆惜和宋江的同事张三好了，近了张三郎，远了宋三郎，道德的谴责就指向了阎婆惜。罪女不罪男，这是为什么？

如果这些人还有一些法定的身份关系，那么在《水浒》当中，还有一些没有身份关系的，比如宋徽宗和李师师。宋徽宗是皇帝，他和妓女相好，书中多次对李师师进行贬损讥讽，对皇帝却是极力美化歌颂。《水浒》中只反贪官，不反皇帝，皇帝都是好的。安道全和史进都有相好的，安道全和李巧奴相好，史进和李瑞兰相好，书中把这两个女子描绘成妓女，贪财势利，薄情寡义，这两名女子最终都被好汉杀死。为什么道德的恶名都由女性来承担，男人却没有责任，不受谴责？所以，这四个问题，就是我们解读《水浒》中女性观的重要内容。

（二）好汉厄运因红颜

我做了一个不太恰当的总结，梁山好汉有"三多"：

一是性冷淡多。宋江好使枪棒，不近女色；卢俊义、杨雄都是这样，才导致他们的妻子红杏出墙；李逵更不用说了，他对除了他母亲以外的女性几乎都是极度排斥乃至仇视态度。用我们现在的话来说，这些人不正常，典型的性冷淡。

二是光棍多、剩男多。《水浒》中的好汉大多数都没有结婚，梁山几乎就是一个光棍集中营。初步统计，从书中涉及的内容来看，梁山好汉中结了婚的大约有关胜、秦明、呼延灼、花荣、柴进等二十八位，其余都未提及。这二十八位之中，林冲的老婆被高太尉逼死了，卢俊义和杨雄的老婆都与他人私通，给两位好汉戴了"绿帽子"，最后都被两位好汉杀死。

三是男性仇视女性者居多。《水浒》中有一个假定的前提，就是女性都是坏人，所以男性的形象要光辉，那一定要仇视女性，才说明你政治正确、道德高尚，这是《水浒》中一个潜在的命题。

《水浒》中的女性被视为是红颜祸水，认为女性往往是坏大事的。比如周幽王和褒姒，烽火戏诸侯，是亡国的典型，是红颜祸水的开端。再往后，唐玄宗为什么吃了败仗？归罪于杨玉环。马嵬坡一条白练，"六军不发无奈何，宛转蛾眉马前死"，让杨玉环做了替罪羊。《水浒》中也是这样，女性的出场有一个特点，从故事情节上来说，是为了铺垫一个男性的出场，女性在《水浒》中，都是为一个男性打伏笔的，而且往往这个女性一出现的时候，男的就要倒霉了。"好汉厄运因红颜"，无论是互不相干陌生路人，还是两情相悦的红颜知己，甚至是同床共枕的合法夫妻，女性的出场往往会拖累男人，让男人遭遇厄运。红颜祸水是《水浒》根深蒂固的观念，也是设计故事情节的常用套路。比如说潘金莲毒杀武大郎，潘金莲的出场就是要说明一个问题：武大郎必须死，否则就没有后来的武松复仇，就没有武松轰轰烈烈的英雄形象。类似于这样的桥段，《水浒》中有多处。

（三）冰冷的夫妻关系

《水浒》中对婚姻家庭关系描写不多。而其中出现的夫妻关系，往往比较冷淡，甚至成为仇人，互相杀害。比如杨雄和潘巧云的关系，杨雄怎么上的梁山？他的老婆和潘金莲一样。《水浒》中的很多好汉遭遇不幸，蒙难蒙冤，往往都是从女子开始的，而且很多都是老婆害死丈夫，老婆告发丈夫，将女性的阴毒刻画到了极致。《水浒》中描写夫妻关系的本来就少，而其中就有三对夫妻出现了妻子有外遇，甚至谋害丈夫。比如潘金莲毒杀武大郎、贾氏告发卢俊义、潘巧云私通裴如海。宋江和阎婆惜不算合法夫妻，而阎婆惜对宋江的刻薄、冷漠和敲诈，哪里有半点情人之间的温情？即便其他夫妻，例如梁山好汉中的三对夫妻，书中也从未写过他们夫妻的感情是否和睦，家庭是否幸福。哪怕轻轻一笔带过，作者都如此吝啬，不着一墨。如果不说他们是夫妻，我们也感受不到这些夫妻的关系和其他兄弟之间的关系，有什么实质性差别。

其他因为女色而受害的，还有神医安道全。安道全当时不愿意上梁山，为什么呢？他有个相好的李巧奴，想和她温存一下再告别，结果张顺就把她杀了。史进也一样，他信任的相好李瑞兰告发了他，将他投入大牢。李巧奴和李瑞兰都是妓女，只爱钱财，无情无义。《水浒》中这两名女子以这种形象出现，不仅是对女性形象的丑化，也丑化了好汉的形象，排斥了对男女温情的认同和理解。

林冲在《水浒》中，是一个非常具有现实意义的典型形象，我觉得林冲是《水浒》中，塑造得最接地气、最接近现实的形象。林冲的不幸遭遇，也跟他夫人有关。林娘子被高衙内看上，林娘子坚贞不从。后来剧情一步步深入，林冲最终被逼上梁山。我们都痛恨高太尉陷害林冲，但是书中设置了一个前提，就是他老婆太漂亮了，高衙内看上她了。高衙内是高俅的义子，高俅为了满足儿子的愿望而设计陷害林冲。作者为什么要设置这个桥段？要写高太尉陷害林冲，可以设置多种林冲直接得罪高太尉的情节，为什么非要绕个大弯子，从林娘子入手？

从林娘子被高衙内看上开始，林冲的人生就不幸被改写了。这说明，即便是一个堂堂正正的好汉，即便是一个和睦幸福的家庭，太漂亮的女人,也会给男人带来不幸——尽管《水浒》中林娘子是一个正面形象。

二、《水浒》中女性形象分析

当然,我们不可能也没必要对《水浒》中的七十八个女性一一进行分析。我把她们作了一个简要的归纳,选了六个典型的人物,她们代表了《水浒》中六类女性的形象。

(一)潘金莲的爱恨与罪罚

实际上,潘金莲是一个不幸的女子,潘金莲的命运可以分为五个阶段,而每一步转变她命运的都是男人。潘金莲的命运五步曲中,决定潘金莲命运的是四个男人。

潘金莲的出场是武松打虎以后。武松在英雄过市接受众人的祝贺与羡慕之时,突然看见他哥哥武大郎也在人群中。武松扑翻身便拜,跟着哥哥到了家里。此时,潘金莲正式出场了。潘金莲出场前,作者就给她做了定性:

> 原来这妇人见武大身材短矮,人物猥獕,不会风流,这婆
> 娘倒诸般好,为头的爱偷汉子。

潘金莲是一个漂亮的女人,也是一个风骚的女人。但在刚开始,她就是这样的吗? 潘金莲的命运五步曲,是这样一步一步走过来的。

第一步:反抗张大户。

潘金莲的少年时期,书中这样交代:

> 那清河县里有一个大户人家,有个使女,小名唤做潘金
> 莲,年方二十馀岁,颇有些颜色。因为那个大户要缠他,这女使
> 只是去告主人婆,意下不肯依从。那个大户以此恨记于心,却
> 倒陪些房奁,不要武大一文钱,白白地嫁与他。

少年时期的潘金莲,是大户人家的使女,因为长得漂亮,大户想占为己有,潘金莲不从,不管他有钱有势。大户生气了,就把潘金莲嫁给了武大郎,这是决定潘金莲命运的第一步。少女时期的潘金莲,对自己的爱情充满了憧憬,并不屈从于有钱有势的大户人家。按照男权社会的标准来看,潘金莲早期也是"富贵不能淫"的节烈女子,应该予以道德表彰。用《水浒》中的主流价值观来说,潘金莲在这时候,三观还是正确的,正能量满满的。不幸的是,少女潘金莲的爱情理想被大户毁了。大户把她下嫁给武大郎,就带有强烈的报复和泄愤的心态:你不想跟我过,我也不让你好过! 女性婚姻不能自主,想嫁给谁自己说了不算,命运操纵在男人的手中,这是潘金莲的不幸,也是那个时代的不幸。

第二步:下嫁武大郎。

武大郎长什么模样,大家都知道:

> 武大郎身不满五尺,面目生得狰狞,头脑可笑,清河县人见他生得短矮,起他一个诨名,叫做"三寸丁谷树皮"。

"三寸丁"是讽刺武大郎个子低,只有三寸高;"谷树皮"是说武大郎长相丑陋、皮肤粗糙如同谷树皮。武大郎没有什么手艺,靠卖炊饼为生。可以说,武大郎是配不上潘金莲的,这正是大户把潘金莲嫁给武大郎的原因。其实,这种夫妻关系从一开始就埋下了不幸的种子。大户霸占不成才把她下嫁了,这是他泄愤报复的表现,女性的命运自己不能做主。还好,武大郎敦厚淳朴,敬业爱家,天天卖炊饼,家境还过得去,可以维持两人的基本生活。当然,靠卖炊饼过日子,也谈不上富裕。

第三步:移情武二郎。

"风乍起,吹绉一池春水。"武松一出现,潘金莲就变了。潘金莲以前抗拒大户的时候年龄还小,少不更事,对爱情婚姻还有很浓重的理想色彩。跟武大郎结婚后感觉过日子不容易,逐渐体会到了生活的艰辛。突然间眼前出现了一个打虎英雄,这么一个相貌堂堂的小叔子,有公务员身份,前途光明,哪个能不喜欢? 况且武松又比潘金莲大三岁,潘金莲仰慕武松,也是很自然的事情。其实潘金莲从武松出现的那天开始就喜欢上了武松,第一次见到武松,她就说"叔叔是必搬来家里住。"嫂子说出这样的话过分吗?也不过分,也合乎人之常情。虽然略有不妥,倒也无可厚非。

其实,潘金莲对武松是动了真感情的,只是这份感情被武松无情地践踏了。一个下雪天,武松下班回来以后,潘金莲备献殷勤,向武松表达自己的爱慕之心,被武松义正词严地痛骂一顿。

> 武松睁起眼来道:"武二是个顶天立地噙齿戴发男子汉,不是那等败坏风俗没人伦的猪狗!嫂嫂休要这般不识廉耻,为此等的勾当。倘有些风吹草动,武二眼里认的是嫂嫂,拳头却不认的是嫂嫂。再来休要恁地!"那妇人通红了脸……

武松的做法在道德人伦上固然无可指摘,然而过于生硬,直接撕破了潘金莲的脸面,不仅让潘金莲在武松面前抬不起头来,更是将潘金莲心中刚刚搅动的春水,又冻成了冰疙瘩。至此,潘金莲对爱情的渴望,从顶峰跌到了谷底。

第四步:孽缘西门庆。

很快,西门庆风流登场,她成了西门大官人的情人。潘金莲和西门庆的故事人人皆知,这里就不讲述了。有一个问题是:潘金莲和西门庆之间,究竟有没有真爱?

我认为是有的。潘金莲爱慕西门庆的相貌、有钱、社会地位高、会体贴女人、身体好、武功强。西门庆能一脚把武大郎踢得卧床不起,还能一脚踢掉武二郎的尖刀,就可以看出功夫不浅。西门庆对潘金莲有真感情吗?他对潘金莲并非仅限于肉欲的满足,还想娶她为妻,做长久夫妻。如果两人不是出于真爱,又怎么会做出毒杀武大郎的事情呢?

第五步:毒杀武大郎。

潘金莲背负千古骂名的最大罪状,就是谋害亲夫,犯下杀人之罪。这样,无论从道德上还是法律上,都是不容赦免的。最终,由于武松的复仇,潘金莲命丧黄泉。倒在血泊中的潘金莲,成就了武松的英雄美名。

熟悉《水浒》的朋友,都知道潘金莲的故事,我们如果仔细分析一下潘金莲命运的五步曲,决定她命运的四个男人:大户、武大郎、武二郎、西门庆,每个人都曾经给过潘金莲希望的影子,但都是昙花一现,希望很快破灭。小时候在大户家里,她不愿意嫁给一个糟老头子,为什么?她向往有新的生活。嫁给武大郎以后,她希望日子过得更好一些。见到武松有了新的希望,又被这个很耿直的武二郎严词拒绝,不光是拒绝了潘金莲的一番情意,同时也撕烂了潘金莲的脸面。武松把她从道德上一棍子打死,潘金莲在武松心中再也立不起来了,她的希望又破灭了。然后西门大官人出现,潘金莲又燃起了生活的希望。然而,后来出现了毒杀亲夫的情形,招来了杀身之祸和千古骂名。

潘金莲的命运五步曲,都是在男人的世界里挣扎,都是一丝希望缓缓涌起的时候,又迅速地破灭了。当然,有人说,潘金莲找西门庆,是为了谋求心理上的平衡,被武松拒绝了,我就要找一个比你更好的。如果用一般世俗的观点来看,武松除了武功比西门庆好之外,其他的都不如西门庆。西门庆长得好,王婆说,你要想勾引这娘子,需要有五件东西:潘、驴、邓、小、闲。西门庆说,这五样我都有,有外貌,有钱,有好几个企业,身体也好。西门大官人虽然没有在体制内任职,但是社会地位很高。

《水浒》中和潘金莲一样的淫妇们,无一不是死得很惨、很难看。武松在武大郎的灵前手刃潘金莲,拎着她的头颅找西门庆报仇。阎婆惜被宋江冷落,潘巧云被杨雄冷落,贾氏被卢俊义冷落。这些女性被斥为"淫妇",无一不是悲惨的结局。这些在道德上被污名化的女性,最后没有一个好下场,最后不仅是走向死亡,而且是很悲惨地走向死亡。

(二)女好汉的壮举与麻木

潘金莲确实犯了死罪,其他的"淫妇"就一定该死吗?她们是道德有亏,过不至死。比如潘巧云和裴如海,他俩的关系导致了四个人的死亡。石秀智杀裴如海,把给裴如海报信的头陀也杀了。后又把潘巧云和她的婢女骗上了翠屏山,她两人被杨雄杀死。《水浒》中这样处理,名正言顺,政治正确,读者也不会对四个冤魂寄予太多的同情。为什么?因为他们在道德上被贴上了"坏人"的标签——"坏人该死"就是《水浒》预设的语境,不仅书中的"坏人"都被"好人"名正言顺地杀掉了,而且读者也接受了这样的道德判断。

《水浒》中有三个女好汉,孙二娘、顾大嫂、扈三娘。第一个出场的是孙二娘,在"母夜叉孟州道卖人肉,武都头十字坡遇张青"一回里,明确地指出了孙二娘的职业是卖人肉。她在十字坡开黑店杀无辜,卖人肉包子,差点儿把武松和鲁智深给做了包子馅儿。第一次要谋害武松,武松已经识破了孙二娘的计谋,把孙二娘痛打一顿。多亏菜园子张青及时赶到,得知是武都头后,两人结为兄弟。第二次是鲁智深喝了蒙汗药,又是张青及时看到他的度牒和禅杖,才没有对他下手。如果不是张青,鲁智深早就被孙二娘做了人肉包子。

张青对武松说,我们有三不杀:出家人不杀,妓女不杀,囚犯不杀。很多囚犯是英雄豪杰,我们不能害了他们性命。也就是说,除了这三种人都可以害其性命,夺其钱财,食其血肉。其实孙二娘也杀过僧人,她曾杀过一个头陀,把那个头陀的衣服、度牒和戒刀送给武松,后来武松乔装打扮,扮作头陀,就是从这里开始的。

在一百单八将的三个女性当中,扈三娘本身是大家闺秀,身份地位比较高,武艺也比较高强,她在阵前马上作战,活捉了矮脚虎王英。林冲见状拍马而到,几个回合后又把扈三娘生擒了,押送到梁山上。破了祝家庄以后,扈三娘的哥哥扈成其实已经投降梁山了,并且决定上山。但是没想到杀红了眼的李逵,看见扈成就要杀,扈成赶紧逃跑了。李逵冲进扈家庄,把扈三娘的父亲和一家老小全部杀光。杀完以后扈三娘是什么表现?《水浒》中没有写扈三娘的反映。最后是宋江出面做主,让扈三娘做了自己父亲宋太公的干女儿。这是宋江的谋略,一则把扈三娘认作自己的干妹妹,直接抬高了扈三娘在梁山的地位;二则把扈三娘许配给了王英,既给王英成全了婚姻,又把王英和扈三娘拉进了自己的小圈子。在这个过程中,扈三娘的态度是什么呢?原文这样写道:

> 一丈青见宋江义气深重,推却不得,两口儿只得拜谢了。

在战场上,扈三娘是能打能杀的女中豪杰,但对于自己的婚姻,她同样不能做主。扈三娘在《水浒》中从始至终都没有说一句话,这个设计比较有意思,也留下了两个最大的疑团:一是扈三娘全家被杀,她为什么还能够上梁山?二是她为什么同意嫁给王英?王英是她手下败将,又是梁山上最大的色鬼,武功一般,品行有亏,她能嫁给王英,这个剧情反转比较反常,为什么会这样?书上没有交代。但是最后在征方腊的时候,扈三娘和王英两个人双双而死,可以推测两个人还是比较恩爱的。但是扈三娘嫁给王英,我总觉得比较不可理解。她弃孝从义,疑点太多。所以后来有些评论又有另外的说法,今天就不讲了。

顾大嫂是《水浒》中唯一能当家做主的女性。她是孙新的夫人,是孙家的主心骨,是《水浒》中,唯一能够当家做主、有自我独立意识,并且能够支配男人的女人。《水浒》中的其他女性都是依附于男人的,而顾大嫂恰恰相反,孙家及其家族的男人都听顾大嫂的话,她在孙家是做主的,是说话算数的。顾大嫂的出场是因为要救解珍解宝兄弟,解家兄弟和孙新孙立是姑舅兄弟,顾大嫂首先提议要救。顾大嫂三次拔刀要救解家兄弟,第一次是铁叫子乐和报信,顾大嫂豪气干云,一锤定音,决定劫狱救人。书中写道:

顾大嫂道:"最好。有一个不去的,我便乱枪戳死他!"

第二次她做了个局,把孙新的哥哥孙立从登州城里请回,说了此事,要和他一起劫狱。孙立是个提辖,是体制内的国家干部,当然不同意造反。顾大嫂直接拔刀威胁,孙立只好服从。第三次拔刀就是顾大嫂化装成送饭的,在监狱拔刀救出解家兄弟。她能够当了孙新的家,也能当了孙新哥哥孙立的家,这是《水浒》中唯一能够当了男人家的女人。

史进入狱以后,顾大嫂假装成史进的仆人到监狱里面去给史进报信。顾大嫂的两次出场,都是深入狱中劫狱。顾大嫂不但是劫狱的主谋,而且自己身先士卒,这需要怎样的胆量和勇气?这样的角色如果是任何一个男儿,在《水浒》群雄中都不逊色。

一百单八将中的三个女性,都具有高度的男性化特征。她们只是叫了一个女性的名字,浑身充满了阳刚之气,并没有女性的阴柔之美。从故事情节来说,把她们的角色换成男性,也没有什么差别。梁山三女杰,《水浒》中对她们是持称赞态度的——不是因为她们是女性,而是因为她们是"好汉"。书中淡化了她们的性别,让她们获得了和其他好汉一样的男性化特征。虽然作者没有像描绘其他女性那样去丑化她们,也没有进行道德的贬损和嘲讽,但是把她们都描写成冷血的杀人机器。孙二娘滥杀无辜,冷血;扈三娘无视父亲被杀还能投奔梁山,冷血;顾大嫂不但在男人的世界中要当家,而且三次拔刀、两次劫狱,也是冷血。三个正面的女性,恰恰都是冷血动物,让人感受到的是扑面而来的凛凛杀气,没有女性的温柔、细腻、痴情、羞赧等美感。比起林黛玉、探春、红娘等文学形象,你觉得哪个更真实,你愿意接近哪一个?

(三)李师师的情意与功德

李师师在历史上真有其人,《大宋宣和遗事》中有关于她和宋徽宗风流韵事的记载。《水浒》中很多人物在历史上都是有其人的,大文豪范仲淹和苏东坡在《水浒》中都露过面。《水浒》在描写李师师的时候,重点说了她和宋徽宗、燕青及宋江三个男人的关系,前两者着墨更多。

1. 李师师和宋徽宗。按说,宋徽宗是皇帝,所谓三宫六院、三千佳丽,可他"三千宠爱在一身",偏偏喜欢李师师。为便于和李师师约会,还专门从皇宫建了个地道,直接通到李师师家后门。这就是帝王的浪漫。历史上有很多皇帝都喜欢演艺界的女子,宋徽宗就是这样。很多皇帝偏偏喜欢逛青楼妓院,前几年见到一本书《同治嫖院》,说清朝的同治皇帝喜欢嫖妓,后来染风流毒疮而死。当然了,这是野史。

梁山好汉排座次,论功行赏,排定座次之后,诸事顺利,喜气洋洋,宋江到东京出差去了,这是好汉排座次之后宋江做的第一件事情。到东京干什么?去青楼玩耍。到东京后,听说当今圣上最喜欢的两个妓女(东京厅上行首),一个是李师师,一个是赵元奴。宋江、燕青等人见到李师师后,宋江写了一首诗,表达了报国无门、想接受招安的思想。但是李师师当时没有看懂。就在这个时候,皇帝来了。时机不成熟,宋江等人只好告退。

宋江找李师师,目的就是想让李师师牵线,告知宋徽宗,梁山想接受朝廷的招安。宋江写的诗中,有一句直接表达了要招安的思想:

六六雁行连八九,只等金鸡消息。义胆包天,忠肝盖地,四海无人识。

六六雁行,是指三十六天罡星;八九,就是七十二地煞星,这句是指梁山一百单八将。"金鸡消息"是指皇帝下赦令招安的消息。

招安是《水浒》故事的最大转折,也是决定梁山命运的关键一步。招安贯穿宋江思想的始终,而招安的实现,是通过李师师来牵线搭桥的。再到后来,朝廷派人去招安,不想节外生枝,受奸臣蔡京指使的钦差态度极其傲慢,惹恼了李逵,发生了"黑旋风扯诏谤徽宗"的意外事件,朝廷的第一次招安宣告失败。

2. 李师师和燕青。一心想招安的宋江,又想到了李师师。于是,他派燕青去找李师师,想让李师师直接向皇帝传达其招安的强烈愿望。

在我看来,宋江派燕青去联系李师师,就是一个"美男计"。燕青年轻帅气,一表人才,文武双全,吹拉弹唱,才艺多多,是梁山上不可多得的综合人才。

燕青再次见到李师师的时候,有一大段描写,燕青不但忠于主人,而且文采斐然。跟李师师吹箫,对辞曲,李师师对燕青喜欢得不得了。她竟然想引诱燕青,她说我听说你身上有很多文身,能不能给我看一看?燕青使命在身,不敢妄动,灵机一动说请问姐姐你多大? 李师师说我 27 岁,燕青说我 25 岁,我认你做姐姐吧! 一认作姐弟,就成了骨肉之情,就排斥了男女欢爱之心。这是燕青的一道防线,要排斥李师师对他的勾引。后来李师师要看他的文身,一定要他脱衣服,摸他的文身,燕青赶紧设计脱身。不仅如此,燕青请求李师师带他面见徽宗,李师师慨然允诺。在李师师的引荐下,燕青终于见到了宋徽宗。

燕青果然不辱使命，他步步为营，先是请求皇帝饶他死罪，宋徽宗当场就给了他一个免罪符。接着燕青请求皇帝赦免梁山好汉之罪，请求招安。就把梁山好汉如何忠君爱国，宋江等人如何忠孝仁义，如何被高俅等奸臣陷害的情形都讲了。皇帝一听，终于明白前两次招安未果，原来是有高俅蔡京等人从中作祟。皇帝被虚假信息和奸臣佞臣包围，也是历史上常有的事情。燕青把梁山的实情讲清楚以后，宋徽宗便重新安排宿太尉办理招安之事。所以说，李师师是梁山与皇帝之间的最重要的桥梁，发挥了其他人都不可替代的作用。

大家知道，梁山命运的转折，就是招安。李师师出场的重点不在于她和宋徽宗的特殊关系，也不在于她对燕青的柔情蜜意，而是突出地告诉读者，梁山命运转折的最关键的环节是李师师促成的。这样一个重大的战略转折是由一个女性来完成的，而且是由一个妓女来完成的，是被《水浒》中描写成水性杨花、道德堕落的青楼女子来完成的，这是偶然吗？在《水浒》的男权世界里，女性本来地位就低，妓女更是等下之人，最为卑贱，属于道德挞伐的对象。作者为什么要这样安排李师师来完成这样的大事？宋江走的是青楼女子这条线，为什么？当然大家都可以有不同的猜测，我认为，作者是有意地在恶心、嘲讽梁山这帮人，嘲讽宋江，你们追求的招安和富贵前程是通过这样的途径来完成，鸡鸣狗盗，娼妓为媒，你们会有很好的结局吗？这可能是作者的一个隐喻。特别是《水浒》中这么强烈鄙视女子的情境下，招安大计通过妓女做中介来完成，意味深长。

不管怎么说，李师师对于梁山是有突出贡献的，这一点不能抹杀，不能忽略。她对燕青的一番情谊，成就了她对梁山的一份功德。因此，尽管作者对李师师也有不恭嘲讽之词，李师师的结局并未像其他那些"水性杨花"的女性那样悲惨，还算是有一个好结局，这也是作者念其恩德而笔下留情，也体现了一种因果报应的思想。

(四)林娘子的柔弱与节烈

林娘子有姓无名，因为父亲姓张，她就叫张氏；嫁给林冲后就叫林娘子。林娘子本身和林冲是非常般配的一对，和睦相爱。林冲因为长得

139

英俊而被人称为"豹子头",有一身好武艺,又有一份体制内的稳定工作,林冲和林娘子夫妻恩爱,结婚三年,没有孩子,教头林冲本来可以过着他的幸福生活。

林冲身为东京八十万禁军教头,是《水浒》中最著名的教头。有人说教头相当于国防大学教授,这个有些高抬了,教头其实只是个低级武官。顺便说一句,《水浒》中各种官制和宋朝的各种官制并不匹配,有些官职是虚构的(比如"提辖"),我们没有必要把《水浒》的官职和宋朝的官职一一对应。总体来说,《水浒》中出现的好汉,他们原先在体制内的地位是比较低的,大都是低级的职务。有人做过统计,宋神宗时期,东京的禁军(相当于北京卫戍部队)是三十万,不是《水浒》中说的八十万。教头二百七十人,都教头三十人,林冲是普通教头,职务大概相当于排级,或者副科级。

然而,高衙内的出现打碎了林冲幸福生活的美梦。高衙内调戏林娘子时,林冲及时赶到,"当时林冲扳将过来,却认得是本管高衙内,先自手软了。"一看是高衙内,林冲"先自手软了",林冲怂了,不敢打了。后来的事情大家都知道了,林冲遭到了高俅屡次的陷害,有了误闯白虎节堂、风雪山神庙、逼上梁山等一系列悲怆的故事。

林冲娘子性格的第一个特点就是柔弱。书中并没有直接描写她两次被高衙内调戏的情景,但是我们可以看出,林娘子一直在忍。我想,绝大多数的人遇到这种情况,可能都是忍,林冲也是忍。为什么?林冲还要谋求发展,追求进步,他得罪不起高衙内,因为高衙内的父亲是高太尉。高太尉是什么职务呢? 相当于我们现在国防部长兼任某一个军种的总司令,大权在握。因为爱好踢球,还可能兼任大宋朝体育总局局长、亲任足协主席。

面对强权的欺压,林冲面对现实,忍字当先。林冲是《水浒》中最真实的一个人物,通过对他的分析,可以看出现代生活中,很多在体制内的男人又要上升求发展、又要认怂受委屈,这样一种无可奈何的真实处境。

林娘子与林冲的最后一面,就是林冲发配沧州前。

林冲见了,起身接着道:"娘子,小人有句话说,已禀过泰山了。为是林冲年灾月厄，遭这场屈事，今去沧州，生死不保，诚恐误了娘子青春，今已写下几字在此。万望娘子休等小人，有好头脑，自行招嫁，莫为林冲误了贤妻。"那妇人听罢，哭将起来，说道："丈夫！我不曾有半些儿点污，如何把我休了？"

　　林冲和林娘子的这番对话，已经将林娘子的命运做了安排。他和岳父两个男人，已经决定了林娘子的命运。林冲和岳父对话的核心，就是林冲休妻这件事。林冲认为自己此去生死不明，娘子还年轻，不要误了她的青春。写了休书，张氏还可以另组家庭。林娘子的父亲张教头不同意林冲休妻。

　　　张教头便道："我儿放心。虽是林冲恁的主张，我终不成下得将你来再嫁人。这事且由他放心去。他便不来时，我也安排你一世的终身盘费，只教你守志便了。"那妇人听得说，心中哽咽，又见了这封书，一时哭倒，声绝在地。

　　退一步说，即便林娘子同意与林冲离婚，她也未必能做到。因为她的婚姻不由自己做主，由父亲做主。父亲让她守志，什么是守志？丈夫死后女子一生不再改嫁，便是守志。张教头向林冲表达了三层意思：第一，老汉我还有钱，养她三五年没问题；第二，我不让她出门，高衙内找不到她；第三，我让她等你到死，你若不回来，她终身不再嫁。读到这儿的时候，真是字字惊心，女儿成为父亲维护礼教、成就妇道的工具而已。当然父亲不是没有对女儿的关爱，但更多是对当时礼教的维护。所以鲁迅说所谓的礼教、仁义道德，最后都是两个字：吃人！

　　林娘子性格的第二个特点就是刚烈。林冲走后，从法律上来说，林娘子被休掉了，已经不再是林冲的妻子。但是，林娘子不堪高衙内的调戏侮辱，就自尽了。一个弱女子，柔弱至极，便是刚烈至极。她用自尽来抗议高衙内的恶行，用生命来祭拜她对夫君的忠诚。她对林冲说"我不曾有半些儿点污"，她在道德上没有缺陷，也没有失节失身，清白如玉，至死不渝。

林冲对他夫人的死有责任吗？我认为应该有责任。一是夫人在蒙受别人欺侮的时候，他确实没有挺身而出。二是写休书等于断了林娘子的退路。如果不写休书，高衙内还有些忌惮，她还可以用林冲妻子的身份作为挡箭牌；写了休书，这层脆弱的保护也不复存在，高衙内就可以为所欲为了。休书写的是"免得高衙内陷害"，高衙内会陷害林娘子吗？绝对不会，他只会陷害林冲，林冲为了避免自己被陷害，给娘子写了休书。这等于是林冲向高衙内表心意，说我跟张氏没有关系了，你可以放过我了吧？但是弱女子没有了夫妻关系的保护，毫无疑问，只能成为高衙内的笼中羔羊。所谓的让林娘子择人再嫁，有高衙内垂涎欲滴，谁敢娶她？这一点，林冲不会想不到。

当然，我们不必过多地追究林冲的责任。写此休书，林冲也是忍受了人生最大的痛苦。林冲和他的娘子是非常恩爱的，写休书是放弃自己挚爱的妻子，这是任何一个男人都难过的一关。然而，由于自己前途未卜，他不想让挚爱的人为自己受牵连，不想耽误她的青春，毅然选择离婚，这是一种寻常男子不具备的大勇。这一举动，突出了林冲的大勇大爱。"给自己爱的人以自由"，林冲未必有这样的思想，但他为了不误娘子青春，主动写休书以还娘子自由之身，此举乃忍常人所不能忍，更可以看出他对娘子所爱至深。

但是，林冲低估了高衙内父子的无耻。他甚至无视被休之后，张氏处境的险恶。他写休书，或是为了摆脱高太尉的进一步陷害，或是出于政治上的幼稚。结果是林娘子再次受到骚扰的时候，只能一死了之。

林娘子是个节烈之妇，也是个柔弱可怜的人。这个柔弱女子的刚烈结局，是对至爱男人最后的忠诚，也是对大宋黑暗体制最强烈的控诉。她成为《水浒》中唯一没有瑕疵、没有恶评的女性，成就她这一正面道德形象的，竟然是她的死。唯有死后才能成为道德楷模，品味至此，深感悲凉。

（五）母性的光辉与结局

《水浒》中也有一些女性闪耀着人性的光辉，但是这几个女性都是母亲。歧视女性的《水浒》，对于母亲的慈爱，还是保留了基本的尊重和厚道。《水浒》中第一个登场的女性是王进的母亲。王进父亲当年打过高俅，高俅发迹做了太尉，就要报复王进。王进回家和母亲商议以后，母子抱头而哭，决定逃离东京，远走陕西。于是母子两个人变卖家产，悄悄出走。走到史家庄时，母亲生病了，王进留下来给母亲治病，这时候引出来史进。所以王进母亲在《水浒》中所起的作用，就只是一个引子，就像中医的药引子一样。王进母亲对儿子的关心疼爱和对强权的无助害怕，正是一般母亲的常态，也符合我们对母亲形象的一般认识。

李逵老母的出场，书中描写也很简单。李母多年见不到自己的儿子，思念成疾，年老多病，双目失明。为什么要是"双目失明"呢？是为了说明她爱子心切，多年哭泣，导致双目失明。李逵背着母亲上梁山，半路上老母亲口渴，李逵去找水，回来后发现母亲被老虎吃了。在《水浒》中的母亲里面，李逵母亲被老虎吃了，不得善终，下场是比较惨的。为什么这么写？老母被饿虎咬死吃掉，对作为儿子的李逵来说，总是不幸之事、不祥之兆。李逵和他哥哥李达关系很差，由于李逵造反，李达受了很多连累，他在心里已经和弟弟断了关系，所以在李逵回来后，他马上去报官捉拿李逵。可以说，李逵和哥哥李达，已经是兄弟反目，骨肉之情已绝。李逵只有两个亲人，母亲因为跟他上梁山而被老虎吃了，哥哥因为他造反而成为仇人，失去了亲情的李逵，内心深处真的就没有一丝触动吗？

我认为，在一定程度上，作者在写李逵这个人物的时候，用曲笔对李逵进行了谴责。李逵作恶太多，滥杀无辜，最后死于宋江的毒药，未得善终。我们现在骂人还说"不得好死"，可见中国人心目中，对一个人而言，得以善终，不仅仅是长寿的意思，在很大程度上，也是一种道德评价。"智者乐，仁者寿"就有这个意思。做善事的人、行仁义的人可得善终，是中国人的一般观念，这其中就蕴含了因果报应的思想。《水浒》中很多人物的命运，都体现了因果报应的观念。

李母之死，可能是李逵命运的一个曲笔。老母被虎吃、哥哥是仇人，没有亲情、没有手足之情，无形中为李逵增加了几分肃杀之气，折射出他内心世界的冰冷。从另一方面，也衬托出李逵作为"天杀星"的无情无义和暴戾残忍。这样的一个人，他的人格能健全吗？

《水浒》对母亲形象着墨最多的是谁呢？是阎婆惜的母亲。阎婆惜占了两个回目："虔婆醉打唐牛儿，宋江怒杀阎婆惜""阎婆大闹郓城县，朱仝义释宋公明"。这里的"虔婆"就是阎婆，说她是"虔婆"，就是妓院老鸨，这当然是对阎婆的不实之词，体现了作者强烈的感情倾向。阎婆的女儿是阎婆惜，一家三口流落到郓城县。后来路上偶遇宋江，宋江给了点儿银子，阎婆为了女儿有个安身之处，就让女儿做了宋江的"外室"，从此母女两个依靠宋江生活。

阎婆赶到县前看见宋江以后说什么？让他赶紧回，我女儿想你了，这是第一步，拉宋江回去。回去以后，老太太第一句话对姑娘说，你心爱的三郎在这里，女儿一看，不是白脸张三郎，是黑面宋三郎，马上就不搭理了。这个妈妈一直是批评女儿、抬举宋江，见宋江和阎婆惜两个人没有什么对话，一直是老太太说话，劝女儿。两人坐着很尴尬，老太太说，我给你们做点儿吃的去，出门的时候把门带上，把门上的搭扣搭上，不让宋江走。在巷口买了鸡、鱼，还有一些其他的补品，很丰盛，买回来以后，尽心撮合女儿和宋江的关系。然后是尽力促成女儿与宋江和解，确实体现出一个母亲对女儿的发自内心的关心。由于发生了宋江杀惜的故事，阎婆的这些行为都成了铺垫。书中这些描写，极其精致，完全符合一个爱女心切、急于缓解女儿和宋江关系的母亲的特征。阎婆费尽心思、苦口婆心地缓和女儿和宋江的关系，我们从中看到了很多父母的影子。但是作者已经先入为主地丑化了阎婆，将她说成是"虔婆"，以至于阎婆所做的诸多努力，读者都被作者的偏见所误导，大家不能把她当作一个怀有爱心的母亲，反而当作惹是生非的恶婆。

（六）玄女的托梦与寓意

九天玄女是宋江的庇护神。在"还道村受三卷天书，宋公明遇九天玄女"一回中，宋江被人追杀，逃无可逃了，躲进一所古庙的神厨里，由于九天玄女的护佑，官兵没有发现宋江，宋江躲过一劫。然后宋江做了一个梦，梦见九天玄女送给他三卷天书。宋江醒来一看，确实有三卷天书。这个细节也是有深意的。宋江已经在江湖上积累了一定的人脉,在梁山上的势力超越晁盖并可以取代晁盖。这时候神女给了宋江三卷天书,等于是赋予宋江意识形态上的合法性。说明宋江的地位是神授予的,受之于神;就像君权神授一样,皇帝的权力是上天赋予的。这样的地位,也就意味着宋江本身在梁山上取得了精神领袖的地位。九天玄女授天书,是宋江在梁山地位的一次根本性转折,宋江由此完成了从世俗领袖到精神领袖的转型。

三、《水浒》的女性观

(一)《水浒》女性的分类

简单地说,《水浒》中的女性可以分为几大类:

一是烈女子。代表人物是林娘子,此不赘述。

二是弱女子。代表人物是金翠莲。金翠莲面对郑屠的欺压,只能逆来顺受,忍辱吞声。如果不是鲁达路见不平来解救,金家父女不知何时是出头之日。当然,金翠莲知恩图报,后来报答鲁智深,将其送到五台山出家。《水浒》对于林娘子是正面描写,对金翠莲以正面描写为主,用她给赵员外做外室,指出她并未获得合法的妻子身份,暗指她所依附的男人,在未来也未必就是安稳可靠的。对金翠莲这样一个柔弱善良、知恩图报的女子,作者仍然不愿意给她一个圆满的交代,可以看出作者对女性的偏见和苛求已经到了不近人情的地步。

三是悍女子。代表人物是顾大嫂、孙二娘和扈三娘三位女汉子。作者对她们的行为是肯定的,应该属于作者心目中的英雄形象。但这三个女好汉都高度男性化和同质化,过于冷血,缺少人性,没有女性之美。

四是神女子。代表人物是李师师。李师师手眼通天,可达天意,关键时刻,建立神功。尽管她对梁山有大恩德,作者还是忍不住把她描写成一个轻佻的妓女、一个水性杨花的青楼女子。

五是淫女子。代表人物有潘金莲、潘巧云、贾氏、阎婆惜等。"万恶淫为首",在《水浒》中,这一标准对女性要求更苛刻。这些"淫女子",都是有了外遇给男人戴了绿帽子,都是因此落得身败名裂,并且不得好死,下场悲惨。

六是坏女子。代表人物有刘知寨夫人、李鬼老婆等。这些女人的老公本来就不是好人：刘知寨奸邪弄权，李鬼冒名剪径。但他们尚不足以被杀，由于这些女人的撺掇或搬弄是非，才给她们的男人带来了杀身之祸。

七是贪女子。代表人物有王婆、阎婆等。王婆和阎婆，都是贪图钱财、见利忘义、巧舌如簧、拨弄是非的人。王婆贪贿说风情，撮合了潘金莲和西门庆，最后毒死武大郎，进而引起了武松的复仇，不但潘金莲和西门庆被杀，王婆自己最终也凌迟被剐。阎婆下场比王婆好一些，在女儿被杀之后，生活也失去了着落，晚景凄凉，可以想见。

八是贱女子。代表人物有玉兰、白秀英、李巧奴等。这些女性大都社会地位极低，要么在大户人家做侍女，要么在勾栏卖艺求生存，要么身为烟花娼妓……总之身份卑微，仰人鼻息，卑贱地活着。她们的结局都是被好汉杀死：武松杀了玉兰、雷横杀了白秀英、张顺杀了李巧奴。在《水浒》中，她们都是罪有应得，都该死该杀。玉兰因为做了张都监迷惑武松的诱饵而被杀，白秀英因侮辱雷横及雷横老母而被杀，李巧奴因为暗会张旺而被杀。即便她们身份卑贱、行为卑贱，就一定该杀吗？

（二）《水浒》对女性的基本观念

《水浒》对女性的基本观念，可以总结为八个字：红颜祸水、情欲有罪。《水浒》中的女性是物不是人，她们没有独立的人格，只是男权世界中的"物"。

1. 女性是玩物。在《水浒》的男权世界里，众多以娼妓身份出现的女子，她们是男人的玩物。被宋徽宗宠爱的李师师，也不过是皇帝的一个宠物。李师师只是宋徽宗万千佳丽中的一个宠儿，归根结底是皇帝掌中的玩物而已。

2. 女性是财物。大户人家把潘金莲许配给了武大郎，就如同处分财物，跟送财物是一样的。女性被当作财产处理，在《水浒》中不止这一个例子。

3. 女性是动物。顾大嫂、孙二娘和扈三娘，这三个女杰的行为，哪里有女性的美感可言？扈三娘没有杀父之悲，暴露出她冷血无情的一面。孙二娘和顾大嫂挥刀弄枪，杀人放火，简直就是两个杀人的冷血动物。

总的来说，《水浒》中的女性，几乎是集百丑于一身，女人背负了人间所有的恶德：淫荡、轻佻、贪财、低贱、薄情、狡诈、歹毒、谄媚、势利、恶言、凌弱、卖淫、杀人、巧言、教唆……

为什么《水浒》让女性承担了这么多的罪恶？

(三)女性之丑是《水浒》之陋

女性在《水浒》当中这么丑，其实恰恰是《水浒》的陋。这个"陋"可以作多方面的理解：浅陋、丑陋、鄙陋、低下、格局不高。

《水浒》中没有塑造出一个美好的女性形象，这是它文学艺术上的不足，也是思想性的不足。衡量一部作品，要看故事性、艺术性、思想性。很多名著都有女性的正面形象，但是《水浒》即便有一个林娘子，也是柔弱之态，形象并不丰满。她以身殉节，为男权观念和制度做了殉葬。

女性形象的丑陋，从艺术上来说，降低了《水浒》的审美水平。从思想上来说，降低了《水浒》的思想境界，这是一个事实。《三国演义》里面虽然女性形象少，但是也有正面形象，比如貂蝉、刘备的夫人（特别是孙夫人）等。《水浒》几乎是一部"女性百丑图"，女性的群体丑陋，暴露了《水浒》价值观的缺陷，直接降低了它的艺术性和思想性。

(四)男人的"三无世界"

《水浒》中的男人处在一个"三无世界"中：没有英雄救美、没有怜香惜玉、没有花前月下。

《水浒》中没有一个英雄救美的故事，鲁提辖去打郑屠不是出于爱，而是出于义。这个故事，豪气但不感人。

《水浒》中没有一个怜香惜玉的故事，可能宋徽宗和李师师是，但它是人和人之间真情实意的表达吗？

《水浒》中没有一个花前月下的故事，没有爱情。

没有英雄救美，说明男女之间没有情义；没有怜香惜玉，说明《水浒》中对于女性没有温情，对待女性是冰冷的态度；没有爱情故事，兄弟情义重于夫妻感情。石秀和杨雄是结义兄弟，杨雄和潘巧云是夫妻，但是杨雄杀死妻子而追随兄弟。就连林冲和林娘子的爱情也有始无终，变成了人间悲剧。一部《水浒》，如此冷漠，没有给爱情一丝余地。《水浒》的爱情世界,比林教头风雪山神庙的冰雪世界,更加寒冷。

(五)女人的"三无世界"

《水浒》中的女人也处在一个"三无世界"中:没有法律人格、没有婚姻自由、没有高风懿德。

《水浒》中的女子没有法律人格,女子没有法律地位,没有法律权利,她们只是男性的附庸。

《水浒》中的女性没有婚姻自由。林娘子的婚姻由丈夫和父亲做主;扈三娘的婚姻由干哥哥宋江做主;花荣妹妹的婚姻由花荣做主(嫁给了秦明);程小姐的婚姻,却由杀了她全家的董平做主……

《水浒》中的女性没有高风懿德。女性几乎成了恶德的代名词。即便出现了三个母亲,也仅仅是母性的简单再现,并未深入刻画描写。我想,不论对女性有多大的偏见,作者都不能把母亲写得太丑陋。但是,全书着墨最多的母亲角色,却是阎婆惜的母亲。阎婆是一个给宋江带来麻烦的负面形象,她的老公死了,女儿被杀了,最后一无所有,老来凄凉。

四、结语:要真人性,不要伪道德

《水浒》的世界,只有男权,没有女权;只有强权,没有人权。近代的启蒙运动大大促进了人类文明的发展,就是因为尊重个体,尊重自由,尊重人权,把每个人当人看,把每个人平等对待。赋予女性在法律上的平等地位,这是时代的进步。对女性要平等对待,男女平等,不要有歧视;要有爱心,不要仇视;要真人性,不要伪道德。

当然,有人会说,《水浒》是小说,我们没有必要把它当现实来看;也有人说,《水浒》写的是以前的事情北宋末年,作者也是元末明初的人,我们没有必要用现在的标准要求古人。但恰恰《水浒》中的观念到现在还活着,《水浒》中的观念或多或少都还存在,难道不是吗?今天读《水浒》,从女性命运角度来分析,首先从自身反思一下我们头脑中有没有男权观念?有没有大男子主义思想?

反思一下,我们有没有男尊女卑、重男轻女的观念?《水浒》中对女性的描述那么丑陋,其实是价值观丑陋的一种表现,而这种丑陋的价值观,我们现在有没有?是不是真的就是红颜祸水、情欲有罪?《水浒》中对于情欲的仇视达到了顶点,并且将情欲的错误片面地归责于女性,这是不公平的。今天读《水浒》,反思这些观念,也可能就是我们自己内心的一个自我改造,也是这个世界逐渐向善,走向文明的过程。

　　我的专业是法学,不是文学,对于《水浒》的解读,更多是出于法律的观念和方法,对《水浒》的很多认识也有不足。《水浒》作为一部传世名著,深受广大读者喜爱。正是因为爱,才需要进行解读的同时,更注重解"毒"。我希望大家一起阅读这本名著,一起从阅读中发现《水浒》之毒,反思自己,从而祛除我们的观念之毒。

　　谢谢大家!

2018 年 2 月 25 日

第六讲　男尊女卑，爱情非法
——水浒中的婚姻家庭法

尊敬的各位朋友,大家上午好!今天天气不好,难得还有这么多朋友赶到文源讲坛,让我们一起来认识《水浒》,认识我们的生活,从而也认识我们自己。《水浒》是一部小说,但又不仅仅是一部小说,读者应当把它当作历史来看,把它当作现实来看,把它当作自己来看。《水浒》中描写的是英雄好汉,我们不妨换位思考,换做我们会怎样?《水浒》作为一部名著,吸引人的不仅仅是一些好汉的故事。比如《三侠五义》《儿女英雄传》《封神榜》等一些侠义小说,为什么它们没有《水浒》这样的影响力?原因很多,其中一个原因,《水浒》它把生活、社会、人性写活了、写实了,写得真实,写得鲜活。因此,几百年过去了,今天的人们阅读《水浒》,仍然能够从中自觉不自觉地得到一种价值的认同,乃至于一种心灵的归宿,一种精神的皈依。就文化心理方面而言,这是很多人在不知不觉中喜欢《水浒》的根本原因。

今天我们讲讲《水浒》中的婚姻家庭法,通过《水浒》中的一些细节,探索一下《水浒》中的婚姻家庭关系,从而认识一下我们自己所处的社会关系和婚姻家庭关系。

一、引言:婚姻家庭法的一般原则

一般来说,婚姻家庭法就是调整夫妻之间、亲子之间,以及其他近亲属之间人身关系和财产关系的法律,所以今天我们讲《水浒》中的婚姻家庭法,也是从这几个方面来讲。

其实我们生活中,有大量婚姻家庭法的存在,我们有时候能认识到,比如《婚姻法》《继承法》《收养法》,还有《妇女儿童权益保障法》《老年人权益保障法》等,这是我国关于婚姻家庭方面的几部法律。此外,比如《民法总则》《民法通则》中也有涉及婚姻家庭方面的法律规定。在我国的立法上，婚姻家庭法还是相对完善的，立法的数量也比较多，规范的社会关系也比较普遍。新中国建立后颁布的第一部法律就是《婚姻法》，当时毛泽东主席带领大家从西柏坡进北京以后，为了婚姻家庭关系有法律保障，就要先制定一部《婚姻法》。

婚姻家庭法有几个基本原则：

一是婚姻自由。这是婚姻家庭法的第一个原则，婚姻自由从法定的要求来看，其实是两个方面，一个是结婚自由，一个是离婚自由。结婚和离婚，都是夫妻双方的个人自由，当然还有禁止包办婚姻、买卖婚姻、干涉婚姻自由等行为。

二是一夫一妻。一夫一妻的内容大家都知道，任何人不得同时有两个或者两个以上配偶，禁止重婚，禁止一个人和多个人同时保持婚姻关系。所以在我国刑法上，还设定了重婚罪，禁止有配偶者与异性同居。还有个特殊的罪名叫破坏军婚罪，对军人的婚姻予以特殊保护。这些都是为了保障一夫一妻制，也是我国《婚姻法》的基本原则。

三是男女平等。男女平等是世界范围内倡导的原则，它的主要表现，就是在婚姻和家庭关系中，男女享有平等的权利，承担平等的义务。现行宪法第四十八条规定：中华人民共和国妇女在政治的、经济的、文化的、社会的和家庭的生活等各方面享有同男子平等的权利。这是男女平等的基本含义。从一般《婚姻法》来说，婚姻家庭成员在享有民事权利时，不应因为性别受到差别对待，男女的权利是平等的，反对男尊女卑、重男轻女等现象。

四是保护弱者。婚姻家庭中的老人和儿童是弱者，需要特殊关照，所以我们有《妇女儿童权益保障法》，也有《老年人权益保障法》，就是要突出对弱者的利益保护。弱者在婚姻家庭中，一般来说就是三类：老人、儿童、女性。所以说在处理家庭事务时，应当对这三类人的权益予以特殊保护。

五是权利义务一致。当代婚姻家庭法还有一个原则，就是权利义务一致性的原则。夫妻双方的权利义务是一致的，夫妻之间在财产权利、身份关系、抚养子女、赡养老人等方面都是平等的,家庭成员之间法定的权利义务也是平等的。

总的来说,现代婚姻家庭法就是这么几个大的原则,婚姻自由、男女平等、一夫一妻、保护弱者、婚姻家庭关系中权利义务的平等性、一致性、统一性等。后面对《水浒》人物和故事的分析,主要是依据这些原则,对现代婚姻家庭法的原则有个粗浅的认识之后,再来分析《水浒》中的婚姻家庭关系。

二、《水浒》中的婚姻关系

(一)与爱情绝缘的好汉们

《水浒》中的梁山好汉,他们有一个共同的特点,就是说这些好汉们大都和爱情无缘,和爱情说拜拜。

1. 典型人物,皆无妻室

《水浒》中的典型人物都没有妻子,没有孩子。好汉们"路见不平一声吼"的背后,是一副"三无"情景:没有妻子,没有家人,没有家庭。这样的好汉我们愿不愿意做?

先看大哥宋江。宋江是没有结发妻子的,他当年养了一个外室阎婆惜,但很快宋江就对她失去了兴趣,两人感情淡漠,阎婆惜就和宋江的同事张文远相好了。后来,宋江杀了阎婆惜。阎婆惜不是宋江的妻子,甚至于都不是宋江的妾,只是宋江的外室。外室是一种物质供养的关系,类似于现在的大款"包二奶",宋江拿点儿钱把这个女的养起来,给她在外面买一套房子或者租一套房子,两个人在一块儿生活,是一种没有名分的同居关系。虽然时间不长、感情也不好,和其他好汉相比,宋江还是和女性有过一段共同的生活。

排名第二的是卢俊义,他是有家室的,他的老婆贾氏和管家李固私通,设计陷害他。卢俊义上梁山以后,就再也没有娶过妻子了。

智多星吴用排名第三,他是梁山的军师,智谋超人,有人称他"吴学究""吴教授"。从他的出场到最后自杀,身边没有出现过女性,没有娶过妻子,也没有儿女。

梁山排名第四的是公孙胜,公孙胜是一个道家,整天修炼神法,江湖人称"入云龙",是半神半人的人物,他也没有妻子。其他的英雄好汉,李逵、武松、鲁智深,都没有妻子儿女,没有家属。外国人把《水浒》翻译成"三个女人和一百零五个男人的故事",虽然有博眼球的嫌疑,但也说明大多数好汉们都是光棍。

据不完全统计,《水浒》中提及有过婚姻家庭生活的好汉共有三十二人,占总数不及百分之三十。大体上可以分为三类:

第一类是好汉夫妻,共有顾大嫂孙新夫妇、孙二娘张青夫妇和扈三娘王英夫妇。梁山上的三位女杰,都嫁给了好汉。其中王英和扈三娘是宋江撮合成婚的,其他两对夫妻都是出场时就已经结婚。

第二类是在文中交代妻子或家小的,但对其妻子、家属均为一笔带过,或者是介绍身份时提起,或者是投奔梁山后要接家小上山,或者是在其活动中偶有提及。这类人大约有二十二人,分别是:关胜、秦明、呼延灼、花荣、柴进、李应、董平、张清、徐宁、阮小二、孙立、宣赞、郝思文、韩滔、彭玘、萧让、凌振、金大坚、曹正、蔡福、蔡庆、白胜。

第三类是曾经结过婚,但因各种原因丧偶的。主要是三人:林冲,卢俊义和杨雄。林冲是妻子遭高衙内逼迫而自杀;卢俊义和杨雄都是妻子与他人相好,两人都杀死了各自的妻子。

第四类是没有正式结婚,只是外室。宋江与阎婆惜就是这样,他供养阎婆惜,后来将其杀死。

第五类是嫖客和妓女的关系。这类关系充其量是男女朋友关系,没有法律上的名分。史进和安道全都与女性有这种关系。史进与李瑞兰相好,安道全与李巧奴相好,但这两个女子都是娼妓。史进对李瑞兰有真感情,而且很信任,想打下东平府之后接李瑞兰上山。没想到李瑞兰把他出卖了,史进被捕入狱。梁山好汉攻破东平府后,史进杀了李瑞兰全家。"安道全却和建康府一个烟花娼妓,唤做李巧奴,如常往来。这李巧奴生的十分美丽,安道全以此眷顾他。"张顺为了接安道全上山给宋江治病,就杀了李巧奴。

还有小霸王周通,在桃花山打家劫舍时,曾经要强抢桃花村刘太公的女儿为妻,不想被鲁智深一顿痛打,抢亲未遂。周通是否婚配,书中再无交代。他的桃花运似乎不如矮脚虎王英,王英有多处好色而强抢民女的行为,是个好色之徒。后来宋江把扈三娘许配给他,结为夫妻。但是,王英、周通、史进和安道全,却因其好色而有了道德污点,其形象远不如那些不近女色的好汉。

这些有过婚史或情史的好汉们的婚姻家庭生活,在《水浒》中都是一笔带过。除了林冲夫妇、武大郎夫妇、张青孙二娘夫妇、孙新顾大嫂夫妇、徐宁夫妇、杨雄夫妇、卢俊义夫妇在书中有过简短的交代之外,其他人大都是在归顺梁山时,把他们的家小接上梁山。固然,婚姻家庭生活不是《水浒》的主题,不能与《红楼梦》《金瓶梅》等相比。但是,《水浒》中涉及婚姻家庭生活的片段,都是非写不可的,否则剧情就无法进一步展开和推进。由此也可以看出,《水浒》对于婚姻家庭的基本态度是回避;避而不谈,惜墨如金,不愿多置一词。

2. 仇恨情欲,崇尚禁欲

《水浒》对爱情的基本立场是:情欲有罪、爱情非法。《水浒》中没有一个爱情故事,没有一个婚姻家庭的故事。即便偶有涉及男女爱情,也都是违反礼教的淫乱色情行为,当事人大都被杀死,结局悲惨。《水浒》对爱情的态度,我的评价是"只有色情,没有爱情""只有罪过,没有德行"。《水浒》中的家庭生活是不存在的,即便涉及一些男女之间的交往,在作者眼中都是罪恶,它不是男女之间的爱情,是色情,是淫乱。最典型的一个例子,就是"黑旋风乔捉鬼"一回中,两个人年轻人谈恋爱,晚上约会被李逵抓住,李逵就把两个"狗男女"全部杀死。杀死后还不解气,接下来的举动让人毛骨悚然:

> 李逵道:"吃得饱,正没消食处。"就解下上半截衣裳,拿起双斧,看着两个死尸,一上一下,恰似发擂的乱剁了一阵。李逵笑道:"眼见这两个不得活了。"插起大斧,提着人头,大叫出厅前来:"两个鬼我都捉了。"撇下人头。

在谈笑风生之中，李逵杀死了两个约会的年轻人，杀死后还不解气，还要把他们的尸体剁得粉碎。难道是李逵和他们有不共戴天的深仇大恨吗？李逵杀人无数，但是把尸体剁碎的，仅此一例。这样残暴的杀人记录，折射出作者对男女爱情的极度仇视，男女之间没有爱情，自由恋爱就是色情，就是死罪，就是邪恶，应该碎尸万段。

这是《水浒》先天设定的一个道德前提，就是情欲有罪、爱情非法。其他还有一些描写，例如李师师喜欢燕青，被描写成轻佻淫荡；史进喜欢的李瑞兰却是个娼妓，最后反而被史进杀死；安道全迷恋的李巧奴也是个娼妓，做了张顺的刀下之鬼。

与之相应的是，《水浒》中有多处对禁欲的推崇。比如，三个出轨的女人，都是因为她们的男人不近女色。书中分别这样描述道：

> 这宋江是个好汉胸襟，不以这女色为念，因此半月十日去走得一遭。那张三和这婆惜，如胶似漆，夜去明来。街坊上人也都知了，却有些风声吹在宋江耳朵里。
>
> 燕青又道："主人脑后无眼，怎知就里。主人平昔只顾打熬气力，不亲女色。娘子旧日和李固原有私情，今日推门相就，做了夫妻。"
>
> （潘巧云对裴如海说）"我的老公，一个月倒有二十来日当牢上宿。"

不近女色是好汉们的优秀品质，但也是酿成其家庭悲剧的一个根源。当然，作者已经做了预设：好汉禁欲是美德，所以，那些被描述成偷情的女人们，也就只有死路一条了。

李逵杀宋江（未遂）案，也是情欲有罪的一个例子。前已言及，此不赘述。

3. 义气如山，夫妻如纸

杨雄的职业是"两院押狱兼充市曹行刑剑子"，晚上在监狱里值班是常态，所以经常不在家里，潘巧云说"我的老公，一个月倒有二十来日当牢上宿。"杨雄和石秀结为异姓兄弟后,两人经历了一个兄弟之情超越夫妻之爱的过程。兄弟之间重一个"义"字,这种兄弟情义和夫妻感情发生冲突的时候,哪个重? 哪个轻? 按照常理,如果在夫妻和兄弟之间选择,往往是夫妻更近。无论情理还是法律,都是如此。而《水浒》中是当夫妻两个的感情和兄弟的情义发生冲突后,以兄弟情义为重。杨雄就是这样,他的老婆潘巧云与和尚裴如海私通,就离间杨雄和石秀。后经石秀说明原委之后,"杨雄听了,大怒道:'这贱人怎敢如此! '"后来在石秀的设计下,杨雄杀了潘巧云。夫妻关系在如山的兄弟义气之前,只是一张薄纸。夫妻之情不如兄弟之义,是梁山上诸多好汉当然的价值观。

(二)婚姻的缔结

在《水浒》里面有多种缔结婚姻的方式。当然,不能简单地把《水浒》中的婚姻关系和宋朝的婚姻制度等同。如果拿宋朝的历史去考察《水浒》,也有一定的参照意义,能够为我们提供一些背景资料。当然更重要的是,《水浒》中关于婚姻家庭关系的观念,现在对我们还有没有影响? 这是我们解读《水浒》所关注的一个问题。

1. 明媒正娶,男娶女嫁

男女结婚一般是女方到男方家里生活,这个到现在也是一个常态,《水浒》当中也是这样一个常态。也有女方家属随同女方与男方一起生活的。例如,林冲夫妇就是这样,林冲的岳父随女儿和女婿一同生活;潘巧云也是如此,她父亲也随她一起生活。女方到男方家里一起生活,这是最常见的形态。

2. 女婿入赘,继承家业

梁山好汉中有两个入赘女婿:张青和曹正。张青入赘,也许是为了突出英雄女性孙二娘。她和张青是夫妻,两人开了人肉包子店。张青是怎么上门入赘的? 孙二娘的父亲孙元就是一个剪径的好汉,他觉得张青这个小伙子有培养前途,就把女儿嫁给他,让他继承杀人越货的生意。张青说:"原来那老儿年纪小时专一剪径,因见小人手脚活便,带小人归去到城里,教了许多本事,又把这个女儿招赘小人做了女婿。"又说:"俺这浑家姓孙,全学得她父亲本事,人都唤他做母夜叉孙二娘。"从《水浒》

中来看,张青和孙二娘结婚以后,没有夫妻感情生活的描写,夫妻俩经常以战友的身份并肩战斗,一般出战时都安排在一起。因为都是好汉,书中没有他们负面的评价。

此外,操刀鬼曹正也是入赘女婿,"在此入赘在这个庄农人家",开了一家饭店,属于正常经营。丢了生辰纲的杨志失魂落魄,在店里吃了白食想赖账,遇见曹正。后来他们联合鲁智深攻打了二龙山,在那里打家劫舍,不在话下。

以上两种都属于法定的婚姻形式,是合法的婚姻关系。

3. 供养外室,社会常态

外室也叫外宅,字面意思就是外面的宅子,指的是男人在外面供养的女人。外室的身份很特殊,相当于妾,但又比妾的地位低。一般而言,妾都是养在家里的,属于"内宅"或"内室",而外室则不能住在男方的家里。在《水浒》中,供养外室是社会常态,是一种普遍现象,不是什么见不得人,羞羞答答、遮遮掩掩的事情。用我们现在的话说,男的有钱有势有地位,就包养了一个"小三",给她在外面租一间房子或者买一间房子,经常和她在一起生活。因为不在家里一起生活,所以叫"外宅"或"外室"。《水浒》中好几处写到外室,都是公开而合法的,不是秘密关系。我们看两个例子。

第一个例子,金翠莲做了赵员外的外宅。鲁达拳打镇关西,三拳打死郑屠以后鲁达就逃跑了,后来跑到了代州,偶遇金老,"他乡遇故知",说起别后的经历,金老说"撞见一个京师古邻,来这里做买卖,就带老汉父子两口儿到这里。亏杀了他,就与老汉女儿做媒,结交此间一个大财主赵员外,养做外宅。"赵员外很有钱,把金翠莲养做外宅,对金翠莲也很好,"衣食丰足,皆出于恩人。"金家父女对于能过上今天的好日子,都归功于鲁提辖,对他感激不尽。更难得的是,赵员外也很感谢鲁提辖。

金老说:"我女儿常常对他孤老说提辖大恩,那个员外也爱刺枪使棒,常说道:'怎地得恩人相会一面也好。'"孤老"什么意思? 通俗说就是生意人最大的客户,任何一个人不要得罪自己最大的客户,不要和孤老翻了脸。唐牛儿就说宋江是他的孤老,可见宋江是唐牛儿最大的主顾。第二层意思，有钱人包养了女人，这个女人对他的称呼就是"孤老"，因为这个女人全仰仗孤老来养活。赵员外也用了"恩人"这个词，他也把鲁提辖当作自己的恩人。同样是恩人一词，出自赵员外之口，说明他和金翠莲两个人感情很好。为了报恩，他出钱资助鲁提辖到五台山出家。这个事例也说明当时养外宅很普遍，法律与民俗都认可。

第二个例子，就是宋江养外室。宋江和阎婆惜的关系，书中有三处说明。

一是宋江杀惜之前。阎婆让宋江回去与女儿团聚，他不想回去，寻思道："又不是我父母匹配的妻室，他若无心恋我，我没来由惹气做甚么。我只不上门便了。"可以肯定，阎婆惜不是宋江的明媒正娶的夫人。在婚姻之外，还允许公开地供养外室，这在当时也是合法的。

二是宋江杀惜之后。阎婆告到县衙，说了一句话："老身姓阎，有个女儿唤做婆惜，典与宋押司做外宅。"这个"典"是什么意思？古代"典"的范围比较宽，一类是以财产为对象，主要是以房屋土地等不动产交给别人居住使用，期限很长，最长可达三十年。另一类是以人为对象，债务人欠钱还不了，就把家里某人典到债权人家里干活，用劳务来偿还债务，或者用劳务来换取报酬。还有就是"典妻雇女"，即把自己的妻子或者女儿在一定期限内给别人做小老婆，换取一定的经济报酬。阎婆惜与宋江就属于这种典，她不是正妻（正室），也不是妾或姨太太（侧室），而是外室，用现在的话说，是一种长期有效、合法供养的性交易关系，男方负责养活女方，类似于"包二奶"的合法化。这是阎婆亲自说出来的话，在当时也是一种常态。宋朝时期典妻雇女是合法的，到清朝时被法律禁止，但直到民国时期很多地区还存在着。

三是宋江被捕之后。他在供状里写道："不合于前年秋间，典赡到阎婆惜为妾……"这里所说与阎婆所说是一样的，只不过宋江明确了阎婆惜的地位是妾，是一种"典赡"的物质供养关系。但阎婆惜并没有住在宋江家里，和作为侧室的妾相比，地位还是比较低的。

4. 男尊女卑，夫唱妇随

这是中国式婚姻的基本特点。中国古代并非一夫一妻制，而是一夫一妻多妾制。男性可以娶一个女性作为妻子,也称为正房、正室等,同时可以有多个妾。金翠莲和镇关西是什么关系?虽然说她是受欺负的弱者,但是从法律地位上来说,她是郑屠的妾,这种关系是法律认可的。她对鲁提辖说:"此间有个财主,叫做镇关西郑大官人,因见奴家,便使强媒硬保,要奴作妾。"妾的地位次于妻,属于家庭成员,属于内室。像阎婆惜和宋江的关系,金翠莲和赵员外的关系,就属于"外室",说得通俗点儿,就是交易关系。金翠莲本来想着跟着郑屠好好过日子,没想到"他家大娘子好生利害,将奴赶打出来,不容完聚。着落店主人家,追要原典身钱三千贯。"说明当时男子娶妾,正室应当接受。但是,因为妻子的地位高于妾,所以郑屠老婆一直欺负金翠莲,估计是吃醋太多,就和金翠莲发生了郑大官人争夺战。结果是把她赶出来,不让她和郑屠一起生活。从这个语气表述上来说,金翠莲还是愿意跟郑屠过日子的,只是因为大娘子的缘故,才被赶出家门,沦落到卖唱还钱。

古代婚姻家庭的基本格局是:妻是正室,妾叫旁室,也叫侧室或偏房。妻和妾都是娶进家门的,她们都属于正式的家庭成员,而"外宅"则不是。武松醉打蒋门神时,到了蒋门神酒店,"里面坐着一个年纪小的妇人,正是蒋门神初来孟州新娶的妾,原是西瓦子里唱说诸般宫调的顶老。"可见,这个小妾是娶来的,不是外室。为了贬损蒋门神,作者在他娶妾这样的"好事"上,还不忘了恶心他一把:娶了个娼妓!

金翠莲给郑屠做妾时,饱受郑屠和大娘子的双重压迫。后来她做了赵员外的外室,过上了丰衣足食的幸福生活。对金翠莲来说,幸福曾经那么遥远,却又这么简单!命好还是不好,全看遇到的是暖男还是渣男。

从写作上来说,金翠莲的命运体现了一种宗法制度下的"妇德"观念。金翠莲无疑是一个好人,善良柔弱,知恩图报。为了报答恩人,他们给逃难中的鲁提辖提供了一劳永逸的庇护场所——到五台山出家。她是个好人,所以《水浒》当中,对于她没有坏词、没有恶评。其他女性一出现,"淫妇""虔婆""贱人"等词就随之而来。从文辞上来看,《水浒》对她还是一种较好的评价。但是,深入骨髓的对女性的偏见,使得作者又对金翠莲做了隐晦的嘲弄。金翠莲是一个弱女子,先是给郑屠做妾,遭到虐待,流落卖唱;后来遇见赵员外,也仅仅是一个被供养的外室,其法律地位还不如妾。从形式上看,她的命运转折了,生活水平提高了;但从法律上看,她的地位反而是降低了。她的身份在法律上没有保障,只是一种交易关系,说白了是钱色交易。赵员外喜欢你的时候就可以供养,不喜欢你的时候就可以抛弃,这是外宅的法律地位决定的。妻、妾与丈夫的身份关系就比较牢固,不是简单的交易关系。作者对女性的不屑,连对金翠莲这样的弱女子、好女子都不放过,真是太不厚道、不可救药。所以说,《水浒》作者对于传统宗法观念的维护、男尊女卑的观念已经深入骨髓,冥顽不化。

在妻、妾、外室这些合法的身份关系之外,还有婚姻之外的另一种关系,就是情妇。外室和情妇不受法定婚姻关系保护,但它是一种客观存在。《水浒》中出现过两个情妇,一个是李师师,一个是白秀英。李师师是谁的情妇? 当朝天子道君皇帝。宋徽宗后宫佳丽三千人,不爱家花爱野花,偏偏喜欢李师师。《水浒》中说到李师师,大家都知道她和宋徽宗关系非同寻常。梁山好汉座次排定之后,宋江做的第一件事就是到东京出差。出差干吗? 看花灯。边走边看,不觉到了红灯区。

　　(宋江问)"前面角妓是谁家? "茶博士道:"这是东京上厅行首,唤做李师师。间壁便是赵元奴家。"宋江道:"莫不是和今上打得热的? "茶博士道:"不可高声,耳目觉近。"

可见,李师师和宋徽宗的关系,已是尽人皆知。但是,坊间不得妄议,否则以罪论处。李师师只不过是宋徽宗在后宫三千佳丽之外的一道开胃野菜,是嫖客和妓女的关系。稍有不同的是宋徽宗比较喜欢李师师,李师师也不敢怠慢这个天下最大的客户。有了感情等因素,他们不同于纯粹的性交易,所以,李师师的身份便显得很特殊。没有名分的李师师比那些有名分的嫔妃更得宠——这简直是一定的。也正因为李师师不入皇宫,每天还在烟花巷里正常营业,后来宋江、燕青等人才可以比较容易地见到她。如果她被接进皇宫之内,"庭院深深深几许",宋江通往招安大道的桥梁就断了。

还有白秀英，她是一个卖唱的艺人，"原来这白秀英却和那新任知县旧在东京两个来往，今日特地在郓城县开勾栏"。勾栏就是宋元时期的娱乐场所，很多艺人在此说唱卖艺。白秀英仗着和知县的关系，对待客户很不礼貌，雷横去听戏却忘了带钱，被白秀英羞辱了一番。后来有了雷横打死白秀英的事情。自古以来，官府从上到下，都乐意和演艺界人士往来。艺人傍高官，也是一种社会常态。

不管是李师师还是白秀英，作为情妇，她们与其情夫的关系不能公开，所以茶博士提醒宋江不要谈论宋徽宗和李师师的隐情，以防耳目。形成鲜明对比的是：潘金莲和西门庆偷情，就成了街坊邻居的谈资笑柄；皇帝和李师师偷情，就成了不可言说的国家机密。偷情的性质没有变，情妇的身份没有变，皇帝的私事就是国家的公事，皇帝的形象就是国家形象。因此，为了维护皇帝的高大形象，他和李师师的私情就成了国家机密，谁敢说就构成泄露国家机密罪，可以依法惩治。

(三)婚姻的终止

在《水浒》当中，有多起婚姻关系终止的情况，简要归纳为以下几类。总体来说，从婚姻的终止来看，婚姻制度也是男权为主导。

1. 男方休妻

男方享有婚姻的主动权，如果要终止这一段婚姻关系，男方可以主动休妻，而女方不能主动和男方解除婚姻关系。在《水浒》当中描写得最为细腻深刻、最为凄惨动人的一段，就是林冲休妻。林冲发配去沧州之前，众邻居来相送，当着众邻居的面，他说出了休妻之事：

> 今小人遭这场横事，配去沧州，生死存亡未保。娘子在家，小人心去不稳，诚恐高衙内威逼这头亲事；况兼青春年少，休为林冲误了前程。却是林冲自行主张，非他人逼迫，小人今日就高邻在此，明白立纸休书，任从改嫁，并无争执。如此，林冲去的心稳，免得高衙内陷害。

林冲意思是我以后可能自身不保，不想耽搁娘子青春。娘子从此可以另行改嫁,他没有怨言。张教头这时候不高兴了,他显然平时对这个女婿很满意,不愿让林冲休妻,要等到林冲回来以后,让他夫妻团聚。"林冲,甚么言语!你是天年不齐,遭了横事,又不是你作将出来的。今日权且去沧州躲灾避难,早晚天可怜见,放你回来时,依旧夫妻完聚。"林冲还是坚持要休妻,娘子听罢哭将出来,说道:"丈夫!我不曾有半些儿点污,如何把我休了?"

从婚姻家庭法的角度来看,林娘子对自己的婚姻从来都不能做主。决定林娘子命运的,不是她自己,而是两个男人:林冲和她的父亲张教头。"三从四德"束缚下的女人没有自己的独立地位,在家从父,成家从夫,夫死从子。女人是男权世界的附庸,都是从属于男人的。林冲一纸休书,就可以单方面结束他们的婚姻,她即便百般委屈、百般不愿,也只能服从。这是她丈夫的安排,是命运的安排,更是制度的安排。林冲休妻之后,林娘子能否再婚,也不由自己做主,而是由他父亲做主。所以张教头说"我儿放心,虽是林冲恁的主张,我也终不成下得将你来再嫁人。这事且由他放心去。他便不来时,我也安排你一世的终身盘费,只教你守志便了。"这句话,体现了慈父对女儿的关爱和保护。但是,这种关爱和保护,却暴露出礼教制度的残忍无情、扼杀人性。林娘子年纪轻轻,二十来岁,正值青春年华。她父亲凭什么决定让她不得再嫁,一辈子等林冲回来?这不是她父亲的铁石心肠,其实是制度的残酷无情,不讲人性。林娘子是《水浒》当中第一节烈女性,而节烈之名来自悲惨命运,这种虚名,或许非她所愿,非人所求。

如果没有高衙内意欲强占林娘子的事情,林娘子会和林冲一起享受岁月静好,向往诗和远方。但是,三个男人彻底改变了林娘子的命运。高衙内倚仗的是强权,林冲休妻依据的是夫权,父亲让她守志依据的是父权。唯独她,对于自己的命运,却没有任何的自主权和发言权,只能逆来顺受、任人摆布。有谁能站在她的立场上考虑呢?林冲休妻,一方面是让她再嫁,不误青春;另一方面,是为了避免高衙内继续陷害自己,为自己开脱。张教头让她守志不改嫁,并不是对女儿的残忍,而是在礼教之下保护女儿名节、进而也是保护女儿婚姻的最佳选择。高衙内只是看上了她的美貌,只是一个纨绔子弟的玩弄女性,哪里有半点真情?这一点,林娘子、林冲和张教头,都很清楚。林冲休妻之后,她只有三种选择:做高衙内的玩物;改嫁他人;守志等林冲回来完聚。这三种选择中,唯有守志是最有利的。因此,父亲让她守志不改嫁,不是父亲忍心看着女儿耽误青春,而是无奈之下的不得已选择。妇女的婚姻,由父亲和丈夫做主;妇女的婚姻,笼罩在皇权、父权、夫权之下。所谓女子三从四德,在家从父,婚后从夫,夫死从子,一辈子都依附于男权,女方没有自主权。

2. 男方杀妻

在《水浒》中,男人杀女人,特别是男人杀出轨的女人,是一件道义上很正当的事情。《水浒》中有一个道德上的假定前提,"女人是祸水""女人是老虎",包括夫妻关系都是如此。《水浒》当中有几处写到男方杀妻,那都是大义凛然,比如杨雄杀潘巧云,而且场面很血腥,这里就不再描述了。卢俊义杀妻,场面也很血腥。除了上面所说的两位好汉杀妻之外,还有武松杀嫂,也有具体的描写。在《水浒》中,杀死淫妇永远是正确的,完全符合道义,是为民除害。《水浒》中有几处对所谓淫妇的处死,都写得很细致,都有剖开胸膛,挖出心肝五脏等血腥描写。似乎场面越残暴、女人死得越凄惨,道义才越伸张,读者才越解气——这种暴力美学,体现了作者"红颜祸水""欲望有罪"的价值观,实不足取,应当反思。

3. 男方死亡,婚姻终结

夫妻有一方死亡,就导致婚姻的消灭。婚姻关系因一方死亡而终止,这是一个法律上的常态,《水浒》中也是如此。但是《水浒》描写一些"德行有亏"的女性时,有一些套路:要么淫荡,要么娼妓,要么二婚,总居其一。作者无时无刻不贬损一些女人,潘巧云出场,一定要给她加上一笔:二婚。如同介绍一个人时,先说他有前科。二婚比淫荡和娼妓要好很多,但也有一个暗含的意思:不能从一而终,"妇德"已有污点。潘巧云在前夫王押司死后,又嫁给了杨雄。二婚在《水浒》中是对女性无言的贬损和沉默的谴责,是她后来不忠不贞的伏笔。夫妻缘分变成怨愤,最终刀刃相见的时候,男方杀妻是伸张正义,是铲除邪恶,大快人心。但是,在《水浒》的语境中,女方杀夫(比如潘金莲杀武大郎),那简直就是邪恶至极,不杀之不足以平民愤。为什么大家这么恨潘金莲?一是吃不着葡萄说葡萄酸的忌妒心理,二是潘金莲毒杀武大郎确实有罪,三是潘金莲杀夫违逆了男权的一般观念:男方杀妻理所当然,女方杀夫天理不容。《水浒》中这种情节的安排,就是一种礼法观念的直接表现。

(四)好汉们被女人害惨了

宋江、卢俊义、杨雄三位好汉和女性的故事大同小异,情节上基本是一致的:阎婆惜和宋江的同事张文远私通,宋江杀惜;卢俊义的老婆贾氏和管家李固私通,卢俊义杀妻;杨雄的妻子潘巧云和裴如海私通,杨雄杀妻。这些情节是完全一样的,女性们勾结奸夫陷害好汉,这是固定套路,情节设计可以说是如出一辙,唯独林冲的情节不一样。以这四个人为例,他们都是婚姻的受害者,婚姻给他们带来的不是幸福,而是厄运。

猛将秦明也是二婚。秦明性子暴烈、武艺高强,他奉慕容知府之命来讨伐梁山,宋江看秦明威武,想收服他上山。于是就设了个计,这个计可以说是非常毒辣,令人发指,实在不足取。由此计也可以看出宋江等人为达目的不择手段,非君子之举,无英雄气度,难成大事。他们把秦明捉上山后,反复劝降不成,宋江假意挽留,把秦明灌醉后,派人穿上秦明的衣服,打着秦明的旗号,青州城外数百人家全部杀死。"原来旧有数百人家,却都被火烧做白地,一片瓦砾场上,横七竖八,杀死的男子妇人,不记其数。"然后梁山嫁祸秦明,这是离间计。果然,慕容知府认为秦明已经成了梁山反贼,就把秦明的妻儿都杀死,秦明走投无路,只得上了梁山。

为了得到秦明一个人,不惜杀死数百人家。这个计多么狠毒?为了争取秦明这一条好汉,屠杀数百无辜平民,还导致秦明的妻子、家人被杀。屠杀平民,即便是战争时期也是严厉禁止的,而在梁山好汉眼里,这些平民百姓根本就不是人,可以随便砍杀。对百姓来说,这些好汉的行为,比官府的欺压和统治更加残暴,毫无人性。如果说梁山好汉杀恶人、杀贪官尚有一些道义可言,而屠杀平民,则是千夫所指的暴行,无可原谅。

宋江告知真相后,秦明怎么说的?

（秦明）只得纳了这口气，便说道："你们弟兄虽是好意要留秦明，只是害得我忒毒些个，断送了我妻小一家人口！"宋江答道："不恁地时，兄长如何肯死心塌地。虽然没了嫂嫂夫人，宋江恰知得花知寨有一妹，甚是贤慧，宋江情愿主婚，陪备财礼，与总管为室，若何？"

在宋江的眼里，秦明的妻儿家小的命也不值钱，死就死了，杀就杀了，我再给你找一个，就把花荣的妹妹嫁给秦明。霹雳火秦明就在失去妻儿家小的大悲之中，迎来了再婚的大喜。尽管这个情节设计不尽合理，但也反映出在这种社会背景下，男性为主，女性为仆，男人主宰世界，也主宰女人。男权世界中，女人是男人的私有财产，是财物、玩物、宠物、猎物，而不是具有平等地位和独立人格的人。对大户而言，潘金莲是财物，可以赠给武大郎为妻；对高衙内而言，林娘子是玩物，可以强行霸占，也可以随意抛弃；对宋徽宗而言，李师师是宠物，得宠时捧到天上，失宠时打进冷宫；对董平而言，程太守女儿是猎物，可以杀其全家而据为己有……

宋江在梁山上虽然没有解决自己的婚事，但解决了秦明、王英等人的婚事。他出面给秦明和花荣妹妹做主成婚、给王英和扈三娘做主成婚，他为什么可以给别人的婚姻做主？由此我们可以看到，在婚姻家庭里起支配作用的，除了夫权和父权之外，还有皇权。宋江这种做主，其实是皇权的一种折射。在梁山的环境里，宋江就是老大，对梁山的事务有决定权和支配权，这种权威高于夫权，也高于父权，相当于梁山上的皇权。宋江做主婚配，就如同世俗世界里皇权的恩赐，不但不能反抗，还要谢主隆恩，山呼万岁。否则，就是对最高权威的不敬和对既有秩序的挑战。

（五）夫妻之财产和子女

中国古人讲"女子无才便是德"，对女子有很多的要求，一个女子不需要读书，不需要有才华，只需要谨守妇道。说到婚姻家庭财产的时候，我改了两个字，叫"女子无财便是得"，为什么这样讲？在《水浒》的世界中，婚后的女子是没有财产权的，她只能依附于一个男人，这就是她人生之得。女性连自己的婚姻命运都不能做主，更谈不上财产所有权了。事实上，宋朝法律对于女性财产是有规定的，当然前提是财产属于男子，特殊情况下女性才能拥有财产。宋朝的法典《宋刑统》里有"户绝资产"条，其中规定：

> 诸身丧户绝者，所有部曲、客女、奴婢、店宅、资财，并令近
> 亲转易货卖，将营葬事及量营功德之外，余财并与女。无女均
> 入以次近亲。……若亡人遗嘱证验分明并依遗嘱施行。

也就是说，如果某个人家没有男人了，如果一个家里当家的男人死了，继承人中也没有男人，意味着户绝。怎么办？把死者的佣人、奴婢这些人，和店宅、资财，先卖给近亲属。很明显，家里的这些仆人等服务人员都是主人的财产，主人死后，可以把他们转移给新主人。"将营葬事及量营功德之外，余财并与女。无女均入以次近亲"，意思是除了丧葬事所花费用之外，剩下的钱交给死者的女性继承人来继承；如果这家没有女性继承人，所有权就转移给死者的近亲属。从《宋刑统》的规定来看，女性享有极其有限的财产继承权，大前提是男主人死后没有男性继承人，属于法定的"身丧户绝"。现在的继承法要求男女平等，女性与男性享有同样的继承权。而《水浒》的时代，女性没有继承权。

《水浒》中也有一个"身丧户绝"的案例。孙二娘的父亲山夜叉孙元把张青招赘为女婿后，把自己年轻时剪径得来的基业毫无保留地传给了张青。孙二娘人称母夜叉，就是从她父亲的绰号"山夜叉"演化而来。孙元把张青当儿子看，不仅传给他剪径的手艺，还支持他在十字坡开了野店。孙元死后，家里再无男丁，是法律上的"身丧户绝"。虽然书中没有交代具体的财产继承，但毫无疑问，入赘女婿张青可以作为儿子而取得继承权，并不是由女儿孙二娘来继承。

"始作俑者，其无后乎？"《水浒》当中很多地方是春秋笔法，表面只是叙述一个事实，没有评价，而实际上表达了作者的价值判断，暗含着

一种批评，是一种讽刺，甚至是一种强烈的鞭挞。例如，书中对于二婚、外宅、无后等描写，很大程度上就有这种意图。高俅没有儿子，认叔伯弟兄高衙内做了义子。这就是作者的春秋笔法，暗讽高俅无后，厚颜无耻。

传统社会里，对一个人最恶毒的咒骂，就是"绝户"。古人云"不孝有三，无后为大"，这个"后"指的是男丁，《水浒》里面的好汉们大多数没有家室，当然大多数也没有子女，所以这些好汉都没有后人。没有后人，是对一个男人最大的谴责，无论是从道义上，还是从形象上，还是从他的社会地位上，包括内心的心理感受上，都是一个男人无法接受的"痛点"。就是到现在，很多农村里，有儿子才能传宗接代的观念仍然是根深蒂固，难以改变。农村里有的人家没有儿子，就会被村里人看不起。为了继承香火，延续子嗣，就要想方设法找一个女婿入赘，俗话叫"招女婿"。招女婿结婚之后到女方家里生活，还要改姓女方的姓。这样，从传统的宗法意义上这个家庭就有了男丁，这个家庭就不再是"绝后"，而是有男人的。

（六）男权下的婚姻家庭

在《水浒》中，男子享有单方面的婚姻自主权，男人可以休妻，主动结束婚姻，而女子没有婚姻的主动权。男子休妻是大义大度，女子离家是不忠不贞。这些都体现了传统社会的纲常伦理、礼法合一，它是那个时代社会的基本秩序。现代的婚姻家庭法倡导的是婚姻自由，《水浒》中的婚姻家庭，只能是男子婚姻自由，女子婚姻不自由。在现代法治视野下，这些社会秩序和婚姻制度根本就不尽合理，必须予以改变。

在一夫一妻多妾制的社会，一个男人可以妻妾成群，还可以有外室、情人，还可以嫖宿娼妓。在《水浒》的世界里，大丈夫理应如此，并无不妥。没有人会谴责男人花心或违法，而是极为大度宽容。但是，如果一个女性已经结婚，然后她再找一个情人，或者再跟别的男人有染，那这个女人就是淫妇、虔婆、贱人，就犯了十恶不赦之罪，一定会身败名裂。同样的事情，发生在男人身上就是正常的，发生在女人身上就是离经叛道，这个女人在道德上就会一无是处，完全被污名化。所谓忠贞不渝，其实只是男权对女性的单方要求，只要求女人忠于男人，并不要求男人忠于女人。

不仅是男女在婚姻中的地位不平等,亲子之间的地位也不平等。我们发现,《水浒》当中的夫妻关系、父子关系、君臣关系,都有一个共同的特点,就是一方对另一方的支配关系。这种支配关系实质是一种主仆关系,臣子毫无疑问是皇帝的奴仆,子女是父亲的奴仆,妻子是丈夫的奴仆。女子对丈夫经常自称"奴家",男子对女子断然不会用这种词语,甚至男人穿上女人的衣服,都是对男人的莫大侮辱。传统社会里,"五伦"是最重要的五种社会关系,即君臣关系、父子关系、夫妻关系、兄弟关系和朋友关系。《朱熹家训》对于"五伦"的表述堪称经典:

> 君之所贵者,仁也。臣之所贵者,忠也。父之所贵者,慈也。子之所贵者,孝也。兄之所贵者,友也。弟之所贵者,恭也。夫之所贵者,和也。妇之所贵者,柔也。事师长贵乎礼也,交朋友贵乎信也。

朱熹认为,最理想的社会关系就是:君仁臣忠(这是对孔子"君使臣以礼,臣事君以忠"思想的高度凝练);父慈子孝;兄友弟恭;夫和妇柔;事师以礼;交友以信。"五伦"最突出的特点就是支配关系。君支配臣,核心是臣对君要忠诚;父支配子,核心是子对父要孝敬;兄支配弟,核心是弟对兄要恭顺;夫支配妻,核心是妻子对丈夫要柔顺。君臣、父子、兄弟、夫妻、师徒之间,首要的是一种支配和被支配的关系,两者之间的法律地位是不平等的。这些思想,在《水浒》中都有充分的体现。

现代《婚姻法》强调对弱者利益的适度保护,《水浒》中对老人和儿童保留了正常的怜恤态度和悲悯情怀,基本上没有歧视,也是其人道主义的一种体现。《水浒》中出现的母亲,比如李逵、雷横、公孙胜的母亲,都是一般我们理解的慈母形象。可见作者对女性偏见再深,他也享受过母爱的温情,不忍对母亲笔下无德。但是,对于一些女儿是"坏人"的母亲,作者仍然不遗余力地进行口诛笔伐(例如阎婆)。所以,《水浒》对于婚姻家庭中的弱者(妇女、老人和儿童)体现出了应有的同情,而这种同情主要集中在对老人和儿童上,而对女性的同情是少之又少的。这不禁让人猜想,除了传统观念的影响之外,难道作者曾经深受女性的伤害,以致留下了难以消解的心理阴影?

(七)男女如何得平等?

男女不平等,这是男权社会的基本特征,它本身就是主与仆的关系,就是男对女的支配。林冲娘子称他为"丈夫",女子称呼男子,有的称之为"夫君"。"君"是一种尊称,从"君"也是一种主仆关系的体现。

在《水浒》中,决定男女婚姻家庭地位的主要因素有五个方面。

一是宗法制度。礼法结合、礼法合一,三纲五常、三从四德等,都是宗法制度的具体体现,这是最重要的制度原因。鲁迅说的"礼教吃人",正是此意。林冲要休妻,林娘子是不愿意的,林娘子的父亲也给她做主守志不嫁。这种做主,其实都是宗法制在具体家庭中的体现。

二是社会秩序。社会的基本价值,社会的共识,一般的伦理道德都认可男尊女卑并因此形成了稳固的社会秩序。一般情况下,这种社会秩序的惯性,也决定了男方和女方在婚姻家庭中不平等的地位。

三是经济能力。女人之所以依附于男人,直接的原因是经济不独立,要靠男子来养活。农业文明把人固定在土地上,把女人固定在家庭里,女人基本不直接创造财富,不参与生产活动,在经济上处于被支配的地位,这是我国传统社会的常态。

进入工业文明时代后,工商业的发展使得女性得到解放,女性越来越多地获得了经济上的独立地位,摆脱了对男性的依赖。现在有一个词叫"剩女",为什么"剩女"多了呢? 总体而言,这其实是一种社会的进步,是女性独立的一种结果。很多高学历、高能力、高收入、高颜值的"四高"女性嫁不出去,当然这是一个社会问题,有很复杂的社会原因。从另一个方面来说,恰恰是这些女性获得了平等的法律人格,有了独立的经济地位,她可以支配自己的生活,而不需要别人来养活自己,这样她才获得了人格的解放。在这个意义上,"剩女"也是"胜女",是社会的进步和妇女解放的胜利。法律上有句谚语叫"无财产则无人格",所以说经济能力是决定婚姻家庭中男女地位的最直接、最重要的因素。

四是政治地位。正常情况下是男主外女主内,现在也大体如此。如果男子是做官的,女子称男子是"官人"。男人的政治地位高,女人不参与社会生活,也不参与政治活动,依附于男子,这是社会常态。但是有一个特例,就是梁中书的夫人。她是蔡京的女儿,生就的旺夫运,梁中书"夫因妇贵",得到蔡太师的关照,官运亨通,飞黄腾达,谋得北京大名府留守的肥差,"上马管军,下马管民,最有权势",赚得盆满钵满。于是,《水浒》里面描写梁中书夫人的时候,始终都是"蔡夫人",按常规应该是"梁夫人"。虽然说书里没有作任何评价,但是从"蔡夫人"的措辞上,说明梁中书的政治地位,完全依附于蔡家。政治地位决定了家庭地位,梁中书不能对他的夫人像别的男人那样有完全的支配权,很多事情要看他老婆的颜色行事,这就是一个鲜活的事例。蔡夫人也有很高的政治自觉,她不干预梁中书的公务,只是在给父亲祝寿这样重要的家事上,提醒夫君,要他吃水不忘挖井人,富贵不忘蔡太师。

五是个人性格。顾大嫂是唯一能在男权世界当家的女人。她性格豪放、勇猛刚烈、行侠仗义,不让须眉。这是她在家里做主的主要原因。她与孙新是夫妻,后来她让孙立一起去营救解珍、解宝。孙立是体制中人,在登州城里做提辖,不愿意丢了铁饭碗去劫狱,顾大嫂便挥刀相向,孙立只得服从。在女人的刀子之下,男人也得低头。由顾大嫂主谋策划,一个女人带着一群男人去劫狱,这是何等豪迈的气象!这也是《水浒》中"妇女翻身做主人"的唯一事例。攻进祝家庄后,"顾大嫂掣出两把刀,直奔入房里,把应有妇人,一刀一个尽都杀了。"这种杀人不眨眼的威武,堪比李逵。在《水浒》中,顾大嫂除了性别之外,其他都是高度男性化的特征。她是一条好汉,是母大虫,是母老虎一样的人物,作者把她写得非常强势,非常凶悍,浑身上下充满了男子汉大丈夫的阳刚之气。

把一个女人写得比男人还男人,究竟是妙笔还是败笔?

三、《水浒》中的家庭关系

(一)亲子关系

《水浒》中对于母子关系描写得少。王进母子、李逵母子、雷横母子都只是过渡,没有重点描写。关于父母对子女的关系,大多数是好汉和自己父母的关系,而不是好汉和自己的子女。好汉们大都没有婚配,也就没有子女。有婚姻的好汉,他们的子女都没有出现。这是《水浒》的一个特点:好汉们的子女都没有姓名,没有出场,没有任何活动,都没有说一句话。

子女对父母,以孝为先。书中集中写了宋江的孝行。宋江对他的父亲是最孝顺的,几次冒着被捕杀头的危险,要回家去奉养老父或者接老父上山。宋江是孝子的典型,他对父亲绝对是无条件服从,这是当时孝道的体现。书中没有林娘子对父亲的侍奉赡养等细节,但从她听从父命,准备守志不嫁上可以看出,她是用自己的青春和名节来尽孝。

对于养父和养子,《水浒》是怎么写的呢?高俅和高衙内的正式身份是父子关系,但是高衙内不是高俅的亲生儿子,不是亲生儿子也就罢了,作者在这里又很阴毒地写了一笔,"原来高俅新发迹,不曾有亲儿,无人帮助,因此过房这高阿叔高三郎儿子在房内为子",高衙内原本跟他是平辈,本是叔伯弟兄,却与他做干儿子。这又是对高俅的谴责,你不但无后绝户,而且违背了一般的纲常伦理。现在也有过继和收养等形式,也要讲究辈分,不会乱了辈分。在极重伦理秩序的时代,高俅却冒天下之大不韪,如此不讲究,真是一种人伦颠倒,是对高俅极大的讽刺。

继承关系分两种,即身份继承和财产继承。现代《继承法》认可的是财产继承,不认可身份继承,身份继承已经退出了历史舞台。《水浒》中还有身份继承,柴进家族的丹书铁券,就是一种身份继承。身份继承,主要是爵位、封号的继承,这种继承在宋朝已经不普遍了,在《水浒》当中,虽然有很多裙带关系,但没有直接出现爵位继承,这和历史事实是基本符合的。身份继承主要遵循"嫡长子继承制",由妻子所生的长子来继承父亲的爵位,妻子所生的孩子是"嫡出",其他的叫"庶出",无权继承。继承的什么?主要是爵位、封号等身份。

父子兄弟之间如果有人犯罪,其他人要承担连带责任,典型的就是官府去抓宋江的时候,宋江父亲说,我已经和他断绝了父子关系,把他"出籍"了。这个在《水浒》中是合法的,所以就不再受株连。现在的社会当中,宣布断绝亲子关系在法律上是无效的,父子关系是因血缘而产生的身份关系,双方都无权解除。

当然，这里还涉及一个"亲亲相隐"的问题。宋江的父亲隐藏宋江，符合儒家"亲亲相隐"的精神。中国古代法制，一直到清朝，"亲亲相隐"都受法律保护。它出自《论语·子路》：

> 叶公语孔子曰："吾党有直躬者，其父攘羊而子证之。"孔子曰："吾党之直者异于是，父为子隐，子为父隐，直在其中矣。"

这是"亲亲相隐"的来源。通俗讲就是，父子亲属之间，如果有人犯罪，应该互相隐瞒，不去告发，否则就是不孝。后来中国的传统法典都吸收了亲亲相隐的思想，就是说亲属有罪，可以包庇，如果说亲属有罪而去告发，反而对告发者要处刑。当然一些危及王朝，如谋反的罪行，是不允许隐匿的。

现在法治当中是不允许亲亲相隐的，比如包庇窝藏罪，在亲属之间也同样适用。不过偶然也有温情的体现，比如《刑事诉讼法》有规定，"经人民法院依法通知，证人应当出庭作证。证人没有正当理由不按人民法院通知出庭作证的，人民法院可以强制其到庭，但是被告人的配偶、父母、子女除外。"有人认为，这是"亲亲相隐"在当代立法中的一种体现。

（二）其他亲属关系

一是兄弟关系。《水浒》中的兄弟很多，基本上表现为同业、同利、同仇、同心，从事的职业基本一样，出战的时候也基本都在一起，"兄弟同心，其利断金"是兄弟关系的主流，在《水浒》中得到了很充分的演绎。但是也有特殊情况，比如李逵和他哥哥李达，李逵打死人跑了，李达受到株连吃了不少苦头，因此心生怨恨，主动与弟弟划清界限。李逵回来要搬老母上山，李达不但不同意，还去官府告发他。他俩是《水浒》中唯一反目的亲兄弟，手足之情竟然成了仇雠之恨，李逵那冷血滥杀的内心，不知是否会有所触动？

二是翁婿关系。典型的表现就是梁中书受到蔡太师的关照。蔡夫人问梁中书，你的一生富贵，是谁给的？梁中书说全是岳父大人的关照。还有张教头和林冲,山夜叉孙元和菜园子张青等翁婿关系,都是岳父倾力关照女婿,与儿子无异。总体而言,《水浒》中的翁婿关系相处得都不错,岳父都对女婿极力关照。女婿的成功,都有岳父的身影,端的是:没有谁会随随便便成功!

从心理学上来讲,翁婿关系比婆媳关系要好处,有着另一层原因:两个男人都爱一个女人,都希望能给这个女人更多一点爱,这个女人会享受两个男人双重的爱和保护,两个男人会因为爱同一个女人而同心同德——这是翁婿关系。两个女人都爱一个男人,都希望这个男人爱自己多一些,于是这个男人便要分别关照两个女人,而两个女人都觉得本属于自己的爱被稀释了,都觉得这个男人更爱另一个,于是她们围绕这个男人就会展开一系列的较量和争夺——这是婆媳关系。

三是叔嫂关系。《水浒》中的叔嫂之间,似乎总是伴随着刀光剑影。一个是武松杀嫂,潘金莲虽是嫂子,但小武松三岁,她对武松初生情愫未果,对她的心理是个不小的打击;还有一例,顾大嫂嫁给了孙新,想让哥哥孙立一起出来劫狱,孙立回来以后还有点儿犹豫不决,顾大嫂道"既是伯伯不肯,我们今日先和伯伯并个你死我活!"面对弟媳妇的钢刀,孙立被迫服从了。

(三)结义兄弟关系

《水浒》中非常推崇的是结义兄弟关系,一百单八将都是兄弟。有一个外国译本,把《水浒》译作《四海之内皆兄弟》,也反映了《水浒》一个方面的真相。结义兄弟是《水浒》当中非常重要的社会关系,很多结义兄弟的情义超过了亲生兄弟。《水浒》当中有很多小集团,一百单八将里面也有很多小团伙,也有一些血缘关系,还有更多的是结义关系,而这种结义关系,是《水浒》重点歌颂的对象。而那些亲兄弟,比如宋江宋清、阮氏三兄弟、孔明孔亮、张顺张横等,他们的行为和事迹反而不是重点,这些兄弟也没有联手做出轰轰烈烈的大事。倒是那些结义兄弟,例如宋江李逵、林冲鲁达、武松施恩、杨雄石秀等人之间,有着更多的传奇故事。这是《水浒》中人物关系的一个特点。

结义兄弟,实际上是血缘关系的放大。结义不是血缘关系,就是以义为前提,类似于现代法律上所说的"拟制血亲"。俗话说"血浓于水",它背后的关系就是宗法制的关系。《水浒》当中出现了超越血浓于水的关系,成为"义重于血""义重于姻"。看起来似乎不正常,但它又有正常的一面。《水浒》突出的就是"忠义",其中的"义"就是兄弟之间的关系。忠是纵向的,臣对君、民对国的关系;义是横向的,存在于相对平等的人之间。"五伦"之中,除了朋友关系之外,其他几种关系都是纵向的上下关系,而朋友关系则相对比较平等。古代"人人平等"的观念不发达,"义"就是没有法定人身关系的人之间的行为准则。梁山好汉之间大多是朋友关系,为亲近起见,就以兄弟关系视之,作为对血缘关系的一种补充。因此,《水浒》对这种拟制的兄弟关系,倍加呵护,刻意渲染,甚至过度拔高,貌似比亲兄弟还亲兄弟,描写得荡气回肠,令人神往。

四、结语:以平等观念构建婚姻家庭关系

当代婚姻家庭法主要的原则有五个:婚姻自由、一夫一妻、男女平等、救助弱者、权利义务一致,而这五个基本原则在《水浒》中基本都不存在。今天,建立新型的婚姻家庭关系,也需要对传统的婚姻关系、家庭关系做一个思考,最重要的是对男女平等问题应有深刻的认识。

《水浒》本身不是现实,但是它又源于现实、高于现实。我们看《水浒》中的婚姻家庭关系,那种男尊女卑等落后观念对现在婚姻家庭还有影响,这种现象其实还在很大程度上存在着。一个国家的法治建设,确实是渐进的、漫长的演进过程。至少我们现在已经在立法上确立了一夫一妻、婚姻自由、男女平等的原则,这就是社会进步的体现。

总而言之,新型的家庭关系,比如夫妻、亲子、兄弟之间,包括其他亲属之间,还是要以平等精神为指引,从而构建良性的新型婚姻家庭关系。可以归结为一句话:以平等观念构建良性婚姻家庭关系。

谢谢大家!

2018 年 7 月 8 日

第七讲　礼崩乐坏，无法无天

——梁山好汉与黑社会组织

各位朋友大家下午好！盛日炎炎之中，感谢省图书馆给我们提供了这么凉爽的学习和交流的场所。通过阅读《水浒》，我们一起阅读经典、分享经典，从不同角度来解读经典。正是：横看成岭侧成峰，远近高低各不同。《水浒》一百单八将，法眼观察论英雄。

今天，我们仍然从法治的角度对《水浒》进行解读。其实，从法治的角度对《水浒》进行"解读"，也是进行解"毒"。《水浒》如同一条有毒的河豚，美味与剧毒共存。今天，如何食其美味而去其毒素？我们需要从文化精神层面对《水浒》进行解读，进行反思。《水浒》其实就是中国人的一部精神图像，它反映了中国人的精神人格，通过对《水浒》的反思，让我们对传统社会，包括对我们自身有一个新的认识，从而能够认识到实现法治、依法治国的重要性。

这一讲的主题是"梁山好汉与黑社会组织"，正标题是"礼崩乐坏，无法无天"，主要从四个方面来讲。

一、引言：什么是黑社会组织？

大家都听说过黑社会，今年国家"扫黑除恶"的专项斗争，让我们重新审视这个特殊的群体。那么，黑社会组织究竟是什么？我们用现行刑法的定义，给大家作一个基本的介绍。这样的解析并不是说要用现在的刑法去套用古人、衡量梁山好汉的行为，而是探究一下，为什么好汉们的行侠仗义行为在现实生活中，反而属于黑社会性质的组织和犯罪？这样的反差是怎么形成的？首先，我们需要了解一下现行刑法的规定，其实现在的黑社会组织比《宋刑统》中的"谋反""谋逆""谋大逆"更容易理解。

一般来说，黑社会性质的组织具有如下特征：

（一）组织特征

首先,它是比较稳定的犯罪组织,通常人数较多,一般三人以上,有明确的组织者、领导者,其骨干成员基本固定。拥有一百单八将的梁山,显然符合这一组织特征。

（二）经济特征

黑社会组织一般有组织地通过犯罪活动或者其他手段获取经济利益,取得一定的经济实力来支持该组织的活动。梁山好汉打家劫舍、攻城拔寨,其主要目的就是攫取钱财,比如"三打祝家庄",梁山和祝家庄本来互不相犯,打祝家庄的目的是抢它的钱粮,其他理由都是借口。我杀你,不是和你有仇,是你太有钱了。因为爱你的钱,所以要你的命！黑社会组织获得经济利益,不是通过正当途径,而是用犯罪手段。梁山好汉打家劫舍,也符合这一特征。

黑社会组织不光限于经济利益的追逐,还要夺取政治上的利益,一些大家熟悉的黑社会电影,比如《教父》《无间道》等,他们往往都有一些政治上的诉求。黑社会组织具有以经济利益为目的,破坏和对抗国家政权秩序的特征。梁山好汉其实也具备这个特征,《水浒》能流传下来,很大程度上是因为好汉们建立了一个系统的、能够对抗官府的机构,宣泄了民众心里对官府的不满情绪。

（三）行为特征

黑社会组织大多数是以暴力、威胁或者其他手段,有组织地多次进行违法犯罪活动,为非作歹、欺压、残害群众。无论是对内部成员的惩罚,还是对外的侵犯,残酷地滥用暴力、滥用酷刑是黑社会组织的重要手段,也是一个重要的行为特征。

（四）非法控制特征

通过实施违法犯罪活动,或者利用国家工作人员的包庇纵容,黑社会组织在一定区域或者行业内称霸一方,对该区域或行业形成非法控制或者重大影响,严重破坏了经济、社会生活秩序。

从这四个特征来看,梁山与黑社会性质的组织并没有差别。那么,梁山好汉们参与了哪些黑社会组织呢？有哪些具体的行为呢？

二、好汉们参与的黑社会组织

很多好汉在上梁山之前,就已经是黑社会组织的成员,这是我们解"毒"《水浒》、认识《水浒》的一个路径。

众所周知,最早在梁山安营扎寨、立下根基的好汉是白衣秀士王伦。他在梁山整个发展史上只是一个过渡性人物,就写作手法而言,他的出场一是为了交代林冲的行踪,二是为了引出晁盖,三是从正面写出梁山,梁山从此正式进入读者的视野。《水浒》对王伦的身世并没有太多介绍,通过林冲火并王伦时的痛骂,得知王伦是落第的秀才,通过了院试,算是有功名。而林冲因被高俅陷害,火烧草料场,彻底与官场决裂后,面临绝境时遇到了柴进。柴进推荐林冲上梁山,说有三个好汉在那里安营扎寨,聚集着七八百小喽啰打家劫舍,"多有做下迷天大罪的人,都投奔那里躲灾避难"。林冲别无选择,只能上梁山找个活路。有个成语叫"逼上梁山",我认为,真正属于被大宋王朝逼上梁山的只有两个人:一个是被高俅陷害走投无路的林冲;另一个是宋江。宋江拒绝了晁盖的多次邀请,不愿意上山为寇。只是到江州劫法场后,犯下了弥天大罪,被体制逼上绝路,除了上梁山再没有活路,迫不得已才上了山。林冲和宋江两人的上梁山,在《水浒》中有着很强的代表性,值得我们深思。

林冲是被具体的个人逼上梁山的,主要是高俅的陷害。高俅陷害林冲,是因为其螟蛉之子高衙内要霸占林冲的夫人,尚有自己的一己私利在其中。如果出现一个明君或者大清官主持公道,事态还可以挽回,林冲还有平反昭雪的希望,他也一直抱着刑满后回家和夫人过幸福生活、继续在体制内求发展的幻想。但是,明君清官始终没有出现,反而是高俅的加害一步步升级,火烧草料场之后,身负命案的林冲已经无路可走,只好上山落草。

而导致宋江被逼上梁山的,则是来自腐朽的体制,主要表现就是官府的多重迫害。一是宋江杀惜后被发配江州,这对胸怀大志的他是个很大的打击,但他效力朝廷的决心并未因此而动摇。二是被刘知寨陷害,险些丧命。此事虽未对宋江上梁山产生直接影响,但毫无疑问会动摇他对官府的信心。三是在浔阳楼题诗之后,被黄文炳发现并举报给蔡九知府,将其定为反诗,罪行等同于谋反。平心而论,黄文炳这个闲通判,他揭发宋江,固然有企图借此升迁的个人原因,而宋江题诗的内容,则为大宋的体制所禁止。于是,一片忠心却报国无门的宋江被推到了王朝的对立面,被定为反贼并押赴刑场。晁盖等众好汉大闹江州,力劫法场救出宋江之后,"谋反"之罪已经坐实,再也无法洗清自己。他完全成了政府的敌对势力,成了反政府力量,与官方彻底对立,与朝廷法度再无和解。遵纪守法并追求体制内的发展,显然此路不通。不上梁山只有死路一条,造反上山尚有生路?何去何从?他只能选择造反,被迫上山。可以说,宋江的上梁山,完全是被腐朽僵化的体制所逼,并不单纯是某个人的有意加害。

其实,宋江是一个深受儒家思想浸染的人,他的内心一直是忠君爱国,报效国家。他不愿意落草为寇,希望从体制内获得发展,获得升迁,进而施展自己的抱负。但是,大宋王朝不容许他这样的有志之士为国效力,反而把他一步步逼向体制的对立面。所以,逼宋江上梁山的不是某个人,而是这个容不得真正忠心爱国的有志之士的腐朽体制。林冲是被贪暴的恶官逼上梁山的,宋江则是被这个腐朽的体制逼上梁山的。从这个意义上讲,宋江的逼上梁山,比起林冲的逼上梁山,就具有更深刻的悲剧意义,说明这个王朝已经腐朽衰败、不可救药了。

柴进举荐林冲上山,说"那三个好汉聚集着七八百小喽啰,打家劫舍",这个点明了王伦时期梁山的经营范围,就是"打家劫舍""多有做下迷天大罪的人,都投奔那里躲灾避难",林冲身犯死罪,梁山正是一个躲避的好地方。于是,走投无路的林冲怀揣着柴进的介绍信,怀揣着走向新生活的美好希望,走向了梁山。

在梁山初期,王伦已经将黑色基因融入血脉,使其成为一个不折不扣的黑社会组织。虽然王伦是一个遭到读者和作者鄙弃的人物,但不可否认他对梁山的贡献。正是王伦,铸就了梁山的基本品格,造就了梁山的生存模式,确定了梁山未来的发展道路。

（一）王伦是梁山基业的缔造者

王伦是梁山基业的缔造者,不能因为他心胸狭隘、嫉贤妒能等缺点,就否认他为梁山做出的突出贡献。王伦时期,梁山经营的主业共有三个:

一是打家劫舍。打家劫舍针对的主要是附近的无辜民众,看见谁家有钱就闯进家里索要,轻者抢夺财产,重者杀人灭口。因此,好汉们的钱粮大多是从老百姓手里抢的。王伦时期梁山还没有和官兵交手的记录,并未从官方抢到钱粮。林冲入伙以后,梁山上五位好汉的主业就是打家劫舍,也就是抢劫,这是梁山早期生存的主要手段。

二是害命谋财。朱贵在山下开了一个小店,主要负责给梁山泊收集信息,顺便做点儿杀人越货的买卖,给梁山弄点儿黑钱。林冲带着柴进的介绍信,走进朱贵店里打问去梁山的路怎么走,朱贵看到来人气宇轩昂,异于常人,观白粉壁上林冲的题诗,得知他就是东京八十万禁军教头林冲,便透露了自己的底细,他说:

> 山寨里教小弟在此间开酒店为名,专一探听往来客商经过。但有财帛者,便去山寨里报知。但是孤单客人到此,无财帛的放他过去;有财帛的来到这里,轻则蒙汗药麻翻,重则登时结果,将精肉片为靶子,肥肉煎油点灯。却才见兄长只顾问梁山泊路头,因此不敢下手。

朱贵的这番自我介绍,道出了梁山谋财害命的勾当,如果不是与朱贵的这种戏剧化相识,林冲很可能也会遭到暗算。

林冲上山后,王伦心胸狭窄,害怕林冲将来超过他,本不想接收,便为难林冲,纳了投名状,才是梁山人。林冲在山下连续蹲守了三天,都因各种原因而没有完成投名状的任务。林冲是一个仁者,他不忍心用打劫和杀死无辜行人的方式来纳投名状。他想不到,在体制内做官受迫害,上梁山做贼也这么难!王伦对林冲的刁难,也从侧面验证了一点:打劫过路客商,是梁山的一种营生。

三是垄断经营。好汉们霸占了梁山泊附近的水面,使其成为梁山的专有水域。梁山泊附近的渔业资源由梁山好汉独占,不允许附近的居民打鱼,阮氏三兄弟就因此深受其害。吴用想以买鱼为由来套住阮氏三兄弟,就要求三兄弟打来十四五斤的大鱼。阮小五就说"教授不知,在先这梁山泊是我弟兄们的衣饭碗,如今绝不敢去。"阮小七说"这个梁山泊去处,难说难言!如今泊子里新有一伙强人占了,不容打鱼。"这番对话,点出了阮氏三兄弟的生活受到了影响,但是他们并不敢对抗梁山泊。由此可见,梁山好汉自己的快活,是建立在对附近民众掠夺的基础上的,严重侵扰了老百姓的衣食生活。

四是与官为敌。王伦时期的梁山主要是对抗地方基层政权,而不是大宋王朝。此时,梁山和官方并没有发生直接冲突,处于一种井水不犯河水的分立状态。地方政权畏惧梁山的威势,不敢到梁山泊一带从事执法活动。这说明梁山和官府的对立已经完全形成,只是还没有爆发大规模的武装冲突。王伦时期,这一帮强人打家劫舍,地方官府的人不敢来,所以这一带老百姓受官府的骚扰也相对减少了。阮氏三兄弟一方面受到官府的欺压,各种苛捐杂税和盘剥;另一方面,又受到梁山的侵扰,靠近水泊却不能打鱼了。两害相权,阮小五觉得自从梁山好汉强占水域,还不错,苛捐杂税少了很多。由此可以看到,初期的梁山泊,并没有和官府有大的冲突,只是这一帮强人打家劫舍,官府的人不敢来,老百姓受官府的骚扰反而也少了。在官和匪之间,老百姓宁愿选择匪而不选择官,其实这也是一个讽刺。

(二)王伦的贡献

打家劫舍、害命谋财、独霸水泊、与官为敌是王伦时期梁山的主业,完全符合黑社会组织的基本特征。在梁山的初级阶段,王伦对梁山事业的发展,做出了突出贡献。主要表现在四个方面:

第一,开辟了群英聚义的武装基地。王伦振臂一呼,开创了梁山泊的武装斗争根据地,后来又被晁盖和宋江发扬光大,成就了梁山一百单八将的伟业。没有王伦的星星之火,就没有宋江的燎原之势。

第二,确立了富贵平等的精神图腾。众好汉为什么对梁山充满向往?《水浒》中描述的梁山场景,为什么我们普通读者会津津乐道,甚至视为乐土?因为《水浒》描述了人人平等,尤其是财富上的平等的理想图景。大家一起发财,一起大碗喝酒、大块吃肉、论秤分金银,这样的日子简直就是天堂。阮小五的一段话很具有代表性。

阮小五道:"他们不怕天,不怕地,不怕官司,论秤分金银,异样穿绸锦,成瓮吃酒,大块吃肉,如何不快活!我们弟兄三个空有一身本事,怎地学得他们。"

阮小五这段话不长,却很准确地说明了梁山的三个特征:

(1)富贵。阮小五所说"论秤分金银,异样穿绸锦,成瓮吃酒,大块吃肉",很显然,梁山如此富贵有钱,令人神往。对于出于社会最底层的阮氏兄弟来说,金钱的诱惑力是第一位的,这也是他们劫取生辰纲的主要动力。上梁山就意味着发财,这是他们羡慕梁山的第一个原因。

(2)平等。在阮小五的眼里,好汉们"论秤分金银,异样穿绸锦",特别是"论秤分金银"说明头领之间是平等的,大家可以相对公平地分配财产。好汉们之间地位平等,互相称兄弟,不分上下级,不像官方那样等级分明。这是阮氏三兄弟羡慕梁山的第二个理由。

(3)自由。阮小五说"他们不怕天,不怕地,不怕官司",官府不敢侵扰他们,活得自由自在。对于苦不堪言的老百姓来说,没有官府欺压的地方就是极乐世界。天不怕地不怕,那些犯了弥天大罪的人也可以在这里藏身,官府也不敢来捉拿。这是一种王权下的法外之地,核心是"自由"两个字。阮小五说的"如何不快活!"细加分析,所谓快活,就是人身自由、精神自由和财富自由。在这个小天地里他们得到了自由,摆脱了官府的控制和欺压,这是让阮氏三兄弟十分羡慕的第三个原因,也是最终极的原因。

阮小五一句话道出了三个意思:富贵、平等、自由,谁不心生向往?阮小五又说"我们弟兄三个空有一身本事,怎地学得他们。"应该说,富贵、平等、自由的精神图腾,是后来梁山高举"替天行道"大旗的道义基础,梁山精神早在王伦时期就已经形成了。

阮氏三兄弟对梁山的态度,体现了普通民众对财富和权力的态度:得不到时就痛恨，得到时就放纵；得不到权力或者得不到权力的垂青时,会对权力产生痛恨和疏远。其实,这种恨针对的并不是权力本身,而是恨自己未能掌握权力和财富。一旦掌权,就不再痛恨权力,反而会觉得权力不够,还不能随心所欲、为所欲为。

第三,奠定了仇官仇富的道德基调。三阮的一些话体现着百姓仇官仇富的心理,大宋官员贪赃枉法,梁山好汉快意恩仇,整个《水浒》前后都贯穿着这种道德基调。这样的道德认同,在《水浒》中是正义的,也迎合了很多民众的基本价值认同。

第四,造就了暴力斗争的生存法则。打家劫舍靠什么? 暴力。谋财害命靠什么? 也是暴力。从王伦时期的弱小到宋江时期的强大,梁山能够生存,靠的都是暴力斗争。这种暴力斗争有个体的斗争(如武松、鲁智深的反抗);也有群体的斗争——既有智劫生辰纲的小群体、也有三打祝家庄的大群体。暴力斗争作为梁山的生存基因,自王伦时期已经确立。

(三)晁盖接手梁山泊

晁盖上山后,梁山的事业沿着王伦开辟的道路继续稳步发展。王伦奠定了梁山的基业,晁盖不仅照单全收,而且通过招募各路英杰,进一步扩大了梁山的武装力量。

一个组织想要走得更远,必须不断自我革新,根据形势的需要,及时调整工作重心。在晁盖时期,梁山完成了工作重心的第一次转移,工作重心从最初的打家劫舍转为抗拒官兵——真正走上了和政府完全对立的道路,成为彻头彻尾的反政府武装。初期的梁山并没有和官方正面冲突的记录,晁盖一上山就与官府在石碣村和金沙滩打了两仗,大获全胜。这两场胜利,标志着梁山从此彻底走上了造反的不归路。

火并王伦后,"晁盖与吴用等众头领计议:整点仓廒,修理寨栅,打造军器,枪刀弓箭,衣甲头盔,准备迎敌官军"。由此可见,这时的梁山已经把对抗官府看作最重要的事业。待宋江上梁山后,梁山势力进一步壮大,渐渐地从地方政府的心腹之患变为中央政府的心腹之患。

（四）施恩重霸孟州道

从组织性质来看,王伦时期就已经奠定了梁山的"黑色基因"。而从组织中的个体来看,梁山好汉中一些人都是典型的黑社会形象。比如施恩,他在《水浒》中只是个衬托武松的小角色。他的父亲是监狱里的管营,相当于一个监狱的监狱长,他算是一个微不足道的官二代。父子二人在孟州道做一些不法生意,同时给一些非法经营户提供保护,属于这一带的地头蛇。施恩父子和张团练为了争夺快活林一带的经营权,都想独霸快活林,发生了冲突,经历了几次拉锯战。先是张团练指使蒋门神把施恩打走,后来施恩又利用武松打败蒋门神,重霸孟州道。从这个故事情节来看,施恩父子和张团练的斗争,说白了就是黑社会势力抢占地盘的斗争,不存在谁是正义一方,谁是非正义一方。正所谓"春秋无义战",那些黑吃黑的斗争其实谈不上正义与邪恶,只是黑恶势力的互相角斗而已。施恩为了让武松给他当打手,也是下了一番功夫。武松到孟州监狱服刑,根据宋朝的祖制,犯人入监时要吃"一百杀威棒",这番刑罚,不死也得脱层皮。施恩对武松法外开恩（这或许是作者命名"施恩"的含义,施小恩以求大利）,不但免了武松的杀威棒,还好酒好肉好招待。吃软不吃硬的武松果然中招,心生亏欠便要报答他。

> 只见施恩从里面跑将出来,看着武松便拜。武松慌忙答礼,说道:"小人是个治下的囚徒,自来未曾拜识尊颜,前日又蒙救了一顿大棒,今又蒙每日好酒好食相待,甚是不当。又没半点儿差遣,正是无功受禄,寝食不安。"

武松的意思很明确,我身为囚徒,地位卑贱;你又是免我的杀威棒,又是给我好吃好喝,有什么事我帮你干。这时施恩才给他讲了缘由。施恩说道:

> 小弟此间东门外有一座市井,地名唤做快活林。但是山

东、河北客商们，都来那里做买卖，有百十处大客店，三二十处赌坊、兑坊。往常时，小弟一者倚仗随身本事，二者捉着营里有八九十个弃命囚徒，去那里开着一个酒肉店，都分与众店家和赌坊、兑坊里。但有过路妓女之人，到那里来时，先要来参见小弟，然后许他去趁食。那许多去处每朝每日都有闲钱，月终也有三二百两银子寻觅，如此赚钱。

施恩利用监狱里的亡命之徒收取保护费，每月有三二百两银子的进项。换算下来，一两银子的购买力相当于现在一千五百元到两千元左右。这样，施恩每月赚得三二百两银子，大体相当于现在三十万到四十五万人民币。每个月有三四十万收入，每年有五百万左右的收入，数额相当可观。这个账施恩算过很多遍，为了每年的五百万，值得打一架。

由此可知，施恩靠武力称霸快活林，目的就是向商户强行摊派，收取"保护费"之类的非法利益，这是标准的黑社会行为。张团练也是如此，他不甘心失去这块肥肉，派蒋门神和施恩抢夺地盘，也就是"黑吃黑"。这两股势力都很强大，各有倚仗。施恩有父子两代的人脉经营，而且还现管着八九十个亡命囚徒，实力不容小觑。张团练权力大于施恩父子，又有正规军队做后盾，"有张团练那一班儿正军，若是闹将起来，和营中先自折理。"施恩的武功打不过蒋门神，背后的势力斗不过张团练，明显处于下风。他就想到了用武松去打蒋门神，夺回快活林。

张团练与施恩其实是同道中人：他们都想独霸快活林，一人垄断经营；都假借公权力来谋取私利；都有得力打手；都是黑白两道通吃；都是借着自己掌握的公权力，做着黑社会的营生。而他们又有不同之处：势力大小不同；打手武艺不同；对于经营户的搜刮程度也不同，施恩的搜刮程度明显比张团练更狠。对于快活林的经营户来说，还是蒋门神好，给他们要的保护费少一些。

蒋门神与武松在快活林的争强斗狠，两人都是各为其主，没有谁在道义上更高。两人都有好武艺，都甘当打手，都敬重义气；二人武艺有高低，品行无差别。如果不是在这个场合相遇，他们很可能成为好朋友。其实武松并不比蒋门神在道义上高多少，但是，作者刻意塑造了正反两个角色，武松以正面的英雄形象出场，一身正气；蒋门神就是打手恶棍，三寸凶光。一旦将二人塑造成正邪两道，原本黑吃黑争夺地盘的拼斗，就成了正义战胜邪恶的斗争。这也迎合了读者向往正义的心理。在黑吃黑的斗争中并没有赢家，为什么呢？表面上看，先是蒋门神打败施恩，快活林转给了张团练；后来施恩卷土重来，再霸孟州道，夺回了快活林；张团练伙同张督监设计抓了武松，蒋门神回来报仇，施恩又被赶走了。争来争去，都想吃独食，只是利益之争。我们看到了他们独家垄断的私欲，看到了他们盘剥众人的恶行；却看不到他们普惠苍生的情怀，看不到他们合作共赢的精神。因而，这种蝇营狗苟的内斗，不会有赢家。张团练和蒋门神后来都被武松杀死，而武松杀了那么多人，无处容身，只好上梁山落草为寇。利益之争升级为以命相搏，这是双输的结局，是乱世的悲剧，也是国民内耗的典型案例。

（五）一两银子的购买力

《水浒》中对银子的描写太多，不由人想知道，一两银子的购买力有多少？吴用去游说三阮时，用一两银子买了这些东西：

> 吴用取出一两银子，付与阮小七，就问主人家沽了一瓮酒，借个大瓮盛了，买了二十斤生熟牛肉，一对大鸡。

一般情况下，"瓮"比"坛"和"罐"要大，如果盛水的话，重量一般在200斤左右；"就问主人家沽了一瓮酒，借个大瓮盛了"，应该不少于200斤。《水浒》中好汉们一口渴就喝酒，可见酒精含量很低，大致相当于醪糟之类的含酒精饮料，单价也不会比现在的啤酒更贵。乡村里自制的散装酒，1斤不会高于两元钱。"买了二十斤生熟牛肉"，宋朝的1斤是640克，1斤牛肉大致相当于50元；还有"一对大鸡"，大概一两百元钱。这样一算，一两银子的购买力，大概相当于现在的1500到2000元左右。宋徽宗时期，一两银子兑换两贯铜钱，当时的一贯是770文，两贯钱就是1540文。一文钱大体相当于现在的人民币一块钱，这个换算应该是比较合理的。

另外，还有一个直接的算法，即用米价来衡量。宋时一两银子在太平时期可以买到四至八石大米，一石是 60 千克左右。一两银子可以买到 264~528 千克大米。如果不计算品牌和包装等因素，散装大米 1 千克大约是五元钱，这样，一两银子的购买力就在 1320~2640 元之间，取其中间值，就是 1980 元左右，和《水浒》中的情形差不多。可见，书中写的吴用一两银子能买到那么多东西，是有事实依据的。

以此为基础，其他地方也有一两银子购买力的描写。当然，不同地区、不同时期、不同商品的价格的浮动也会很大；小说也并非完全写实，不可过于认真。吴用在石碣村里买东西，价格相对要便宜些。林冲在沧州时，也曾提到一两银子的购买力。

> 李小二入来问道："要吃酒？"只见那个人将出一两银子与小二道："且收放柜上，取三四瓶好酒来。客到时，果品酒馔只顾将来，不必要问。"……只见那个官人和管营、差拨两个讲了礼。

这是陆虞候要谋害林冲，因此请管营、差拨吃饭。管营、差拨是军官，地位比阮氏三兄弟要高一些；况且是陆虞候要请人办事，所以饭菜价格也要贵一点儿。从陆虞候的口气来看，这一两银子足够三人美餐一顿，应该还会有剩余。这里也是一两银子，购买力却比吴用那一两银子低。

后来在蓟州城里，再次出现用一两银子吃饭的情形。

> 杨林便道："四海之内，皆兄弟也，有何伤乎！且请坐。"戴宗相让，那汉那里肯僭上。戴宗、杨林一带坐了，那汉坐于对席。叫过酒保，杨林身边取出一两银子来，把与酒保道："不必来问，但有下饭，只顾买来与我们吃了，一发总算。"酒保接了银子去，一面铺下菜蔬果品案酒之类。

这是杨林、戴宗和石秀三人吃饭的场景。三人初识,杨林取出一两银子请其他两位好汉吃饭,从口气来看,出手甚是大方。这一两银子,也足够三位好汉大吃一顿。

从书中的描写来看,一两银子足够三四个人在饭店饱餐一顿。和现在相比,一两银子的购买力应该在两千元左右。

当然,《水浒》里的金、银、铜钱的兑换比较混乱,好汉动不动就拿出几十两银子、知县一高兴就给了武松一千贯赏钱。这样的很多场景是为了表达好汉们的豪爽或者钱多,我们也不可过于认真,去仔细计算究竟是多少钱。

(六)打虎英雄败给了狗

武松是《水浒》中个人英雄主义色彩最鲜明的一个形象,共出现了十回。比较一下武松的出场和谢幕,反差极大,有很深的寓意。出场时武松喝醉酒打死了景阳冈的老虎,被誉为打虎英雄,从此名扬天下。打虎英雄倒运时,却栽倒在一条黄狗面前。打狗不成反类犬,成为笑柄,让人心酸。

> 旁边土墙里走出一只黄狗,看着武松叫。武行者看时,一只大黄狗赶着吠。武行者大醉,正要寻事,恨那只狗赶着他只管吠,便将左手鞘里掣出一口戒刀来,大踏步赶。那只黄狗绕着溪岸叫,武行者一刀砍将去,却砍个空,使得力猛,头重脚轻,翻筋斗倒撞下溪里去,却起不来。

很多读者都忘记了这个细节。这是武松的醉倒,也是英雄的落魄。同样是武行者,出场时赤手空拳、豪气冲天,倒运时手持钢刀、面目狰狞;出场时被动打虎求生,倒运时主动杀狗寻衅;出场时可以打死一只猛虎,倒运时却杀不死一条黄狗;出场时豪饮十八碗夜上景阳冈,倒运时烂醉如泥跌倒小溪中;出场时如日中天,倒运时风冷月残。"时来天地皆同力,运去英雄不自由"。大家没想到武松还有这样一种不体面的经历,心中多少有些失落。其实,这样的描写,深可玩味。作者完全可以把武松写得辉煌灿烂,比如可以写武松如何风光无限地上了梁山,或者被鲁智深等好汉众星捧月般地迎接到二龙山。但作者却写他打狗不成反而跌倒溪水中,后来被孔明孔亮等人擒获。这个写法,给人启示有二:一是逞强斗狠的人不会走得太远,可以一时勇猛,不会永远得势。二是暴力不是万能的,暴力的作用是有限的,崇尚暴力的人,最终还是会被暴力颠覆。无论是一个人还是一个王朝,以暴制暴终非王道;仁义之道、规则之治、法治之路,才是一个人和一个国家兴盛的根本。

梁山上还有一个"重义气轻民生"的价值观,只要"义"字当头,其他都可以忽略不计,哪怕很多人的生命和财产,也可以为"义"而牺牲。比如武松打败蒋门神后,施恩的收入比往常加增三五分利息,各店里并各赌坊、兑坊,加利倍送闲钱来与施恩,进一步加重了对工商户的盘剥。这样写虽然突出了武松对施恩的回报,但也是《水浒》中重义气轻民生的表现。还有,为了拉拢秦明一个人上山,杀死山下几百户人家。残暴如此,老百姓还会支持他们吗? 过度的重义气轻民生,使他们失去了民众的支持,群众基础不好,这也是梁山失败的原因之一。

(七)爱吃人肉的好汉们

自从有了宋公明,梁山的面貌就焕然一新了。《水浒》中描写了宋江遇险的很多场面, 但每遇一次险就收服三五个好汉。宋江杀了阎婆惜后,在坐牢的路上遇到了很多险情,也结识了很多朋友。在锦毛虎义释宋江一回中,宋江天黑时迷了路,误了投宿,被清风山的小贼抓住,将宋江五花大绑,到了燕顺、王英、郑天寿的山头。书中故意设计了一个非常惊心动魄的场面,大王还没出场,宋江被绑在将军柱上。有几个在厅上的小喽啰说,"大王方才睡,且不要去报。等大王酒醒时,却请起来,剖这牛子心肝做醒酒汤,我们大家吃块新鲜肉",这是宋江的第一次遇险,这种残忍的描写恰恰体现了好汉们的血腥和暴力。《水浒》中是这样描述的:

又一个小喽啰卷起袖子,手中明晃晃拿着一把剜心尖刀。

那个掇水的小喽啰便把双手泼起水来,浇那宋江心窝里。原来但凡人心都是热血裹着，把这冷水泼散了热血，取出心肝来时，便脆了好吃。那小喽啰把水直泼到宋江脸上，宋江叹口气道："可惜宋江死在这里！"

这段描写，可谓步步惊心。就在最后时刻，宋江一声叹气，说出自己姓名，燕顺等人大惊失色，赶紧松绑，纳头便拜。

我们看三个好汉的出身：燕顺原来是贩羊马客人，因为消折了本钱，流落在绿林丛内打劫。王英更不地道，他是车家出身，相当于现在跑大车的司机，"为因半路里见财起意，就势劫了客人，事发到官，越狱走了"，杀过人越过狱，还是《水浒》里第一好色鬼。而郑天寿则是原以打银为生，因他自小好习枪棒，流落在江湖上。他们不但杀人越货，还养成了吃人肉的嗜好。从书中描写来看，显然已经有了很多经验，比如，冷水泼过的心肝是脆的，好吃；心肝可以做成醒酒酸辣汤……

《水浒》中还有很多好汉吃人肉的记录。宋江在清风山遇险后，仍坚持要去监狱服刑，因为他还怀揣着一个在体制中谋求发展、忠君爱国的梦想。到了揭阳岭后又被李立用药酒蒙翻，"先把宋江倒拖了入去，山崖边人肉作房里，放在剥人凳上"，幸亏李俊及时出现，救了宋江。

> 那大汉（李俊）连忙问道："不曾动手么？"那人（李立）答道："方才抱进作房去，等火家未回，不曾开剥。"

救下宋江以后，李俊向宋江介绍自己：

> "小弟姓李名俊，祖贯庐州人氏。专在扬子江中撑船梢公为生，能识水性，人都呼小弟做混江龙李俊便是。这个卖酒的是此间揭阳岭人，只靠做私商道路，人尽呼他做催命判官李立。这两个兄弟是此间浔阳江边人，专贩私盐来这里货卖，却是投奔李俊家安身。"

这一次遇险,宋江差点儿被剥了皮变成人肉包子馅。可见,一边杀人抢劫得富贵,一边大快朵颐吃人肉,是很多好汉的幸福生活。梁山好汉有吃人记录的名单里,还有李逵、张青孙二娘夫妇等人。此处不再一一列举。如果梁山要成立一个吃人肉协会,或者要举办吃人肉经验交流会,估计这个名单会很长很长。

(八)一个山头就是一个黑帮

宋江到了揭阳镇,看到病大虫薛永在表演武艺兼卖药,便打赏五两银子,却被收取份子钱的地头蛇穆弘横加阻拦。宋江与之发生冲突后逃跑,晚上投宿到一户人家,半夜听到外面人声鼎沸,原来正好投宿到穆弘穆春家里。穆弘向他父亲说道:

> 阿爹你不知,今日镇上一个使枪棒卖药的汉子,叵耐那厮不先来见我弟兄两个,便去镇上撒呵卖药,教使枪棒,被我都分付了镇上的人,分文不要与他赏钱。不知那里走出一个囚徒来,那厮好汉出尖,把五两银子赏他,灭俺揭阳镇上威风!……我已教人四下里分付了酒店客店,不许着这厮们吃酒安歇,先教那厮三个今夜没存身处。

可以看到,穆弘兄弟作为揭阳镇三霸之一,收取客商的保护费已经形成习惯。而且,他们已经对揭阳镇这一区域和众多经营户形成了非法控制,是不折不扣的黑社会性质的行为。即便是薛永路过,在此地卖艺卖药,也要经过他们批准,交了保护费才能开张。不知是不明此地潜规则还是觉得自己拳头硬,薛永偏偏没有去给穆弘进贡。穆弘就能做到让看客们不给薛永赏钱,足见他的势力之大、气焰之盛。宋江不明就里,打赏了薛永五两银子,穆弘大怒,认为这是灭了他的威风,咽不下这口气,便要殴打宋江。

为什么宋江没有找到酒店住宿呢?因为穆弘吩咐各酒店客店不让他们住店。哪家客店敢收留他们,那一定会遭到穆弘的打击报复。穆弘穆春兄弟在揭阳镇一手遮天,横行霸道;欺行霸市,敲诈勒索。榨取商户和过往客人的血汗钱,属于百分之百的黑恶势力。

揭阳镇三霸除了穆弘穆春兄弟之外,还有李俊李立和张横张顺兄弟。穆弘穆春霸占揭阳镇地面,盘剥当地店铺和来往行商。他们和宋江的矛盾,就是起源于此。李俊兄弟带着小跟班童威童猛兄弟一起走"私商道路""专贩私盐",做的都是违法生意。张横张顺兄弟在浔阳江边做私渡生意。这里的私商和私渡,都是劫财害命的强盗生意。张横兄弟合谋抢劫,"我把船摇到半江里,歇了橹,抛了钉,插一把板刀,却讨船钱。本合五百足钱一人,我便定要他三贯。"客人只得就范,乖乖地奉上银两。这段描写,可以说是非常豪气,霸气侧露,其实这都是黑社会才会做的事情。如果看到这样的新闻:一辆大巴车司机拿着刀枪坐地涨价,我们会怎么想?我们一定会怒斥车匪路霸,坚决绳之以法!该行为按法律已经构成抢劫罪,有谁会认为是英雄壮举呢?

揭阳镇三霸各有势力范围,各有地段和行业分工,平时互不相犯,互相关照,偶尔也会互抢生意。穆弘追赶宋江,到了江面上,要张横把宋江交给他,张横不同意,说:"我的衣饭,倒摇拢来把与你,倒乐意?"在利益面前,他们都不会轻易让步。

揭阳镇三霸只是《水浒》中诸多山头中的冰山一角。在一百单八将排座次之前,靠打家劫舍过活发财的好汉还有哪些?有人做了统计,除了王伦和晁盖,有43个人是打家劫舍出身,占了40%之多。他们大都占山为王,盘踞一方,形成了自己的小山头。在他们归顺梁山之后,这种小山头的影响还是明显存在的。在排座次之后,好汉们的分工、执行公务、参与战斗等方面,大体上还是以原先的山头来安排任务。大哥宋江坐在头把交椅上,举目望去,都是大小不一的各种势力派别。他的主要工作内容之一,就是平衡各个山头的利益,使他们都忠于自己,服从于自己忠君报国的招安大计。现将各个山头简要列举如下:

1. 少华山(朱武、陈达、杨春);

2. 桃花山(周通、李忠);

3. 二龙山(鲁智深、武松、杨志);

4. 枯树山(鲍旭、焦挺);

5. 揭阳镇(李俊等"三霸");

6. 对影山(吕方、郭盛);

7. 生辰纲八劫客(晁盖、吴用、公孙胜、刘唐、三阮、白胜);

8. 清风山(燕顺、王英、郑天寿);

9. 白虎山(孔明、孔亮);

10. 饮马川(裴宣、邓飞、孟康);

11. 黄门山(欧鹏、蒋敬、马麟、陶宗旺);

12. 芒砀山(樊瑞、项充、李衮);

……

这个名单并未全部列举,还可以继续写下去。

大家想想,如果我们周围到处是这样的小集团,比如西山万亩生态园有"生态园三霸",晋祠有"晋祠二虎",我们怎么活?

三、逆向淘汰效应

《水浒》当中,好汉们在打家劫舍的背后有深层次的社会原因,总结起来一句话:逆向淘汰效应。在朝堂之上,贪官淘汰清官,奸臣淘汰忠臣;在江湖之上,违法淘汰守法,暴力淘汰良善。《水浒》的世界里充满了这种逆向淘汰的事例,这样的现象也不止大宋王朝独有。

(一)违法淘汰守法

好汉们打家劫舍的背后,一个深层次的社会原因是逆向淘汰效应——违法淘汰守法。谁生来就想犯罪造反?人人都想做守法公民,但如果守法的代价太高,便容易铤而走险。《水浒》中有很多个例子,都反映出当时高昂的守法成本,甚至守法会让自己寸步难行。比如武松打死老虎之后,知县非常高兴,不但奖励了一笔一千贯的巨款,还让他做了都头,大体上相当于现在阳谷县刑警大队的队长,社会地位也比较高。当他发现哥哥被西门庆和潘金莲毒死,取证后去官府告发,要求知县调查武大郎的死因,但知县因为收受了西门庆的贿赂,就搪塞了这个事情。其实武松最初是遵循守法程序去告官的,他本想通过官方的合法途径为哥哥申冤,但是知县压下了这个案件,致使武松告诉无门,无奈之下只好手刃仇人。守法者反而不能用合法的途径保护自己的权利，违法者得利，守法者吃亏，形成了违法者驱逐守法者的逆向淘汰效应。

又如本不愿意上梁山的宋江，他一直和梁山有来往，黑白两道通吃，但宋江结识梁山的目的并不是上山落草，而是为了开拓人脉、积累力量，扩大他的江湖影响。在那个没有网络的时代，宋江有那么大的名头着实不容易，如果是现在，肯定是"山东省十大杰出青年"之一。宋江杀惜后身负命案，也没去梁山；后来服刑路上四次遇险，他仍然希望服刑后回体制内发展。宋江对大宋王朝的一片赤子忠心，令人感动。不料酒后在浔阳楼写了反诗，被打入死牢，又引得梁山好汉劫了法场，至此，官府势力和造反势力发生了重大的冲突，宋江才被逼上了梁山。宋江的冤屈和林冲的冤屈相比，我们可能更同情林冲，林冲的冤屈是个体的冤屈，他遭受的是一个人的陷害，就是高俅。但宋江被迫一步一步地上了梁山，并不是某一个人害他，反而有很多人救他；他被逼上梁山，其实是国家体制对一个有志青年的迫害。

一方面是守法的代价太高，另一方面是违法的代价太低。刚才说了那么多好汉，不管是梁山还是其他各个山头，各路好汉打家劫舍的收益均超过了正常经营的收入，这说明什么？说明打家劫舍比做生意更挣钱。好汉们在落草为寇之前大都有过正常经营的过程，但因为营商环境太差，做生意折了本，赚不下钱，然后才打家劫舍。打家劫舍比正常经营更挣钱，说明靠暴力取得的这种"血酬"，已经超过了正常经营所获得的利益。如果打家劫舍、杀人越货能大块吃肉、大碗喝酒，正经守法经营反而破产负债，过不了好日子，人们就会冒险做违法的事情。另外，官府基本上不追究打家劫舍的行为，违法的代价远远低于守法的成本。每个人都是理性的人，理性的人都会根据自己的处境做出最有利于自己的选择。这也正是梁山好汉打家劫舍的缘由之一。

皇帝是一个国家政权的象征，也是道统、法统的象征，他代表一个国家最正义的力量，是一个国家的精神所系，是皇权的中枢所在。《水浒》中的皇帝是一个什么样的人？《水浒》对宋徽宗的描写还是非常客气的，好汉们只反贪官不反皇帝，但是书中也有一些皇帝贪图享乐、朝政废弛的侧面描写,比如花石纲。在宋徽宗的统治下,奸臣得势,正不压邪,成为国家的主导力量和主流风气。违法淘汰守法,歪风压倒正气,整个社会非常混乱。《水浒》中的各级官员,从朝廷要员到牢狱小卒,都是贪腐无度、鱼肉百姓、公权私用,徇私枉法。难得有宿太尉、孙定等几个清官,却都处处受制,屡遭排挤。

无论皇帝还是群臣、小吏,都在合法与违法之间逐利,利用公权力给自己谋私。比如施恩对武松的关照,其实是利用掌管牢狱的权力给自己谋取私利。武松杀嫂前后,知县的表演非常耐人寻味。先是推诿不办,后是积极关照。武松杀了潘金莲、西门庆之后,知县态度大变,又念及曾给自己做过事情,于是又故意替武松开脱,减轻了他的刑事责任。从先前的压着不办到事后的顺水人情,一个人的两张面孔,就变化得如此之快,判若两人。知县无疑做了理性的衡量:此前收了西门庆的贿赂,此后西门庆已死,正好送个人情,也好减轻自己作为武松直接领导的责任。这种变化的背后,不变的是用公权力来满足私欲。当公权成为与民争利的工具,所呈现的结果一是公共服务职能的丧失,政府和老百姓是对立的状态;二是执行力和公信力的丧失。这一点,从老百姓仇富仇官的心态可以看出。

梁山好汉是什么状态呢? 梁山好汉之所以被民众喜欢,是因为在我们心目中,他们代表了正义,是在替天行道。其实他们的生存是靠暴力抢劫,生存法则是暴力至上,打家劫舍,祸民自肥。因此,他们没有太深厚的群众基础,更没有民众的支持,一旦离开梁山,失去了根据地,就会土崩瓦解。

《水浒》中还有一类人就是泼皮,比如牛二。这类人大多是逞强耍赖,寻衅滋事、欺软怕硬、贪图小利的人。我们可以看到,牛二是小泼皮无赖,高俅是大泼皮无赖,从上到下没有谁在守法,这才是一幅真正恐怖的社会图景。

(二)法律成为逐利的工具

违法和守法之间,所有人都会做出自己利益最大化的选择,于是,法律就成为追逐利益的工具,法律不是民众遵守的对象。当法律成为工具,官吏、好汉、都会考虑:如何利用职权为自己谋取最大化的利益?这就是《水浒》中的众生相。

此外还有合法的伤害,就是借法律之名,利用体制的规定,对他人进行合法的伤害,其实这是更可怕的。这些做法,看似都符合法律和制度的要求,但是恰恰是这种名义上的合法,对他人造成了莫大的伤害。监狱里的"杀威棒"和各种内部酷刑,就属于合法的伤害,也成为狱中的管营、节级、差拨等各类管理人员欺压囚徒、谋取私利的重要手段。

我们以"杀威棒"为例,来分析一下合法伤害的存在。

> 管营喝叫除了行枷,说道:"你那囚徒,省得太祖武德皇帝旧制,但凡初到配军,须打一百杀威棒。那兜挡的,背将起来!"

> 武松自到单身房里,早有十数个一般的囚徒来看武松,说道:"好汉,你新到这里,包裹里若有人情的书信并使用的银两,取在手头,少刻差拨到来,便可送与他,若吃杀威棒时,也打得轻。若没人情送与他时,端的狼狈。"

武松和宋江都曾享受过免打"杀威棒"的待遇,这显然是有人关照。犯人入监要打杀威棒,是祖宗之法,属于宋朝祖制的法定刑罚。而实际上,杀威棒完全成了狱卒牟利的工具。狱卒们一面是凛然正气地宣布太祖旧制,摆出一副严格执法的姿态;另一方面却以此为要挟,看人下菜,全靠银子说话。杀威棒打还是不打,打多少棒,怎么打,都由监狱管理人员决定。毫无疑问,给管营、节级等行了贿赂的,可以免打;有背景后台打了招呼的,可以免打;有某种利用价值的,可以免打……总之,打或不打,全看是否满足相关人员的私欲,法律已经成为他们玩弄于股掌之间的工具。

监狱里还发明了一些土刑罚,比如"盆吊"和"土布袋压杀",就让众囚徒胆寒心惊。

> 众囚徒道:"他到晚把两碗干黄仓米饭,和些臭鲞鱼来与

你吃了,趁饱带你去土牢里去,把索子捆翻,着一床干薰荐把你卷了,塞住了你七窍,颠倒竖在壁边,不消半个更次,便结果了你性命。这个唤做盆吊。"武松道:"再有怎地安排我?"众人道:"再有一样,也是把你来捆了,却把一个布袋,盛一袋黄沙,将来压在你身上,也不消一个更次便是死的。这个唤土布袋压杀。"

如果说杀威棒还有法律依据的话,那么"盆吊"和"土布袋压杀"就是狱卒为了惩罚犯人所用的私刑。

至此,我们可以看到,《水浒》中官方秩序的崩坏比比皆是,上到朝廷,下至百姓,守法者寥寥无几。同时,法律成为追逐利益的工具,而不是官民一体遵守的规则。在违法和守法之间,所有的人都会做出一个利益选择,考虑如何利用法律为自己谋取最大化的利益。

设想一下,如果梁山好汉夺取了江山,这个世界会好吗? 如果是这样,那只是一个新王朝的轮替,权力循环的又一个周期而已。

(三)官民匪三元社会结构

应该说,一个社会的常态,应该是政府与民众的二元社会,也就是官民二元社会结构。这个社会的常态是官民关系,以此形成的社会秩序是以法律秩序为主的,即公权与私权的二元结构,公权力与私权利相容并存。而我们在《水浒》中看到一个恐怖的社会图景,即"官民匪三元社会结构",它突破了正常的公权和私权的二元结构,出现了"第三元"——匪,即黑社会组织的普遍存在。

如果我们把正常的社会称之为"白",黑社会称之为"黑",这两者模糊的中间地带,就是"灰",是灰色地带。这种"灰社会"的存在对官方秩序和民众利益破坏极大,官、匪、民三者界限模糊不清,互相出入,互为表里。官可以为匪,脱下官服就是匪;匪穿上制服就是官,拿起农具就是民;民聚集山林就是匪。官匪一家、兵匪一家、民匪一家奇妙地融合在一起;官民矛盾、官匪矛盾等现象都十分突出。梁山好汉大多出身于平民,武松、阮氏三雄等人最初的身份都是民;他们呼啸山林就成为匪;招安之后就是官。秦明、徐宁、呼延灼等最初是官,归顺梁山就是匪,解甲归田就是民。不同的身份会发生变化,而这种变化却是统一的。表面看是他们个人身份的变化,其实是这个世道已经形成了官民匪三元社会结构。三种社会力量同时存在,既有斗争又有平衡、既有对立而又有交融,黑灰白杂糅一体,有时候分不清黑白,甚至黑白颠倒。那些打家劫舍的好汉们固然都是黑社会组织,但是,更令人触目惊心的一个景象是:官府所为与黑社会无异,有的贪官比黑社会还黑,黑社会需要官府的庇护才能生存。一方面,权力成为黑社会的保护伞;另一方面,大宋王朝的黑暗统治,就是催生黑社会的根本原因。所谓官逼民反,逼上梁山,乱自上作,乱自下生,才是官民匪三元社会结构的制度原罪。

四、结语:以法治精神重构社会秩序

有人会说,为什么好汉们如此罪恶累累,却能受到读者的普遍欢迎?我想,大家喜欢《水浒》的主要原因有几个,得到民众更多认可的原因大概有这么几个:

一是出身卑微的社会认同。梁山好汉身份最高贵的是柴进,柴进是皇族后裔,只有社会地位没有实权。而好汉们大多出身底层,草根居多,容易让广大读者产生共鸣。试想,如果好汉们都是官家子弟,或者富二代、官二代、拆二代,能引起的共鸣就会小得多。

二是备受压迫的社会存在。《水浒》中的好汉个个都备受压迫,这让很多底层的人有感同身受的心理感触。尤其是有些朝代的官民关系比较紧张的时候,《水浒》就会备受推崇。

三是逆来顺受的无助现实。民众面对现实毫无办法时,容易认可"暴力抗争"的丛林法则,一言不合就动手,甚至挥刀相向丢了性命。现实无奈而残酷,理想骨感而遥远,人命卑贱而艰难。一介草民,无依无靠,退无可退、忍无可忍的时候,只有挥拳相向、以命相搏。不是草民命不值钱,不看重自己的生命;是草民逆来顺受,活着成了苦难的代名词,死亡反而是一种解脱,拼死一搏或许会换来新的生活。既然已经被压榨得一无所有,除了来自肉体的本能反抗,他还能怎样?

四是无法无天的潜在意识。俗话说"和尚打伞，无法无天"，人的本性都希望无拘无束、无法无天。《水浒》的世界里，为我们提供了一幅好汉们无法无天、自由自在的海市蜃楼。因此，潜在的无法无天的意识，也是很多人喜欢《水浒》的重要原因。其实，无法无天的自由是不存在的，孟德斯鸠说："自由是做法律所许可的一切事情的权利。如果一个公民去做法律所禁止的事情，他就不再有自由了。"因为其他的人也同样会有这样的权利。而《水浒》中的景象是：官员们有了权力就可以为所欲为，好汉们只好用暴力对抗权力。

我们从《水浒》中看到了人治下的官民二元对立：官府越强大，百姓越弱小；权力越张狂，民众越愚昧；百姓越善良，官吏越恶劣；道德越高大，法治越渺小。当社会上充斥着道德教条时，就说明法治越来越遥远、法治的力量越来越渺小。法律向权力低头的时候，便是道德教化甚嚣尘上的时候。

通过对梁山好汉与黑社会组织这一主题的解读，我们每个人对《水浒》都应有一个认识，也对我们自身有一个认识。《水浒》是我们精神的一面镜子，也是中国人的一个心理减压阀。我们能从中看到什么？假设我们处于当时的环境，又是什么样？又会怎么做？

无论官吏还是老百姓都普遍处于违法的状态，这是《水浒》呈现出来的景象，所以我们呼吁：法须良法，治须善治，吏须廉吏，民须良民。我们要增强法治的意识，并用法治的角度和眼光来审视我们自身，这才是我们解读《水浒》、解"毒"《水浒》的意义所在。

2018 年 8 月 19 日

第八讲 公器私用，司法不公
——水浒中的职务犯罪行为

感谢今天到场的各位听众朋友，今天是中国传统的中秋佳节，一般来说，一年中最重要的节日是三个，第一个是春节，传统意义上叫元旦，民国以后改称春节；第二个重要节日是端午节；第三个就是今天的中秋节。今年的端午节和中秋节，我都是和广大听众朋友一起度过的。非常感谢大家在这个特殊的日子，来到文源讲坛，新老朋友们一起团聚。

今天讲"《水浒》中的职务犯罪"。职务犯罪这个名词大家比较熟悉，我们主要从四个方面展开来讲。

一、引言：好汉们的职务犯罪行为

《水浒》记录了中国传统司法中最黑暗的一幕，描写了许多司法不公的现象。很多好汉和平民百姓，都是司法不公的受害者。比如林冲、武松、宋江等好汉和唐牛儿等平民，都是司法不公的受害者。很多情形下，宋江等人蒙受冤狱之苦，明显是司法不公的受害者。问题的另一面是，不能单纯把他们当作受害者，他们往往也是受益者。受害者又是受益者，这两者看似矛盾，其实是统一的。受害者和受益者在他们身上的统一，恰恰反映出司法的黑暗和腐败。

为便于理解，我们用现代刑法观念来解释职务犯罪。首先，职务犯罪是国家公务人员滥用职权谋取私利，侵犯公共利益的犯罪行为。其主体只能是国家公务人员，如果是普通老百姓，则不能成为职务犯罪的主体，这是一个前提条件。它的本质特征是以权谋私、权钱交易，是腐败现象最突出的表现。从主观要件来说，行为人对其行为的危害后果持故意态度，不可能是过失，例如贪污贿赂罪中的犯罪分子不可能一不小心接受了别人的贿赂，或者因过失而发生贪污等。从客体来说，职务犯罪侵犯了国家对职务活动的管理职能。从法理上来说,国家的公共权力是属于人民的,即主权在民。这些国家权力分成若干部分,比如立法权、行政权、司法权、监督权等,这些权力由不同的国家机关来行使,而机关又由具体的个人来负责。如果发生了职务犯罪,按现在的法律释义,它首先是对公权力的侵蚀,是对公共管理秩序的破坏,其次是对国家法律所赋予的公共职能的滥用和破坏。

按照现代刑法的分类,职务犯罪主要有几类:

一是贪污贿赂类,包括贪污罪、受贿罪、行贿罪、介绍贿赂罪、巨额财产来源不明罪、挪用公款罪、私分国有资产罪、私分罚没财物罪等。

二是渎职类,指对于职务的滥用或者不作为、滥作为等行为。主要有滥用职权罪、玩忽职守罪、故意泄露国家秘密罪、徇私枉法罪、枉法裁判罪等。

三是利用手中职权和公权力侵犯公民权利的犯罪。比较常见的有非法拘禁罪、非法搜查罪、刑讯逼供罪(特别是在侦查阶段)、暴力取证罪、虐待被监护人罪、报复陷害罪等。

我把现行的刑法作了一个梳理,发现《水浒》的职务犯罪加上其他形式的犯罪,所涉及的罪名至少在一百五十个以上。刚才提到的这些职务犯罪,《水浒》中都有所涉及。值得注意的是,这些犯罪行为的实施者,并不是我们通常理解的贪官污吏,或者说不仅仅是贪官污吏,还有大多数的好汉,甚至可以说这些行为主要由好汉实施的。

好汉们用斧头砍出一个朗朗世界,用棍棒打出一个太平盛世,这是很多读者的美好理想。那么究竟会不会这样?如果好汉们掌权执政,能不能建立一个替天行道的正义社会?这个问题,应该是我们解读《水浒》的一个基本问题。

二、司法不公的受害者与受益者

一提起《水浒》,大部分人有一个基本的认识:好汉被坏人陷害蒙受了种种冤情,不得已被逼上梁山。小说中确实有篇幅较大的这种描写,很多好汉也的确蒙受了不白之冤,但这并不是《水浒》的全部。我们先看受害者,比如:林冲落难野猪林,武松告官却无门,宋江题诗获死罪,三方陷害玉麒麟。

(一)谁是冤案的制造者?

林冲的故事我们很熟悉,高衙内看上了他漂亮的妻子,致使林冲被高俅设计陷害,押解至沧州,在野猪林差点被董超薛霸杀害,幸获鲁智深搭救。他是典型的冤案受害者,也是被"逼上梁山"的代表。

在林冲一案中,有两个环节十分关键,一个是误闯白虎节堂,一个是鲁智深大闹野猪林。误闯白虎节堂是个陷阱,先是做局让人卖刀给林冲,然后说高太尉要看这口宝刀,把林冲骗到了白虎节堂。这个"局"设计得十分精巧,比钓鱼执法还高明,林冲确实是百口莫辩。

> 太尉喝道:"林冲,你又无呼唤,安敢辄入白虎节堂!你知法度否?你手里拿着刀,莫非来刺杀下官?有人对我说,你两三日前拿刀在府前伺候,必有歹心。"林冲躬身禀道:"恩相,恰才蒙两个承局呼唤林冲,将刀来比看。"

由此可以看到,从形式上来说,林冲确实有违反相关法律制度的嫌疑。我们做一个简单的分析:

(1)大前提:白虎节堂是商议军机大事的地方,严禁私自出入。

(2)小前提:林冲身为教头,知道这个规定,在主观上属于故意。

(3)结论:林冲行为违法,应受处罚;持刀进入,图谋不轨。

此外,没有证人证明林冲的主观目的。林冲来此的目的,被高太尉硬说成是要来行刺,这是明显的有罪推定,疑罪从有,林冲也没有证据来辩驳。即便明眼人能看出来是冤案,一方面是慑于高太尉的威势,而不敢深究真相;另一方单纯从法律程序来说,林冲也没有证据能够证明自己的清白,手中的钢刀反而成了他图谋行刺的证据。高太尉陷害林冲也不能太明目张胆,也要找个合法的借口。高太尉假借合法之名,行非法陷害之事,林冲因此蒙冤,被刺配沧州。

然后,陆谦受高太尉委托,贿赂了董超、薛霸两个公人,要他们途中暗杀林冲。到了野猪林,他们要杀害林冲之时,鲁智深横空出世,救了林冲。在这一系列行为中,高太尉至少涉嫌几个罪名:诬告陷害罪、滥用职权罪、行贿罪、杀人罪(主犯)等;陆虞候涉嫌行贿罪和杀人罪(从犯)、故意损害财物罪;董超、薛霸两位公人,对林冲从虐待到实施杀害行为,涉嫌虐待被监管人罪、杀人罪(未遂)等罪名。这些触目惊心的罪行,竟然都是在一名政府高级官员的指使下发生的,庙堂之上的高太尉,是这一系列罪行的幕后主谋。

林冲刺配沧州之后,高俅并不死心,继续陷害林冲,这才有了后来的"林教头风雪山神庙,陆虞候火烧草料场"。为什么要火烧草料场?其目的就是烧死林冲;即便烧不死,也要栽赃陷害,使林冲负有"渎职罪",名正言顺地借机除掉他。无奈之下,林冲手刃陆虞候等人——这是林冲第一次出手杀人,从此踏上了造反的不归路。委曲求全却遭遇两重陷害,最终被逼上梁山。林冲这个形象是《水浒》中最真实的一个,而这样的人,在现实中确实有很多。

通过林冲冤案的简单分析,可以看出滥用权力是各种职务犯罪的重要根源。绝对的权力导致绝对的腐败,不受约束的权力,必然会滋生无穷无尽的腐败。

此外,武松告诉无门、宋江题诗获罪和卢俊义的冤案,都是司法不公、权力滥用的结果。玉麒麟卢俊义的境遇,是《水浒》个体中最悲惨的一个。他是河北社会名望最高的大财主,被称为"河北三绝""第一等长者"。吴用建议宋江找一个大人物入伙,提高梁山泊的地位,因卢俊义声名在外,便设计把卢员外拉到梁山上。他假装算命先生去卢俊义家里,念了一首"卢俊义反"的藏头诗,接着说员外百日之内有血光之灾,必须去东南方一千里之外才能化解。深信不疑的卢俊义出去避难,却在梁山被好汉们软硬兼施地软禁了四个月,这是梁山一方的设计陷害。卢俊义的妻子和大管家李固之间有私情,合谋向官府告发了卢俊义上梁山的事,这是第二方的设计陷害;第三方则是官府派人抓了卢俊义。卢俊义本来完全可以过自己的好日子,但由于三方陷害形成的合力,约等于三方合谋,生生地把卢俊义逼上了梁山。《水浒》中司法不公的故事还有很多,在此只是信手拈来举了几个例子。

这么多的冤案,谁是冤案的制造者?

毫无疑问,是皇权专制的官僚体制之恶。这四个冤案可以总结为"毒树之果,体制之恶"。它反映出两个特点,一是皇权专制体制放大了人性的丑陋;二是它严重地禁锢了人民的思想。为什么说放大了人性的丑陋?高俅与林冲相比,他是太尉,相当于现在军委副主席兼国防部长。基于双方地位的悬殊,高俅对林冲的迫害是轻而易举的。当高衙内要霸占林冲的老婆时,他不但没有阻止,反而助纣为虐,帮助义子陷害林冲。反过来说,假如林冲看上了高衙内的妻子,他敢有非分之想吗?他想也不敢想,这种身份的壁垒限制,是他一辈子都无法逾越的。如果他看上了一个普通人家的妻子,最多也只是想一想,不可能付诸行动;即便付诸行动,遭到反抗也就此罢手了。这里不是刻意要拔高林冲的道德操守,而是林冲手中根本没有权力,他没有滥用权力的资格。高衙内不但无视林娘子的反抗,无视林冲的存在,还借助高俅的权势迫害林冲。高俅位高权重,权力的扩张助长了私欲的膨胀,这不仅是高俅个人德行之恶,也是专制体制的弊端使然,它无限放大了人性的丑陋。权力与私欲合谋,便会使这个世界陷入无边的黑暗。

在《水浒》中,文字狱严重地禁锢了人民的思想。文字狱的重要特征是言论罪、思想罪,一句话、一首诗、一个想法、一个念头就是一种犯罪。商鞅提出过"刑用于将过",即刑罚要用于可能犯的罪行,预估到一个人可能会有不轨的言行,必须在行动未发生之前进行惩罚。古代有个罪名叫"腹诽罪",即使你在心里骂皇帝,哪怕没有表现出来,也要进行处罚。

言论罪、思想罪是专制体制的产物,不仅放大了人性的丑陋,而且使一个国家没有活力、没有创造力,只有权力的肆虐横行。不只高俅这一类"恶人"有人性丑陋的一面,武松这样的好汉也有其人性丑陋的一面。他从杀嫂时的慎杀,到后来血溅鸳鸯楼的滥杀,毫无疑问是犯罪行为,应该受到谴责。武松杀嫂,还属于情有可原;而后滥杀无辜,则是罪无可恕。当然,仅仅归罪于武松个人,也有失偏颇。无论是贪官的恶行还是义士的暴行,都是体制催生的必然恶果,是体制运行的必然结果,可以称之为"毒树之果"。如果一棵树有毒,那么,它结出的果子也是有毒的,体制之恶是暴行之源。大宋王朝的专制体制已经积弊丛生、病入膏肓,无论是在朝的达官贵人还是在野的普通民众,其人性的丑陋都会被放大。

(二)文字狱的受害者

梁山上的第一把手宋江和第二把手卢俊义,都曾经饱受文字狱之害,两人都因"反诗"而被定为谋反之罪,判以死刑,投入大牢。

先说宋江。宋江的反诗共有两首,其一是《西江月》:

自幼曾攻经史,长成亦有权谋。
恰如猛虎卧荒丘,潜伏爪牙忍受。

不幸刺文双颊,那堪配在江州。
他年若得报冤仇,血染浔阳江口。

《西江月》的下半阕可以说杀气腾腾,突出了宋江的领袖才华和反抗意志。此前重点塑造他的豪爽仗义,这首诗也是宋江形象的又一次提升,是对宋江的高度概括和肯定。宋江酒兴正浓,借诗抒情,接着又挥笔一首绝句:

心在山东身在吴,
飘蓬江海谩嗟吁。
他时若遂凌云志,
敢笑黄巢不丈夫。

大多数文人会借诗抒发一些豪气,比如李白、苏东坡、辛弃疾、陆游等。所谓的豪放诗词,其实只是一介书生的意气风发,并不一定会有这样的想法,更不能认为他有这样的行为。而黄文炳看到这首诗眼前一亮,赶紧把这首"反诗"献给蔡知府,抓住这个反贼,自己就立了功,借此就可以升官了。

知府道:"量这个配军,做得甚么!"黄文炳道:"相公不可小觑了他!恰才相公所言,尊府恩相家书说小儿谣言,正应在本人身上。"知府道:"何以见得?"

蔡九知府得知宋江是一个配军之后,不以为然,不想对宋江采取进一步措施。黄文炳急忙附会一首小儿谣言:"耗国因家木,刀兵点水工。纵横三十六,播乱在山东。"他添油加醋地解释道,"家木"为"宋","刀兵点水工"是"江",宋江又是山东郓城人,肯定会在山东造反。这首儿谣,预示着宋江要造反。蔡九知府听了,便下令将宋江抓起来,铸成了文字狱,从诗里来找出了反政府、反朝廷、反皇家的依据。我们看到这个情节,大都会一笑了之。堂堂朝廷命官,一州知府,就凭两首诗和一首儿谣,就把宋江定为谋反罪,竟要判刑杀头。捕风捉影、牵强附会、言论治罪、思想入刑,如此荒唐的场景,反映出司法体制的黑暗和权力的任意滥用。

退一步说,宋江的诗还确实是他自己写的,也表达了他的真实思想。而卢俊义着实冤枉,他实在没有谋反的故意。吴用假装去他家算命,"口歌一首",接着说我来念你来写,让卢俊义把他念的诗抄写在墙上。这个细节很重要,为什么?白墙黑字亲笔书写,墙上留下了卢俊义的笔迹,不知情的人就会认为这是卢俊义的真实意思。这实际上是吴用对卢俊义的栽赃陷害。第二个细节是卢俊义被押到梁山后,众好汉轮流宴请长达四个月,上山时春花烂漫,回家时秋风萧瑟。吴用欺骗卢俊义的管家李固,说你家主人已经上山落草,坐了梁山第二把交椅。你回去看看墙上的反诗。

李固下山时,吴用说的反诗是"芦花荡里一扁舟,俊杰那能此地游。义士手提三尺剑,反时须斩逆臣头。"此诗与前文中交代的写在卢俊义家里墙壁上的那首意思相近,但是造反的意图更加明显。也有的版本写成"芦花滩上有扁舟,俊杰黄昏独自游。义到尽头原是命,反躬逃难必无忧。"卢俊义写在墙上的"反诗"是:

芦花丛里一扁舟，
俊杰俄从此地游。
义士若能知此理，
反躬逃难可无忧。

这是一首藏头诗，四句话的第一个字连起来就是"卢俊义反"。这是吴用的一个计谋，卢俊义只不过起了一个打字员的作用，遵嘱听写在墙上，他根本没有看出来此举的凶险。而这首藏头诗恰恰是卢俊义造反最有力的罪证，于是李固和贾氏合计状告到官府，将刚刚下山回家的卢俊义抓走，造成了他的牢狱之灾。

卢俊义的冤案，实际上是梁山一手制造的。吴用是主谋，李固贾氏和官府都被吴用利用了。智多星吴用神机妙算，预先设计了圈套，共分五步走，把卢俊义骗上了梁山。第一步蒙骗卢俊义把反诗写在墙上；第二步把卢俊义滞留在梁山上，相当于软禁了小半年；第三步谎称卢俊义已经造反上山，目的就是要让李固回去告发卢俊义，以绝卢俊义的退路；第四步官府抓捕，卢俊义下狱；第五步攻打大名府，解救卢俊义。因此，卢俊义上梁山并不是自愿，却是被"梁山"逼上梁山的。

从人道主义而言，吴用计赚玉麒麟上山的计谋过于阴险恶毒，险些害了卢俊义性命，不足夸赞，不足效法。尽管险象环生，吴用此计依然顺利实现，并未失手，主要是他已经看透了大宋王朝的官僚体制及其运行逻辑，巧妙地利用了这个官僚体制的漏洞。与其说是吴用智慧超人，不如说是大宋王朝的文字狱过于严酷，制度已然腐朽不堪。

作为文化恐怖主义的一种表现形式，文字狱在历朝历代都有，只是程度不同而已。因言获罪者，史不绝书。宋朝的文字狱确实比较多，苏东坡因"乌台诗案"而下狱，险些被杀头，后来贬谪黄州。此案牵连的大臣有几十个，包括司马光、苏辙等名人，震动朝野。文字狱实际上暴露了帝王极度的不自信。明朝朱元璋更是变本加厉，制造了大量的文字冤狱，某大臣因奏折中含有"殊"字，便惨遭杀害。因朱元璋认为"殊"拆开为"歹朱"，是影射咒骂他。这也暴露了朱元璋病态阴暗的心理。满人入关，清朝的文字狱更加严酷，一句"清风不识字，何故乱翻书"，就被定性为讥讽清朝统治者没文化，将作者徐骏被判处死刑，丢了性命。

(三)受害者怎样成了受益者？

宋江和武松都是黑暗司法制度的受害者，同时他们又是司法不公的受益者。受害者竟然也是司法不公中的受益者，听起来有些匪夷所思，实际上更容易让我们理解司法体制的缺陷。受害与受益的角色互换，如同一个硬币互换的两个面。

武松在遇到施恩之前是司法不公的受害者，但他被发配至孟州牢房之后，却时来运转，得到了体制的好处。施恩先是免掉了他的一百杀威棒，还让他免受酷刑，并且每天给武松好酒好肉好招待，还配以整齐的单间和新衣服。一个受尽折磨和歧视的苦孩子忽然被视为座上宾，行情陡然见涨，武松受宠若惊，若不回报枉为好汉。水到渠成之际，施恩如实说希望武松帮助他收复快活林。因为有利用价值，在施恩关照下，武松在牢中享受到了各种优待，初步尝到了司法不公的甜头。

打败蒋门神之后，武松进一步吃到了司法不公的果实。"施恩得武松争了这口气，把武松似爷娘一般敬重。"以戴罪之身，正处于服刑期的武松，获得了极大的人身自由，不用在牢房里受罪，每天有酒有肉好吃好喝，在施恩店里闲聊说话，谈论拳棒枪法。这种待遇，哪里像是一个服刑人员？

好运似乎一直在眷顾着武松。不久以后，武松竟然获得了提拔的机会，已经吃惯了施恩关照的红利，他以为这是命运给他的又一个大礼包。殊不知，这个大礼包后面是一个大陷阱。

等待武松的，是怎样的一个机会呢？

> 张都监便对武松道："我闻知你是个大丈夫，男子汉，英雄无敌，敢与人同死同生。我帐前见缺恁地一个人，不知你肯与我做亲随梯己人么？"武松跪下称谢道："小人是个牢城营内囚徒，若蒙恩相抬举，小人当以执鞭坠镫，伏待恩相。"

如果不是张都监伙同张团练等人陷害武松，武松的生活或许会因此发生转折，他将会在张都监的关照下一帆风顺。总之，无论是施恩的真心关照，还是张都监的假意提拔，都是他们在滥用手中的权力。因此，武松在服刑期间也享受到了权力滥用的诸多福利。

《水浒》中有很多这样的情节，虽然还在服刑期间，但是有人身自由，武松、宋江都是如此。为什么会这样？一是监狱中有贵人关照，施恩关照武松，戴宗关照宋江；二是使了银子，上下打通了关节。在监狱中，行贿受贿是常态，没有银子打点的，都要吃苦头。

从现代刑罚来看，对服刑人员的人身自由是严格限制的，包括保外就医、假释等，不能随便让一个服刑人员进入社会。但在《水浒》中这很自然。宋江孤身一人去浔阳楼喝酒题诗，当时完全有条件逃跑，实质上监狱对于他这个服刑人员的监管相当于无，这样的待遇难道不是司法不公的受益者吗？如果这不算受益的话，那些在牢中没人送饭的人又该怎么样？《水浒》算是宋朝狱政的百丑图，监狱里面并不提供牢饭，必须由家里人送饭，如果家里没人，只能贿赂狱卒帮忙买饭。鲁提辖拳打镇关西中，鲁达之所以逃跑，不是害怕坐监狱，而是担心无人送饭；顾大嫂到狱里看望戴宗，也是借送饭的名义；还有林冲被抓后，也是他丈人托人到监狱送饭。

（四）林冲是无辜的吗？

在与大宋司法体制打交道的过程中，林冲的角色比武松、卢俊义等人更为复杂。他既是司法不公的受害者与受益者，还是司法不公的参与者。

林冲首先是司法体制的受害者。在高太尉的层层陷害之下，多次大难不死，可谓苦难越大，造化越大。第一次是栽赃白虎节堂；第二次是命悬野猪林；第三次是火烧草料场。

总体而言，林冲是司法体制的受害者；同时，他也是这个体制的受益者。比如林冲刚刚被抓的时候，岳父张教头上下使钱收买公人，然后当案孔目孙定孙佛儿极力周全，秉公办事，为林冲说了不少好话，让林冲刺配沧州。孙佛儿本身是坚持正义的，所以林冲临走时才说"多得孙孔目维持,这棒不毒,因此走得动撺"。林冲在沧州牢城营里,一是向管营和差拨送了银子,二是有柴进的书信关照,所以免去了一百杀威棒的皮肉之苦,这和宋江、武松在入狱之初的境遇,简直一模一样。

林冲被发配至沧州,偶然遇到一个人,原来是旧相识李小二。

> 当初在东京时,多得林冲看顾。这李小二先前在东京时,不合偷了店主人家财,被捉住了,要送官司问罪。却得林冲主张陪话,救了他免送官司,又与他陪了些钱财,方得脱免。

先前,李小二因偷东西被送到官府,林冲上下使钱送礼,使其脱免刑事处罚。不可否认的是,这种帮忙影响了司法和官员的裁判,而林冲恰恰是直接参与者。当然,林冲救李小二本是义举;换个角度,李小二未受处罚正是因为林冲的行贿影响了司法公正,进而又导致对方心生不满。这样的行为和他自己被高俅诬陷、陷害、贿赂官员影响司法,进而导致司法不公如出一辙,区别只是程度轻重问题。

他们既是受害者又是受益者,甚至可能是参与者。这样的人在我们身边多不多? 非常多。宋江就是一个典型。入狱前,他在体制中也是司法不公的参与人;入狱后利用银两多方打点,贿赂狱卒。

(五)滥用酷刑知多少?

除此之外,《水浒》还有许多关于公权滥用的司法黑暗和公器私用的描写,以滥用酷刑为例来说明。毫无疑问,这是被近代文明社会所严厉禁止的野蛮行为。什么是酷刑?《联合国反酷刑公约》对酷刑的定义是:

> 为了向某人或第三者取得情报或供状,为了他或第三者所作或被怀疑所作的行为对他加以处罚,或为了恐吓或威胁他或第三者,或为了基于任何一种歧视的任何理由,蓄意使某人在肉体或精神上遭受剧烈疼痛或痛苦的任何行为,而这种疼痛或痛苦又是在公职人员或以官方身份行使职权的其他人

所造成或在其唆使、同意或默许下造成的。纯因法律制裁而引起或法律制裁所固有或随附的疼痛或痛苦则不包括在内。

关于禁止酷刑,《世界人权宣言》和《公民权利和政治权利国际公约》都作出了同样的规定:"任何人不得加以酷刑,或施以残忍的、不人道的或侮辱性的待遇或刑罚。"我国现行的《刑法》《刑事诉讼法》也严厉禁止酷刑,设立了非法拘禁罪、非法搜查罪、刑讯逼供罪或暴力取证罪、虐待被监管人罪、报复陷害罪等。禁止酷刑,是现代文明的一个基本标尺。在《水浒》中,酷刑几乎是无处不在,俯拾皆是。下面随便举几个例子。

晁盖等七人智劫生辰纲后,白胜被抓后不肯承认,"白胜抵赖,死不肯招晁保正等七人。连打三四顿,打的皮开肉绽,鲜血迸流。"后来实在吃不住打,只好招供。

宋江浔阳楼写反诗被抓,便在监狱遭刑讯拷打,戴宗当时为宋江出了一计,就是装疯子。宋江照办,之后就没有受到毒打,这是《水浒》中对于精神病人的特殊保护,也算是黑暗世界的一道亮光。但这个计谋最终还是被识破了,"一连打上五十下,打得宋江一佛出世,二佛涅槃,皮开肉绽,鲜血淋漓。"

卢俊义在狱中也没少吃苦头,"左右公人把卢俊义捆翻在地,不由分说,打的皮开肉绽,鲜血迸流,昏晕去了三四次。"卢俊义打熬不过,仰天叹道:"是我命中合当横死,我今屈招了罢。"打与熬是两种状态,一个"熬"字,说明人的生理、身体和精神都已经接近极限,不得不招。在《水浒》中有很多这样的情形。

身为贵族的柴进,也没有躲过酷刑的伺候。

高廉大怒,喝道:"这厮正是抗拒官府!左右,腕头加力,好生痛打!"众人下手,把柴进打得皮开肉绽,鲜血迸流,只得招做"使令庄客李大打死殷天锡"。取面二十五斤死囚枷钉了,发下牢里监收。

平时养尊处优的柴进哪里受得了这等酷刑，只好屈打成招。

《水浒》中的好汉，没有哪个能熬过这般酷刑的。只有铁骨铮铮的武松，入狱之初，不怕一百杀威棒，何等硬汉。但被张都监诬陷盗窃后，也吃不住酷刑，"那牢子狱卒拿起批头竹片，雨点地打下来。武松情知不是话头，只得屈招……"

刑讯逼供在当时是一种司法常态，古装戏里面有一句话叫作"不动大刑，量你不招"，这意味着刑讯的滥用，如果不招，大刑伺候。

行贿受贿在《水浒》里像空气一样无处不在，但凡官家出现或者求人办事，就要花钱。如果往上追溯，会发现行贿受贿是中国历史的一个传统。《战国策》的那些谋士往往是各种送礼，先送钱，一般送的是"金"（当时金是指铜）；接着送"璧"，即白璧，精美的玉器；第三送美女。搞离间计或者办一些重要的事情都是先送礼：一金二璧三美女，是战国时期外交送礼的标配。我感觉，《战国策》中的外交史，就是一部贿赂史。

《水浒》中，"使钱"的例子举不胜举：

> 林冲家里自来送饭，一面使钱。林冲的丈人张教头亦来买上告下，使用财帛。

> 原来县吏都是与西门庆有首尾的，官人自不必得说……当日西门庆得知，却使心腹人来县里许官吏银两。

朱仝、雷横去抓宋江时，"太公随即宰杀些鸡鹅，置酒管待了众人，赍发了十数两银子"，即便是正常的公事也要置酒招待。二人的职位相当于现在的县刑警队的副队长，他们正常巡逻到了晁盖家里，晁盖安排酒肉接待，临走时还给了雷横十两花银。尽管晁盖和雷横关系不错，这种钱也是要出的，已经成了惯例。

后来雷横因打死白秀英被判刑刺配，朱仝寻思着雷横若被抓走就可能会命丧九泉；而自己私放罪犯仅是过失，罪不至死，便在半路上把雷横放了。但朱仝因此事被抓，"朱仝家中自着人去上州里使钱透了"，朱仝受到的处罚比较轻，仅仅是断了二十脊杖，刺配沧州牢城。

（六）卢俊义的"买命价"

所谓"买命价"，是指甲方要借助中间人杀死乙方，甲方向中间人出的价格，与生活中所说的"买凶杀人"的价格有些类似。"买命价"并不是一个术语，而是我在阅读《水浒》时对这类现象的一个总结。其中比较典型的案例有二：一是陆虞候收买董超、薛霸，意欲杀害林冲；二是李固收买蔡福，意欲杀害卢俊义。这两个案例中，被收买的都是体制内的基层工作人员，是明显的行贿受贿行为。《水浒》中最大的单笔受贿，就是此案中的铁臂膊蔡福。他是大名府两院押狱兼充行刑刽子，李固为了让他暗中杀死卢俊义，向他行贿五百两金子。不料柴进随后而至，直接甩给蔡福一千两黄金，要他保全卢俊义性命。一前一后，蔡福受贿一千五百两黄金，大约相当于人民币三千万元，可谓一夜暴富。

同样是买通公人杀人，同样是"买命价"，为何林冲和卢俊义就有这么大的差别？林冲的"买命价"不过二十两金子，而柴进的"买命价"居然高达一千五百两金子？就一般的交易而言，买卖的双方当事人以及标的，决定了交易的价格。"买命价"也是如此，一是出价者是谁；二是被害者是谁；三是杀人者是谁。这三者决定了"买命价"的高低。陆虞候去贿赂董超、薛霸二人，要他们在半路上杀死林冲，先付十两金子，承诺事成后再给十两金子。陆虞候此举，明显带有以势压人的意思，他开口就说"我是高太尉府心腹人陆虞候""奉着太尉钧旨"，这是告诉董超、薛霸二人，高太尉权势很大，你们必须照办。给每人五两金子，并不是纯粹的收买，类似于主子的赏赐，明显是宣示权力为主，收买为辅。所以，他敢于"分期付款"，事前给十两，等事成后再给十两。一般的"买家"没有这么气粗，不敢这么干。同时，他们认为林冲已经是笼中之鸟，随时可以捏死，已经没有什么价值，也就没有必要花大价钱。

卢俊义就不一样了，他是极为富有的卢员外，名声远扬。李固要占有他的财产，就要舍得花钱。李固先是给蔡福五十两金子，后又加到一百两。蔡福是见过大世面的高级黑，他冷笑着说：

李固,你割猫儿尾拌猫儿饭。北京有名恁地一个卢员外,
只直得这一百两金子? 你若要我倒地他,不是我诈你,只把五
百两金子与我!

李固与蔡福之间,纯属交易关系,没有高太尉对董超、薛霸那样的
绝对权势,只能靠金子说话,因此,"买命价"就要高出很多。同时,李固
目的是要占有卢员外的家产, 显然卢员外的家产要远远多于五百两金
子,这个"买命价"是低成本,可以换来高收益。还有,蔡福是个老江湖,
很会待价而沽,根据交易方的权势、财力、心理等因素,再结合被杀者的
实际情况,开出不同的价码,以期实现自己利益的最大化。

李固和蔡福都没想到,半路杀出个柴大官人,他不愧是前朝皇室后
裔,格局大、境界高、出手阔,开口就是一千两金子。对柴进来说,一千两
金子是小意思,卢大员外值这个价。梁山救卢俊义,算的是政治账而不
是经济账。一旦一笔买卖不再考虑经济价值,而是出于政治考量,那即
便是一堆粪土也可以卖出黄金的价格。更何况卢大员外富甲一方,岂止
这一千两金子? 卢俊义是无价的,他入伙后可以提高梁山的政治影响和
社会地位,因而,梁山出一千两金子的"买命价",就是物有所值。况且,
柴进代表的是梁山好汉,所以他有充分的自信,不卑不亢地告诉蔡福,
这钱你收也得收、不收也得收。救了卢员外不忘你大德;否则大军进城,
尽皆斩首! 这番话软硬兼施,蔡福自然知道其中利害。

一边是五百两,一边是一千两;既要得到金子,又要周全两面,还要
保全自己,这个难题确实很烧脑。蔡福权衡利弊,上下其手,左右打通。
这边对李固说,已按你的要求行事,但太守不同意杀卢俊义;那边又给
卢俊义很好的待遇,还向梁山通风报信。这实际上是脚踏两条船,后来
梁山打进来之后,他做了一个顺水人情将卢俊义救出监狱。蔡福的手段
真是高明,两面三刀,吃里爬外,自身不倒,两面得利,还跟着宋江上了
梁山,继续享受搭梁山便车的福利。

（七）枉法裁判是常态

官员断案时极为任性，完全依照自己的喜好和利益不惜变通、扭曲国家法律。以武松杀西门庆为例，在武松杀西门庆之前，知县很明显是偏袒西门庆的；西门庆死后，知县的态度立即转为偏向武松，为武松做人情。"念武松是个义气烈汉，又想他上京去了这一遭，一心要周全他"。武松曾经将知县收的黑钱押送到上京，知县念其护卫有功，因此帮他周旋，减轻罪责。"念武松那厮是个有义的汉子，把这人们招状从新做过，改作……"西门庆死后，知县顺水推舟，以新代旧，重新拟定了一份裁判文书。这个裁判文书可以由知县随意改动，这般任性司法，如果西门庆不死，肯定不是这样的。

再有，"且说陈府尹哀怜武松是个有义的烈汉，时常差人看觑他，因此节级牢子都不要他一文钱，倒把酒食与他吃。陈府尹把这招稿卷宗都改得轻了，申去省院详审议罪……"。法律文书是国家司法权威的体现，但《水浒》中的司法只是行政权的附庸，并无权威可言，可以任由权力随意更改。为了关照武松，县、府两级都修改了裁判文书，正面理解是对武松的关照，减轻了对武松的处罚；另一面则是歪曲了法律，反映了当时司法的黑暗。

任性司法至少在一定程度上有法可依，而枉法裁判则是凭空捏造，甚至是恶意构陷。《水浒》有一个一闪而过的小人物唐牛儿，这个角色和郓哥非常像——《水浒》中有很多情节是非常雷同的。他去找宋江，恰逢阎婆正在为宋江和阎婆惜打圆场。阎婆怕唐牛儿坏了好事，就把唐牛儿打跑了。唐牛儿和阎婆惜之死没有半毛钱关系，但是知县明知如此，却硬要拉唐牛儿垫背。这是典型的枉法裁判。

> 知县却和宋江最好，有心要出脱他，只把唐牛儿来再三推问。唐牛儿供道："小人并不知前后。"……知县道："胡说！且把这厮捆翻了，打这厮！"左右两边狼虎一般公人，把这唐牛儿一索捆翻了，打到三五十，前后语言一般。知县明知他不知情，一心要救宋江，只把他来勘问。且叫取一面枷来钉了，禁在牢

里。……只把唐牛儿问做成个故纵凶身在逃,脊杖二十,刺配五百里外。

读者在为宋江重罪轻判而松了一口气的时候,可曾想过那个无辜的唐牛儿?显而易见,唐牛儿代人受过,做了宋江的替罪羊,大大地减轻了宋江的法定刑罚。唐牛儿蒙受冤狱,就是知县一手制造的。从本质上讲,郓城县知县和阳谷县知县,二者并无本质差别。可以因贪财而偏袒西门庆、可以因惜才而袒护武松、可以因交情而袒护宋江、可以因草根而枉判唐牛儿。这些行为的目的因人而异,但行为的方式却都是枉法裁判。联想到高太尉陷害林冲,难道不是五十步和一百步的关系吗?

三、好汉滥权不输官家

这样滥用职权、任性司法的世界里,如果好汉们当了官、掌了权是不是会政治清明、天下太平呢?我们还是一起从《水浒》里找答案。

(一)权钱交易的官场潜规则

《水浒》的世界里,可以说权力垄断,公权私有,假公济私非常普遍,有人把《水浒》视为中国人苦难的百科全书,确实很有道理。《水浒》中共有四大奸臣:蔡京、高俅、童贯、杨戬,最具代表性的是高俅。梁山招安归顺之后,梁山陷入了两条战线的斗争。一条是在政治上与四大奸臣集团的斗争;另一条是在军事上北伐辽国、南征方腊的斗争。梁山和四大奸臣的斗争一直是《水浒》的一条隐线;到了招安之后梁山集团和奸臣集团的斗争才成为明线,成为主要矛盾。

四大奸臣手握重权、相互庇护,深得皇帝宠信,其首脑人物蔡京还是一代大书法家;高俅以擅长踢毽而成为宋徽宗的宠臣;童贯在历史上则是一个宦官身份的奸臣。这四大奸臣的集体形象是官官相护、互为表里,互相呼应、共同出谋划策陷害梁山集团。

梁山招安之前和官府的正面斗争,大多是和四大权臣的家属及手下斗争。比如蔡京,他在《水浒》里既是四大奸臣的核心,同时在地方上又拥有极大的势力,《水浒》中出现的几个地方腐败官员,都和蔡京有关。制造宋江冤案的江州知府蔡九，枉判卢俊义的蔡京女婿梁中书，多次攻打梁山失败的高俅，高唐州陷害柴进的高廉以及殷天锡等等。他们和梁山的斗争，招安前以军事冲突为主，是梁山集团和奸臣集团斗争的早期形式。总之，这些高级官员官官相护、互为表里，在朝廷中形成了很大的政治势力，这是梁山集团所不及的。

从各级官员来看，都是贪腐成风。朝廷中非亲不用，裙带关系非常普遍。官场上各种关系交错攀附，争相结交高官，如能得到皇帝赏识，则是几辈子积下的阴德。慕容知府就是一个幸运儿，他妹妹是宋徽宗的贵妃，他也因此飞黄腾达。裙带关系、攀附权贵，从上到下各个阶层各色人等都有描写。从皇帝、朝廷大员、州县一级，还有更多基层的为官员办事的吏，这些官员绝大多数贪腐成风，权钱交易成为常态。

到了县一级的基层，权钱交易更加普遍。官员有俸禄，是国家体系的一部分。吏是为官员办事的辅助人员，领不到俸禄。官员薪水又不能养活吏，于是吏就会利用职权之便，谋取私利。这样，权钱交易、以权谋私就成为普遍现象，小吏收取好处就成了很正当的事情。体现了从上到下的官员公私两用，职务犯罪比比皆是。

(二)《水浒》四大谜团

读《水浒》，我发现《水浒》有四大谜团：晁盖的死，宋江的钱，西门庆的心，李师师的脸。晁盖怎么死的？各种阴谋论沸沸扬扬。西门庆对潘金莲是真爱吗？李师师有多么漂亮，能迷住宋徽宗？她的脸面有多大，能办了梁山招安的大事？其他三个先按下不表，今天就看看宋江的钱。

既然大宋官员贪腐若此，那么，好汉们又是如何利用公权？《水浒》中有四个巨大的谜团，其中一个就是宋江的钱。好汉中最有钱的两个人，一个是柴大官人柴进，一个是玉麒麟卢俊义，他们都很有钱。宋江只是一个押司，属于吏，不是官。"原来故宋时，为官容易，做吏最难"，吏的收入并不高。宋江并没有显赫的家世，他父亲"守些田亩过活"，没有经商，也没有其他门路，家境中等，绝非豪富。但是宋江本人挥金如土，平生只好结识江湖上好汉，有人来就收留，若要起身尽力资助，端的是挥金似土。人问他求钱物，亦不推托，所以称宋江为及时雨，愿意帮助别人。但是，宋江凭什么那么慷慨大方、仗义疏财？这般古道热肠、热心助人,他的钱从哪儿来?宋朝官员的俸禄是历朝最高的,知县一月的正俸是三十两白银,其他的合法收入大约相当于六十两白银。如果按一两白银折合人民币一千五百到两千元的话,一个知县每个月的合法收入十五万元左右。吏的收入一般来说是知县的五分之一到三分之一,大约十五两白银,折合人民币三万元左右。但宋江确实出手十分阔绰,比如阎婆死了丈夫,宋江给了十两银子;阎婆惜做了宋江的外室,"讨了一所楼房,置办些家火什物",按现在的行情,少不了人民币十万元;遇到卖早茶的王公,宋江许诺给买棺材,大概需要三四两白银,折合人民币五千多元。从宋江出场到浔阳楼写反诗,他至少送出去二百两白银。正常情况下,宋江一年的薪水大约在一百五十两银子。柴进庄上初见武松,宋江又给买衣服又馈赠银两,临别又送武松十两白银,相当于人民币一万五;见了李逵第一面,李逵赌博输了钱,宋江给了十两;由于隔壁有女子唱曲,李逵觉得烦,打了一巴掌,李逵惹了祸。宋江为了息事宁人,且对方也姓宋,便给了对方二十两,远远超出了宋家父女期望的三五两银子;宋江、李逵、戴宗继续吃酒,各自散去。一天的时间,宋江为李逵就花了三十两银子,第一次见面,宋江就用自己的豪爽,一下子征服了李逵。

总而言之,宋江非常有钱,非常仗义,不管走到哪儿,遇到需要的人都会给钱。他对别人的仗义疏财,再加上自己的生活开销,着实是一笔不小的数目,而这些钱的来源成了一个谜团。当时他月收入按十两白银计算,一见面就把自己小半年的工资给了李逵。他的钱从哪里来的呢?如果宋江是现在的官员,可能就有一个罪名在等着他——巨额财产来源不明罪。宋江的钱从哪里来?可以想见,他为别人办事也收受了相应的金钱,说明宋江的灰色收入是十分高的。

柴进和宋江有相似的地方,黑白两道通吃。柴进是前朝皇族,政治地位比较高,宋太祖赐予柴家丹书铁券,只要不造反,其他刑事犯罪都免于处罚。"谁敢欺负他。专一招接天下往来的好汉,三五十个养在家中。常常嘱咐我们:'酒店里如有流配来的犯人,可叫他投我庄上来,我自资助他'"。武松杀了人,在柴进庄上躲了一年;林冲发配,柴进予以关照;宋江也曾经在柴进庄上躲避。柴进本身和黑白两道均有来往,但自己并没有做什么杀人越货的坏事。

(三)好汉们掌权会好吗?

好汉们心怀正义、一身正气,但他们掌权后这个世界会好吗?

有人称朱仝是梁山上最有情有义的好汉,他的三次义举都是忠义当先。其他一些人如戴宗、施恩、蔡福等,他们在体制内掌权时并不见得好多少,或者说他们本身就是体制的蛀虫。他们再掌握更大的权力,也无非是有机会做更大的坏事而已,对于普通老百姓来说,又能有多少实际的好处呢?

其实,答案已经很清楚了。如果好汉们掌权,他们就会变成一群新的贪官;他们也会滥用权力;他们会更加滥杀无辜;老百姓望着他们"替天行道"的大旗,仍然没有什么获得感……

(四)劫富,但不济贫

关于《水浒》,多年以来一直有一种论调,认为好汉们都是劫富济贫。有人进行过分析,早期梁山宣称"劫富济贫、替天行道",引得众人向往,其实这只是一个政治口号,好汉们劫富济贫的行为非常少,几乎可以忽略不计。

以智劫生辰纲为例,他们就只是劫富不济贫,没有一个人去救济穷人。其钱财并没有救济老百姓,里面有几句话说明了钱财的去处:晁盖道:"七个人:三个是阮小二、阮小五、阮小七,已得了财,自回石碣村去了;后面有三个在这里,贤弟且见他一面。"后来准备去梁山入伙时,吴用想给王伦一些金银,便可以解决问题。

> 吴用道:"我等有的是金银,送献些与他,便入了伙。"晁盖道:"既然恁地,商量定了,事不宜迟!吴先生,你便和刘唐带了几个庄客,挑担先去阮家安顿了,却来旱路上接我们。"

吴用很自信地说"我等有的是金银",但他没想到,王伦对他们的出资不感兴趣,不想接纳他们做股东。世界上绝大多数事情,是用钱解决的;如果用钱解决不了,那就用刀子。吴用他们对王伦就是这样,《水浒》中的很多事情,也都是这样。

吴用和晁盖的这几句对话说明了生辰纲的去向,劫来的金银财宝被这几个人瓜分了,并没有送给他人,更没有用来接济穷人,是只劫富不济贫。

那么梁山的几次胜仗后又是如何处置钱财的?三打祝家庄后,宋江说"今日打破了祝家庄,与你村中除害,所有各家,赐粮米一石,以表人心"。劫富之后如何济贫?一石粮米大约一百二十斤。前面说祝家庄"庄前庄后有五七百人家",如果按祝家庄共一千户算(这已经是非常高了),百姓不过分得一千石粮食。"一面把祝家庄多馀粮米,尽数装载上车。金银财赋,犒赏三军众将。其余牛羊骡马等物,将去山中支用。打破祝家庄得粮五十万石。"也就是说,打下祝家庄得到五十万石粮食,分给村民的不超过一千石,不到总数的五百分之一。

三打祝家庄是《水浒》中的著名战例。有一个细节是:打下祝家庄后,梁山得到的战利品是多少?以容与堂版本为代表的一百回本的描写是:"打破祝家庄得粮五千万石。"据此而刊印的人民文学出版社版本、上海古籍出版社的李贽评本都是"得粮五千万石"。但是,金圣叹批评本(七十回本)和一百二十回本《水浒全传》写的是"打破祝家庄,得粮五十万石。"那么,究竟是五十万石还是五千万石?

其实,石是容量单位,不是重量单位。十升为一斗,十斗为一石。如果以大米论,宋代一石大米约合今五十九点二千克,大约一百二十斤。不同的粮食,如小麦、大米、小米等,密度有差异,重量也就有差别。即便是同一种粮食,如大米,也因米质不同而有重量差异。如果以一石粮食一百二十斤来计算,五十万石相当于六千万斤,即三千万千克(三万吨)。以宋朝时期的生产力而论,祝家庄在山东,应当以小麦为主粮,如果一亩地折算产量二百斤小麦,祝家庄就有三十万亩地。截止 2016 年底,山东省耕地面积一点一四亿万亩,祝家庄的耕地面积则相当于山东省耕地面积的三百八十分之一。山东全省有一百四十个县级单位,平均算下来,祝家庄的耕地面积相当于一个县的三分之一。另一方面,如果一般农业自然村的耕地面积以五千亩计算，祝家庄相当于现在六十个自然村，大约也是现在一个县耕地面积的三分之一。一个祝家庄就有相当于一个县三分之一的耕地和粮食，事实上是很难做到的。显然，作者已经对此进行了夸张。如果以"得粮五十万石"来算，祝家庄的粮食产量已经十分惊人，虽然言过其实，总体而言，还不算太离谱。

据统计，2018 年全国粮食总产量 65789 万吨，如果是以"得粮五千万石"来算，大约就是三百万吨，一个祝家庄的粮食总量，大体相当于2018 年全国粮食总产量的二百二十分之一，无论如何，这都是不可能的。

所以说，"得粮五十万石"已经夸大很多了，"得粮五千万石"绝对不可能。尽管《水浒》中对于数字的使用比较随意，常有夸大之语，五十万石已经十分夸张了，而五千万石则断无可能。估计是早期版本的印刷错误，误将"五十万"刊刻成"五千万"；但是，后来的读者大都一带而过，没有人去思考五千万石粮食的问题。

值得注意的是，金圣叹点评的七十回本说的是"得粮五十万石"。可以推测到，金圣叹当年在读容与堂刻本时，或许已经读出了五十万石与五千万石的巨大差别，故将其改写成五十万石。由此亦可推知，金圣叹对《水浒》的阅读，真是达到了读精读透读烂的程度，一丁点儿的细节都被他掰碎揉烂，细致推敲。没有这般勤奋至极，哪有名传千古的大才子？

攻下青州后，粮米金钱在这样分配的：

> 天明，计点在城百姓被火烧之家，给散粮米救济。把府库金帛，仓廒米粮，装载五六百车，又得了二百馀匹好马。就青州府里做个庆喜筵席，请三山头领同归大寨。

对那些因失火受损失的城中百姓，给一点粮米算作救济。然后将其他金银财宝，牛马等装起来五六百车，还有两百多匹好马，最终都据为己用。很显然，救济老百姓的粮米，也是这次战利品中很小的一部分。

打下了大名府，对老百姓似乎稍微阔绰一点，"应有金银宝物，段匹绫锦,都装载上车了。又开仓廒,将粮米俵济满城百姓了,馀者亦装载上车,将梁山泊仓用。"好汉们每攻下一个地方,都会把大量的财富运到梁山泊自用,很少给老百姓,或者只是象征性地给老百姓一点点,如此而已。

梁山的杀富济贫并不像他们宣传的那么高尚,主要的财富还是自肥、自用。好汉们如果掌权,会和官员一样滥用权力、以权谋私、鱼肉平民,区别是官员会将更多的钱装进自己的腰包里,好汉是给了梁山,归于集体没有落入个人腰包。这是小说中的描写,这是一方面。另一方面,小说特意把梁山好汉塑造成光辉的道义形象,认为他们掌权的行为代表着正义,以至掩盖了对其他违法行为的理性分析。

因此,好汉掌权应该说不会比官员更好,可以说官员是官员的理想者,好汉是好汉的对立面。升官为了发财,发财为了更好地升官,权钱交易,如此循环往复,这是中国历史上官场的一个常态。"三年清知府,十万雪花银",官员的最终目的是成为有更多钱的官员。好汉的初衷是为了反抗体制,反抗司法不公;可是一旦掌权,他们就会重蹈官员们的覆辙,最终走向自己的对立面,成为他们掌权前的反对者,这是好汉们走不出去的怪圈。

四、结语:互害体制的反思

《水浒》的世界里,无论是官员还是老百姓、好汉,几乎人人处在一个互害的循环中,形成了官员陷害好汉、好汉反抗官员、百姓痛恨官员的一种死结。从传统的官员来说,他们的人生理想是升官发财。发财后的理想是做更大的官,发更大的财。现在大力反腐,强调当官不为发财,发财不要当官,但是如何通过实际解决这个问题,确实是任重道远。

一个社会真正的危机在于,所有人都没有安全感。每个人既是受害者又是加害者,受害者往往又是新的加害行为的推动者、参与者。没有一个人是无辜的,没有一个人是真正清白的,这是社会最大的悲剧。好汉造反就能实现公平正义吗?就能实现权力的公正使用吗?就能剪除腐败,铲除社会不公正的现象吗?答案是否定的。整个社会陷入了"黑白同体"的怪圈,黑即是白,白即是黑;黑不是黑,白不是白。这种互害体制下，任何人都不能幸免。每个人的前途、财产和生命，都是不确定的，每个人都可能被人害，又都可能参与加害别人。

通过对梁山好汉职务犯罪的分析，我们能够认识到《水浒》所揭示的真实社会，《水浒》确实是一部伟大的现实主义著作。当然，如何摆脱这种互害体制，并非三言两语可以讲清楚。我们对《水浒》的理解并不是要谴责这些贪官和好汉们，这种道德上的谴责意义不大，而应该着眼于体制上的反思和法治上的理性思考，能够认识到他们为什么会这样做？

对于传统专制体制的摆脱，最终的转型还是法治。历史学家唐德刚提出历史的"三峡论"，认为中国历史有两次大的转型，一为封建转帝制，"发生于商鞅与秦皇汉武之间，历时约三百年"，二为帝制转民治，"发生于鸦片战争之后"。唐氏称，第二次大转型大致也要历时两百年。从帝制到民治的转型，就是从人治向法治的转型。我们读《水浒》的意义也正在于此，一是大家不要光看热闹；二是通过对《水浒》故事的反思，反思我们自己和我们的社会；三是走出书本，面向现实，面向未来，认识到我们社会真正的转型还是要靠法治。

2018 年 9 月 24 日

第九讲　诸神退位，忠义当先

——水浒中的宗教与信仰

今天讲的主题是"水浒中的宗教与信仰",可以用"诸神退位,忠义当先"来概括。我们一起走进《水浒》的世界,一起解读《水浒》中的宗教和信仰。

实际上,对《水浒》的研究,从法律角度解读的作品凤毛麟角,而从宗教和信仰角度来解读的也不多。这样的解读,对我来说也是一次挑战和尝试。我们都知道,儒指儒家,释指佛家,而道则是道家,儒释道三家共同构成了中国传统文化中非常重要的内容,翻开任何一部中国哲学史和思想史,都会对儒释道进行长篇、细致的分析,如哲学家冯友兰、任继愈、李泽厚、侯外庐等都是如此。我在阅读《水浒》的过程中,读得越深,就越是发现宗教在《水浒》中的地位非同一般,甚至是《水浒》的魂。可以说,正是从这个特别的角度揭示了《水浒》的悲剧命运。

一、引言:《水浒》里的宗教

(一)从道家救世开始

了解中国传统文化,就离不开对儒释道三教的理解。《水浒》中的宗教主要涉及儒释道三家,其他一些宗教,例如回教、基督教、天主教等,《水浒》中没有涉及,在此不作过多的讨论,主要从儒释道来谈起。儒家是中国两千年来的正统思想,是官方的意识形态。有人说儒学不是一种宗教。毋庸置疑的是,儒学在中国确实起到了宗教的作用,有着宗教一样的地位。至于儒家是不是宗教,儒学是不是哲学,我们今天不做讨论,这些留给哲学家来研究。

《水浒》第一回是"张天师祈禳瘟疫,洪太尉误走妖魔",金圣叹的批评本把这一回列作楔子。《水浒》以北宋仁宗时期的一场瘟疫开笔,名臣

范仲淹向仁宗奏了一本,说道:

> 目今天灾盛行,军民涂炭,日夕不能聊生,人遭缧绁之厄。
> 以臣愚意,要禳此灾,可宣嗣汉天师星夜临朝,就京师禁院修
> 设三千六百分罗天大醮,奏闻上帝,可以禳保民间瘟疫。

皇帝代表世俗社会最高的力量,当皇帝都没有能力消除灾疫时,只好求助于神力。这个时候,道家就以救世主的身份出场了。

仁宗准奏,派殿前太尉洪信洪太尉去请张天师,故事就这样开始了。张天师是《水浒》中出场的第一个道人,也是整个小说中出现的道行最高的道人,但他只像个影子一样一闪而过。高人都是这样,轻易不会露面,神龙见首不见尾。很多流传后世的经典作品,开笔描写都是出现了大灾难,比如大瘟疫、大饥荒、大洪水之类。《圣经》开篇是大洪水淹没了世界,挪亚方舟拯救世人。中国人对历史的远古记忆也有大禹治水,从人类战胜自然灾害开始。《水浒》也是如此,瘟疫降临,人类无能为力,只有借助天神。当大瘟疫来临,世界陷入了巨大的混乱中,谁来救世?《水浒》很明确地指出了是道家救世,皇帝都没有办法,实际上是说世俗世界已经无以自救。这时,道家便代表着神灵,肩负着拯救人间的神圣使命,禳除瘟疫、解除苦难。

设想一下,为什么不是求助于儒教?很显然,儒家是高度世俗化的,强调实用理性,不代表超越世俗的力量。如果说满朝文武跪拜孔子,祈求消灾避难,那简直是不伦不类的笑话。如果设想成佛家来禳除灾疫,某位菩萨或佛祖出面,也是可以的。但是,作者却将救民于水火的重任交给了道家,可见在作者心目中,道家的地位显然高于佛家。

《水浒》的写作笔法很值得学习,层层铺垫,引出重点。如果洪太尉直接见到张天师,就显得平淡无奇,不能扣人心弦、引人入胜。《水浒》写张天师出场,做了三层铺垫。首先洪太尉到了龙虎山,看到景色奇美,人间罕见。作者用重墨写景而不写人,预示着有奇景必有奇人。写景也是衬托人,这种幽静的仙境,一定有世外仙人。当地负责接待工作的上清

宫住持真人说天师在山顶修道,寻常人见不到天师。洪太尉就在第二天上山寻找天师。途中遇到两次险情,一次是只硕大的猛虎,太尉大吃一惊,但猛虎很温顺地走了;另一次是一条毒蛇爬到洪太尉面前,但是毒蛇也没有下口。这样的层层铺垫,步步惊心,悬念越来越强,吊起了读者的胃口,这样高明的文学写法在《水浒》中有很多处。经历了猛虎、毒蛇之后,洪太尉惊魂未定,还是找不到天师。这时看见一个小道童,倒骑黄牛,横吹铁笛,明眸皓齿,绿鬓朱颜。洪太尉问天师在哪里,道童说你是不是皇上派来的洪太尉,天师知道这件事,他已经乘鹤驾云祈禳瘟疫去了,你回去复命吧!洪太尉半信半疑,只好回来。道士们告知,那个道童就是天师。他又后悔又惊奇,却又无计可施。

然后,洪太尉便在道士的陪同下,去游览赏景。只见那奇山异景,美不胜收,洪太尉走到一处殿前,赫然写着"伏魔之殿",便问怎么回事,道士们说,大唐洞玄国师将一百零八个妖魔封锁在此殿之下,任何人不得进入,否则妖魔会跑出来祸害人间。洪太尉一定要进去看,道士们阻止不住。

> 太尉笑道:"胡说!你等要妄生怪事,煽惑百姓良民,故意安排这等去处,假称锁镇魔王,显耀你们道术。我读一鉴之书,何曾见锁魔之法。神鬼之道,处隔幽冥,我不信有魔王在内。快疾与我打开,我看魔王如何!"

从这段描述中可以看出,洪太尉是儒家的代表。儒家先祖孔子不相信神鬼之说,"敬鬼神而远之"是儒家对鬼神的一般态度,而"祭神如神在"强调的是对祭礼的尊重。洪太尉不相信妖魔在内,这是信仰和内心思想的折射,因为儒家不相信有鬼神存在。然而道士还是不肯开门,百般劝阻。这时,太尉就由微笑转为大怒,这翻脸比翻书还快。

> 太尉大怒,指着道众说道:"你等不开与我看,回到朝廷,先奏你们众道士阻当宣诏,违别圣旨,不令我见天师的罪犯;

后奏你等私设此殿,假称锁镇魔王,煽惑军民百姓。把你都追了度牒,刺配远恶军州受苦。"

洪太尉为什么发怒?不是因为道士们说的妖魔之事,而是他认为这些道士在欺骗他,无视他身为钦差大臣的权威。他起初说从小接受儒学教育,不相信锁魔之法,这是从思想上对鬼神之说的排斥;当道士们又劝阻时,便使出官威和权势来强迫,尤其是"把你都追了度牒",这番话后果很严重。度牒是什么?简单来说,就是官府发给僧人、道人的营业执照。这是官府发给出家人的凭证,僧道有了度牒,就等于获得了国家法律许可的身份,可以得到政府的保障,同时还可以免除赋税徭役。官府可出售度牒,其收入以充军政费用。洪太尉说"追了度牒"就是没收了道士们的营业执照,取消他们当道士的资格。"真人等惧怕太尉权势,只得唤几个火工道人来,先把封皮揭了,将铁锤打开大锁。"进殿之后,发现一块石碑上赫然写着"遇洪而开"。挖开石碑之后,一道黑气直冲天空,三十六天罡和七十二地煞走向人间,从此天下大乱。

《水浒》作为一部经典名著,伟大的地方不仅仅在于那些热闹的情节。纵观中国古典文学,比《水浒》打斗情节更热闹的书有很多,比如《七侠五义》《封神演义》《说岳全传》等,为什么《水浒》能够独树一帜,成为经典呢?这是因为它有着深刻的思想文化内涵。很多书只是写了几个故事,而《水浒》则写了一个世界,写了一个完整的社会生态,这才是经典名著百读不厌的魅力所在。《水浒》开篇的这段描写,很多人阅读时一带而过,并未注意。

这个故事看似与后面的某个人物没有直接关系,但是它点明了王权与儒、道两家的关系。可以概括为一句话:儒家经世,道家济世;儒主道辅,儒道互补。所谓儒家经世,是指儒家是正统学说,当官为仕必须要研读儒家经典,通过科举考试才能入仕做官,儒家是经世致用的学说。所谓道家济世,是说道教在官方或者民间遇到灾难的关键时刻,道家可以普救天下。

洪太尉自诩读了"一鉴之书",这里的"一鉴之书"是指国子监所藏的全部书籍。国子监是官方的教育管理机关和最高学府,洪太尉在这里熟读儒家经典,他的这番话说明儒家思想是官方意识形态,居于庙堂之上,是当时的正统学说。

道家在世俗上被官府所控制,道士的度牒、名额、法律地位、赋税免除等由官方来决定。这样一个事实,说明了当时官方权力对宗教团体和宗教事务的控制,儒家信徒掌管着道家弟子的生活。当然,这也说明儒教和道教是一个阴阳互补的关系,儒为主,道为辅。

道教在《水浒》中具有很高的地位,实际上处于三教之首。《水浒》起笔的“误走妖魔”,一方面说明小说中充斥着很多神秘主义色彩,这种神秘主义在《水浒》的很多情节上起到了重要作用。另一方面,道教是以救世的状态出场,就是为了消除瘟疫。但是,这种救世最终又催生了更大的灾难。如果不是道教的这次祈禳,也不会有洪太尉误走妖魔的事情。说得简单点儿,道教是解除老百姓苦难的,而儒家掌权之后却滥用权力。从这个角度上讲,“误走妖魔”是一个隐喻,隐喻着造成天下大乱的源头是不受约束的权力,是这个权力滥用的体制。

(二)《水浒》中的宗教世界

儒释道三教构成了中国传统意义上的宗教世界,三教的存亡兴衰,主要取决于它们与世俗政权的关系。《水浒》中宗教的地位,也是由皇权来决定的。

1. 三教分离,皇权独大

虽然很多情况下皇权会对三教都有所求、有所用、有所依,但最终三教都依附于至高无上的皇权。《水浒》开篇出现瘟疫,三教中道教最先出场,需要道教去拯救苍生,消除灾难。至于儒家,《水浒》中并没有专门将其作为宗教来点出,但是整个《水浒》的主流价值观、《水浒》所彰显的正统价值观,就是儒家的核心价值观。《水浒》的故事围绕着“忠义”二字展开,忠义正是不折不扣的儒家核心价值。佛教在《水浒》中处于一个补充的地位,出现得并不多。一些佛教徒也往往是面目各异,有好有坏,但佛教徒大都品行不端,《水浒》对佛教总体评价不高。

此外,在《水浒》的世界里,政教分离是比较清晰的。这也符合中国传统社会的真实情况。自汉武帝"罢黜百家、独尊儒术"之后，儒家一直处于准国教的地位，是官方的意识形态，道家和佛教都处于补充的地位，在不同的朝代，宗教随着皇帝的喜好而地位有所变化。当出现"三武帝灭佛"这样的事件时，佛教就受到打击，地位下降。当皇帝比较喜欢佛教时，佛教的地位就高。总的来说，不管哪个朝代或哪个皇帝，都是尊儒为先，佛道居后。因此，佛教和道教一直都没有成为官方正统意识形态，它们与儒家都是一种互补关系，呈现出儒佛互补或儒道互补的情形。在没有官方公开扶持或者打压哪一个教派的时候，儒释道三家和皇权相对分离，但并不可能完全独立。

2. 儒家得势，道家得宠

从商鞅变法到汉武帝罢黜百家近三百年间，法家独领风骚。法家最重要的历史贡献，就是帮助秦帝国完成了统一六国的大任。秦朝灭亡后，法家退出了官方主流意识形态的舞台。西汉初期，一度是黄老学说盛行，道家学说受宠，汉初的休养生息政策就是受道家学说影响。汉武帝时期，董仲舒提出的"罢黜百家、独尊儒术"定儒家为一尊。此后一直到"五四"运动，在两千多年的中国传统皇权社会里，都是儒家一枝独秀。道家在一些时期也得到了一些统治者、掌权者的恩宠，在宋朝，宋仁宗和宋徽宗对道家倍加推崇，道教获得了充分的发展，宋徽宗更是自封"道君皇帝"，意即整个天下道教的总教主。因此，道家在《水浒》中出场多、地位高、影响大、形象好，也符合当时的历史事实。

3. 官控宗教，买卖度牒

宗教历来是由官方来掌握的，现代法治意义上的信仰自由、教派平等是不存在的。虽然宋徽宗宠信道教，但大宋皇权并未打击佛教，所以佛教也能得到较为充分的发展。民间信众，可以根据个人的喜好来选择信仰道教或者佛教，也可以不信仰宗教。当时天下的读书人，都要以儒家经典为主要学习内容，儒家独尊的地位，仍然是道教和佛教无法比拟的，这也符合历史事实。佛道两教，都属于传统意义上的出世的学说，其信徒也被称为广义上的出家人。而僧道资格的获得，需要官方许可，发放度牒，方才有效。所以洪太尉才敢对众道人说，你们要再不听话，就追回你们的度牒,撤销你们的营业资格证。追回度牒,就等于砸了道人们的饭碗。由此可以看出,尽管平时政府不太参与僧道的宗教事务,但是政府的权力对宗教的控制和影响是很大的。

4. 寺院自给,信众自愿

中国一直是没有国教的国家,《水浒》中也没有国教。政府并不直接资助宗教,僧道寺观的维持完全靠信徒出资,佛家叫"供养",俗人一般叫"施舍",靠信众自愿捐助来生存,是一般僧道寺观的基本生存模式,现在大体上也是如此。总的来说,《水浒》中儒释道的社会地位以及生存状况和现在差不多。从这个意义上,也可以说《水浒》是超越几百年的现实主义巨著。

(三)儒释道的格局

儒家代表着正统,存在于整个人世间,为人们所学习,儒家经典成为读书人必读的书,儒家的价值观贯穿于读书人的一生。道教在《水浒》中是神明,或者说是神灵,是人间和天界的使者,处在人世间之上,比如道教的占星术和法术。梁山一百单八将排座次,依照什么标准?关键时刻,又是何道士翻译天书,道破天机,才解决了这个大难题。佛教在《水浒》中属于异端,虽然书中没有明确对佛教的看法,也没有系统的对佛教的评论,但是很多地方表达出对佛教徒的嘲讽。总体来说,《水浒》把佛教视为异端。如果用天上、地下、人间来比喻的话,儒家在人间,道教在天上,佛教在地下,这是儒释道三教在《水浒》中的基本格局。

二、《水浒》对儒释道的基本态度

(一)道家是人间的救世主

道家在《水浒》中得到了最高的赞美,开篇就是张天师祈禳瘟疫。连皇帝都束手无策时,怎么办?请道家出场。说明道家具有超越凡俗的神秘力量,非人力可以为之。

儒释道三家对人生的认识各不相同。儒家一直讲现世,不谈前世,不谈来世,只谈今生;佛家讲前世今生,还讲来世,讲轮回,讲宿命,讲报应;道家讲求的是今世,尽量延长今世的时间,追求长生不死,有各种养生术、炼丹术、占星术。道家在中国传统文化里处于连接人间和天上的中介地位,比如国家的重大典礼需要道教来做法事。各路英雄排座次是梁山上最大的一次典礼,也是由道教来做法事,道教充当了天上和人间的使者。《水浒》开篇的引首说,仁宗生下来哭个不停,皇上很着急,遍贴黄榜。这时玉帝派太白金星到人间揭榜,说天子是上天的赤脚大仙降世。太白金星在仁宗耳边说了八个字:"文有文曲,武有武曲",襁褓中的小仁宗立刻止哭,这个小插曲说明仁宗也是道教人物。翻阅道教史可知,北宋时期的道教有两次兴盛,一次是仁宗时期,一次是徽宗时期。宋徽宗的全称是"玉清教主微妙道君皇帝",简称道君皇帝。"玉清"即元始天尊,是道教的最高神。还有上清灵宝天尊、太清道德天尊(即太上老君),这是道教的"三清",供奉这三位神灵的大殿一般叫"三清殿"。"微"和"妙"也是来源于道家经典,在老子的《道德经》中有多处解释,"众妙之门""是谓微明"等,是道教中的重要概念。由此可见,徽宗确实是信奉道家的。

就世界来说,不仅有世俗的横向世界,还有纵向的精神世界。我们每个人都在这两个世界里生存。这两个世界如果合二为一,就是通俗意义上的天下大治,因而一些国家的宗教领袖同时也是国家领袖。中国古人一直讲求这两个世界的高度统一,皇帝既要做世俗领袖,也要做精神领袖,从上而下统治全国人民。中国古代的皇帝尚有自知之明,他们借助于儒家学说的价值观来实现统治,都自称孔子信徒。皇帝对其他任何人都不下跪,唯独对孔子下跪,行弟子礼,是为尊师。因为尊奉孔子,皇帝就拥有了不用自己的名字命名了一套在全国通行的意识形态。《水浒》中的道教是世俗权力的合法性来源,仁宗本身就是天上的赤脚大仙下凡,徽宗自命为玉清教主,是全国最大的道教领袖,他也想实现世俗权力和精神权利的统一,可惜他的想法最终失败了。

(二)道教是权力的合法性来源

道教既是世俗权力的合法性来源,又是江湖权力的合法性来源。《水浒》中的世界主要是江湖的世界,好汉们的世界,酒肉的世界,刀斧的世界。那么这个世界最终的合法性来源是什么?来自于九天玄女的授权。

梁山老大宋江"权自天授"。在"还道村受三卷天书,宋公明遇九天玄女"一回,表达的核心意思就是宋江在梁山上的权力来自神的授予。"还道村"暗示道家,"九天玄女"明示道家。江州劫法场后,宋江犯了谋反的死罪,走上了和体制完全对抗的不归路。上了梁山后,宋江想把老父和弟弟接上山来一起共享快活。晁盖说你不要去,我派个兄弟去接过来;宋江说不行,一定要亲自去。晁盖说太危险,你一个人去怎么行呢? 我派几个兄弟保护你去。

> 晁盖道:"贤弟,路中倘有疏失,无人可救。"宋江道:"若为
> 父亲,死而无怨。"当日苦留不住。宋江坚执要行,便取个毡笠
> 戴了,提条短棒,腰带利刃,便下山去。

这是宋江最固执的一次,固执得都有些不像那个深谋远虑的梁山统帅。宋江说"若为父亲,死而无怨"。视孝道为做人之本,这是典型的儒家思想。明知危险重重,仍独自还乡取父弟,既彰显了宋江人格的伟大,又突出了他的人格魅力,同时也为下一步遇到九天玄女埋下伏笔。

果不其然,宋江回去以后,弟弟宋清说你已犯下弥天大罪,有两个捕头埋伏在门口抓你,宋江一听"大惊"(这是小说的一个细节,好像宋江之前脑子短路,不知道有官方会布下天罗地网抓捕他),趁着夜色赶紧往回跑。但已被官兵把住路口,退不回去了。情急之间,匆忙躲进庙里并藏到神厨里面。几个捕快看到庙门上的两个手指印,就追了进去。刚走到神厨前,忽然吹来一阵风,灰土迷了捕头赵得的眼睛;赵能正要过来看,又一阵阴森森的恶风卷起。赵能寻思,莫不是惊动了神灵?就在赵能打算拿枪捅一捅神厨时,突然"一阵怪风,吹的飞砂走石",捕快们掉头就跑。

宋江因此脱险,很快进入梦境。梦中的九天玄女法旨,"宋星主,传汝三卷天书,汝可替天行道"。"玉帝因为星主魔心未断,道行未完,暂罚下方,不久重登紫府"。娘娘的法旨说明了宋江授命于天,其他人只能是

辅佐,所以宋江是"天魁星"。只因魔心未断,要来人间赎罪,待洗清罪行后再回天上。因为道教在《水浒》中极高的地位,九天玄女作为道家神灵,授予宋江天书,就是顺理成章的事情。假如描写成佛祖授予宋江三卷佛经,赐予神力,在《西游记》里是正常现象,在《水浒》中则是荒诞不经,这是由两书不同的宗教世界的情境所决定的。宋江虽然没有明显的道教信仰倾向,却得到了道教的帮助。九天玄女的出现,让宋江在法统的意义上获得了和皇帝同样的合法性地位,成为梁山泊的土皇帝,这是一个非常重要的环节。

宋江为了父亲甚至愿意去死,这是儒家倡导的大孝。正是为了尽孝,宋江两次身陷险境:第一次被官兵抓走,后来刺配江州;第二次被九天玄女搭救。开篇是道家救天下,这次是道家救宋江,关键时刻,道家总是以救世主的身份出现。九天玄女授予三卷天书,使宋江一下子身价倍增。所以道家法术既救宋江肉身,又救宋江的灵魂,赋予宋江真正的合法性。玄女授天书,其实是赋予宋江道义上的合法性,把他说成是神的代理人,将他的世俗权力赋予神性。既然有九天玄女保佑他,那么他掌握权力是必然的。所以世俗权力,也需要得到神性的认可,而这种神性的认可,又进一步巩固了世俗的权力。

临分别之际,玄女娘娘又对宋江说:"遇宿重重喜,逢高不是凶。北幽南至睦,两处见奇功。"这是对宋江命运的预测。意思是宋江遇见宿太尉会有好事,遇到高俅也不是坏事。高俅是《水浒》中反面人物的代表,但遇见高俅不是坏事;北面幽州平辽国,南面平方腊,这两处地方都会立下大功。这句话是对宋江命运的概括,也是《水浒》中的偈语。特别是"逢高不是凶"一句,和《水浒》的情节设计有矛盾,毕竟宋江是因为高俅等为代表的官府的陷害才命运多舛,最后还是死于高俅等奸臣的陷害。但是,这个偈语,超脱了《水浒》一般悲剧意义上的理解,把宋江一生的经历,重点是经过的磨难,比如上山前的各种坎坷、招安后奸臣的陷害还有南北征战的辛劳,尤其是梁山好汉的败落死亡,都当作是宋江修行的过程。因此,遇见高俅并不是凶事,而是宋江修行的必经之路。修成之后,宋江最终功德圆满,得道升仙了。这个偈语,虽然很多人不太注意,但却是解读《水浒》悲剧的一把钥匙。它以超脱的态度,静观宋江的大悲大喜,正是"清静为天下正"的一种表现,符合道教的世界观。

(三)以上天之名排座次

再往后看,梁山好汉怎么排座次?从古至今,每逢打仗结束之后,最难的就是论功行赏。排一个合理的座次,既要摆平各方关系,又要让大家都接受,确实很难。书中对梁山聚义后怎么排座次描写得很简单,仅仅做了一个法事,类似于现在举行一个盛大的典礼,要做一个仪式。这个法事在水浒中叫作"醮事",公孙胜和其他四十八名道士,共四十九名道士做七天醮事,也就是做七天法事。

"七"是道教的一个数字,在水浒中也多次出现。道教有占星术,它对宇宙的认识首先就是北斗七星,所以道教往往讲"七",有时候是"九",七七四十九、九九八十一最多。梁山法事第七天时,大约三更时分,突然"天门开",天上惊天动地的响雷,从西北方向降下来一团大火,直滚下虚皇坛来,绕坛滚了一遭,火球迅速钻进正南地里不见踪影。众人忙在火球入地之处开挖,但见一个大石碑,"上面乃是龙章凤篆蝌蚪之书,人皆不识。"

　　　　众道士内有一人,姓何,法讳玄通,对宋江说道:"小道家间祖上留下一册文书,专能辨验天书,那上面自古都是蝌蚪文字,以此贫道善能辨认。译将出来,便知端的。"

何道士法号"玄通",意即通晓玄妙之事,所言祖传文书,又增加其神秘性。宋江听了大喜,急忙让何道士翻译,"此石都是义士大名,镌在上面。侧首一边是'替天行道'四字,一边是'忠义双全'四字"。替天行道,忠义双全,这是梁山泊最核心的思想武器。除此之外,石碑上还刻着一百单八将的排序。从天上来,刺破夜空,坠入地下,火球运行的轨迹涵盖了天上、人间、地下,最后挖出的石碑上已经排定了一百单八将的座次,此乃天意,有谁还敢不服?

谁也不能否认,替天行道和忠义双全,其实是儒家的意识形态和价值观。但儒家这种正当性的确立和座次排名得到众英雄的认可，却是通过道家的方式，故而道家是隐性的意识形态。宋江是《水浒》的中心人物，他的合法性最终来源一是九天玄女赐三卷天书，二是石碣排定的座次，都是天意，而非人力。而这天意的表达，都是依托道家的力量。如果宋江遇到的是一个大儒、高僧或隐者，都没有道家更有权威。

道家自从创立，就具有神秘主义的传统，很多道家人物都是半人半神，由人而神。比纯粹的神和人，都更能为人所接受。据说道家的创始人是黄帝，《黄帝内经》也是道家的养生经典，但不知黄帝的最终去向。道家理论化第一人是老子，老子出关后，留下《道德经》五千余字，最后不知所终。老子在世俗中本有其人，后来都化成神仙，隐居世外。所以，道家可以上达天意，下接地气，道士既有人的一面，也有神的一面。例如，公孙胜、混世魔王樊瑞，都是半人半神的形象，能腾云驾雾，精通法术，降伏妖魔。

(四)道家代表了智慧

《水浒》里的聪明人都是道家，比如智多星吴用，他是天罡星里的"天机星"，意即掌握天机的人。吴用本是乡间的教书先生，应该是饱读儒家诗书，但作者完全是按照道家的衣着相貌来介绍的，他的道号是"吴加亮"。本是天罡星又"加亮"，彰显吴用的"更加亮"；矛盾的是，他的名字又叫"吴用"，隐喻了他其实无用，他的大智慧，其实都是无用的。大智若愚的人很少，而大愚若智的人则比比皆是，吴用就是大愚若智之人。细究吴用姓名的含义，颇有深意，作者真的是用心良苦。

公孙胜是不折不扣的道家，他的聪明才智一大部分体现在师傅罗真人对他的教导，而罗真人的出现则是为了衬托公孙胜的智慧和最终的得道。北征辽国后，公孙胜没有随宋江进京，也没有继续征讨方腊，而是留在幽州修道，这是一个大智慧者。还有神机军师朱武，也是道家的形象；包括前面提到的混世魔王樊瑞，最后也随公孙胜去修道了，都体现了道家功成身退、无为无不为的智慧。

中国的传统文化中，谁代表了智慧？毫无疑问是道家。一些智慧的代表性人物都是道家，如黄帝、鬼谷子、老子、张良、诸葛亮，都是道家。

诸葛亮是中国古代智慧的化身,他信奉道家思想,他的名言就是"非淡泊无以明志,非宁静无以致远。"孔明祭东风那一节虽然是个虚构的故事,但七星坛、七星旗,全是道的标配。所以道家在中国古代传统文化中,是智慧的象征。《水浒》仍然秉承了这样的特点,道家往往会料事如神,这叫"偈语",许多年后会应验。《水浒》中多次出现偈语,比如九天玄女给宋江的那段话,"遇宿重重喜,逢高不是凶。北幽南至睦,两处见奇功",更是对宋江一生的概括。罗真人给公孙胜、宋江都有过偈语,因此,这些料事如神、具有先知力量的神秘人物,都是道家。

自然科学的发展、人类思想的进步,是逐渐摆脱神秘主义的过程,但一定程度上又和神秘主义相伴相生。直到现在,人类也仍然无法彻底摆脱神秘主义。无论是我们倡导的唯物论,还是我们反对的唯心论,在很大程度上,都和神秘主义有着说不清的纠缠。

一百单八将接受招安入城,道君皇帝赐给他们很多装扮。"众头领都是戎装披挂。惟有吴学究纶巾羽扇,公孙胜鹤氅道袍,鲁智深烈火僧衣,武行者香皂直裰。"《水浒》中特别强调了四个人,他们的穿着打扮和其他人不一样,在这个最正式的场合,他们四人都以出家人的装束出现。从最后的结局看,公孙胜、鲁智深和武行者都出了家。他们三人的结局非常干净,这个"干净"指的是宗教意义上的干净:公孙胜去修道,鲁智深在杭州坐化,武松则出家做了和尚。从宗教意义上来说,他们是《水浒》中的净土。当然我们也知道,佛教传入中国有很多宗派,净土宗则以"干净"作为他们最重要的教义。

(五)道家的超脱

中国的文人墨客,包括士大夫阶层,"居庙堂之高则忧其民,处江湖之远则忧其君。是进亦忧,退亦忧。然则何时而乐耶? 其必曰'先天下之忧而忧,后天下之乐而乐'乎"。这说明了他们对官场朝事和乡野生活的认识,得势如范仲淹则忧其民,失势如陶渊明则求其仙。《水浒》里轰轰烈烈之后归于平淡、超然世外的人有很多,罗真人就是这样的形象。罗真人的面目始终不清,为什么? 因为他法力太大,深不可测,神龙见首不见尾,凡人哪能看清他的真面目? 李逵代表着勇猛、鲁莽,也代表着刚正不阿、滥杀无辜，他是天杀星，却被罗真人略施法术，收拾得狼狈不堪。李逵想让公孙胜跟他一起走，便在晚上杀了罗真人，不想第二天又看到了罗真人，这就是道家的"不死"。《水浒》的一百单八将里，李逵只服三个人：一是宋江，这是基于儒家思想的义；二是燕青，因为李逵吃过燕青相扑的苦头；三是戴宗。李逵服燕青是因为武力，但武力有边界，并非不可战胜，而且燕青的武功在梁山上也不是最高的。他对戴宗、公孙胜、罗真人，则是一种发自内心的惧怕，表面看他们清静无为、与世无争，实际上却是法力无边、呼风唤雨，捏死李逵如同捏死一只虫子。

天罡星、地煞星的说法，就是来源于道家学说。很多古典文学，比如《封神演义》有三十六天罡星，《西游记》里孙悟空的七十二变是地煞七十二变，猪八戒的三十六变是天罡三十六变，三十六天罡星的名号在《封神演义》和《水浒》中是完全一致的。这里的天罡、地煞完全采用道家的说法，由此可以看到，《水浒》的很多理论基础、人物设计和故事构思，都直接融入了道家的学说。

（六）佛家的堕落

《水浒》中的佛家，除鲁智深外，其他大都是反面形象，比如裴如海。儒释道三家都讲禁欲，佛家尤其禁色欲，《水浒》的作者也是极度主张禁色欲的传统人物。作者有意安排了佛家弟子和潘巧云偷情，而不是道家弟子，又用一段特别的笔墨把佛教徒的好色、犯色戒说得不亦乐乎，"原来但凡世上的人情，惟和尚色情最紧。""和尚们一心闲静，专一理会这等勾当。"更有一首打油诗对佛教徒做了辛辣的嘲讽："一个字便是僧，两个字是和尚，三个字鬼乐官，四字色中饿鬼。"

关于佛家，《水浒》里有一个细节。一般而言，任何一个和尚都有法号，对僧人称呼法号是一种尊称，如"学诚大和尚""永信大和尚"，但为什么裴如海没有法号？不称法号称俗名，是对和尚的鄙视，甚至是一种侮辱。假如你遇到一个僧人，问他俗名叫什么？修养好的无视不理，若遇到鲁智深这般修养不好的，定会一个巴掌挥过去。因为叫他俗名是一种蔑视，等于说他不是佛家弟子，不配称法号。

绿林强贼中也有和尚，就是生铁佛。生铁佛本身姓崔，法号道成，绰号生铁佛。鲁智深走到瓦罐寺,看到和尚们哭哭啼啼,原来是新来的一僧一道,霸占了寺庙和一个女子,还强行差遣他们。鲁智深一怒之下除掉了两个人,这个细节大家都知道。生铁佛是一个绰号,《水浒》中几乎有头有脸的人都要有一个绰号,"生铁佛"带个"佛"字,很有深意。还有两个人的外号带佛,一个是"孙佛儿"孙定,一个是"黄佛子"黄文烨,都喜欢做善事帮助别人。《水浒》中三个绰号带"佛"的人,其中一个是僧人,而这个僧人恰恰是个强盗,既强占别人财产,又强辱民女。虽然生铁佛在《水浒》中戏份不多,属于出场一回就死的人,但是佛家所忌的恶行他都有,他和丘小乙都是《水浒》中的反面角色,丘小乙是道家唯一的反面角色。《水浒》的一僧一道如此不堪,而《红楼梦》的一僧一道都是世外高人,这也代表了两书作者对佛道的不同的态度。

在攻打曾头市时,有两个自称是法华寺的僧人,诱骗晁盖等人进入埋伏圈,晁盖中箭,不治而亡。这两个僧人,他们不是安心吃斋念佛,却做了曾头市的帮凶。晁盖的死,这两个僧人负有很大的责任。

个体的僧人如此不堪,佛家的群体又如何?以鲁智深在五台山修行为例,从上到下的僧人都反对、排斥、厌恶他,只有智真长老一直宽容、接纳、庇护他。他在五台山的修行过程,更多的是惹是生非。二次因醉闹了僧堂,职事人不能和顺,智真长老说我一个师弟智清在东京大相国寺,你去投奔他吧。"寺内众僧得鲁智深去了,无一个不欢喜"。五台山在中国佛教界的地位,类似于北大、清华在中国大学中的地位。这样举足轻重的道场,僧众却是一个个庸俗不堪的势利之徒,其他一般的寺庙显然更加不堪。而鲁智深最后极高的修为境界,又烘托了五台山众僧的平庸。

这些僧人的形象都很差,完全违反了佛家的清规戒律。裴如海代表了"淫",生铁佛代表了"盗",法华寺二僧人代表了"恶",五台山众僧代表了"俗",即世俗、庸俗,他们是所谓红尘之外的俗人。《水浒》中这几个和尚的形象,比一般民众都不如,是作者对佛教的讽刺和嘲弄。

(七)儒家的失败

《水浒》中占主流地位的是儒家的正统思想。众所周知,儒家的理想是修齐治平,天下大同。《大学》有云:"欲治其国者,先齐其家者,先修其身;欲修其身者,先正其心;欲正其心者,先诚其意;欲诚其意者,先致其知。"对个人来说,就要造就君子人格,实现内圣外王。

忠孝义勇是《水浒》中的主流价值观,也是儒家的主流价值观。但《水浒》的这个价值观是失败的,比如"廉"是儒家对官员的基本要求,大宋却贪官横行,一个贪官的名字叫高廉,这种名字本身就是有很强的反讽意味。

儒家失败的表现,主要有三点。

一是儒家理想的失败。《水浒》中到处都是仁义丧失、吏治腐败。儒家修齐治平,天下大同的理想显然没有出现。

二是儒家秩序的失败。儒家倡导的官员爱民如子、清廉为民、百姓爱戴、官民鱼水情这样的秩序始终没有出现。官员游走于黑白之间,盗贼蜂起于山林之侧。《水浒》里有官员、好汉、老百姓和黑社会四种社会力量,这些群体彼此之间是一种互害、没有信任的关系。黑可以变白,白可以变黑,官员转身便是黑社会,黑社会洗白了身份也可以做官,黑白互换,如此而已。

三是儒家人格的失败。"忠孝仁勇、礼义廉耻""仁义礼智信,温良恭俭让"等,都是儒家对君子人格的要求。但是,士农工商各个阶层,没有人能达到这样的君子人格。作者刻意塑造的典范形象——宋江,其人格修炼应该说是成功的,他的人格魅力恰是儒家典型的君子人格的表现。而宋江最终还是失败了,不是轰轰烈烈地战死在对外御敌的沙场上,而是先败于征方腊,后败于统治集团的内耗。表面上看,宋江征方腊最终取得了胜利,但是,从实质上讲,征方腊在军事上是惨胜,在政治上是惨败。如果说宋江在北伐辽国的时候死于战场,这样就成为一个民族英雄,"纵死犹闻侠骨香"。虽死犹荣,死得其所,读者心中也会多了很多宽慰,宋江的形象也会高大很多。但是,作者偏偏要写他伐辽大获全胜,征方腊损兵折将,最后被奸臣害死,死相很难看。这是宋江的悲剧,也是儒家君子人格的失败。这种失败是彻底的、无可救药的,也就更有一种震撼人心的悲剧力量。

宋江的失败,是儒家失败的缩影。进而言之,无论是儒生、官员还是皇帝,这些正统意义上的儒家弟子,最后都失败了。

《水浒》中儒家代表人物都是失败者。皇帝毫无疑问是国之正统的象征,同时他又遵从道教,不仅大宋国腐败黑暗,他最后也成为亡国之君。宋江在《水浒》中应该说是一个成功人物,从草根逆袭到成为梁山老大,再到招安、征辽、平方腊都很成功,但他最后的命运是失败的。王伦是梁山泊唯一有功名的读书人,是儒生的代表。但王伦熟读儒家经书却不能做官,梁山落草反而被火并,无疑是失败的。众官员更不必说,个个遍读四书五经、孔孟之道,对儒家学说滚瓜烂熟,但是他们的行为恰恰与儒家要求背道而驰。一般意义上讲,儒生考取功名就是成功,但《水浒》中这些通过科举取得功名的儒家弟子,在人格和道义上是失败的。因为他们当官后鱼肉百姓,贪污腐化,完全违背了儒家的教义。这是儒家在深层意义上的失败,也是儒家学说最彻底的失败。无论是皇帝还是江湖老大宋江,还是在野的读书人,甚至没有进入体制的儒家弟子,他们都是失败者。儒家的天下大同、君子人格、修齐治平、经世致用,都是虚假的、无用的,这是《水浒》对儒家最大的否定。

(八)民间宗教及神秘法术

关胜在《水浒》一闪而过,没有盖世的武功,也没有足够的资历,战胜的将领还不如张青多,那么,他凭什么位列第五?一个重要的原因是占了老祖宗关羽的光。民间对关公的崇拜其实已成为一种宗教,"汉封侯,宋封王,明封大帝。儒称圣,释称佛,道称天尊",这副对联道出了儒释道对关羽的尊崇。道家有关帝,文圣是孔子,武圣是关公。基于这样强大的民间崇拜力量和关羽的祖荫,关胜的排名靠前。

还有戴宗的神行术,戴宗有四个甲马,能日行八百里。

> (戴宗)去两只腿上每只各拴两个,肩上挑上两个信笼,口里念起神行法咒语来。……取数陌金钱烧送了。过了一宿,次日早起来,吃了素食,离了客店,又拴上四个甲马,挑起信笼,放开脚步便行。端的是耳边风雨之声,脚不点地。

可以看到,这段描写的很多细节与民间迷信非常相似。民间的迷信也是这样:念经,烧纸,吃素,不能杀生,不能和外界接触,特别重视仪式,而这种仪式的含义,人们都说不清楚。

梁山前五个头领的宗教信仰,或者说他们宗教信仰的归属是一个不可忽视的问题。宋江是儒家为主道家为辅,和佛家没有关系;卢俊义的宗教信仰背景不清楚,比较模糊,但是从他前期的一些言行来看,比如他不愿意上梁山,还要在体制内谋生活、忠君爱国,卢俊义属于传统的儒家。吴用一个乡村教师,本是儒家出身,但他的很多计谋(如离间秦明、智赚卢俊义等)很多言行(如先忠于晁盖后忠于宋江),说明他对法家之术也应用自如。吴用排名第三很有意味,谁当老大他依附于谁,属于不倒翁,这样的人物在政坛上比比皆是。公孙胜排行第四,他在梁山上地位很高,得益于道家的力量。他本人会法术,又有强大的道教背景,在意识形态上占有着优先的地位。从宗教角度分析,这五个人的排名都有宗教的影响。至于林冲,虽然资历老、武功高、人品好,但他背后没有宗教力量和意识形态的支持,综合实力稍逊一筹,排名第六,略靠后些也是必然的。

(九)义字当先,诸神退后

关于佛道两家,《水浒》中有一个有趣的对比:道家除了丘小乙以外,大都是正面形象;佛家除了鲁智深和智真长老外,其他大都是反面形象。道家偶有败类,佛家偶有智者。佛家和道家的智者都归隐山林、与世无争,遁入空门,不再和红尘有任何关系。说明什么?从世俗的角度来看,轰轰烈烈进行了二十多年的武装斗争,仍然无法救世,便选择了逃避。如果把《水浒》理解为一个救世的过程,他们救世的理想实现了吗?显然没有。

《水浒》还鄙视佛家的堕落,对佛家持鄙视和排斥的态度。佛家讲求去除"贪、嗔、痴",才能逐步达到"戒、定、慧";排除欲念,以驱除心中欲望求得智慧,才能修成正果。而《水浒》中的佛家弟子堕落纵欲、杀人放火,违背了佛家的基本教义。在《水浒》里,佛家不能普度众生,反而贪欲

250

堕落,说明佛家是失败的。

关于《水浒》中儒释道的结局,我作了一个总结:儒家失败,佛家堕落,道家虚无。表面看道家法力无边,是智慧的象征和权力合法性的来源,但是最终道家的代表人物公孙胜又回去继续修炼了。道君皇帝得了道家之道,却失去了君王之道、儒家之道、百姓之道,成为亡国之君;尽管才华横溢,却是一个无道昏君。

我作了一首打油诗,来概括《水浒》中的三教。

> 道君皇帝却无道,
> 艺术大师败家国。
> 忠义礼教皆空论,
> 佛门弟子贪欲多。

三教的失败,说明诸神无用,只好寄希望于好汉救世。当儒释道三教都不能救国救民时,好汉们应运而生、横空出世,他们可以拯救苍生、拯救世界,这恰恰是许多人愿意读《水浒》的原因。但是好汉们能不能救世呢? 他们掌权后又会怎样? 我们上一讲专章讲过。许多人读《水浒》看到好汉们死得这么惨,悲愤异常,不忍卒读而把书扔掉,因为他们把梁山好汉看作忠义的象征,或者是现世的救世主,只有好汉才能扫清罪恶,开辟一片蓝天。但是事实又怎样呢? 梁山泊的天是明朗的天,梁山泊的人们好喜欢,但梁山泊没有给人们带来这样理想的世界。

三、《水浒》思想境界的局限

(一)缺少宗教情怀

人们可以不信仰宗教,但不能没有宗教情怀。宗教情怀有很多内容,世界上大多数宗教共同认可的价值之一是,尊重生命,死生为大。不管是儒释道还是基督教、天主教,都尊重生命,死生为大。如何对待生死,是各种宗教必须解决的问题。对生死的回答,是每一种宗教最本质的东西。比如,无神论的物质不灭,也是一种对生死的态度。道家讲上善若水;佛家讲众生平等、爱无等差,慈悲宽容;儒家的一般要求是礼仪之道,遵守规则。至于克制欲望、顺其自然,各种宗教多多少少都存在,绝大多数宗教都会禁欲,只是形式有所不同;孔子提出的"己所不欲,勿施于人"在《水浒》中几乎不存在,好汉们大多疯狂地杀人,缺乏尊重生命的宗教情怀。

(二)信仰崩塌的世界

前面说过,《水浒》存在着严重的精神缺陷,这是其格局不大、境界不高的局限。漠视生命、滥杀无辜就是《水浒》重大的精神缺陷之一,重夺权力、轻保民权也是这种思想的延续。《水浒》中笔墨众多的是厮杀夺权,很少看到对民权的尊重和保护。而任何一种宗教,莫不以悲悯为怀,莫不以民生为本。这方面的描述很多,我们以前也讲过,此不赘述。

尽管《水浒》中有儒释道三教,但三教都不能救世,都以失败告终,三教的教义都未能在现实生活中实现。作者之所以推翻了三教当道的世界,目的就是要建立一种忠义当道的价值观,而这种价值观,取代了三教的地位,相当于一种新的宗教——这就是作者尽力推崇忠义的原因所在。很显然,三教失败后的这个忠义乌托邦,最终也是失败了。

《水浒》里还有一种非常可怕的思想,就是造反有理,无法无天;我即正义,我即法律。我代表着正义,可以以正义之名杀死你。这种思想曾经泛滥成灾,在座的老人们对此应该都还有切身之痛。此外,仇官仇富的情节在《水浒》里非常多,以道德归罪,只要道德上有瑕疵就该死。现在民间也有的仇官仇富情绪,几乎是逢官必反、逢富必骂,看见贪官落马就拍手称快——我和你无冤无仇,我就是看不惯当官的!这种非理性的思潮,极易演变成民粹主义,我们应该警惕。

现实中如果没有宗教会怎样?《水浒》中的儒释道都失败了,在宗教缺位时好汉们出场了。好汉们似乎个个都是神灵附体、忠义当先,但是另一方面,好汉们也可能个个都是魔鬼。没有宗教的《水浒》世界,是典型的动物世界,暴力成为社会的第一法则,谁有暴力,谁掌握了刀把子、枪杆子,谁就掌握了这个世界。这种丛林法则达到顶峰时,可能会有一个最大的暴力一统天下,但这只是暂时的,缺乏持久性的,因为它必然会造成社会失范、权力失控、法律失灵、政府失序、道德失据、人性失真。

好汉们打打杀杀，征方腊后仅剩二十七人，他们的忠义也失败了。儒释道不能救世，好汉们救世的努力也失败了，既有的三种宗教没有发挥作用，作者塑造的以忠义为代表的宗教情怀，或者说作者心目中的宗教，最终也失败了。宗教不能拯救世界，好汉也不能拯救这个世界，这是《水浒》的一个大悲剧。

(三)《水浒》的三重悲剧

《水浒》是一部悲剧。不同的读者，对这个悲剧的认识各有不同。我主要从三个方面来解读一下。

一是群英凋落的悲剧。记得电视剧《水浒传》播出时，看到征方腊损兵折将的情节，有人指着荧屏痛斥"都怨这个坏宋江！"征方腊后回朝谢恩时，一百单八将仅剩二十七人。对普通读者而言，乐见其喜，不忍其悲；乐见其成，不忍其败，无法忍受这种群英凋落的悲剧。

二是信仰崩塌的悲剧。前已述及，不管儒家如何掌权，道家如何神明，佛家如何慈悲，儒释道三教都失败了。三教失败，只好求助于好汉来救世。但好汉们建立忠义乌托邦的努力，最后也失败了……所有的信仰均归于失败，好汉们构建新世界的努力也被旧体制所吞噬，凭什么再造一个精神的新世界？这是一个信仰崩塌的悲惨世界。

三是道路选择的悲剧。好汉们的道路选择始终是两条线，明线是接受招安，另一条暗线是反对招安。无论是造反还是招安，不管最终选择哪一种道路，结果都是土崩瓦解。

好汉们的悲惨结局，只是《水浒》悲剧意义的表象。通过这个表象，揭示出一个信仰崩塌的悲惨世界。在这个世界，官员无德无良；盗匪无法无天；社会无耻无知；民众无助无望、无力无奈！这是怎样的一个悲惨世界？

(四)中国人苦难的百科全书

《水浒》是中国人苦难的百科全书：中国人精神的挣扎、肉体的痛苦、体制的倾轧，在《水浒》中展现得一览无余。这就是经典的力量，为什么几百年来会有这样震撼人心的力量？它揭示了中国各个群体的苦难，也揭示了大宋帝国的苦难。宋朝如此强盛的一个朝代，最后却内外交困，毁于外敌之手。对官员来说，哪一个不怀揣儒家的理想？但是进入专制体制这个大染缸，绝大多数人成为贪官；不做贪官的，就被淘汰出局。人人都有原罪，人人都有投名状，他们在体制中拿着血酬，也忍受着苦难。对宋江来说，满腔热血要忠君报国、替天行道，但是最终他们的正义在哪里？宋江去征讨方腊时，好汉们走向了自己的反面，征讨的是当初的自己——此时的方腊，就是昔日的宋江。为了实现忠君报国的理想，宋江走了太远的路，却迷失了方向、迷失了自己，忘记了为什么出发。

对《水浒》中这些信仰崩塌的认识，我作了一首打油诗：

> 诸神隐迹妖虐狂，
> 众生无灵信渺茫。
> 酒肉大快非大同，
> 刀斧所向万民殇。

四、结语：宗教伦理与法治精神

有人说读《水浒》越读越没劲，好汉们最后都灰飞烟灭。招安之前的有如天神、勇猛无比与征方腊时的一触即死、弱不禁风形成了强烈的对比，为什么大英雄变成了纸老虎？这个结局，就是《水浒》的浓重的悲剧意识。这一点，是值得我们深思的。

总体来说，国家政权对宗教的管制是非常严酷的，从开篇的洪太尉怒斥众道人就能看出端倪。对宗教要持一种宽容的精神，因为宗教与法律是相伴相生的，我们现行法律是西方的舶来品，而西方法律产生的过程，恰恰是和宗教相伴相生的。

我们希望通过宗教伦理之花，开出法治精神之果。宗教是道德的灵魂，不能脱离宗教而侈谈道德。道德是法律的标尺，法律是最低限度的道德。如果人人都无德，一个国家的法律制度再严酷，也难以实行。信仰是法律最终的依归，正如伯尔曼所说，"法律必须被信仰，否则形同虚设。"

如何从三教中发掘法治精神？如果各用一个字来概括三教，儒教为"礼"，它代表的是一种秩序；佛教是"空"，《心经》里面谈到"色不异空，空不异色"，佛教最可贵的地方是讲求平等，佛爱众生，众生平等，倡导对众生的爱惜保护；道教是"静"，无为无不为，"道法自然"，最终追求的是自由，无论是肉体的自由还是灵魂的自由，道教对自由的追求是非常突出的。如果各用两个字来概括三教的精神，儒家是"秩序"，佛家是"平等"，道家是"自由"。而自由、平等、秩序，恰恰是法律追求的基本价值。

那么，传统的儒释道三教，凝合其自由、平等、秩序等基本价值，能否成就当代的法治之果？当然这是一个漫长的过程，但是希望它能为我们未来的法治，以及法治建设提供一些动力。

从《水浒》中的宗教与信仰，最终归结到一个新的命题，那就是法律与宗教的关系。一个国家不能没有宗教，也不能用法律取代宗教，当然宗教也不能取代法律。宗教要在法律规定的范围内活动，世俗权力与宗教事务相分离。"让上帝的归上帝，让恺撒的归恺撒"，真正实现政教分离。我们读《水浒》，不能停留于为好汉们的生死而扼腕叹息，而是通过对《水浒》悲剧的解读，培养新的认知和精神；逐步从宗教的伦理中培育出法治的精神，比如儒教的秩序、佛教的平等和道教的自由。对政教分离有一个认识，对自由有一种宽容，对法律与宗教的相伴相生有一个期待，对用宗教之花结出法治之果有一份希望。

2018 年 10 月 7 日

第十讲　修法明德，良法善治

——梁山兴衰启示录

谢谢今天从各地赶来的亲爱的听友们。今天主要是讲梁山兴衰启示录,标题叫"修法明德,良法善治"。《水浒》的结局我们都知道,这个结局给人什么启示? 从我个人来说,就是人治的体制已经走到了尽头,必须实行法治。为什么我们看《水浒》最后感觉很绝望?《水浒》是一部悲剧,是一个悲惨的世界;这是一个绝望的,看不到希望的无底深渊。为什么会这样? 从法学角度来说,最重要的原因就是《水浒》它所揭示的这个世界,这个人治的体制走到了尽头,任何一个人置身其中,都不会有希望。

一、引言:为什么越往后越没劲?

大凡了解《水浒》的人,不管是阅读原著还是看电视剧,都有一个共同的感受,越看越觉得伤心、悲愤甚至生气无语。一般而言,这应该是很多读者共同的感受。我们喜欢看喜剧,不喜欢看悲剧;喜欢看辉煌,不喜欢看没落;喜欢看成就,不喜欢看失败。我们愿意去憧憬理想,却不愿意面对现实。基于这种复杂的心理,才有了金圣叹的腰斩《水浒》,写到梁山英雄排座次之后就结束了。读者喜欢看到梁山的兵强马壮、屡战屡胜,不愿意看到群英凋落的惨状。我想,金圣叹的做法也代表了很多读者的愿望。

《水浒》的版本很多,通行的有三种:一种是七十一回本,有的也叫七十回本,这两个版本是一样的,只不过七十回本把第一回"张天师祈禳瘟疫,洪太尉误走妖魔"当作了楔子。七十回本以金圣叹评《水浒》为代表。我们通常读的版本是一百回本,依照的是明朝万历年间的容与堂刻本,这个版本流传最广,电视剧《水浒传》也是依据这个一百回本拍摄的。在一百回本中,招安以后,宋江集团北征辽国,南平方腊,这两件事大

259

体各占十回。第三个是一百二十回本,在一百回本的基础上又增加了征田虎、征王庆,各占十回左右。我们这个系列讲座,依据的是一百回本。

金圣叹的批评本也很受欢迎,也很有市场。金圣叹的阅读非常细致,解析得非常透彻,钩沉索引,曲径通幽,往往让人拍案叫绝,出人意料。金圣叹的批评本写到梁山英雄排座次就结束了,辉煌一到顶峰就戛然而止,是一个皆大欢喜的、大团圆的结局。读者看到梁山好汉们座次排定,论功行赏,好一派兴旺景象。从阅读上来说,心理上得到了一种安慰和满足。再往后,好汉们就走下坡路了,很多人就不愿意看了。从阅读心理上来说,国人普遍不太喜欢悲剧,还是喜欢大团圆。所以朱光潜说悲剧也就是人生一种缺陷;鲁迅说,悲剧就是将美好的东西毁灭给人看。因为缺陷,才能更加打动人心;因为毁灭,人们更加珍惜美好。什么东西让你觉得最好?不是你已经拥有的东西,而是在你看到它摔碎了以后才觉得它最好。

好汉们的由盛而衰"真应怜",确实让读者非常感慨,感慨的是这些人原本是英雄,原本是强者,却落得如此悲惨结局。如果一开始他们就是一群弱者,给读者造成的心理冲击也不会这么大。他们原来都是以一当十、以一当百的好汉,引无数英雄尽折腰,最后却"落花流水春去也"。

《水浒》中几个重要人物,基本上都在宋江之前出场。鲁智深、林冲出场早,前后总共用了十回;再往后是智劫生辰纲,牵扯出晁盖、吴用、三阮等人,从筹划开始,到最后打劫成功,前后共是十回;武松横空出世,一个人占了十回;宋江到了第十八回才出场,然后宋江和武松的故事互相交错,写宋江共计十回;直到第三十八回宋江遇到李逵。在聚义之前,或者说在宋江上梁山之前,我们看到英雄的个人形象非常突出,非常光辉,非常灿烂,每一个拿出来都是飞龙在天,威风八面。林冲、鲁智深、武松、杨志等,这些人物每一个都是一时豪杰,每一个人物都可以独立成书,成为一部章回体小说的中心人物。

等到梁山排座次以后,大家集聚梁山成为一个集体。我们发现,一上梁山,此前的英雄人物都黯淡无光了,上了梁山以后他们都淹没在了群体之中。上梁山之前都是生龙活虎、独当一面,上山之后却泯然众人。

只有两个人除外，一个是宋江，一个是李逵。宋江是中心人物，必须要重点描写。上梁山后的好汉群像之中，突出的个体还有李逵。

梁山排座次以后，群星开始黯淡，这些好汉再没有更多的表现机会，没有哪一个人像上梁山以前忠义勇猛、豪气冲天。李逵是后来表现最抢眼的人物，但他是一个缺点比优点更突出的人，让人有时候喜欢，有时候讨厌，有时候无可奈何，有时候忍俊不禁。排座次以后就是招安，招安以后就是平辽国、征方腊，梁山集体走向没落。

二、梁山发展的四个阶段

（一）初创时期：王伦的功与过

王伦在《水浒》里是一个负面形象、反面人物，大多数读者对王伦都持鄙视甚至痛恨的态度。其实简单分析一下，王伦对梁山可以说功大于过。梁山泊在《水浒》中首次出现源于柴进的介绍，当年林冲走投无路，去柴进庄上避难，被柴进照顾并写信举荐到梁山。当时梁山只有四人，以王伦为首，另有宋迁、杜万和朱贵，后来加上林冲，共计五人。王伦时期梁山主业共有四项，最主要的是打家劫舍，抢劫危害附近民众的钱财。第二是开黑店谋财，朱贵在梁山脚下开酒店，一是为了打探消息，肩负情报站站长的职责；二是顺便给梁山弄点儿钱财。第三是垄断经营。王伦霸占了梁山泊，不允许附近渔民进入，这种小型的垄断和宋徽宗垄断全国的性质并无二异，是梁山版的"普天之下，莫非王土；率土之滨，莫非王臣。"王伦的垄断经营直接侵犯了附近老百姓的利益。第四是与官为敌。附近的县级基层政权因梁山势力较大而不敢侵扰，于是形成了官匪对峙的局面。在王伦时期，梁山没有和官方有过正面冲突，可以说官和匪相安无事。

被视为匪的梁山，在王伦时期的对立面主要是民、商、官。这也是当时社会的四种组成力量：民数量最多，其中的少数精英进入官僚群体，也有一部分选择从商，还有一些人因为各种原因变成了匪。王伦时期，梁山处于与其他三个群体对抗的局面：对民，他们以强凌弱，或独占经营，或打家劫舍；对商也是以抢劫为主；对于官府，双方还处于"井水不犯河水"的一种暂时相安无事的状态,官府对于梁山缺乏有效管理,处于失控的状态。这为梁山后期的发展,提供了空间。

王伦对梁山的贡献,主要有四个方面。

一是开辟了群英聚义的武装基地。后来好汉们能够上梁山有个落脚之地,可以说是由于王伦的基业,在这个基础上不断发展壮大。俗话说"吃水不忘打井人",梁山好汉们应该记住,首先这块地盘是王伦开辟的。

二是确立了平等富贵的精神图腾。为什么梁山这个强大的磁场,对很多人都有吸引力? 甚至读者对梁山也有一种天然的心理同情和认同。为什么? 因为梁山的世界是一个富贵的世界,是一个自由的世界,是一个平等的世界。不受官方管束,比较快活,大口喝酒、大块吃肉。梁山头领之间一律平等,抢到钱财后平等分配,真正做到了大块吃肉、大碗喝酒、大秤分金银。富贵、平等、自由成为梁山发展的重要精神图腾和口号,也是"替天行道"的重要内容。

三是奠定了仇官仇富的道德底色。从社会治理层面分析,一个低收入者占绝大多数的社会,官民矛盾往往比较突出,官民对立成为一种常态。一旦社会贫富差距加大,底层民众极容易将仇官仇富作为支点,以"均财富、均钱粮"的口号揭竿而起,一句"闯王来了不纳粮",老百姓就能揭竿而起。

四是造就了暴力斗争的生存法则。这是王伦的又一项贡献。武装斗争是梁山一以贯之的一条基本路线,他们不屈从王权的统治,取得了多次武装斗争的胜利。因此,梁山发展的初级阶段,王伦已经为后来的发展确立了黑色基因,奠定了黑色的基调。

为什么王伦作为梁山事业的开创者,反而留下千古骂名? 我读《水浒》时也有同样的心理。王伦之所以饱受诟病,最重要的原因是他心胸狭窄,妒忌贤能,不想接纳林冲和晁盖等人。他担心武艺高强的林冲会夺取自己的位置,就百般阻挠林冲上山。理性地换位思考,这种心态其实非常普遍,也很正常。假如你开了个公司,面试员工时发现有个人各方面能力都比你强,而且又不听你的话,这时该怎么办? 是腾开位子让他做老板,还是不录取这个应聘者? 我想,大部分人都不愿意收留这样的员工。所以，王伦的做法，是一般人的正常想法，也无可厚非。

《水浒》中存在着严重的"道德先定"的思维特征，作者先对某个人从道德上美化或者丑化，把他定性为"好人"或"坏人"。如果是"好人"，则他(她)的一切行为都是好的，即便是恶行也要赞美；如果是"坏人"，则他(她)的一切行为都是坏的，即便是善行也要受谴责。在"道德先定"的思维之下，就衍生出了"好人无罪"和"坏人该死"的逻辑。王伦一出场，就被贴上了"坏人"的标签。既然坏人该死，那么他的死就是活该，没有人同情。作者刻意对王伦进行丑化，对他进行道德上的负面评价。

当一个社会法律缺位时，道德便披上了神圣的外衣粉墨登场。一旦只能从道德上去评价一个人，则意味着规则的彻底丧失。越是强调道德，越是规则缺失。比如最近发生的重庆万州公交车坠江事件，随着广大网友讨论的深入，舆论从起初的道德批评转为规则意识的反省，这就是一种进步。寻衅滋事的女乘客恰如《水浒》中的"牛二"，无事生非的撒泼造成了十三人死亡的悲剧，而这是我们现实生活中的真实事件。

《水浒》中的这个"坏人该死"的道德预设非常可怕，至今仍然普遍存在。那么，坏人的标准由谁来决定？当然是好汉们自己来评判。现实生活中也是如此，如果说我们每个人都是好汉，都想掌握别人的生杀大权，可以把"坏人"都杀死，那么我们的末日也就来了——因为，别人也会以"坏人该死"的理由来杀死我们。王伦之死还揭示了儒家理论破产的事实，以及作者嘲弄功名的心理。《水浒》中的官员，一般通过科举考试来获取功名。众多好汉中，王伦是唯一的获得功名的读书人，他是秀才，虽然秀才还不是官，但他已经取得了初级的功名，是一个读书人。

客观公平地评价，王伦对梁山功大于过。之所以会被丑化，是因为一个群体、一个组织的发展经过几十年之后，后任往往为了突出自己而刻意贬低前任。这样的例子实在太多，史不绝书，今不绝耳。

(二)崛起时期:晁盖的生与死

晁盖的死也是《水浒》的一大谜团，金圣叹包括一些索引派都阐幽发微，认为晁盖是被宋江害死的。我个人并不这么认为，今天也不讨论这个，我们还是立足于《水浒》原著，看看晁盖时期梁山的发展。

1. 第一次转型:从打劫到造反

晁盖上梁山之后,林冲盛怒之下火并王伦,将晁盖推上了头把交椅。晁盖上任的第一件事就是正式和官府打仗。他们劫了生辰纲后被官兵围剿,先是在石碣村打败了政府军,割掉了何涛的耳朵。这是第一场真正意义上的反对官兵的战争,接着是激战金沙滩。金沙滩小捷,意味着晁盖掌权后的梁山正式走上了和政府对抗的道路,通俗说就是"造反",其意义非同寻常。王伦时期梁山只是聚集一方的黑社会组织,主要是滋扰百姓,和官府没有正面冲突;而晁盖时期正式和官方发生了武装冲突,梁山成为一个彻头彻尾的反政府武装。

晁盖不但坐了王伦的头把交椅,而且继承了王伦开创的基业,沿着这条路继续发展。可以说,晁盖是王伦路线的忠实执行者。晁盖等十一人在排定座次之后,就对梁山做出了新的部署,这标志着梁山实现了工作重心的第一次转移。

> 晁盖与吴用等众头领计议:整点仓廒,修理寨栅,打造军器,枪刀弓箭,衣甲头盔,准备迎敌官军;安排大小船只,教演人兵水手,上船厮杀,好做提备,不在话下。

从此,梁山实现了工作重心的转移,从欺负老百姓转为针对政府及大宋王朝;从个体或比较小的群体行为转为呼啸山林的群体行为;从打家劫舍逐渐发展为剪除豪强、对抗官府。从打劫到造反,梁山发生了质的变化。

对内设防是历朝历代的政治逻辑,如果一个民间组织势力强大到一定程度,即使并无反政府之意,也会被当朝政府剿灭,官方不允许一个强大的异己力量的存在,所谓"卧榻之侧,岂容他人鼾睡"便是如此逻辑。

2. 宋江架空晁盖

梁山在晁盖掌权之初,就已经成为彻底的反政府武装,但只是地方政府的心头之患;宋江时期的梁山已成为朝廷的心头之患。宋江的加入引起了梁山政治结构的失衡,由晁盖"一人独大"变成了"双子同治"。宋江之于晁盖正如当初林冲之于王伦,前者闪亮登场,后者顿然失色。"双子"之间失去了平衡,双子星座,宋公更明。宋江上山后几乎一枝独秀,到晁盖死之前,梁山重大的军事活动,都是在宋江的指挥下完成,比如三打祝家庄、攻陷高唐州、大破连环马、三山打青州、华山救智深、降魔芒砀山等。每一次战争的胜利,表面看是梁山事业的壮大,实际是宋江团队的增强。自从梁山有了宋江,晁盖的团队止于七人再未扩大,后续归附梁山的好汉都变成了宋江的心腹,逐渐掩盖了晁盖的人马,"双子"彻底失去了平衡。

不能忽视的一个情节是,宋江坚持按上山顺序而不是业绩考核来安排座次,于是出现了左边晁盖九人对右边宋江二十七人的不平衡。这种强弱自现的壮观场面,谁能掌控梁山不言而喻。老版电视剧《水浒传》增加了一个细节,我认为是符合金圣叹的说法的。晁盖要打曾头市,宋江说"哥哥你是山寨之主,不宜轻易出动,待小弟我去把它扫平",这时的晁盖眼睛动了动,脸色很不好看。虽然原著上没写,但这不失为一个合理的推断。先前每每梁山攻城拔寨,宋江都是如此这般领兵打仗,起初晁盖觉得自己动动嘴宋江跑跑腿甚好,但随着宋江的功劳越来越大,他意识到长此以往,自己必将沦为名义上的领导,晁盖已经不能容忍自己的大权旁落和宋江的屡建军功。所以,曾头市一战,他一定要亲自出征。这时,宋江在各方面都超越了晁盖,成为真正把控梁山的老大。面对宋江的野蛮生长,晁盖有些坐不住了。

宋江之所以超越晁盖,原因众多,并非一朝一夕形成。首先是口碑,宋江的名望在上梁山之前已经是家喻户晓,晁盖与宋江相识也是久仰及时雨大名。宋江的魄力在于他能将原先积累的口碑、声望变成真正的实力,这和社会上那些空有名望但无实权的乡绅清流不同。一上梁山,宋江就紧握军权,有了真正的实力。更重要的是每次打仗,宋江都一马当先、屡立战功。随着他的功劳越来越大,其政绩已遥遥领先晁盖。掌握了武力和战功后,宋江巧妙地将收服的人马陆陆续续变成自己的心腹,形成了另一个独立于晁盖的权力中心。比如为了收服秦明,将花荣的妹妹许配给秦明,而花荣是宋江的嫡系,于是秦明自然而然地被收归宋江阵营。很显然,秦明和晁盖就没有这种渊源,所以宋江的团队不断壮大。

继口碑、团队之后,宋江还有一张王牌,他创立了具有梁山特色的理论——替天行道,忠君报国,接受招安,封妻荫子。这是宋江能在思想上形成凝聚力的根本原因。大家想想,一帮骄兵悍将如何才能长期服从一个老大的领导?一定要用一个思想把这些人统一起来,这个思想一定高于现实。好汉们打家劫舍得到了梦寐以求的钱财、和兄弟们平起平坐的待遇以及没有官府欺压的自由。但宋江断言这并非长久之计,苟且于自己富贵不算好汉,还要让子孙后代享受富贵,只有接受招安才能富贵长久、绵延不断。这种求长远富贵、将富贵传给子孙的思想,明显高于晁盖只图眼前快活的小格局,就将好汉们紧紧地笼络在宋江的旗帜之下。

除了口碑、武力、战功、团队、思想以外,宋江的个人能力更是不可小觑。当宋江异军突起时,晁盖还能是宋江的对手吗?还能和宋江平起平坐吗?

上梁山后的宋江像一个强大的磁场吸引着新人,晁盖不但无人归附,连原班人马也发生了变化。他原来的嫡系吴用是梁山头号军师,也是第三把交椅,从渊源来说,吴用与晁盖是患难与共的兄弟,一起智劫生辰纲后上了梁山。但吴用和宋江的第一次见面超乎寻常的自然亲切,人未见及时雨,心已向呼保义。历史事实也是如此,历朝历代的三号人物都很特殊、很微妙,当一号和二号的势力发生变化时,三号人物往往谨慎观察,及时做出对自己最有利的选择。吴用对宋江的支持,没有任何铺垫,一切都是纯天然。直到晁盖死后,吴用依然得到宋江的重用。

之前讲过,林冲是《水浒》中最真实的人物,生活中像林冲这样的人数不胜数。他怒杀王伦推举晁盖上位,全力辅佐晁盖,也深受器重。他横跨梁山三代领导人,资历很老,但在宋江时期却没有得到重用。一方面是后来梁山群星璀璨,相对冲淡了林冲的影响力和重要性;另一方面,在宋江和晁盖之间,林冲确实和晁盖交情更深。林冲座次排名第六,屈居贡献不大的关胜之后,确实深可玩味。其他随晁盖一起上山的好汉,刘唐归附了宋江,三阮没有明显的政治倾向。耐人寻味的是,三阮兄弟的座次相互分开(分别是第二十七、二十九、三十一名)被李俊(第二十六名)、张横(第二十八名)、张顺(第三十名)兄弟间隔制衡。而李俊和二张兄弟,都是宋江亲自收服的嫡系。紧列其后的杨雄和石秀,一直是好搭档,他们就没有被拆开,分列第三十二和三十三位;解珍、解宝兄弟二人也没有被分开,分列第三十四、三十五位。

3. 晁盖死亡的制度逻辑

关于晁盖的死,金圣叹持"阴谋说",认为晁盖死于宋江的阴谋;还有人认为这是故事发展的需要,这种说法最合理。事实上,正如南宋时期的岳飞被害死一样,晁盖必死无疑。岳飞是历史上真实存在的抗金将领,晁盖只是小说中的人物,但二者死亡背后的政治逻辑完全一样。有《水浒》研究者说这是故事发展的需要,往后宋江越强大,晁盖的生存空间就越小,所以作者设计了晁盖的死亡。从体制上分析,他们的死恰恰是传统政治体制和权力格局的必然。俗话说"一山不容二虎""天无二日,人无二主",其实都是一元化思维。换句话说,无论谁当了老大,都会终身盘踞权力舞台,不会出现轮流制或更替制。如果职务有任期,则会减弱权力斗争的残酷性。但古代政治恰恰缺少任期,晁盖的死可以说是一元化独裁体制的必然结果。很多读者都觉得晁盖的死极为正常,作为第二代领导,他不可能作为宋江的手下继续在梁山苟活。晁盖的死亡符合中国的制度逻辑,也说明我们都深受一元化思维的影响。

(三)鼎盛时期:宋江的智与愚

梁山在宋江加入后迅速进入鼎盛时期,一百单八将各有所长,很多人都是某一方面的专家,但宋江是综合性最强的政治家,他的政治眼光显然比其他兄弟们远得多。毋庸置疑的是,宋江的眼光从来不在梁山之内,而在梁山之外。

1. 第二次转型:从造反到招安

《水浒》中第一个提出招安的人是比较有思想的武松,这和宋江的想法不谋而合。宋江清楚地知道,如果仅仅以梁山一隅和强大的政府军对抗,梁山的失败只是个时间问题。因此,他从积攒钱财入手,招兵买马扩大势力,然后聚揽人脉、结识朝廷高官暗通款曲以完成招安大计。这一系列的活动,都是一步步为招安积累资本。

如何让兄弟们接受招安,完成梁山的第二次转折? 晁盖死后,宋江的头等大事是将聚义厅改为忠义堂。"义"是谁的义? 是兄弟的义。而兄弟是什么关系? 平等关系。"聚义",指一百单八将聚在一起,人人平等、自由、发财。但宋江不满足于这样,他要接受招安,就改成"忠义堂",核心词变成了"忠",忠于谁? 忠于皇帝、朝廷、国家。聚义厅体现的是兄弟之间的平等关系,忠义堂体现的则是皇帝君臣的上下级关系。从聚义厅到忠义堂,好汉们由兄弟之间的平等关系,逐渐转向君臣之间的服从关系。

王伦和晁盖时期的梁山,好汉们大碗喝酒、大块吃肉、大秤分金银,基本实现了人格平等、财富平等和人身自由。但他们大多只满足于物欲,停留在物质层面的满足,没有精神的指引和理论的支撑,更没有政治理想,宋江及时弥补了这个缺陷。晁盖在《水浒》中是一个过渡性的人物,对梁山没有做出理论贡献。而宋江具有高度的政治战略眼光,及时更换口号用理论武装梁山,以接受招安后的"顺天护国"代替了最初的"替天行道",即顺应天意和天子,服从赵家王朝的统治、保护国家。自此,梁山在宋江的带领下实现了工作重心从造反到招安的第二次转移。

好汉们、兄弟们打打杀杀很多年,终于遇到了新的领袖宋江,经过几次大的战役之后,兄弟齐聚,论功行赏,自然要排出座次。排座次是《水浒》中的大事。如果故事就此落幕,《水浒》只是一部喜剧,不会成为传承几百年的名著。

2. 排座次的奥秘

梁山好汉排座次有很多讲究,是多种因素的综合与平衡。我简单归纳了一下,主要是出于如下几个原因:综合实力、派系归属、武功战绩、故旧交情、血缘婚姻、道德评价和时代背景等。

一是综合实力。通常综合实力强的人排名靠前,梁山一百单八将中,宋江当之无愧综合实力最强,稳坐头把交椅。我们知道,宋江长相一般、面黑身矮,武功平平,出身农民家庭,还只是一个押司小吏,相当于郓城县政府办公室秘书，无论哪一方面都不占优势。但宋江的综合实力，尤其是政治谋略和政治眼光，明显高出其他人。

排名第二的是卢俊义。卢俊义是"河北三绝""大名府第一等长者"，家庭出身非常好。出身富贵、武功高强，"一身好武艺，棍棒天下无对。"于是吴用想方设法将卢俊义弄上梁山，以提高梁山的声威。史文恭在《水浒》中着墨不多，只说他是一名武功高强的悍将，晁盖被他射死。卢俊义一举生擒史文恭，不仅在武功上震慑了梁山群雄，在功劳上超越了一般好汉，更在政治上实现了晁盖的遗言。

> 当日夜至三更，晁盖身体沉重，转头看着宋江，嘱咐道："贤弟保重。若那个捉得射死我的，便叫他做梁山泊主。"言罢，便瞑目而死。

有人认为，晁盖遗嘱是为了阻止宋江当山寨之主，因为以宋江的武功，是不可能捉住史文恭的。这一观点，受到很多读者的支持。我认为，不能用阴谋论来分析晁盖之死。从一元化思维来分析，晁盖的遗言透露出他的真实思想：他其实是将梁山看作私家产业，将众兄弟看作自己的家仆。梁山和众好汉其实都是他的财产，他活着的时候可以做出处分；他死后要遵照遗嘱来办，谁能为我报仇雪恨，我就把家产都交给他！如同一位没有继承人的老人立下遗嘱，将身后财产全部遗赠为他养老送终的人，这种心理和晁盖的心理是一样的。这个遗言恰恰体现了晁盖的一元化思维，他并不是要阻止宋江接班，而是他把梁山当作他的私产，他可以自由处分。假如有一天晁盖黄袍加身，并不会比宋朝皇帝好多少，他们的眼界和所处的体制是一样的。

宋江按照晁盖的遗言，推举卢俊义做山寨之首。那么，卢俊义是否有胆量坐头把交椅？假如有人无意间给公司揽了一个大生意后，突然老板建议他做公司老大，相信任何一个人都不敢轻易接受，卢俊义也是如此。让位是宋江的权术之一，他三次让位于卢俊义，也曾对关胜、呼延灼等人让位。尤其是生擒史文恭后，宋江言辞恳切的让位惹得鲁智深和李遂差点大闹梁山。事实上,位置越稳固的人越敢于让位,反之,拼命维护者恰恰是担心失去位置的人。一是卢俊义的家世背景,底层出身的好汉们对卢俊义均持仰望的态度;二是他实现了晁天王的遗愿,不做第一,做第二则无可争议。因此,卢俊义坐了第二把交椅,是合乎情理的。

吴用作为军师位列第三,公孙胜是副军师,名列第四。以前曾经谈到,梁山的前四名座次其实是宗教信仰的排名,儒家以宋江为代表,吴用和公孙胜代表道家,卢俊义则是世俗社会的代表,类似于无党派人士。

关胜的形象完全是比照关羽来刻画的,他在梁山排名第五。中国的民间信仰混乱繁多,或信灶王爷,或信关老爷,或信财神爷。关老爷在民间名望很高,被奉为武财神,突出的表现是关帝信仰,关胜的排名实际上代表了民间信仰。至于林冲,虽然是三朝元老,武功和卢俊义不相上下,但他没有完成晁天王遗愿的功劳,没有标志性的贡献;又没有强大的宗教信仰做支撑,只能屈居第六名。

二是派系归属。从梁山好汉的座次来看,不同派系的政治地位不一样。总的来说,宋江集团在前三十六名者居多,位居天罡星之列;晁盖旧部六人是天罡星,白胜是地煞星;王伦旧部三人排名靠后,全都是地煞星。

第一代领导核心王伦的人马较少,势力单薄,宋万排名八十二、杜迁八十三、朱贵九十二,还有一笔带过的人物朱贵弟弟朱富,排名九十三。宋江的弟弟宋清,既不会武功也没有什么特长,论贡献完全比不上朱贵、宋万、杜迁,但他排名位列第七十六,就因为他是老大的亲兄弟。宋万等人是干什么的?好歹也是当时筚路蓝缕和王伦闯天下的人,是最初的挖井人,对山寨有缔造之功。值得一提的是,宋清在梁山专管筵宴,主要负责宴席招待,属于梁山的高端公务活动、贵宾接待,不是一般士兵的大食堂,应当说是个肥缺。

晁盖的旧部中,吴用和公孙胜分列第三、第四,他们和宋江天衣无缝、水乳交融。正如刘备三顾茅庐时,关羽张飞不服气,刘备说"孤之有孔明,如鱼之有水也。"关羽和张飞方才作罢。宋江之与吴用、公孙胜,犹如刘备得到诸葛亮,而且二人非常默契地配合宋江,自然会得到重用。一般情况下,亲兄弟的排名都是连着的,例如解珍解宝、孔明孔亮、童威童猛、朱贵朱富、蔡福蔡庆等。但阮氏三兄弟的排名恰恰被有意分隔开了,他们中间各隔了一个宋江的心腹。三阮被编入水军,也是专业对口。但是水军的头领是宋江的心腹李俊,再加上张横兄弟、童威童猛兄弟,阮氏兄弟处于三比五的弱势地位。刘唐归顺了宋江,排名较前位列二十一,但他前有戴宗后有李逵,和三阮一样,两边都是宋江的心腹。宋江多次说过:李逵是他最爱之人,真是世上美男千千万,只有铁牛最好看。阮小二排名二十七,前面是李俊后面是张横;阮小五夹在张横和张顺中间;阮小七排名三十一,旁边是张顺和杨雄,三阮中间各隔了一个宋江的心腹,形成一个奇怪的格局。从这些排名可以看出,宋江派系人马大多排名靠前,王伦派系靠后,晁盖旧部根据其后来的表现排名各有不同,具体取决于宋江或者说梁山集团发展的需要。

三是武功战绩。武功战绩是核心竞争力,和学生的成绩、官员的政绩一样,是重要的评价标准,但不是最重要的标准。从武功战绩来说,梁山的五虎将都当之无愧,每一个都是一方悍将,是宋江特意收服的人。关胜第五、林冲第六、秦明第七、呼延灼第八、花荣第九,大都是名副其实,与其武功战绩相当。柴进与梁山三代领导都有交往,是梁山人民的老朋友,对梁山好汉们多有关照,曾向王伦举荐林冲。他和晁盖的关系自不必说,宋江早期更是在柴进庄上躲过难、避过险,吃吃喝喝,还收了柴进好多钱。尽管柴进没有明显居高的武功和战绩,基于这些因素,安坐梁山第十把交椅。接下来,鲁智深排名十三、武松十四、再往后董平十五,张清十六、杨志、徐宁、索超分别为十七、十八和十九。

好汉们的座次排名中有个人非常特殊,李应为什么能排在第十一位?仔细分析,他既没有出众的战绩和高强的武功,也没有显赫的家世和高层的渊源,排名如此靠前的确存疑。戴宗排名二十,位置不前不后。虽然武功不算太高,但他和李逵、花荣都是宋江的心腹,而且有日行八百里的特异功能,肩负远程通信的重任,为梁山立了很大的功劳。神行太保戴宗还有一个有别于他人的特殊身份,在排座次后他担任了梁山泊总探声息头领,单独负责情报工作,旗下共有十二个人为梁山打探消息,有点克格勃老大的味道。

四是故旧交情。旧友故交的排名相连或相近,是座次排名的又一个特点。梁山打仗也好、集体活动也好、工种安排也好,从分工上看,共患难的好友仍一起共事,排名也是如此。杨雄与石秀、鲁智深与武松、宣赞与郝思文、吕方与郭盛、陈达与杨春,这些人都是相识多年或原本来自一个小山头。但是朱仝与雷横却是例外,分别是第十二名和二十五名,他俩关系非常好,多种场合都同时出现,但为什么两人排名差距这么大?主要原因在于朱仝的大义当先。朱仝以侠义之气保护了两代领导人,捉拿晁盖时悄悄放风让晁盖逃走,后来抓宋江时又放走了宋江。雷横闯祸打死白秀英,押解途中朱仝不顾自己安危私放了雷横。朱仝的三次义举,真正做到了义薄云天,以德服人,排名十二理所当然,而雷横则没有这样的业绩,故排名二十五。

五是血缘婚姻。梁山上的夫妻和五对兄弟排名是否相连?王英扈三娘、孙新顾大嫂、张青孙二娘三对夫妻排名均连在一起;解珍解宝兄弟、孔明孔亮兄弟、童威童猛兄弟、朱贵朱富和蔡福蔡庆五对兄弟排名相连。若论武功,宋江在《水浒》中仅是一个业余爱好者,他的徒弟孔明、孔亮也好不到哪儿去,但他们却排名六十二和六十三。还有个细节,分工以后,正中间大堂是晁盖灵位,两边分别是宋江和卢俊义,这二人也各有小兄弟做护卫:宋江的护卫是吕方、郭盛,卢俊义的保镖是孔明、孔亮,这也很耐人寻味。孔明孔亮是宋江的徒弟,自然也是宋江心腹,他们做宋江的护卫,是顺理成章的安排。而卢俊义的护卫不是他的心腹燕青,而是宋江的手下孔明、孔亮。他们既可以护卫也可以监视,还可以在需要的时候干掉卢员外——呵呵,好像又是阴谋论了。

六是道德评价。好汉们的排名还有一些其他因素,主要是道德评价,比如朱仝曾经因大义有恩于两代领导人,因而排名靠前。李逵排名二十二有点儿意外,大致有两个因素:一是作为宋江心腹中的心腹,可以打、可以骂、甚至可以杀,李逵多次讲过"哥哥杀了我都没有怨言"。宋江用遮眼大法将最爱的李逵排至二十二,如果再往下压别人,好汉们自然也就无话可说。二是李逵个性粗鲁、直爽,没文化还喜欢杀人,缺点比优点更明显,还到处闯祸,是个"麻烦制造者"。

最后三名是白胜、时迁和段景住。白胜是晁盖的旧部,智劫生辰纲实际是七加一组合。吴用说梦见有一颗白星划过北斗七星,莫不就是这个人吗?梦中的白星指的就是卖酒的白胜。虽然白胜刚开始在智劫生辰纲时有功,但他后来变节供出晁盖,任何一个组织都痛恨且重罚变节者,因而他也没有得到重用,排名一百零六。时迁因做些鸡鸣狗盗的营生,为正人君子所不齿,排名一百零七。排名最后的是外号金毛犬的段景住,他以偷盗为生,因将偷来的马献给梁山,半路被曾头市抢走,导致晁盖在攻打曾头市时英勇牺牲。虽然不能让段景住为晁盖的死负责,但将他排在最后一位,也是对他过错的一种谴责。

七是时代背景。从文武角度来看,梁山好汉大多草莽出身,缺乏文化知识较高的人,因此《水浒》中的文人排名大都靠前。宋江、吴用、公孙胜自不必说,卢俊义虽以武功著称,但他识文断字经商,并不是纯粹的武夫。朱武曾在少华山上打家劫舍,以文人军师的身份排名三十七,位列七十二地煞星之首。萧让是以假乱真模仿字迹的书法家,他和金大坚搭档,一个写字、一个刻章来伪造国家公文。萧让排名四十六,金大坚排名六十六。

梁山上的文人不多,而文人排名相对靠前,也体现了宋朝重文抑武的国策。中华文明的文学、艺术等在宋朝时达到辉煌的顶峰,宋朝实行的这种策略也是其中的原因之一。梁山排座次也是这种格局,是宋朝政治格局的一种体现。

3. 梁山变成了小朝廷

之所以用这么多篇幅来说梁山排座次,是因为好汉们逐一排座次之后,梁山发生了质的变化。不排座次是好汉,排罢座次是朝廷;水泊变官场,兄弟变君臣,忠义堂化作金銮殿。各种官场规则一一呈现:首先是一元化领导,梁山排座次就是一元化体制的再现;之后是等级秩序,分三十六天罡,七十二地煞。等级一旦确定了,以后的分工行赏都是按照这个来的。征辽国以后,无论功劳大小,天罡就是正将军,而地煞只能是副将军;意识形态变成了顺天保国,不再提替天行道;团伙派系,兄弟们上山之前齐心协力打天下,打了天下以后,小团伙之间彼此开始争斗;还有各种阴谋诡计、愚民政策。此后,梁山的政治架构和朝廷如出一辙,形似更神似。此后兄弟平等不再,代之的是君臣、上下关系,梁山变成了彻头彻尾的小朝廷。第一次招安时,李逵扯诏谤徽宗"你的皇帝姓宋,我的哥哥也姓宋,你做得皇帝,偏我哥哥做不得皇帝!"在李逵的眼里,宋江是独一无二的老大,梁山就是小朝廷,宋江就是土皇帝。

招安前还有两条明线的斗争。一条是梁山和朝廷的斗争,宋徽宗第一次派人招安,宋江满心欢喜准备接受,却被李逵扯诏而坏了好事。这次招安在梁山发展史上有着特殊的意义,看似失败实则抬高了招安的价码,梁山在政治上战胜了朝廷,不是随随便便一张诏书可以打发的。之后梁山和朝廷爆发了两大战役,先是童贯惨败收场,接着高俅三仗败退,进一步抬高了宋江集团在朝廷中的地位,当然也播下了奸臣对他们进行迫害的种子。

另一条明线则是朝廷内部对招安的不同态度。除此之外,梁山内部对招安的不同态度又构成了一条暗线。宋江一直坚持招安,每收服一方大员,必先告之"我们要接受招安",嘱其先在梁山发展势力,待时机成熟后集体招安,众兄弟对招安的态度各持己见。

4. 招安的是与非

不可否认的是,招安符合梁山的总体利益,无论在政治前途上还是儒家思想上都是正确的,我个人对招安持肯定态度。如果以"是非"来评价招安的话,个人前程寓于报效君国为"是",最好的局面就是把个人的发展和国家的前程统一起来,为国家做贡献同时自己也得到发展,这是我们国家千百年来所说的"天下兴亡,匹夫有责"的真正含义。明君忠臣毁于乱邦奸臣为"非"。正如一句俗语"路走对了,门进错了",梁山招安的方向正确无误,但朝廷腐败、奸臣当道造成了好汉们的悲剧。我认为招安是正确的,不招安最终是被朝廷剿灭。只是说路走对了,门进错了,遇人不淑,皇帝昏庸,奸人陷害,体制腐败。宋江没有看到后面这些,他只看到了投入体制之后的儒家正统思想之下的忠君报国,个人理想和报国事业的有机统一，但他没有看到他所要寄托的体制已经是千疮百孔、大厦将倾。打个比方，一个人在风雨中找房子避雨，但他没注意房子是否安全，走进了一间即将倒塌的破屋子，结果是避雨不成，反而被倒塌的房子砸死了。这样的悲剧，揭示了宋江愚忠的破产、现实的选择和道路探索的失败。

(四)衰败时期：梁山的兴与衰

一百单八将排座次后，梁山的精神走向了死亡，替天行道死了、聚义厅死了、忠义也死了。此后梁山完成了发展史上的第三次工作重心的转移，即梁山的第三次转型：从招安到报国。

1. 第三次转型：从招安到报国

关于《水浒》第七十一回的回目，最常见的版本(一百回本)是"忠义堂石碣受天文，梁山泊英雄排座次"；金圣叹批评本(七十回本)是"忠义堂石碣受天文，梁山泊英雄惊恶梦"。金圣叹太爱《水浒》中的这些人物了，最痛恨宋江，在点评《水浒》时把宋江骂成大奸若忠之人，认为宋江最坏，所以排座位之后，用卢俊义的一个梦来结束；还有一个版本，回目是"梁山泊英雄排座次，宋公明慷慨话宿愿"，这个标题更能体现《水浒》故事发展的内在逻辑。宋江酒后吐真言，信手写了一首《满江红》以表达夙愿。他认为，梁山尽管目前兵强马壮、富贵快活，但最终的出路还是招安！

> 统豺虎，御边幅。号令明，军威肃。中心愿平虏，保民安国。日月常悬忠烈胆，风尘障却奸邪目。望天王降诏早招安，心方足。

宋江作了很多诗，虽然不算字字珠玑、妙笔生花，也还能准确地表达他在不同时期的真实心理。这一首《满江红》表现了他企盼招安的思想感情，像一个备受冷落的深宫女子渴望皇帝临幸一样。"日月常悬忠烈胆，风尘障却奸邪目"，招安之后不仅前途未卜，还可能遭受陷害，但是不招安兄弟们没有前途。这种心态和造反者的心态完全一样，不造反一定会饿死,造反可能还有一条生路。人就是这样,在不同发展阶段,遇到不同问题,总有一个道路的选择。但很多兄弟不同意招安,招安实际上是对朝廷的投名状,意味着再没有回头路。正如"忍者"林冲初上梁山,王伦让他杀人纳投名状一样。

书中也有很多例子,比如,枢密院官具本上奏:"新降之人,未效功劳,不可辄便加爵,可待日后征讨,建立功勋,量加官赏。"朝廷的部分官员认为,初来乍到毫无业绩焉能封官加爵?还是等立功后再说吧!奸臣童贯则建议将梁山好汉全部杀掉,"天子听罢,圣意沉吟未决。"宋徽宗的态度非常耐人寻味,既不认可剿灭但也不信任梁山,心理排斥,态度暧昧。如果他们进了京城再造反,那不是更可怕了吗?你们反贼尽管接受了招安,名义上招安了,我们怎么相信你呢? 两相相持之下,宿太尉指出一条明路,"令此辈好汉建功进用,于国实有便益""天子听罢宿太尉所奏,龙颜大喜",此后皇帝亲赐书信于宋江"亲书诏敕,赐宋江为破辽都先锋,其馀诸将,待建功加官受爵。"这如同一种按揭,不能上来就给你们都封了官,你们得先去杀敌立功,有了业绩再说其他。

好汉们招安后,却遇到这样是非不分的皇帝,奸佞祸端的群臣以及大厦将倾的朝廷,真应了俗语 "你梦中的情人,长得不是你想要的模样"。所以,招安难圆报国梦。

"今日喜得朝廷招安,重见天日之面,早晚要去朝京,与国家出力",宋江满心欢喜地报国效忠,但好汉们破辽后并未得到应有的加官晋爵。蔡京、童贯上书"方今四边未宁,不可升迁",进一步要求好汉们扫平四边消除内患后才能封官。"俺哥哥破了大辽,止得个皇城使做,又未曾升赏我等众人",从李逵这句话可以看出,众好汉中只有宋江得到了一个皇城使的虚职。

好汉们大破辽国,梁山工作重心出现了从招安到报国的第三次转移。宋江在征辽前后拜访罗真人和智真长老,但并没有听取两位智者的劝解。梁山出兵前陈桥驿斩卒,于破辽国前后初显败象,渐渐地转为悲凉的格调。破大辽以后,宋江的心态不喜反悲,写了两首诗。其中一首:

山岭崎岖水渺茫，

横空雁阵两三行。

忽然失却双飞伴，

月冷风清也断肠。

传说大雁结伴双飞，单个的大雁绝不独活于世，一旦离开了雁阵便会死亡。著名的太原雁丘以石雕的形式诠释了大雁相依为命的故事。此处的宋江以雁喻己，借诗表达破辽后不喜反悲的心境。这时的梁山好汉，其悲剧已达到了一个顶峰。

2. 第四次转型：从报国到打手

接下来的梁山继续征讨方腊，工作重心发生了从报国到打手的第四次转移。然而征方腊损兵折将，出征时的一百零三人归时仅剩三十六人，除去不愿接受封赏的好汉，只有二十七人回到朝廷。这时候悲剧达到了一个新的顶点。设想一下，假如没有征辽会怎样？征辽使得梁山好汉取得了报国保民的道义正当性，他们是民族英雄，值得敬仰，道义上达到了一个新的高度。但是如果没有征辽，他们就会失去道义上的正当性，招安后的梁山就会完全沦为朝廷的鹰犬。更为悲剧的是通过征方腊，梁山走向了自我否定，而这种自我否定不是一种升华，而是一种沦落，这是悲剧所在。如果这些英雄们征辽战死，则会成为护国英雄，但他们恰恰死于扫平内乱、维护千疮百孔的腐朽王朝，他们的死毫无价值。

就个体而言，若一个人奋斗一生功成名就之时，却发现自己变成了曾经最讨厌、最反对的人，即我变成了我的敌人，世上最悲哀的事莫过于此。《水浒》正是描写了这种让人不寒而栗的悲剧，改革者变成了既得利益者和改革的对象，导致后续的改革无法推进，这是历朝历代无法解脱的死结。

为什么有些人不愿意做官？公孙胜坚持要去伺候老母和老师，未随同征方腊；鲁智深则在征方腊后"洒家心已成灰，不愿为官，只图寻个净了去处，安身立命足矣。"武松执意"小弟今已残疾，不愿赴京朝觐，尽将身边金银赏赐,都纳此六和寺中陪堂公用,已做清闲道人,十分好了。"燕青也坦言"寻个僻净去处,以终天年。"这四个好汉最后的大智大慧都是"静",轰轰烈烈的人生极致恰恰是无所欲无所求,但这种无所求并非人生境界修炼的升华,而是极度失望之后的无奈之举。无力再战又遇腐败朝廷,追随宋江已经没有前途。人生是一场回不去的路,走至终点却发现仍在起点,甚至处在自己最讨厌、最反对的位置,怎么办?《水浒》给我们留下了这样的一个疑问。

鲁智深看透了什么?鲁智深和武松都是第一流的好汉,空有一身武艺却报国无门。梁山让他们获得了暂时的安宁,满足了心理上、物质上的各种需求,实现了一定意义上的平等、自由、富贵。他们意气相投共同反对暴政,本想接受招安报国保民、实现自我价值,但最后的结局不免让人唏嘘。无论从个人层面还是从集体层面,甚至从国家层面来看,所有的理想都破灭了。好汉们向何处去?梁山向何处去?大宋王朝向何处去?

三、梁山兴衰的主要原因

刚才已经说过,梁山的发展经历了四个阶段:初创时期、崛起时期、鼎盛时期和衰败时期;这四个阶段分别经历了四次转型:从打劫到造反、从造反到招安、从招安到报国、从报国到打手。

(一)梁山为什么会胜利?

梁山之所以兴盛,我在这里总结了六方面的原因。其实这六个方面在以前各讲中都有体现,在这里只是将各方面的原因汇总一下,不再具体展开。

一是平等富贵的理想图景。这是梁山最初吸引各路好汉的主要原因,以阮氏三兄弟的对话为代表。阮小五说的"他们不怕天,不怕地,不怕官司,论秤分金银,异样穿绸锦,成瓮吃酒,大块吃肉,如何不快活!"这一番话,集中地表达出当时的梁山,在别人的眼里,已经成为富贵、平等、自由的理想国。这对于深受官府欺压的普通民众来说,无疑具有很大的诱惑力。

二是替天行道的政治纲领。替天行道是梁山的政治纲领，四个字简明扼要，没有长篇大论，用最简单的语言表达了最丰富的主张，符合梁山好汉的文化层次和认知特点。大碗吃酒、大块吃肉、论秤分金银的生活固然快活，但这只是满足了一般意义上的物质需求。根据马斯洛的需求层次理论，人的需求可以分为五个层次，分别是生理需求、安全需求、社交需求、尊重需求和自我实现需求。酒肉金钱基本上属于生理需求和安全需求，还是比较低的需求层次。因而，当物质需求和安全需求得到满足后，就会有更高层次的精神需求。这时候，提出替天行道的政治纲领，很及时地引导了梁山好汉的精神需求。而且，他们本身都具有很强的侠义精神，替天行道很恰当地契合了这种精神，并进一步升华了他们的需求，容易被他们接受。

三是忠君报国的思想旗帜。忠君报国是儒家思想的重要内容。一部《水浒》，看上去从头到尾都是造反的故事，其实宣扬的是忠君报国的主题思想。好汉们打打杀杀，看似大逆不道，实际上却被另一个更高的目标支配着：这个目标就是忠君报国。打劫造反最终服从于忠君报国，看似矛盾，其实在《水浒》中是统一的。招安，把这两者有机地统一起来。宋江极力鼓吹忠君报国，在他上梁山之前就是如此。梁山上很多从政府军"反水"而落草的将领，如林冲、花荣、秦明、呼延灼、徐宁、关胜等，一抓一大把。他们的骨子里，还是认同儒家的价值观，有着回归体制的期待，是接受招安的主要推动力量，是宋江招安政策的最大拥护者。替天行道和忠君报国是一个递进的关系，好汉们最初都接受替天行道的思想，对于忠君报国，还有一个逐步接受、从少数认可到多数认同的过程。李逵扯诏事件，虽然暂时延缓了招安进程，其实在客观上起到了促进作用，让大多数中间力量在思想上逐步认同了招安。

四是人才荟萃的干部队伍。宋江有一个好的领导班子，他负责统揽全局，是掌舵人，驾驭着梁山这条大船的方向。卢俊义协助宋江充任管理军队事务（总兵都头领）。吴用等三人组成军师团队，起参谋作用。不仅如此，梁山好汉都是各有绝技，八仙过海各显神通。从武装力量看，有军师团队、步军、马军、水军、情报部门（打听声息）、后勤部门也是荟萃了各路英才(写文书、定刑赏、会计出纳、裁缝、兽医、屠宰户、泥瓦匠等等),就连蔡福、蔡庆兄弟,在梁山上也重操刽子手旧业,充任专管行刑刽子手。各人分工,都是用其所长,大都是从事上山前的老行当。这样一个人才荟萃的队伍,是梁山能够取得诸多胜利的组织保证和人力基础。

五是能力超群的领导人物。人无头不走,鸟无头不飞。在梁山早期,也有很多和梁山规模相当的造反队伍,例如少华山、二龙山、桃花山、清风山等,但是他们都没有一个像宋江这样的领导人。燕顺、王英等人盘踞清风山上做山大王,一见宋江,纳头便拜,宋江不费吹灰之力,就从思想上收编了清风山。对其他山头也是如此。前面我们已经分析过宋江的个人能力,此不赘述。如果没有宋江,就不会有一百单八将聚义水泊梁山。综合起来,宋江的个人魅力、道德品行、政治素质、组织能力和思想境界等方面,梁山上无出其右者。在群雄并起的乱世,一个团队的领导决定了这个团队的前途,《水浒》中好汉们从各路聚义梁山到最后雨打风吹去,都是宋江的决策所决定的。

六是齐心协力的战斗团队。宋江团队里不仅人才辈出,而且都能够以宋江为中心,服从命令听指挥,万众一心齐努力,具有很强的战斗力和执行力。宋江的意图能够在梁山上得到顺利地贯彻,这是他们能够获得胜利的重要保障。最难得的是梁山上原来是派系林立,山外有山、圈里有圈,但宋江能够为各派所接受,并且能够很好地把各派聚集起来,平衡各派力量,为梁山事业的兴旺和宋江忠君报国的理想而奋斗。

当然,这都是梁山胜利的原因。但是,梁山为什么还是失败了呢?

(二)梁山为什么会失败?

至于梁山失败的原因,我们在前面也分别分析过,此处不再展开论述,只做一个总结。相对于梁山成功的六个因素,我们也总结了其失败的六个因素。

一是德法尽失的腐朽王朝。《水浒》是一部王朝衰亡警示录。它把大宋王朝的腐朽堕落描绘得淋漓尽致。北宋末期的大宋王朝表面上还是太平盛世,实际上危机四伏,内外交困。官僚机构病入膏肓,官府盘剥变本加厉,官民矛盾不可调和,武装反抗星火燎原。官民之间已经没有了可以缓冲的中间地带,老百姓对这个王朝彻底失望,王朝也成为维护赵氏家族私产的工具。所谓的道统和法统都已经消失殆尽,王朝把儒家的仁义爱民和道家的清静无为早已抛到九霄云外,剩下的只是皇室集团及其附庸对民众赤裸裸的剥削和压迫。哪里有压迫,哪里就有反抗。此起彼伏的农民起义,已经拉开了大宋王朝大厦将倾的序幕。即便没有后来的金兵入侵,大宋的灭亡也只是个时间问题,金兵入侵只不过加速了这一进程。

二是专权谋私的权力集团。《水浒》是一部官场百丑图。大宋官员多姓贪,官员巧立名目、贪婪无度、巧取豪夺、刮地三尺,当官只是为了个人发财,官员们都汲汲于搜刮民脂民膏。贪腐,只是《水浒》中官员形象的一个方面。另一个方面也许是更致命的,是利益集团绑架了王朝的国家决策。宋徽宗可以因个人兴趣而要求各地进贡花石纲;高俅为了个人利益可以动用国家武装力量;蔡太师为了家族利益可以欺瞒皇上;众权臣可以沆瀣一气,欺上瞒下,以国家的名义做出种种损害国家利益的行为。国家政权一旦被这些奸臣操纵,不但是老百姓的灾难,也是这个国家的挽歌。奸臣弄权误国,已经被无数的历史事实证明。《水浒》只是以文学的表现手法,重新演绎了这一规律而已。

三是君国一体的愚忠思想。相比较替天行道而言,忠君爱国更是《水浒》中的核心价值。早先亮相的单个好汉的个人英雄主义诗篇,例如林冲、鲁智深、武松的壮举,不久之后都汇入了梁山聚义的集体之中。而众人聚义的顶峰,就是招安的起点。从造反到招安的转型,说明替天行道已经结束,好汉们的使命变成了忠君爱国。宋江把忠君爱国发挥到了极致,在招安之前是只反贪官,不反皇帝。在招安之后,尽管宋徽宗昏庸无道,忠奸不辨,而他仍然是忠心耿耿,毫无二言。在江湖之时,他是一片愚忠;招安之后,被同僚排挤、被奸臣陷害、不获皇帝信任,他更是一片愚忠。这种愚忠下,君是国之君,国是君之国。君与国不分,忠君就是报国,报国为了忠君。对抽象的国家的忠诚,就异化成对具体的皇帝个人的忠诚。所谓的忠君报国,就是死心塌地做皇帝的奴仆。是愚忠,成就了宋江号令群雄、叱咤江湖的大业;也是愚忠,导致了他兵败南征、身死异乡的悲剧。真是成也愚忠,败也愚忠!

四是招安之后的道义缺失。江湖上的替天行道和朝堂上的尽忠报国,并非水火不容的两极。但在梁山而言,确是一个鱼和熊掌不可得兼的选择。替天行道的主体是好汉们,他们只服从道义,他们就是天道正义的代表,他们的行为就是弘扬正义、为民除害。招安后的忠君报国,使得他们成了官僚机器中的一个零件,皇帝是天,皇帝代表的国家代替了原先的"道",皇帝成了最高的道义的代表,他们必须服从皇帝本人。当皇帝不能代表正义的时候,他们已经失去了昔日自命为道义代表的资格,既不能抡起板斧砍杀不义者,也不能怒发冲冠骂皇帝、骂贪官,而只能对皇帝及其官僚集团服从、服从再服从。失去了道义自居和道义支持的梁山好汉,便如同离开了水的鱼儿、断了翅膀的鸟儿,进退失据,等待他们的命运,也就可想而知了。

五是不谋民生的自肥政策。前面已经说过,梁山好汉是劫富而不济贫,已经有许多例子可以佐证。王伦时期就已经开始了垄断经营,此后的垄断更加扩大。阮氏三兄弟上了梁山,不知道他们是否还记得当年自己不敢到水泊打鱼的无奈与愤懑?后来的攻城略地,所获的粮草、马匹、财宝等,绝大多数被运上梁山,极少分给民众。为了得到秦明一人,就杀死青州附近几百户人家,仅从这一例子来看,梁山对于各地的百姓,并没有多少体恤之情,生杀予夺,好汉们都可以随意处之。这样,对于普通百姓而言,他们就是匪,与官府一样是压迫者,甚至比官府为祸更甚。这种不顾民生的自肥政策,使得梁山失去了民众的支持,失去了民心和民力,失道寡助,成为孤立的反政府武装力量。

六是逆流而动的同类相残。当宋江奉命南征方腊时,他已经走向了道义的反面。这个时候,替天行道不复存在,忠君报国也成为镜中花水中月,梁山已经沦落为朝廷的鹰犬。从招安到打手的转型,是彻底的道义堕落,宋江和梁山好汉们已经完全走向了自己的反面。方腊造反,和当年宋江、晁盖等人的造反并无不同,此时的方腊就是昔日的宋江。征讨方腊,就是宋江的自残。此时的宋江,就是昔日的慕容知府、高俅和童贯,作为朝廷的鹰犬,去杀死当年的自己。这种同类相残没有赢家,只有皇权坐收渔人之利。人生最大的悲哀不是死亡,不是壮志未酬,不是含冤负屈;而是奋斗终生,却发现自己成为自己的敌人,走向了自己的反对面。现在所做的一切,正是当初全力反对的。追逐了一生的目标,蓦然回首,竟然是自己反对自己,自己否定自己。所谓的功成名就,不过是精神的自戕和道义的堕落,不过是权力的牺牲和无谓的内耗。

四、江湖不如朝廷　朝廷不如法治

《水浒》是个大悲剧,结局可谓四大皆空:个人、集体、国家、信仰都付之东流。当宗教体制、好汉、民间都靠不住的时候,试问我们还会追求好汉的侠义吗?还会追求武侠世界中的迷幻吗?《水浒》以文学的形式给我们以法治的启示,中国传统的专制体制经过两千年循环后,已经千疮百孔死路一条。唯有抛弃人治实现法治、抛弃恶法实现良法,才是一个国家的正途。

"法眼看《水浒》"系列讲座到此结束,首先感谢山西省图书馆领导在文源讲坛专门开辟这样一个系列讲座,这是全国公共图书馆给个人开设系列讲座的首创。所以非常感谢山西省图书馆领导的魄力和胆识,但愿不负领导的重托和听友们的厚爱。其次,在解读的过程中,也非常感谢很多不认识的热心听众和朋友给我的帮助,有些朋友对我的讲稿进行校订,这些都让我获得了温暖和力量。十讲说来也长,说来也短,匆匆已近一年。今天收官之际,感谢山西省图书馆领导的支持,感谢广大热心听友的支持、理解、信任和鼓励。最后,希望我们能借此机会解"毒"《水浒》,反思现实,思考法治。希望今后我在"法眼"方面有更多的心得,给大家奉献精神的盛宴。

2018 年 11 月 4 日

后 记

这本书，是我学术生涯中最为独特的一部。

在大学里教书已经二十余年。其间，为了拿学位、评职称、做课题，发表了六七十篇学术文章，出版了三四本书。回过头来，发现写这些东西大都是为了完成某种任务，并不全是出于兴趣爱好。在课题、论文、科研项目等大量占据大学教师的工作和生活时，纯粹出于兴趣的阅读，也越来越稀缺了。

一个偶然的机会，再次翻阅《水浒》时，我发现其中有很多的内容与现在的法治观念相悖。基于这种发现，我又反复读了《水浒》，自己的这种观点不仅没有冲淡，反而被越来越多的事例所证明。于是，利用给太原科技大学法学院学生读书月做讲座的机会，我给他们做了题为《当法治遭遇〈水浒〉》的专题报告。报告后我发现时间根本不够，很多内容都无法在一次讲座中充分展开。

随后不久，我与山西省图书馆"文源讲坛"负责人吴可嘉老师谈起我的感受。他非常支持，并鼓励我在文源讲坛开讲"法眼看《水浒》"。文源讲坛是省图的文化品牌，已经有近二十年的历史，在省城文化界有"山西百家讲坛"的美誉。这些年来，我是文源讲坛的老听众，每年也做一两次报告，与吴老师熟稔。吴老师对于文源讲坛有一种执着的热诚，也有改革创新的思路和市场经营的理念，在馆领导的支持下，在他的大力推动下，文源讲坛在 2018 年做了改革，其中一个大胆的尝试就是：开辟了"法眼看《水浒》"系列讲座，每月一次，计划一年讲完。后来吴老师告诉我，这是全国公共图书馆开设的第一个个人系列讲座。山西省图书馆的改革，已然走在了全国的前列。

于是，从 2018 年 1 月 21 日第一讲开始，到 11 月 4 日第十讲结束，共分为十个主题，完成了"法眼看《水浒》"系列讲座。

对我来说，这个过程其实并不辛苦，这是一个饶有趣味的阅读过程，能将自己的读书心得与更多的读者分享，是一件轻松愉悦的事情。为此付出的辛劳，也就不值一提了。

这是一个纯粹出于兴趣的阅读体验，没有任何的功利可言。人到中年，不想再为无谓的事情耗费太多精力，更多的时候，应该服从自己的内心。对于已经没有了职称、课题等压力的我来说，这种怡然自得的阅读虽然是一种常态，但是从来没有做成系列讲座来解读，没有走上讲坛向公众讲解，也没有整理成书的想法。

这是一个将自己文学爱好和法学专业相结合的尝试。自幼喜欢文学，中学时期的理想是当一名作家。即便在二十余年的法学教育与研究生涯中，我仍然没有放弃对文学的偏好。学术研究的训练，也为我深入剖析《水浒》、反思《水浒》进而反思社会、反思自我，提供了较为扎实的法律知识、法学方法和法治思维。法学界有人用法学视角研究古典文学，并有一些有影响的学术作品问世。但是，好像没有看到一部以《水浒》为研究对象的著作。如果本书有幸捷足先登，那就是上天的垂爱，更当以此为契机，进一步研读，以期形成系列成果。

当然，本书并不是一部学术专著，也不属于文学评论或通俗读物，而是以法治思维解读《水浒》的学术随笔。相对于有着严格学术规范要求的学术作品来说，本书显然并未严格遵循学术规范的标准。虽然具有一定的学术含量，而本书的读者群体并不限于学术界，而是更多尊重知识、富有理性、善于思考的读者。

在后期整理书稿时，我尽量保留了讲座时的语言风格，尽量保持语言的通俗化和适度口语化的特点，不追求语言的书面化。对于讲座中的一些口误、模糊之处，特别是涉及具体的人名、地名、事件、官职、引文等细致之处，后期整理时都一一核实，力求忠于原著。

看似寻常最奇崛，成如容易却艰辛。后期整理相当于是二次创作，花费的时间和精力，不亚于最初十讲的构思和草创。大寒时节，三九隆冬，当整理完第十讲时，已经是 2019 年 1 月 21 日子夜时分。蓦然回首，第一讲恰恰开始于一年前的今天。上苍不负有心人，这个巧合，正是一种心灵的感应和冥冥中的暗示。不由惊叹造化有自，天道酬勤。

付梓之际，忘不了对本书付出辛苦努力的人。感谢省图书馆王建军馆长，他不但全力支持"法眼看《水浒》"系列讲座，而且几乎全程听讲，除偶有出差之外，一定准时到场。吴可嘉老师为本系列讲座的策划、宣传做出了积极的贡献，没有他的金点子，就不会有这十讲的系列讲座。感谢速录师张晓昀老师，她负责全部十讲的速记工作，为本书后期的整理奠定了良好的基础。还有热心读者李宁老师，将速记稿做了整理，并在后期修改时提出了很多宝贵的建议。山西省图书馆张燕老师也做过几次讲座的主持人，并为我提供了各种帮助。

当然，最让我铭记于心的，是广大的听众。他们对《水浒》的兴趣、对传统的反思、对社会的关注和对法治的期望，都让我感到自己的付出是值得的。有三次讲座适逢端午节、中秋节和十一黄金周，不仅有一批铁杆听众如期而至，还有朋友专门改变了旅游出行计划，提前赶回。还有一位年轻朋友当时身在智利，特意提前返程。最后一场讲座，全场座无虚席，很多听众在过道里站了两个多小时，着实让我感动。

最后，感谢北岳文艺出版社的编辑金国安老师，他为本书的出版提供了很好的建议，默默付出，甘作嫁衣。

作为一个《水浒》的热心读者，我并不是《水浒》研究专家，这一本小册子，仅仅是一个借助解读《水浒》来弘扬现代法治精神的尝试。其中错误与不足之处多有，恳请方家指正！

郭相宏　于汾水西畔至善苑寓所
2019 年 1 月 23 日